雪の夜は小さなホテルで謎解きを

ケイト・ミルフォード

12歳のマイロの両親が営む丘の上の小さなホテル、〈緑色のガラスの家《グリーングラス・ハウス》〉。クリスマス前の冬の日、ホテルに5人の奇妙な客が現れる。彼らは全員が滞在予定日数を告げず、他の客がいることに非常に驚いていた。なぜ雪に閉ざされたこのホテルにわざわざやってきたのだろう？　5人のうちの誰かが落としたと思しき、古い紙片に描かれた海図らしきものを手がかりに、宿泊客たちの目的を探ることにしたマイロ。だが、客たちの謎は、このホテルに隠されたとてつもない秘密につながっていた……？　MWA賞受賞、心あたたまる聖夜の物語をお贈りします。

登場人物

マイロ・パイン……………………十二歳の少年
ベン・パイン……………………マイロの父
ノーラ・パイン……………………マイロの母
ド・ケアリー・ヴィンジ……………宿泊客。派手な靴下の男
ジョージィ・モーゼル………………宿泊客。青い髪の女性
エグランタイン・ヒアワード………宿泊客。白髪の老婦人
ウィルバー・ガワーヴァイン………宿泊客。小柄で尊大な大学教授
クレム・O・キャンドラー……………宿泊客。赤い髪の女性
オデット・キャラウェイ……………料理人
リジー・キャラウェイ………………}その娘
メディ・キャラウェイ………………}その娘
ブランドン・リーヴァイ……………地下輸送システムの運転士
フェンスター・プラム………………密輸人
ドク・ホーリーストーン……………伝説の密輸人

雪の夜は小さなホテルで謎解きを

ケイト・ミルフォード
山　田　久　美　子　訳

創元推理文庫

GREENGLASS HOUSE

by

Kate Milford

目次

雪の夜は小さなホテルで謎解きを

遠くと近くにいる家族に
　子ども時代のクリスマス全部への感謝をこめて

レーガン、ハドリー、フェロ、オリヴァー、グリフィン、
　わたしたちがアメリアと呼んでいる子、冒険心をもつすべての人たちに

わたしの腕をひねって、だめなところを直させてくれた、エマに

そしておばあちゃん《グランムー》に
だってこの話はおばあちゃんのお気に入りだもの

1　密輸人の宿

密輸人が行き来する町でホテルを営むには、正しいやりかたと、そうでないやりかたがある。まず、根ほり葉ほり質問するくせはつけないこと。それに儲《もう》けは期待しないほうがよさそうだ。えてして密輸業者というものは、たとえば緑色のインクの万年筆カートリッジ八箱に買い手が見つかりしだい懐《ふところ》がうるおうのだが、今日のところはからっけつである。密輸人が泊まるホテルをやるなら、分厚い帳簿を買って、そこになにを書きこもうと実際にはいってくるのは現金ではなく万年筆のカートリッジだと思っていたほうがいい。それだって運がよければの話。もっと役に立たないなにかで支払われてもおかしくない。

マイロ・パインは密輸人向けのホテルを営んでいないけれど、彼の両親は営んでいた。ホテルというより、宿屋だ。いまにも倒れそうなおんぼろ屋敷で、十を超える町の十軒を超える邸宅から持ちよった不要品でつぎはぎしたみたいに見える。〈緑色のガラスの家《グリーングラス・ハウス》〉と呼ばれるその宿は丘の中腹にあり、スキッドラック川の岸辺と、川に櫛《くし》の歯のごとくつき出た桟橋からなる小さな港を見おろしていた。港から宿までは延々と階段をのぼっても行けるが、専用の船着き場からウィルフォーバー・ヒルの急斜面をのぼるケーブルカーに乗ればすこしだけはやい。もちろん密輸人でなくても泊まれるのだが、もっとも足しげく訪れるのは彼らなので、そういう宿なのだとマイロは思っていた。

　赤ん坊のときノーラとベンのパイン夫妻の養子になってから、マイロはグリーングラス・ハウスで暮らしてきた。ずっとそこがわが家だった。だから風変わりな人々が出入りするのには慣れっこだ。なかには季節ごとにやってくる人もいる。休暇になるとあらわれて子どものほっぺたをつまんでは、またいなくなる親戚のように。十二年がたち、マイロはいつだれが来るか当てることさえできるようになってきた。密輸人は昆虫や野菜と似ていて、それぞれに季節《シーズン》がある。そんなわけで、ケーブルカーを引っぱりあげる巻上げ機《ウィンチ》とつながった玄関ポーチの大きなベルがいま鳴りだすのはいかにも不思議だった。

　古い鉄製のベルの音色もまた、季節や時刻とともに変化する。冬休み初日のその夕方は空気が冷たく張りつめ、おりしも雪が降りだしていたので、ベルの音色も冷たく硬かった。極寒の空気をひとのみしたような音だった。

　マイロは算数の問題を解いていたコーヒーテーブルから顔をあげた。じゃまな宿題はさっさと片づけてしまいたかった。そうすれば学校のことはわすれて冬休みを楽しめる。ちらりと母を見ると、石造りの大きな暖炉のまえで裂き織りラグにのびのびと寝そべって、本を読んでいた。「だれか来るの？」マイロはいぶかしげにたずねた。

ミセス・パインは立ちあがって本を脇の下にはさみ、ぺたぺたと玄関ホールへ歩いていくと、ドアの横の窓から外をのぞいた。「だれかが来たがっているみたい。ウィンチをまわしたほうがよさそうね」

「でも冬休み最初の週にお客さんが来たことはないよ」マイロは抗議した。胃のなかでもやもやとふくらみはじめた不安を、つばを飲んで抑えようとした。休みがこんなにはやくだいなしになるなんて、ありえないよね？　クウェイサイドの子どもたちが学校へ通うフェリーから、ほんの二、三時間まえに降りたばかりじゃないか。

「たしかに、よくあることじゃないけど」パイン夫人はいいながら、ブーツの紐をしめた。「うちがそう決めているからではないのよ。たいがいそうなっているというだけで」

「だって冬休みなのに！」

母は肩をすくめて、マイロのコートを差しだした。「ほら、坊や。おとなになって。寒い外へかあさんをひとりで行かせないでね」

出ました、最強の〝おとな〟カード。マイロはまだぶつくさいいながら、立ちあがって、小声で「冬休み、冬休み、冬休み」と唱えつつ、肩を落として母のほうへ歩いていった。あとちょっとで宿題が終わるところだったのに。そうしたらしばらくはつとめから解放されるはずだったのに。

ふたたびベルが鳴った。マイロはいらだちをこらえきれず、ブーツを片方はいた足で玄関ホールのまんなかに立ちどまり、両脇でこぶしを握って、一度だけ怒りの叫び声をあげた。

母は胸の上で腕組みして待っていた。「すっきりした？」とやさしくたずねた。マイロは顔をしかめた。「ふだんとちがうのはわかってるわ」と母がつけくわえた。「思いがけないことが起こるのはきらいなのも知ってる」腰をかがめて、ドアの横のがらくた入れのバスケットから懐中電灯をさがした。「でもね、おどろかされるのはかならずしも悪いことじゃないわよ」

それがもっともらしく聞こえたからといってマイロの気分が変わるわけではなかった。でもうなずいて、防寒用の身じたくを終えた。母のあとからポーチに出て、前庭の芝生を横切り、丘の斜面をおおう葉の落ちた白樺と青緑色の樅《モミ》がとぎれている地点を目指した。暗い森に囲まれたそこのひときわ濃い影のなかで、草の地面は石の床に変わる。

生まれてこのかた、ごく幼いころから、マイロは計画をいきなり変更されるとひどくおちつかなくなった。おちつかないどころではない。意表をつかれると、少なくとも不安になった。いま彼は凍てつく寒さのなか、つもりはじめた雪をさくさく踏みしめて、見知らぬ人を丘の上へ引っぱりあげにいこうとしていた。その予期せぬだれかのおかげでマイロもはたらかなくてはならないだろう。ほんとうはこれから一週間ばかり、両親と家を独り占めして静かに過ごしたかったのに……。そう考えると、不安はパニックとなって胸をしめつけた。

懐中電灯の光が濃い影をつらぬいて、またたき、黄金のバター色にとけこんだ。木立に隠れた、ケーブルカーが停車する小さな建物で、母が電気を点けたのだった。

ケーブルカーの線路は百メートルほど下の川辺ではじまっている。丘のふもとへおりる、もしくはふもとからのぼってくる方法はほかにもあった。ひとつは線路とおおむね並行して同じ終点に達する、曲がりくねった急な階段。宿から蛇行して下る道もあり、丘の斜面をぐるりとまわれば車で二十分ほどで街まで行ける。でもその道を使うのはマイロと両親、それに宿の料理人のキャラウェイさんだけだった。宿泊客は街のほうからでなく、川から来た。ときには自分のボートで、ときにはクウェイサイド・ハーバーズの港に何十人もいる年老いた船乗りのだれかを数ドルで雇って、同じくらいくたびれたボートでグリーングラス・ハウスの下まで送ってもらう。遊園地のダッジム・カーを大きくてのろまにしたような時代遅れの乗り物で切りたった丘の上へ運びあげられるのと、三百十段（マイロは数えたことがある）の階段をのぼるという選択肢を与えられると、泊まり客はきまって前者を選ぶのだった。

停車場の石敷きの建物内には、ベンチど収納庫と鋼鉄の線路がある。母が収納庫の鍵をあけ、マイロも続いてなかにはいった。ウィンチの巨大なリールには、線路のあいだを走る太いケーブルが巻きついている。歯車の複雑な仕組みのおかげで、ひとたびウィンチをまわしはじめれば、ケーブルカー一台をスロープの上まで運びあげるのに必要な仕事はすべて機械がやってくれる。だがウィンチは古く、レバーはなかなか動かない。動かすには手が二組あったほうが楽なのだ。

マイロと母は一緒にレバーを握った。「いち、にの、さん！」マイロがカウントし、同時にレバーをまえへ倒した。歯車の冷えきった金属が年老いた犬のようにきゅーんと鳴いて、まわりはじめた。

がちゃんがちゃんとスロープをのぼってくる車両を母とふたりで待つあいだ、マイロはどんな人が運ばれてくるか想像した。密輸人ならありとあらゆる類《たぐい》が来るし、密輸とはまったく関係のない船員や旅行者が泊まりにくることだってある。でも一般客はそう多くない――冬場は皆無といってもいいほどだ。スキッドラック川といくつもの隠れた入り江がしばしば凍ってしまう冬は。

マイロが思いめぐらしていると、曲がりくねったコードに連なる豆電球が点って、停車場の輪郭をうかびあがらせた。蛍《ほたる》の大きさの電球が、階段の手すり沿いに丘の下まで白くきらめいた。電飾のプラグを差したマイロの母が、まっすぐ体を起こした。

「で、どう思う？　お客さんは北極から脱出してきたエルフかしら。豆鉄砲の密売人？　エッグノッグの密造業者《ブートレガー》？　予想が近かったほうにブラウニー・サンデー。負けたほうが作るのよ」

「おばあちゃんがいつも送ってくれる、かあさんが大好きなあの球根はなんていったっけ？」

「水仙《ペーパーホワイト》？」

「それ。いまのぼってくる男はそれをつんでる。あと、靴下。緑色とピンクのストライプ」収納庫の大きな糸車がケーブルを巻き取るぎしぎしという音に、低いうなりが加わった。車両の現在地は音の変化でわかる。マイロは車両がもうじき横を通過するぶかっこうな古い鉄の街灯柱を思いうかべた。

「緑とピンクの靴下ですって？」

「そう。その男もたぶん失敗だったとわかってはいるものの、いまさら変えられない。無理やり押しつけられた――いや、だまされて仕入れた――んだけど、それを売りさばかないと破産しちゃうんだ。もうすでに売り文句も考えている、復活祭《イースター》にバスケットじゃなくストライプの靴下を飾らせるための」マイロは停車場の手すりから身をのりだした。樺《カバ》の木々の間に降りしきり、松の枝に砂糖がけしている雪の向こうに、車両と乗客が見えてこないかと目をこらした。まだ目には見えないが、レールを伝わってくる振動で、いまもっとも傾斜のきつい地点を引っぱりあげられているのだとわかった。「そいつは今週いろいろな人と面会する予定なんだ。雑誌の記者や、おかしなテレビタレントに会って、緑とピンクのストライプを来年大流行させようとしている。それに靴下人形劇の劇団とも会う」

マイロはまた身をのりだして、屋根をすり抜けた雪が二、三片、まつげに舞いおりるくらいにのびあがった。来たぞ。車両の青い金属の鼻先がのぞき、レースカーみたいな銀色のライン(数年まえにマイロと父親が塗ったもので、側面には〝ヴィルフォーバー・ヒルのつむじ風〟と名前も入れた)が見えてきた。それから、一瞬おいて、乗客も。フェルト帽に地味な黒いコートの、ひょろりとやせた男だった。鼻にのっかっている、やけに大きなべっこう縁《ぶち》の眼鏡もどうにか見わけられた。

マイロは落胆した。がっかりするほど、だれかのおじいちゃん風だ。どことなく学校の先生っぽいとさえいえる。

「どうかしらね」母がマイロの心を読んだかのようにいった。「いちかばちか緑とピンクのストライプに賭けそうな人に見える?」マイロの髪をくしゃくしゃにかきまぜた。「さ、坊や。〝ようこそ〟の顔をして」

「〝ようこそ〟の顔はきらいなんだけどな」マイロはぶつくさいった。それでも、背中をまっすぐにのばし、明るい表情をつくりながら、つむじ風号が坂をのぼりきって建物にはいってくるのを見まもった。

近づくと、その知らない男はいちだんとつまらなく見えた。地味な帽子、地味なコート、地味な顔。車両のトランクには地味な青いスーツケースをしまいこんでいた。けれども眼鏡の奥で鋭い視線が母からマイロ、また母へとすばやく動いた。

マイロは体がこわばるのを感じた。パイン家が初めてのだれかに会うときはきまってそうなる。相手の頭のなかが透けて見えそうだった。〝ひとり仲間はずれがいるな〟その初対面の男はたしかにたいていの人よりはうまく隠していて、表情にはまったくあらわさなかった。でもだからといって彼も考えていないとはかぎらない。〝中国人の子どもがナグスピークに行き着いて、この女性を母親としているのはどうしたわけだ？　まちがいなく養子だろう〟

車両ががくんと停止し、身がまえていなかった乗客の顔をパッドつきのダッシュボードに突っこませかけた。

「いらっしゃいませ」車から這いだして肩につもった雪をはらっている男に、マイロの母が明るくほほえみかけた。「グリーングラス・ハウスへようこそ。わたしはノーラ・パイン。これは息子のマイロです」

「どうも」男の声はほかのすべてと同じくらいつまらなかった。「ヴィンジと申します。ド・ケアリー・ヴィンジ」

ふうん、少なくとも名前はおもしろいじゃないか、とマイロは思った。「スーツケースを運びます、ヴィンジさん」

「ああ、おかまいなく」ヴィンジ氏は手をのばしかけたマイロに早口でいった。「自分で運ぶよ。けっこう重たいのでね」取っ手を握って、引っぱった。重いにちがいなかった。車体の側面に片方の足をかけて、踏んばらなければならなかったところを見ると。

母がマイロを意味ありげな目つきでちらりと見たのはそのときだった。理解できなくて、マイロはもういっぺん男を見た。そして気づいた。ヴィンジ氏がスーツケースごとうしろによろける寸前に、ストライプのけばけばしい靴下の片方が目にはいったのだ。マイロが空想した緑とピンクよりもなお奇抜な、オレンジと紫という組みあわせだった。

「あなたにブラウニー・サンデーの借りができたみたい」母がマイロにささやいた。それから、声を大きくして、「こちらです、ヴィンジさん。雪のない室内へどうぞ」

†

マイロの父はポーチで到着を待っていた。「いらっしゃい」手をのばしてヴィンジ氏と握手し、空いているほうの手でスーツケースを持った。「ベン・パインです。旅にはきつい夜だったでしょう」

「いや、それほどでも」ヴィンジ氏は屋内にはいって、コートを脱いだ。

「ぎりぎりセーフでしたね」マイロの父は続けた。「天気予報によれば今夜は二十センチ以上つもるかもしれないとか」

ド・ケアリー・ヴィンジは薄く笑った。あいまいな笑みで、たちまち消えてしまったが、つかの間たしかに顔をよぎった。連れもなく、街はずれにぽつんと離れて立つ宿に雪で閉じこめられることがうれしいかのように。「ほんとうですか」

マイロはその笑みを気味悪く感じたが、考えてみれば、その男は名前も変だし、靴下も変だった。じつは変人なのかもしれない。

「コーヒーとホットチョコレートを用意しています」ミスター・パインはヴィンジ氏を連れて食堂を通り、階段に向かった。「まず部屋へご案内しましょう。よろしければなにか部屋へお持ちしますし、ここの暖炉であたたまっていただいてもかまいません」

「どのくらいご滞在の予定ですか」ミセス・パインがうしろから問いかけた。

ヴィンジ氏は階段の一段目に片足をかけたところで止まった。「様子しだいで。いま決めないといけませんか」

「いいえ。いまのところお客さまはおひとりだけですから」

ヴィンジ氏がうなずいた。「ではいずれお知らせします」

マイロは父親と宿泊客につづいて階段をのぼった。宿にはフロアが五つある。一階には居間、食堂、キッチン――それぞれひろびろとした部屋で、仕切りがないので行き来しやすい。パイン家が生活する居室は二階。客室は三階、四階、五階を占めている。左右の手すりに彫刻がほどこされた階段は幅が広く、各階の踊り場で折りかえしていて、どの踊り場にもたいそう大きなステンドグラスの窓がある。

ミスター・パインはヴィンジ氏を三階に案内した。四つの客室はすべてドアが開いていた。

「選んでください、ヴィンジさん。なにかお好みはありますか」

宿泊客は廊下をぶらぶら奥へと歩いていきながら、部屋をひとつずつのぞいた。古い小荷物用昇降機のドアがあるつきあたりで立ちどまり、マイロと父がいるほうへ向きなおった。ただマイロには、ヴィンジ氏は自分たちでなく、その背後を見ているのだと感じられた。マイロはうしろを振りかえったが、ステンドグラス窓と、ほのかに淡い緑色――セロリと青磁と昔のガラス瓶のような色合いに染まった雪の夜が見えるばかりだった。

「ここでけっこうです」しばらくしてヴィンジ氏が彼の左側の部屋をあごで指した。

「よさそうですね」ミスター・パインは青いスーツケースをドアのすぐ内側においた。「あたたかい飲み物をお持ちしましょうか」

ヴィンジ氏がこたえる間もなく、ケーブルカーの冷たいベル音がふたたび鳴りわたった。

マイロはショックで呆然と父親を見つめた。「また？」思わず口に出した。それから両手でぴしゃりと口を押さえ、いまのはおそろしく失敬だったと思った。

「申しわけございません」ミスター・パインはすかさず客人にわびながら、マイロに刺すような視線を投げた。けれどもヴィンジ氏はマイロの失言に気づいた様子もなかった。マイロと同じくらいショックを受けているような顔つきだった。

「いまのは……いまのはわたしが鳴らしたのと同じベルですか」奇妙な声でたずねた。

「そうですよ」マイロの父がこたえた。「またべつのお客さまがみえたようです」階段のほうを向きながら、マイロの左耳を軽く弾いた。痛いほど強くではないけれど、たとえヴィンジ氏がマイロの非礼に気づかなくても自分は聞きのがさなかったぞと伝えるにはじゅうぶんだった。

「コーヒーかホットチョコレートをお持ちしましょうか、軽くつまむものでも？」

ヴィンジ氏は眉をひそめ、それから首を振った。「いや、けっこうです。すこししたら階下《した》へ行きますよ。白状すると、今夜ほかにどんな人が旅をしているのか見てみたいので」

マイロの父親は階段を一段飛ばしでおりると、また雪のなかへ出ていこうとしていた妻を呼びとめた。「いいんだ、ぼくらが行く」

ほかのときなら、マイロは家の手伝いをさせられることに憤慨《ふんがい》したかもしれない――お客ひとりであやうくなった冬休みは、ふたり目が来て確実にぶちこわされたのだ。でもいまは、一年のこの時期にふたりもべつべつの宿泊者が来るというまったくありえない状況に、憤慨より好奇心がまさっていた。

それだけでなく、ベルが鳴ったとき、ド・ケアリー・ヴィンジはショックを受けていた。べつの泊まり客が来ることにショックを受けたってかまわない。だけど、通常この時期はだれも来ないと彼が知っていたはずはない。ただし、とマイロはブーツをはきながら思った。この宿を独り占めできるという理由で来たのなら話はべつだ。

そのとき初めて、なにか妙なことが起きているのかもしれないとマイロは思った。でもそこで父がドアをあけ、夜風がナイフのごとく玄関ホールに切りつけてきた。マイロはコートのファスナーをしめて、父のあとから冷たい屋外へまろび出ると、つもってきた雪に父が残す足跡を踏むようにして歩いた。

ふたりはまずつむじ風号を丘のふもとへもどさなくてはならなかった。当然ながらマイロの母は、しばらくはお客を引っぱりあげる必要もないと考えたのだった。「おまえはどう思う」青い車両が坂を下って消えていくのを見おくりながら、ミスター・パインがたずねた。「本音をいえば――かあさんには内緒だぞ――二、三週間のんびりできるのを心待ちにしていたんだ。愚痴《ぐち》ってるんじゃないよ、ただそうだったといってるだけで。しばらくは休めると思っていた」

「わかるよ！」マイロは興奮した。「ぼくだって宿題もなにもかも終わらせたんだ！」

「ヴィンジさんは何者なんだろう。職業も、どんな用で来たのかも、訊くところまでいかなかったが。おまえは？」

マイロは首を振った。「かなりいかれた靴下をはいてる、それしか知らない」

父は真剣にうなずいた。マイロの父のすばらしいところはたくさんあるが、それもひとつだった。なにをいってもかならず真剣に受けとめてくれるのだ。つまらない、ごくふつうに見える男がへんてこな靴下をはいていることがどうして重要に思われるのか、マイロは説明するまでもなかった。とうさんならわかってくれる。

ケーブルを送りだすエンジンがいきなり止まった。つむじ風号が丘のふもとに着いたのだ。しばらくするとふたたびベルが鳴って、乗客が着席し、のぼる準備が完了したことを報せた。

ミスター・パインはレバーを動かしに、すこしのあいだ収納庫へ消えた。

マイロと父はだまって横並びに手すりにもたれ、木々のあいだに目をこらしながら、青い色が見えるのを待っていた。それもまたマイロの父のすばらしい点のひとつだ。ただなにをするでもなく、無言でいても、一緒に過ごしていると感じられる。マイロの母はそれが得意ではない。ミセス・パインにはつねにおもしろい話題があって、マイロとの会話はいつでも楽しいものになる。でも父は静かでいることが上手なのだ。

雪はしんしんと降りつづき、木々や大地や夜に沈黙の毛布をかけようとしていたが、ウィンチとケーブルとレールと車両は聞きなれた機械音をたてていた。新しいお客を運びあげながら、たがいにおしゃべりしているかのように。そしてついにつむじ風号が姿をあらわした。乗ってきたのは女性で、雪をかぶった鮮やかな青色の傘の下で肩をすぼめていた。

車両が古い鉄の街灯柱の下を通過するとき、光が傘をつき抜けて女性の髪も青く染まったように見えた。マイロの目にはかなり若く映った。というより、彼の両親よりは若かった。プラットフォームに近づくとその女の人はにっこり笑って手を振り、気がつけばマイロも笑顔で手を振りかえしていた。

車両ががくんと揺れて停止すると、女性は傘をさっと片側に振って、雪をはらい落としてから閉じた。髪の毛は青いままだった。車体のメタリックなコバルトブルーよりは暗い色だとしても、青いことには変わりがなかった。

「こんばんは」明るい声でいった。「雪のなかへ呼びだしちゃってごめんなさい」

「いいんです」ミスター・パインが手を差しだして、女性が降りるのを手伝った。「これがわたしたちの仕事ですから。わたしはベン・パイン、この子は息子のマイロ」

「ジョージアナ・モーゼル。ジョージィです」青い髪の女性がいった。「ありがとう」

「バッグを運んでもいいですか」マイロはたずねた。

ジョージィはうれしそうにうなずいて、車両のトランクのなかの旅行かばんを指さした。

「もちろん。ありがとう、マイロ」

マイロは厚手の織地でできたその重いかばんを持って、木立の道を宿へ向かいはじめた。父はあとに続くまえに「念のため」と小声でいうと、車両を丘の下へもどした。

家のなかではあたたかい飲み物が待っていた。ドアをあけた瞬間に、マイロはこんろで煮立っているりんご酒《シードル》の香りに気づいた。ヴィンジ氏も待っていた。ミセス・パインが玄関に出てきて自己紹介するあいだ、ヴィンジ氏は居間の大きな椅子の横から顔だけ出して、ジョージィを興味深そうに一瞥《いちべつ》すると、また椅子に沈んで見えなくなった。

「まず部屋を決めましょうね。それからコーヒーか紅茶、ホットチョコレート、シードルでもいかが」ミセス・パインは緑色のゴムのブーツを脱いでいるふたり目の宿泊客にいった。「ベン、ヴィンジさんはどの部屋にお連れしたの？」

ジョージィはウールの靴下を引っぱりあげる途中でぴたりと静止し、マイロが見たこともない奇妙な目つきでミセス・パインを見た。その顔はまるでまっぷたつに分かれたかのようで、下半分は無邪気にほほえみ、上半分は目をまん丸に見ひらいて不信感をあらわにしていた。

「ほかにお客さんがいるんですか？」

ヴィンジ氏がふたたび椅子から顔を出し、大きすぎる眼鏡の下でそっけない笑顔をつくった。

「ド・ケアリー・ヴィンジです。わたしもつい先ほど到着したばかりでして」

「ジョージィ・モーゼルです」青い髪の女性に複雑な表情がよぎった。ほんとうはもう微笑をうかべていたくはないが、いますぐ引っこめたら変に見えるとわかっているような。どちらもわざわざ握手しようとはせず、おたがいに相手からなにか情報を引きだそうとするように見つめあっていた。

マイロはそのぎこちなさに気づいたかどうか両親をうかがったが、ふたりとも見のがしたらしかった。「ヴィンジさんは3Eだ」ミスター・パインはコートやブーツを脱ぐのに忙しく、「ミス・モーゼルを部屋に案内してもらっていいかい」と妻にたのんだ。

「よろこんで。マイロ、そのかばんを持ってきてくれる？」

「いいよ」マイロはあいかわらず品定めしあっているふたりの宿泊客を見た。やがてジョージィがつと顔をそむけ、ミセス・パインについて階段のほうへ歩きだした。マイロはふたりのあとに続いた。

「三階でよろしい？」マイロの母がたずねた。「もっと上までのぼっていただく意味はなさそう。おふたりだけですから」

「さあ、どうかしら」ジョージィは明るくいった。「若い女が一フロアを独り占めする機会なんてめったにないでしょ？　楽しいかもしれません」

楽しい？　だれが必要もないのに階段を三つものぼりたがるだろう。それに、どの部屋にも寝泊まりしてみたマイロの経験からいうと、ひとつの階に自分しかいないというのはけっこう気味が悪いものだ。家はいろいろな音がする。床板がきしんだり、古い窓枠ががたがた鳴ったり、蝶番《ちょうつがい》がうめいたり……。

でももちろん、マイロの母はお客が階段をもう一階分のぼりたいのに断るつもりはなかった。三人は四階までのぼっていった。

三階の踊り場のステンドグラス窓は淡い緑色で統一されているが、四階の窓は青を基調としていた。コバルトブルー、コマドリの卵色、濃紺に薄青にターコイズ。窓の外の空が暗いので、ガラス片のいくつかはジョージィの髪とまさしく同じ色に見えた。

ジョージィ・モーゼルはそれを見て顔を輝かせた。「見て。やっぱりわたしはこの階に泊まるべきね」

ミセス・パインが廊下のほうへ腕を振った。「それじゃ、どこでもお好きな部屋を。訊くのをわすれてましたけど、何日ほどお泊まりですか」

「決めてないんです。一週間、もしかすると二週間？」各部屋をすばやくのぞいたあと、ジョージィは奥の部屋を選んだ。マイロはジョージィのあとから４Ｗにはいり、ドアのすぐ内側の折りたたみ式荷物ラックに旅行かばんをおろした。または、少なくともそうするつもりだった。ところが、下には空気しかなく、かばんは一メートルほど落下して床で鈍い音をたてた。

なかでなにかが割れたのはまちがいなかった。

マイロが謝るか悲鳴をあげるか判断すらできないうちに、ジョージィはかばんの隣に膝をついていた。「ごめんなさい」マイロはあわてていいながら、視線をかばんから荷物ラックへ移した。それはなにやら不可解な理由で、ふだんあるべきドアの左側でなく、右にあった。Wの部屋はすべてドアが内側へ右に向かって開く。だから荷物ラックは左ときまっているのに。

「いいのよ」ジョージィの声がした。「心配しないで」

「でもなにか割れましたよ」マイロはなおもいった。ジョージィは割れたなにかをさがして、適当につめこんだように見える衣類や化粧品や洗面具をせっせと床に放りだしていた。マイロは恐怖に目を見ひらいて、山ができあがっていくのを見つめた。ジーンズ、パジャマ、フェイスクリームの瓶、下着。「なんか……タオルとか、取ってきます」なすすべもなくいった。

表紙のそりかえった本が一冊。水のしみがついた日記帳からは、離れたページ数枚がこぼれだして床にひろがっている。化粧品や口紅のはいった、チャックつきのビニール袋。そのとき見つかった。ジョージィは液体の滴《したた》っているピンクのカットガラスの破片ふたつをつまみあげた。一瞬おいて、そのにおいがつんときた。アルコールと、なにかスパイシーで花のような香り。割れたのは香水の瓶だった。

「あら、たいへん！」マイロの母が部屋の外から叫んだ。「まあ、ほんとうにすみま――」意に反してにおいで息をつまらせ、廊下を走り去った。しばらくすると、どこかほかの部屋のごみ入れを持ってきた。「ここに捨ててくださいな。もちろん、あとで片づけますから。ほんとうに申しわけございません。洗わなくちゃいけないものはなんでも出してくださいね、すぐ取りかかります」

ジョージィはため息をついて、ガラスを用心深くごみ入れに落とした。「たいしたことじゃないですから。どうかお気づかいなく。わたしったら、なんでガラス瓶をかばんの底に押しこんじゃったんだか」衣類をまとめて抱えあげ、ベッドにかかった黄色いニットのブランケットにどさりとおろして、分類しはじめた。

母が鋭く問いかける目でマイロを見た。ジョージィの荷物の残りを拾いあげていたマイロは手を止めた。「荷物ラックの位置がまちがってたんだ」いまいましい家具をとがめるように指さした。「いつもはドアが開くほうと反対側にあるのに！　だれが動かしたの？」

「マイロ」母は無言でごみ入れを差しだした。マイロはため息をついて、幸いにもあるべき位置にある机に、ジョージィの荷物をおろした。それからごみ入れを受けとって、その部屋から逃れ、廊下を階段のほうへ引きかえした。

はるばる二階の家事用戸棚まで行って、むっとする花の香りの、目がひりひりするごみ入れの中身を空にしたとき、ジョージィ・モーゼルの本をまだ脇の下にはさんだままだったことに気がついた。ちぇっ。

まあ、どっちにしろジョージィとはまた顔を合わせなくてはならない。マイロは大きく息を吐き、あまりくよくよ考えまいとした。なぜ荷物ラックがあるべきところになかったかについて。なによりも、冬休みがふだんどおりに進んでいないことについて。なんだか世界がぼくの頭をおかしくさせようとしているみたいだな。マイロは階段をのぼりはじめた。

そのとき三回目のベルが鳴った。

すかさずまわれ右して、階段を一階まで飛ぶように駆けおり、あっけにとられているヴィンジ氏の横を通過し、父とその手がつかんでいる銀のコーヒーポットに衝突するのをかろうじて回避した。「ぼくが出る!」声をかぎりにマイロは叫んだ。

†

今回はふたりだった。だれがもっとも不機嫌なのか——雪をかぶりながらケーブルカーの座席を窮屈そうに分かちあっている宿泊客ふたりか、はたまたつむじ風号そのものか——判断するのはむずかしかった。停車場に近づいてきた車両がそれほどの重量を運ぶようにできていないのは明らかで、異常なきしみ音をたてていた。

客人ふたりがとくべつ重いというわけではなかった。車両のトランクにつめこまれたあまりにも多くの〝荷物〟のせいだ。実際その高さは低いほうの乗客の頭を超えていて、つみあげたのは達人にちがいなく、崩れて急斜面の底まで転がり落ちなかったのが不思議なくらいだった。スーツケース、ブリーフケース、衣装バッグ、それに望遠鏡のケースに似たなにか……。

宿泊客ナンバー3とナンバー4は、車両が停止するのも待たずに這いだそうとしていた。マイロはその場で童謡《ナーサリーライム》に出てくる人物を連想した。マザーグースか、『ルーシーおばさんのベッドで読むお話』に出てきそうな。〝ある暗い雨の夜、アップさんとダウンさんが並んであい乗りするはめになりました〟

そして童謡のアップさんとダウンさんさながらに、そのふたりはあと一分でも長くあい乗りを続けたら、相手の首をしめあいそうな気配だった。

マイロが心のなかでダウンさんと呼んだ男性は背が低く、髪は黒に近く、怒っている学校の先生みたいだった。もうひとりは、正直なところ、アップさん役をつとめるにはたぶん痩せすぎていた。それに、女性だ。でもやはり怒った教師のようで、髪は白く、高慢ちきそうに見えた。マイロが冬休みのはずだというのに、なぜだれもかれも学校の先生を思いださせるのだろう。

それでもマイロはあいさつのしるしに片手をあげ、新参者たちが下車するのを注意深く見まもった。ふたりともいまにも爆発しそうだ。「ようこそ――」

ダウンさんが車からなにか引っぱり、荷物の山全体が崩れた。かばん――ほとんどが高価そうな藤色のブロケード張り――が転がり落ちて、プラットフォームに弾みながら散らばり、鋼鉄のレールに落下してがーんと音をたてた。

マイロのほうへ歩きかけていたアップさんが、一瞬凍りついた。まず顔が硬直した。つぎに赤くなり、それから紫色になり、やがて灰色と青のどちらともいえない色に変わった。それから金切り声で叫びはじめた。すでに顔を紅潮させていたダウンさんも、小柄な背丈をめいっぱいのばして、負けじとわめきだした。ふたりは荷物のタワーの廃墟のなかで、徐々に大声になって、おたがいにどなりつづけた。マイロには英語でどなっているのかどうかさえ聞きとれなかった。たとえ英語だとしても、ちゃんとした単語をしゃべろうという気づかいはしていないように思えた。

「すみません」マイロはおずおずといった。どなりあいはマイロなどそこにいないかのように続いた。「すみません」もっと大きな声で。それから、「**すみません！**」

ふたりはくるりとマイロに顔を向け、ひと呼吸の間もおかずに今度はマイロに向かってわめきたてはじめた。マイロは聞きとろうとした。そして理解しようとつとめた。最終的には、母が〝ぶちギレ〟と呼ぶ手に負えない状態にマイロがおちいったとき、いつも母がすることをした。両手を背中で組みあわせ、ふたりがわめいている理解不能ななにごとかを真剣に聞きとろうとしているかのように顔をしかめて、待ったのだ。

おどろいたことに、それはうまくいった。しだいに、ダウンさんとアップさんは息切れしてきた。怒りの言葉のほとばしりが収まると、その口論はどちらの荷物がトランクの場所を取りすぎていたかの一点に尽きることがマイロにもわかった。とうとう、ダウンさんは胸のまえで腕組みし、アップさんは体の両脇でこぶしを固め、車両をはさんでだまりこんだ。

マイロはにこにこと歓迎の笑みをうかべて、宿に通じる小径《こみち》を指さした。「こっちです」金切り声の嵐が通りすぎるまで待たされたりしなかったかのようにいった。「そちらへ歩いていってください」

ふたりは最後にちらりと、険悪な目で相手をにらんだ。それからアップさんがうなるような声を発して、停車場の床に散乱した荷物類のほうを向いた。藤色の小さめのバッグを腕に抱えられるだけ拾いあげ、ストラップを両肩にかけると、埋もれて姿がほとんど見えなくなった。

「坊ちゃん、わたくしのスーツケースと衣装バッグを運んでいただいてもよろしいこと？」

マイロがうなずくと、アップさんは微笑にかなり近い表情をしてみせてから、屋外へ踏みだした。エナメルのハイヒールのかかとが雪にめりこむたびに顔をしかめた。

ダウンさんはずっと腕組みしたままで、彼女が声の届かないところまで去るのを待ち、それから盛大に不満げなため息をついた。「一年のこの時分、ここは静かだとばかり思っていたんだがね」まちがった情報を発信したのはマイロだといわんばかりの目つきで彼を見た。

マイロは肩をすくめた。「ぼくもです。ぼくはいま冬休みのはずなんです。宿も。それを運ぶのを手伝いましょうか」

「いや、けっこう、自分で運べる」背の低い男はもういっぺんため息をついて、荷物の残りをひとつひとつ拾い集めた。それから荷物を背負ったロバや馬よろしく、彼もまた小径をとぼとぼと進みはじめた。

戦闘員ふたりに続いて家にもどるまえに、マイロは停車場をひとめぐりして隅に隠れていたりレールに落ちたりしてわすれられたバッグやケースがないか確認した。アップさんの衣装バッグを肩にひっかけ、キャスターつきスーツケースの持ち手をつかんだ。それから、木立を抜けて小径が芝生に達するところで、歩みを止めて耳をすました。後方で、木々におおわれた丘をなにかがのぼってくる音がした。でもケーブルの線路からではなかった。機械音ではない、うつろな音だ。雪でくぐもっていてもその音にはなじみがある、とはいえいまそれが聞こえていることが信じられなかった。

だれかが階段をのぼっているのだ。しかも、足音のはやさからすると、そのだれかさんは最後の数十段を駆けのぼっているといってもいいほどだった。マイロは急いでプラットフォームの端まで引きかえし、木々のあいだで渦巻いている雪の向こうに目をこらした。

ところどころに立つ街灯やねじれたコードに連なる豆電球からのまばらな明かりで、たしかに黒い人影が近づいてくるのが見えた。その人物はたんに階段を駆けあがってきているだけではなかった。一段抜かしでのぼっていた。雪ですべる階段でやるにはかなり危険だということはさておき、肉体的に不可能であるはずだ。なにしろ三百段以上もあるのだから。最高の条件がそろっていても、それだけのぼってくればよれよれになる。

マイロはその人物のペースが落ちるのを待った。そうはならなかった。最後の三段をぴょんとジャンプしてのぼりきった新参者は、ヒナギクのごとく元気はつらつとしていた。黒いニット帽と雪をかぶったヒナギクは、巨大としかいいようのないバックパックを背負っていた。ピンクのリップグロスも塗っていた。

「こんばんは!」頬をほんのり上気させたその女性は、マイロに明るくほほえみかけた。「おどろかすつもりはなかったの。グリーングラス・ハウスをさがしてるところ。このあたりにあるはずなんだけど」

「ああ」マイロは斜面をじっと見おろして、なぜ真っ赤な顔をして死にそうにくたびれていないのかと首をひねった。「ええ。ここをまっすぐ行ったところに。ええと、ぼくはマイロ。その宿をやっているのはうちの親なんです」

「クレメンス・O・キャンドラー」爪をグレーに塗った手をつきだした。「友だちにはクレム
と呼ばれてる」

†

宿はてんやわんやの大混乱だった。ダウンさんとアップさんは飽きもせずどなりあっていたが、今度は居間のまんなかで、ダウンさんは望遠鏡ケースの剣を腹立たしげに振りたて、アップさんは刺繍《ししゅう》入りバッグの盾を胸に押しあて、ふたりとも濡れた靴からとけた雪を裂き織りのラグに滴らせていた。ヴィンジ氏は部屋の隅に立って、身を護るように胸のまえでマグをささえている。ジョージィ・モーゼルは暖炉のまえにすわって両膝に両肘《ひじ》をつき、眉をめいっぱいつりあげていた。それが限界に思われたが、マイロのあとからクレム・キャンドラーがはいってくると、眉はいっそう高くつりあがった。そういうこと、とマイロは心のなかで愚痴っぽくいった。またひとり到着したんだ。慣れることだよ。ぼくが慣れなきゃいけないんなら、あなたたちも。

ミスター・パインは叫んでいる新顔ふたりのあいだに割ってはいろうとしているがうまくいかず、マイロの母は電話を耳にあてながら食堂とキッチンをへだてるカウンターに沿って歩きまわっていた。クレム・キャンドラーは隣の部屋でわめいているふたりから一瞬も視線をそら

さずに、自分でコートを掛け、靴をヴィンジ氏の靴の隣においた。帽子を脱いで、ショートカットの豊かな赤毛をさっと振る。「えらく威勢のいい人たちね」とつぶやいた。

その間《かん》に、ミスター・パインも忍耐の限界に達した。マイロはそれを察して、身がまえた。父もどなりたいときはどなれるのだ。「**もうけっこう!**」ミスター・パインが腹の底から大声でいった。その声は室内のあらゆる表面に反響した。食堂のどこかでグラスが棚から落下し、堅木の床でこなごなに砕けた。「もうたくさんです、おふたりとも!」

ダウンさんとアップさんが不満そうに口を閉ざした。

「そのほうがいい。おとならしくふるまってください、さもないとわたしは予約で満室だったことをいま思いだすかもしれませんよ」ミスター・パインはふたりを交互にきびしい目でにらんで、続けた。「おわかりいただけましたか」どちらもしぶしぶうなずくのを待ってから、宿泊者名簿がひろげてある玄関ホールの木の小卓のほうを指し示した。「あなたから、マダム。お名前は?」

「ミセス・エグランタイン・ヒアワードです」

「そちらは?」

「ドクター・ウィルバー・ガワーヴァイン」

「そしてあなたは?」

「クレメンス・キャンドラー」

「そしてみなさん、どのくらい滞在されるご計画ですか」あとから来た三人の客はためらった。

先に来たふたりと同じく、だれひとり決めていないようだった。ミスター・パインがふうっと息を吐いた。「かまいません。マイロ、ご案内してくれるか」

「うん」マイロはブーツを蹴り脱いで、エグランタイン・ヒアワードのスーツケースと衣装バッグをふたたび持ちあげると、先に立って階段をのぼった。クレムがストッキングの足で、無言だが楽しそうについてきた。ヒアワード夫人は尊大な感じにふんと鼻を鳴らして、そのあとに続いた。ウィルバー・ガワーヴァインはばたばたと大げさな身ぶりで荷物をかき集め、やはりあとにしたがいながら、階段を一段のぼるごとに長い望遠鏡ケースを手すりにぶつけた。

マイロは二階の踊り場の淡い緑色の窓の下で止まり、クレムと一緒にほかのふたりが追いつくのを待った。「ここから上が客室になってます」ヒアワード夫人とドクター・ガワーヴァインが来ると、説明した。「どこでも好きな部屋を選んでください、ただし3Eは埋まっています。ドアが閉まっている部屋です」

三人の宿泊客は顔を見あわせた。クレムが手を振って、ほかのふたりにまばゆいばかりの笑顔を向けた。「お先にどうぞ」

ヒアワード夫人はそっけなく小さくうなずくと、廊下をずんずん進んでいった。彼女が奥のドアが開いている部屋をじっくり見ているうちに、ドクター・ガワーヴァインが近いほうの空室に荷物を運びこみ、床にどさりとおろした。「わたしはここにするよ」と大声でいった。

長身の老婦人が残る二部屋のどちらに決めるかで大騒ぎしているあいだ、クレムがマイロに顔を近づけて、小声でたずねた。「ねえ、マイロ、上の階に空いている部屋はあるんでしょ？」

「ええと……もちろん、たくさん。どうして？」

自分の知ったことではないと思ったが、クレムは気にしていないようだった。「運動が必要だから」と説明した。「運動しないで同じところに閉じこめられているとおかしくなるの、この雪じゃしばらくは外でランニングできそうにないし。ちがう階の部屋を選んだら、パパとママに面倒をおかけしちゃうかな」

「ちっとも。たぶん五階にはだれもいません。あと階段ふたつ上だけど。５Ｗには色ガラスのすごくしゃれた窓があるんです、もしそういうのが好きだったら」

「最高」

廊下の先で、ヒアワード夫人がヴィンジ氏の隣の３Ｎのドアから顔を出した。「坊ちゃん、わたくしのほかの荷物を運んでいただけるかしら」

「かしこまりました」マイロはクレムのほうを振りむいたが、彼女はもう階段の上に消えていた。

2　メディ

ヒアワード夫人の荷物を運びあげ、五階のクレムの部屋を確認し、こんろのソースパンから自分のマグにホットチョコレートを注いで、マシュマロを二、三個散らすころには、マイロはまたおちつかない気分になってきた。

夜もふけて、宿のあちらこちらから知らない人々のたてる音がした。ふだんの家の物音とはちがう。空気の匂いさえちがった。ほんとうなら冬と雪と暖炉とホットチョコレートの匂いがするはずなのに。そうしたよい香りはまだそこにあるのだが、いまはヒアワード夫人の湿ったウールのコートや、ジョージィ・モーゼルの割れた香水瓶や、ドクター・ガワーヴァインが網戸つきのポーチで吸ったパイプのかすかな残り香に埋もれてしまっている。

マイロは食堂のテーブルのベンチにすわった。ほんの数時間まえ、雪の戸外からあの宿泊客たちが続々となだれこんでくるまでは、その場所でまったくふだんどおりの食事をしていたのだった。母が電話の相手にじゃあねといって、その二十分間耳を糊《のり》づけされていた受話器をもどし、マイロの隣に腰をおろした。「ご機嫌いかが、坊や」

マイロはカップに口をつけたまま顔をしかめた。

「とにかく、あわてることはないわ。いまの電話はキャラウェイさん。リジーと一緒に手伝いにきてくれるって。あなたの冬休みをかならず取りかえせるようにベストを尽くしましょうね」

「来るの？」キャラウェイさんは宿の料理人で、娘のリジーはパン屋を営んでいるが、宿がとくべつ忙しかったときに一、二度手伝いにきたことがあった。

「いつ？」

「今夜、もしも道が見えないほどの雪でなければ。でも遅くなるわよ。のろのろ運転してこないといけないから」マイロの肩に腕をまわした。「一緒に起きていたい？　あなたにブラウニー・サンデーの借りがあったのを思いだしてきたみたい」

ふだんなら、家族と暖炉のまえで夜ふかしするのは大好きだ。ときには読書をしたり、ときにはスクラブルやトランプをしたり。だけど、今夜は……。マイロはマグカップの縁《ふち》から目をあげて居間を見やった。ヴィンジ氏はすでに自分の部屋へ引きあげていて、ドクター・ガワーヴァインもパイプを吸ったあとは部屋にあがり、ヒアワード夫人はまったくおりてきていなかった。でもジョージィ・モーゼルとクレム・キャンドラーはすわって、緑色のマグでなにかあたたかいものを飲んでいる。青い髪のジョージィはカウチに丸くなり、肘《ひじ》のそばのエンドテーブルに飲み物を、膝に葉巻の箱をのせていた。片方の手で黒いテープのロールを持ち、それを箱の辺に沿っててていねいに巻きつけている。赤毛のクレムは暖炉まえのラグにすわっていて、マイロからはかろうじて姿が見えた。彼女は白いテープを持ち、それを足首に巻いているようだった。宿までの階段は、見た目ほど苦もなくのぼってきたわけではなさそうだ。

とはいえふたりは静かだし、マイロが平穏に過ごせる夜はこの先しばらくないかもしれなかった。家族のプライヴェート空間にはいつでもあがれるけれども、両親は階下《した》に残ってお客さんの世話をしなければならないし、静かすぎる部屋にひとりきりでいても気持ちが晴れるとは思えなかった。「なにか読むものを取ってくる。すぐもどるよ」

二階までの階段を半分のぼったところで、その夜はやくにうっかり部屋から持ってきてしまったジョージィの本を返していないことに気がついた。つぎの段の上で足をうかせたまま、ポケットというポケットをたたいた。「しまった。どこへやったっけ……」

おいてきた可能性のある場所はほんとうのところひとつしかなかった。ケーブルカーのベルにこたえて駆けだしていったときには持っていた。三人の新たな宿泊客をそれぞれの部屋に案内するとき、またはヒアワード夫人の荷物を取りにおりてきたときに持っていた記憶はない。つまり、本は外にあるはずだった。たぶん停車場に。

マイロは階段で身をひるがえして駆けおり、玄関ホールでブーツをつかみ、どこへ行くのかとだれかに訊かれるまえにするりとドアから出た。ポーチを横すべりで通過し、タープの下に薪《まき》をつみあげるのに忙しい父の横をすり抜け、小径《こみち》を走って木立にはいった。

豆電球はまだ停車場の屋根から長い階段の手すりにかけて点灯していたが、いまは二センチ近い雪の衣におおわれていた。マイロはすぐに、つむじ風号の車体と木の床のあいだにはさまっていたそのペーパーバックを見つけだした。きっと荷物の山が崩壊したときに落っことしたのだろう。

本を引っぱりだして、尻ポケットにしまい、家に引きかえそうとしたとき、レール上のべつのなにかが目にとまった。

青い革の財布に見えるけれども、もっと大きかった。マイロは車両のうしろにおりて、それを拾った。

そうして地図を発見したのだった。

四つ折りにたたまれたそれは革財布の左側のポケットに押しこんであった。紙は古く、ほのかな緑色で、宿のキッチンの緑青《ろくしょう》で緑がかった銅鍋を思いださせた。紙が緑に変色するのを見たことはなかったが。冷えきった指で注意深くひろげてみた。それはもろくて繊細で、それ以上あまり折ったり開いたりするのに耐えられなさそうだが、元は厚みのある高級な紙だったのだとマイロにもわかった。いちばん近い街灯のほうへかざすと、透かしの絵柄らしきものがひとつ見えた。鍛鉄《たんてつ》の門扉に似てはいるものの、ややそりかえり、変形している。

紙に裏から光をあてたそのとき、マイロは自分がなにを見ているのかに気づいた。くるりと方向転換してレールを飛び越し、ウィンチがある収納庫にはいって、頭上の明かりをつけ、ふたたび紙をかざしてよくよく調べた。

地図のおもしろいのは、それがなにをあらわしているか知らなくても、まちがいなく地図だとわかるところだ。紙ナプキンに描こうと、靴のつま先で地面に描こうと、朝食のボウルのシリアルをスプーンで寄せて描こうと、どれもいちおうは地図らしく見える。そしてマイロが手にしているいまにも破れそうな透かし入りの紙は、たとえこれまでに見たどれにも似ていなくても、地図にほかならなかった。少なくとも、一見したかぎりは。

道路の線も、住宅をあらわす四角も、都市や町の特徴を示す記号もなく、うねうねと田舎を通る一本道すら描かれていない。そのかわりに、かたちのはっきりしない淡い青色が何層も重なりあっていた。ただほんのり青い部分もあれば、チャイナブルー、ウルトラマリン、ロイヤルブルー、ネイビーブルーと段階的に色が濃くなっている部分もある。そうした濃さの異なる帯のなかに、緑色のインクでいくつもの点が描かれていた。青がもっとも薄いところには点の塊《かたまり》がふたつ三つ、濃いところには九か十、もしくはそれ以上の塊がある。紙の四隅のひとつにややゆがんだ三角形を集めたような白っぽい渦《うず》、べつの隅には翼をひろげた鳥が描かれていて、翼の一方からは矢印がのびていた。

マイロは地図に多少なりとも知識がある。いうまでもなく、十二年間密輸人や船乗りたちのなかで育ってきたせいだ。両手でその紙を持って見つめるうちに、かなりしょっちゅう目にする、ある特殊な地図が頭にうかんだ。それは船の航海士が用いるような海図に似ているのだった。

そうだ、海図。まさしく海図だ。色合いの異なる青や緑色の点は水路の深さをあらわすのだろう。鳥の図形は羅針図《コンパスローズ》にちがいなく、だとすれば翼の矢印は北の方角を指していることになる。

マイロは矢印が上を向くように紙をまわしてみたが、見おぼえのある河川にはならなかった。何度もまわして、見分けのつくなにかに変化する位置をさがした。スキッドラック川、または川が注ぎこむマゴシー湾《ベイ》、あるいはスキッドラックの支流のどれか。だが地図の向きをどんなに変えてみても、マイロが知っている川や湾のようには見えなかった。

そのとき停車場の外で、小さく悪態をついている声がした。マイロは収納庫のドアと枠のすきまに片目をあてた。厚手のコートにくるまって顔を深く襟に埋めた人物が視界を横切った。鋭い風が一瞬さっと吹きつけて、その人物の周囲に雪煙を巻きあげた。マイロの母や父ではないが、雪とちらつく明かりがじゃまになって、宿泊客のだれなのかまでは見わけられない。

その人物は大股歩きで視界から消え、またもどってきて停車場をひとまわりし、つぎに線路に飛びおりた。鋼鉄のレールのあいだの石をきゅっきゅっと踏む足音がマイロに聞こえた。

ついさっきマイロが見つけた革の財布をさがしているにきまっている。理《り》にかなっているのは、いますぐ収納庫から出ていって、自分が見つけたということだ。財布は宿泊客のだれかの持ち物なのだから、いずれにしろどこかの時点で返さなくてはならない。とはいえ、黒い人影が線路からプラットフォームにもどったとき、なにかがマイロを収納庫のなるべく奥へとにじらせ、ウィンチの裏に隠れさせた。

そこで息を殺して、待った。外からなんの音もしない長い数分間が過ぎた。とうとう、抜き足差し足ドアまでもどり、またすきまに目をあてた。正体不明の人物はいなくなっていた。

できるかぎり音をたてずに、海図をふたたび折りたたみ、革の財布にしまった。財布をもう一方の尻ポケットにすべりこませ、コートで隠れることを確認した。停車場に絶対にまちがいなくひとりきりになったと確信できてから、そっと収納庫を出た。だれであれさっきの男か女が残した足跡は、渦巻く雪ではやくも消えかけていた。

宿の屋内《なか》はマイロが出てきたときとほぼ変わりなかった。母は食堂のテーブルにいた。居間では、葉巻の箱を持ったジョージィ・モーゼルがカウチにいて、クレム・キャンドラーはラグにすわり、テープを巻いた両足をのばしていた。

母が読んでいた本から顔をあげた。「マイロ、どこへ行ってたの」

マイロは帽子を引っぱって脱ぎ、マフラーをほどきながら部屋を見まわして、だれかを見おとしているにちがいないと思った。「ぼくのあとから外へ出てきた人がいるんだけど。だれだった？」

今度はジョージィとクレムも顔をあげた。「だれもこの部屋は通らなかったわよ」ジョージィがいった。「だれも見かけなかった」ジョージィはクレムを見た。「そうよね？　それともわたしが見すごしただけ？」

「人が出ていくのには気づかなかったけど。こっちからはね」赤毛のクレムが立ちあがって、のびをした。「さてと、あたしはそろそろ休みます、みなさん。明日の朝またね」それから、階段を一段抜かしで音もなく駆けあがっていった。

「とうさんは？」マイロはたずねた。自分が見た人物が父でなかったという確信はあったが。

「外にいたよね」

「あなたが出ていったあとすぐ帰ってきたわよ。いまは階上《うえ》にいるわ」母が眉をひそめた。

「どうかしたの？」

マイロは口をあけて、また閉じた。「なんでもない」とこたえて、コートとブーツを脱ぎ、ベンチの母の隣へすべりこんだ。「だれかが外を歩いていたってだけ。ここを通ったはずだと思って」

「困ったわね」マイロの母はするりとベンチを離れ、防寒着を身に着けに玄関ホールのほうへ歩きだした。「外で凍えている人がいないか確認したほうがよさそう」

「だれも凍えたりしないよ」マイロはいった。「この家を見失うはずもないし」だが母が出ていったあとでドアはばたんと閉じ、マイロとジョージィ・モーゼルだけが残された。

しばらくは、どちらも相手が目にはいらないふりをしていた。ジョージィは葉巻の箱と黒いテープでなにやら作業を続け、マイロは尻ポケットに突っこんだペーパーバックを痛いほど意識しながらホットチョコレートをちびちび飲んだ。

マグが空になると、マイロはついにぎこちなく声をかけた。「あの——ミス・モーゼル？ なにかいりませんか。ホットチョコレートのおかわりとか？」

「いいの、ありがとう」ジョージィがいった。「わたしのことは気にしないで。それによかったらジョージィと呼んでくれていいのよ」

マイロはキッチンへ向かいながら足を止め、ジョージィが熱心になにかやっている箱を見た。「ところで、それはなんですか？」

彼女がかかげてみせた。「ピンホールカメラ」

カメラ？ 葉巻の箱で作った？ そう聞いただけで、手に持っている空っぽのマグと尻ポケットの本は頭から消え去った。「ピンホールカメラって？」

「カメラはほとんどどんなものからでも作れるの」ジョージィがマイロに箱を手わたした。「光のはいる孔《あな》と、光をとらえて画像にするための面さえあれば。写真の知識はある?」

「いいえ」マイロは箱を両手でひっくりかえしてみた。すべての縁がテープでおおわれていて、正面にひとつ孔があいている。マイロはなかをのぞこうとしたが、暗くてなにも見えなかった。

「いまはなにも見えないわ」ジョージィがいった。「全部ふさいで光がもれないことが確認できたら、なかに印画紙を入れる。その孔がレンズの口径になるの」箱を取りもどして、にっこり笑った。「まえから作ってみたかったのよ。ただいままで機会がなくて。もちろん、これはまだ完成していないけど……そうね……うまくいくと思う。でも名前をつけなくちゃ」

マイロは笑った。「名前? カメラに?」

「そうよ。かっこいいカメラにはみんなすてきな名前があるんだから。ハッセルブラッド、ローライ、フォクトレンダー、ライカ……」自分の手のひらを台座に見立てて、カメラをふたりのあいだに高くかかげ、宣言した。「これは〝ランズデガウン〟と呼ぶことにするわ」わざと鋭く責めるような目つきをしてみせた。「名前をつけるほどのものじゃないと、あなたが思うならべつだけど。葉巻箱カメラにとてつもなく詳しいあなたが、命名するのにふさわしい出来ではないと思うならば」

「ううん、そ、そんなことないです」マイロは真剣な表情をつくって箱を見た。ランズデガウンか。でも、それどういう意味?」

「ランズデガウン?」ジョージィが首をかしげた。「知らないの?」

マイロは考えこんだ。「うん」

「知ってるはずよ」ジョージィはうっすらほほえんだ。「きっとわすれているだけ。よく考えて、ランズデガウンの意味を思いだせたら、わたしのカメラにぴったりの名前だと思うかどうか聞かせてね」

マイロはポケットに手を入れて、ペーパーバックを取りだした。きっとジョージィなら怒らない。ちょっとしたミスだったとわかってくれるだろう。「さっき片づけたときに持っていっちゃって――持っているのに気がつかなかったんです。もっとはやく返しにくるつもりだったんだけど、わすれてて。ほんとうにごめんなさい」

「ああ！　荷物に入れわすれたんだと思ってた」ジョージィがほほえんだ。「いいのよ。それ読んだことある？」

なんて不思議なんだろう。この本を持ってあれだけ飛びまわったのに、題名に目をとめてさえいなかった。表紙は無地で、厚手の赤い紙にタイトルがグレーで印字されていた。「『語り部のおぼえ書き』」マイロは見なれない単語を注意深く発音した。「ないと思います。語り部って？」

「物語を話す人のことを昔風にいう言葉。これはこの地方に伝わる民話を集めた本なの。あなたが知っている話もはいっているかもしれないわね」ジョージィは本を取って、すばやくページをめくり、第二章を開いてマイロに差しだした。「これは知ってる？」

「『地図のゲーム』」マイロはまた首を振った。「知らないと思う」

本を返したが、青い髪のジョージィはただ手を振った。「すこし読んでごらんなさい。気に入るかどうか。あなたが夢中になれなくてもわたしは傷ついたりしないから」またにっこりほほえんだ。「でもある理由で、あなたははまりそうな気がする」

「どんな理由？」

ジョージィは肩をすくめた。「さあね。読んで、感想を聞かせて。少なくともはじまりかたは気に入るんじゃないかしら」

マイロはジョージィが選んだ物語を見おろして、書きだしの一行に目をはしらせた。〈地図にかけない町がありました。その町には絵にかけない家がありました〉

ふと気づけば、そのページの終わりまで読んでしまっていた。目をあげると、ジョージィ・モーゼルがにやにやしながら見ていた。「いいでしょ？」

「たぶん」マイロは本を脇において、キッチンにはいり、ホットチョコレートのおかわりを持ってすぐにもどった。それから家に宿泊客がいるときのお気に入りの場所に腰をおちつけた。大きな弓形の張出し窓《ボウウインドー》に面した二人がけソファで、そこにすわると玄関ポーチの向こうにひろがる景色を一望できる。ソファの高い背もたれが壁となって背後の室内で起きていることからへだてられ、わずかでもプライヴァシーを得られる。マイロはソファの端で丸くなって、今度は本の最初から読みはじめた。

〈雨は一週間ふりやまず、宿への道はほとんど泥の川もおなじでした。少なくともフロスト船長は、町のそのあたり特有の黄色い土にべっとりまみれてどかどかと宿に帰ってくるなりそういいました。ほかの泊まり客たちはため息をつきました。もしかすると今日は、と思っていたのです。今日こそはこの不自然な監禁生活が終わるのではないかと。けれども朝食に玉子とこんがり焼いたトーストをくれと大声で叫んでいる船長によれば、十五人はどんなにみじかくてもあと一日、スキッドラック川と、もとは道だった新しい川と、雨にとらわれたままだろうとのことでした〉

マイロが気に入りそうだとジョージィが思ったのもうなずける。〝雨〟を〝雪〟に変えて、人の数をいくらか減らせば、この作者はグリーングラス・ハウスのことを書いているといってもよかった。ところが本のなかでは、フィンという名の泊まり客が暇つぶしに物語を話すことを提案した。

〈「もっと都会では、暖炉を囲んで葡萄酒を飲みながら、旅人たちはなにかしら自分の話をすることがあるんです」とフィンはいいました。「すると、あら不思議——そこにはもう見ず知らずの人はいなくなっている。暖炉を囲んで葡萄酒をくみかわす仲間たちがいるだけだ」

雨風で窓ガラスがかたかた鳴る音を聞きながら、客間《パーラー》に集まった人々はおたがいを観察しあいました。刺繍《ししゅう》入りの絹のショールをまとった若い娘。顔に刺青《いれずみ》のある双子の男たち。手袋をはめた両手を神経質そうに絶え間なく動かしている、やせた女。べつのやせこけた女はばかに大きなショール二枚の下に隠れていましたが、動いたときにショールがずれると赤茶色の皮膚がちらりとのぞくのでした。

「お耳を拝借できるなら」グラスを揺らしながらフィンがいいました。「まずわたしが話をし

ましょう。そのあとで、もしやってみてもいいなと思われたら、どなたかがひとつ話してください。ではよく聴いて」〉

物語の泊まり客たちはもちろん賛成し、つぎの章ではフィンが「地図のゲーム」を語った。

〈地図にかけない町がありました。その町には絵にかけない家がありました〉

マイロが物語を三篇読んだところで、ドアがばたんと開き、雪をかぶったミセス・パインがどかどかとはいってきて、そのあとから雪まみれの人々がついてきた。キャラウェイさんと娘のリジーだった。マイロがソファのなかでいっそう身を低くして、読書に没頭するあまり気づいていないふりをするあいだに、三人は食料品をつめこんだ茶色い紙袋を食堂のテーブルにつみあげ、コートやブーツをはぎ取りはじめた。マイロはソファ横のサイドテーブルにのった小さな時計を横目で見た。じきに真夜中だった。ジョージィ・モーゼルのカウチは無人になっていた。マイロが「地図にかけない家」と「聖遺物箱の作り手」を読んでいたおよそ一時間半のどこかで去ったのだろう。物語にのめりこんでいたので、ジョージィが自分の部屋へあがるのも、母が寒い戸外からいったんもどって、ふたたび出ていったのも聞こえなかった。

「マイロ！」

こんなふうに平和に本が読めることはこれからしばらくなさそうだな、とマイロは哀しくなった。

本をおいて、ため息をつくと、ソファからよいしょと立ちあがった。「なあに？」

「もうじきクリスマスだね、坊ちゃん」靴を脱いで靴下だけになったキャラウェイさんは、つぎの袋を抱えあげる途中ですばやくマイロに手を振り、キッチンへ向かった。二十歳ぐらいになる娘のリジーが残りの食料品を集めて抱え、母親のあとを追いながら、マイロににっこりほほえみかけて、うなずいた。

ミセス・パインはキャラウェイさんのあとから小走りでキッチンにはいっていった。「オデット、それはわたしが片づけておくわ。あなたたちはすこし休んで。ベンが部屋を用意したはずよ。マイロ、スーツケースを運んであげてくれる?」

「いいよ」マイロは母に返事をした。それから、取りかかろうとして、じっと見つめるだれかの視線を感じた。

マイロと同じ年ごろの、見たことのない女の子がもうひとり、二人がけソファの背もたれごしに興味津々のまなざしでのぞきこんでいた。リジーの妹のメディにちがいない。メディの話はさんざん聞かされていたけれども、会うのは初めてだった。「やあ」特別な場所のひとつにいるところをそんな近くで見られていたことにいらっとしたが、どうにか抑えつけて、小声であいさつした。「メディだね。ぼくはマイロ」

メディ・キャラウェイはマイロと同じくらいその対面をよろこんでいるみたいだった。「ハロー」ニットの帽子をぱっと脱ぐと、赤みがかったショートの金髪が静電気で立ちあがり、ほてった顔のまわりで後光のようにつんつんとがって見えた。

やったぁ、冬休みだ。

「それで、あなたって養子なの？」

両腕にいくつもスーツケースを抱えたマイロは二階の踊り場で立ちどまり、振りむいて呆然とメディを見た。「なんだって？」

†

彼女が興味深そうに見ていた。「そうだって聞いたけど」

マイロはふんと鼻を鳴らして、ばかげた質問だと思っているように聞こえることを願ったが、すでに顔が赤くなりだしていた。養子だと聞いた？　もちろん、血のつながりがないことは、マイロと両親を見れば想像がつく。でもメディがほのめかしているのは、養子だとだれかがメディに話したということだ。つまりキャラウェイさんとリジーが養子縁組を話題にしていたことになる。裏切られたような気がした。よその人たち、好きで信用している人たちが、マイロのいないところで家族や彼の過去を話題にしているなんて――

「どうなの？」メディはマイロの顔をまじまじと見た。まるでそんな質問はまったく――全然たいしたことではないかのように。だけどそれはちがう。

「きみの部屋はこっちだよ」マイロはそこから部屋までずっと、メディが察してくれないならどうこたえようかと思い悩んでいた。

二階には、一時滞在する友だちや親戚用の客室が二部屋ある。マイロは東向きの、ベッドが二台ある客室のドアをあけると、リジーがふだん使うほうのベッドの足元に彼女のかばんをおろした。「スーツケースは持ってきた?」

メディは彼をじっと見つめてから、首を振った。「わたしの荷物はそこへ一緒に入れたから」

「わかった、それじゃ」弱々しく腕を振ってあいまいに歓迎の意をあらわし、メディをくつろがせるために部屋に残して、廊下をはさんだ向かいの部屋にキャラウェイさんのスーツケースを運びこんだ。

部屋から出ると、メディが自分の部屋の戸口に腕組みして立っていた。「こたえてくれてない」

「そうだよ、ぼくは養子だ」マイロはげんなりした。「きみに関係ないだろ」

メディがあきれたように目玉をまわした。「秘密だなんていわないでね。見ればわかるもん。あなたはご両親にどこも似てない」

「自分がどう見えるかも、どう見えないかもよく知ってるよ!」マイロはいいかえした。「これはぼく個人のことなんだ」

メディは肩をすくめ、それからくるりと背を向けて、リジーのかばんのチャックをあけた。

「どこから来たの」かばんをのぞきこみながらたずねた。

「ここだよ」マイロはそっけなくこたえた。「ずっとナグスピークに住んでる。赤ん坊のときにもらわれたから」

「ええ、だからそのまえよ。養子になるまえ」

ったくもう。いまぼく個人のことだといわなかったか？　「ここの子になったんだ」よそよそしくいった。「この町のあっせん所を通して」捨て子だったことにはふれなかった。それはほんとうにメディにはかかわりのないことだ。

「ええ、でも中国人――」

「そうだったら」きつい口調になった。「それに、ぼく個人のことだといったろ！」

マイロは向きを変え、うしろで見つめているメディを残してずんずん階段をおり、ジョージィの本をおいてきた窓辺の二人がけソファにもどった。わざとキッチンのおとなたちを無視して、クッションにできるだけ深く沈み、物語のなかにもどろうとした。

しばらくすると、隣に母がしゃがんだ。「なにも問題ない？」

「ないよ」

「なにか聞こえたように思ったんだけど――」

「なんにもない」

母はゆっくりうなずいた。「なにを読んでるの？」

マイロは母に題名が読めるように本を高くあげた。「ジョージィ、青い髪の人が貸してくれたの。ナグスピークにまつわる民話集なんだ」

「子どものころに読んだおぼえがある」母がいった。「たしかすごくおもしろかった」

「うん、けっこういいよ」

「ほんとうに話したいことはない？」

マイロは三回くりかえし目で追った一節をじっと見つめた。「ない。まだ起きていて、この話を最後まで読むつもり」

母はうなずいて、マイロの手をいっぺんぎゅっと握ってから、立ちあがって、キッチンに向かいかけた。マイロが体を動かすと、ポケットの革財布も動いた。「かあさん？」

「なあに？」

「さっきもう一度出ていったとき、歩いている人を見かけなかった？　ぼくが見ただれかを。かあさんが外にいるあいだに帰ってきた人はいないんだけど」

母は首を振った。「人っ子ひとり見なかった。だれだったにしろ、たぶんその人が帰ってきたときにわたしたちが気がつかなかったというだけよ」

†

その物語のなかで、宿の窓を打つどしゃ降りの雨にも負けず、刺青のあるネグレという名の双子のひとりが語りだした。〈「もしも〝悪魔《デビル》〟を打ち負かしたら、その人は心からの願いが叶うんです。みんなそのことを知っていて、なかには自分にもできるんじゃないかと考える愚《おろ》かなやつらもいる。でも悪魔は賭けごとの達人で、そういった愚か者たちを食いものにして暮らしているんです。悪魔にいどもうと夢見るのはうぬぼれ屋で、思いあがりが勝利の助けになることはほとんどない。そしてふだんはうぬぼれ屋ではない悪魔が負けることはまずない。

ところが、それが起きたんです。めったにない、とくべつなことだったとはいえ。これはそうした機会のひとつ、悪魔が悪いほうの手札を持ったときの話です。

黄昏《たそがれ》どきに、遠く離れたふたつの町を結ぶ道をひとりで歩いていた悪魔は十字路にぶつかりました。そこには指の形をした道しるべがあって、その下にくず拾いの荷車がとまっていました。近づくにつれ、悪魔はそのくず拾いがすこし小さいのに気がつきました。つぎに彼の影がくず拾いのまえの地面に落ちて、おそろしげな存在を知らせると、その小柄な人物が振りむき、悪魔はふたつのことを見てとりました。まず、その人物は五十セント銀貨か満月のような銀灰色の目をしていました。そして、小さいのは子どもだったから、しかも女の子だったのです」〉

マイロは午前二時近くまで居間で読みつづけた。起きていてもいいはずのない時刻だ。暖炉の薪は燃えさしになり、ホットチョコレートは冷えきっていて、窓から見える外の世界は暗くかすむ雪と濃く深い夜だった。『語り部のおぼえ書き』は開いたまま膝にのっていた。上階のあちらこちらで知らない人たちがたてる物音のために家はなじみのない場所に思われ、読みふけっていた物語もなんだか気味が悪く、マイロはそろそろおしまいにしようと思った。

四回目に頭を振って眠気をはらい、ページを泳いでいるいくつもの単語を文や段落につなげて読みとろうとした。でもだめだった。マイロは背中をのばし、あくびをした——すると外の雪のなかに黒いしみが見えた。ひときわ濃い影、人の大きさの影だった。

風が庭に吹きつけて、白雪の雲を巻きあげながら木立へと抜けていった。雪の雲が晴れると、人影は消えていた。

†

「ここで眠ったの？」

マイロが目をさますと、ソファとまだ暗い窓とのあいだにメディ・キャラウェイが立ち、あっけにとられた顔で見ていた。マイロはおどろきの悲鳴をのみこんで、立ちあがろうとしたが、ひと晩じゅう折り曲げていた片方の脚がしびれていて、ソファから床へまえのめりに転がり落ちてしまった。

顔を横に向けると、ふわふわしたピンクの靴下に包まれたメディの左足のつま先が見えた。マイロは口いっぱいの空気をふうっと吐きだした。膝から落ちて、いまはほっぺたの下にある本を、紙を嚙まずにしゃべれるようちょっとだけずらした。「いま何時？」しわがれた声が出た。

メディが左腕をのばし、袖の下からやけに大きな腕時計をはめた手首をのぞかせた。「六時。こんなとこでなにしてんの？」

「そっちこそここでなにやってんだよ」マイロは訊きかえした。

メディは眉をひそめながら、首をまわしてうしろを見た。「おかしな音が聞こえたの」

マイロはその視線の先を追って、眠りに落ちるまえに人影を見たことを思いだした。立ちあがって窓の外に目をこらしたが、あいかわらず降りつづいている雪のほかはなにも見えなかった。「なにが聞こえたの？」

「なんだかわかるんなら」とじれったそうにメディがいった。「おかしなとはいわなかった。でもこれはいえる。音がしたのはこの宿のどこかよ。外じゃなくて」

「この家はいろいろ音がするんだよ。古いから。ぼくもよく夜中に目がさめた」マイロはソファから落ちたせいですこし痛む手首をさすりながら、肩ごしにきりっとメディを見た。「小さいころはね」

メディが眉をくもらせた。「なるほど」くるりと向きを変えて、階段のほうへ歩きだした。そこで足を止め、かがんで、マイロの足のそばの床からなにか拾いあげた。マイロは手のひらでぎこちなく尻ポケットを叩いた。青い革財布はもちろんそこにはなく、メディの手にあった。

「待って――」メディはかまわず折りたたんだ地図を取りだした。「気をつけて、それは破れそうなんだ」彼女が地図を開くのを見ながらマイロは忠告した。紙が裂ける音が聞こえてきそうだった。

「これはなに？」

「返して」マイロは片手をつきだして、指をひらひらさせた。

メディは無視した。「あとでね。なんなの？」マイロはしつこく指をひらひらさせた。メディは手で振りはらうようなしぐさをして、紙を上下逆さまにし、眉根を寄せて見た。「ああ。わかった。航海用の海図ね」

メディが海図だとたちまち見抜いたことが腹立たしく、軽いおどろきも感じて、マイロは腕組みした。「そうだよ。その点々はおそらく水深だな、それにカモメはコンパスローズだ」

「いわれなくてもわかる。でもこれはカモメじゃなくて、アホウドリよ」うやうやしく指一本で鳥にふれた。

人にまちがいを指摘されるのはあまり好きではないが、アホウドリの外見を正確に知っているとはいいきれなかったので、反論するのは控えておいた。

メディは気がすむまで海図を返しそうになく、マイロも無理にひったくって破くつもりはなかった。「ていねいに扱ってくれる？　気づいてないならいっとくけど、それは古いんだ。破くなよ」

「破かないって」メディはぼそぼそといった。「すごくしゃれてる。なんの海図？　ていうか、どこの？　スキッドラック川やマゴシー湾じゃなさそう」

「ぼくもちがうと思った。どこの海図かはわからない」しぶしぶみとめた。「それはたまたま発見したようなものなんだ」

「ようなもの、ってどういう意味？」

「宿泊客のだれかが落としたんだと思う。いいから返せよ」うんざりして、ふたたび手を出した。メディはもう一度長々と見てから、ていねいに折りたたんで、マイロに手わたした。

「そそられない？　もっとよく調べてみる気はある？」

正直いえば、落とし主を見つけて、ただそれを返すのがほんとうにするべきことだった。だけど……。「どうやって？」

ややけんか腰の口調になってしまったが、メディは気にならなかったようだ。小首をかしげて、しばらく宙をにらみ、それからゆっくりまわって、人気《ひとけ》のない一階の部屋を見わたした。居間、玄関ホール、キッチン、食堂。居間の向こう端にある、網戸つきポーチへ出入りする閉じたドアを見てから、幅の広い階段に目をやった。それからマイロに向きなおって、奇妙な半笑いをうかべた。「作戦」

「――なんだって？」

「いいから聞いて。わたしたちはここに閉じこめられてる、でしょ？」

「閉じこめ――ぼくはここに住んでるんだけど！」

メディが目をつりあげた。「この状態に満足してるってこと？　こんなふうに冬休みを過ごしたかった？　知らない人たちと一緒に雪に閉じこめられて？」

「いや、そうじゃないけど――」

「ま、いいわ、あなたはあなただから。でもここから出られないんだったら、わたしならなにかすることを見つける。この海図がどこへつながるのか、わたしたちで調べてみるとか」

マイロの体がかっとほてってきた。知らない人たちと閉じこめられるのは問題だが、メディを押しつけられるのはもっと腹立たしい。ずかずか押し入ってきて、なにをするべきか――しかもマイロが見つけたもののことで――指図するなんてあんまりじゃないか。「ぼくたちでなにかするって、だれがいった？」

メディが腕組みした。「なにが気にくわないの？」

「気にくわないのは、そっちのいうとおり、休みをこんなふうに他人と過ごすことだよ。それにはきみもふくまれる！」

「なるほど、わたしが気にくわないんだ」メディはがまん強くいった。「でもわたしの考えのどこがひっかかるの？　わたしたちはいまここにいるのよ。なにか楽しいことをしたっていいじゃない」

しゃくにさわることに、うまい反対意見はひとつもうかばなかった。マイロも腕組みした。

「じゃあ、どうするのさ。どんなふうにはじめたらいいと思う？　もしもぼくが同意するとしたら」

メディはマイロが手にしている紙のほうをあごでくいと指した。「そうね、まずはみんながおりてくるまえに、それについてあなたが知っていることを聞かせてくれるのはどう？　つぎに、わたしたちがなにをやっているかバレないようにその話をする方法を考えだすの」

「どうして？」

「だって、ただ訊いてまわったら、その海図の持ち主はあっさりつきとめられちゃうじゃない」

「当然だね」

「そう、当然よね、ただしあなたはまだそうしていないけど。なぜ？」

マイロはその海図を見つけた直後に停車場をうろついていた人物や、それを返さないで本能的に隠してしまったことを思って、ためらった。「わからない」

メディはにやりとした。「わたしもわからない、でもおもしろそう」

マイロは口をあけたが、また閉じた。メディの作戦とやらを試さない理由はどこにもなかった。それに、たしかに好奇心をそそられる。「じゃあ、いいよ」

ふたりは並んでソファに腰かけた。マイロは海図を発見したいきさつを話し、その流れでジョージィ・モーゼルの本にはまったいきさつも説明し、そこからメディの要求で宿泊客全員について知っていることを洗いざらいしゃべらされた。

階段で足音がして、ふと口をつぐんだ。メディが〝だまって〟のしぐさをしたので、マイロは顔をしかめて、口の動きだけで〝わかってるよ〟とこたえた。「ぼくらの階からおりてくる」そっとつけくわえた。「お客さんじゃないよ、それならもっとまえに階段の音が聞こえていたはずだから」それはほんとうだった。なかでも四階の階段の音は聞きまちがえようがない。

思ったとおり、足から順に姿をあらわしたのは、朝いちばんのコーヒーをいれにおりてきたキャラウェイさんだった。彼女はまぶしそうに目をぱちぱちさせてマイロとメディを見た。

「早起きだね。ホットチョコレートでも飲む?」

「いらない、キャラウェイさん。ぼくはしばらくベッドにもどろうかな」革財布にしまった海図とジョージィの本を持って、マイロは階段をのぼっていった。

マイロの部屋がある二階には、彼の部屋と両親の部屋、キャラウェイさんたちが泊まっている家族の来客用の二室のほかに、下の階よりはだいぶ小ぢんまりとした居間とキッチンと食事室があって、マイロと両親は必要なときにプライヴァシーを得られる。マイロは足音をしのばせて居間をつっ切り、床から天井までとどくこの家で最大のステンドグラス窓、銅《はがね》とワインと栗と緑青と濃紺で彩られた巨大な一枚板の横を通りすぎた。さらに短い廊下を行ったつきあたりに青いドアがある。マイロがドアノブをまわすと、格子縞《じま》の太いリボンで結びつけた大きな丸い真鍮《しんちゆう》の鈴が歓迎のジングルを鳴らし、室内にはいってドアを閉じるときにまた鳴った。スイッチを入れると、いっせいに明かりが点った。ドアの脇にかかっている真鍮の錨《いかり》のランタンは、かつてマイロの父の父が乗っていた船のもの。中国の文字が刺繡され、金色の房《タッセル》がついた、タマネギ形の赤いシルクの提灯《ちようちん》が、天井の角からななめ向かいの角へ対角線上に渡した糸で吊るしてある。

目をつぶって、本と海図を持っているほうの腕をのばし、宙でぱっと手を放した。それらはマイロの狙いどおりに、机のどまんなかに着地した。革のデスクパッドに落ちたときの短いストンという音でわかった。それから、目を閉じたまま九十度方向転換し、右へ二歩移動して、かかとを軸にうしろへ倒れた。いつものとおり、ベッドのまんなかに着地した。

ゆっくり、じわじわと、体がほぐれていく。両足をひょいとベッドに持ちあげて、ブランケット——パイン夫妻がまだ縁組を待っていたころにミセス・パインが彼のために編んだパッチワーク——の下にもぐりこみ、二、三分後には眠りに落ちた。

3 〈ブラックジャック〉

マイロの部屋は家じゅうでいちばん眺めがいい。そこは傾斜屋根の下の部屋で、屋根窓《ドーマーウインドウ》はスキッドラック川へ下る森が急角度に落ちこむ地点に向いており、よく晴れた日にははるか下方の鋼《はがね》のような青灰色の水まで見わたせる。その窓には非常階段もついていて、マイロはその場所にすわるのが好きだ。とりわけ太陽が丘の向こうに沈む時刻に。もっとも、ほんとうはそばにおとながいないときにすわることは許されていない。

でもいまは朝で、空はどこにも見えず、ただ厚い灰色の雲が頭上をおおっていた。一日の何時だとしてもおかしくなかった。寝起きでまだかすむ目を霜《しも》ですりガラス状になった窓からそらして、目覚まし時計に手をのばした。午前十時。

雪はもうやんでいたが、木々につもっている厚さからして、ひと晩じゅう降りつづいていたにちがいなかった。そうした景色を目にすると、小一時間かけて雪の要塞のようなものをこしらえ、まん丸で中身のつまった雪の玉で弾薬庫を満たしたあとに暖炉であたたまる儀式が恋しくなった。

服を着がえ、本と財布を机の上にまっすぐ並べてから、部屋を出た。一瞬考えて、ドアノブに鈴を結びつけているリボンをきゅっとひねり、ふたつの輪がまっすぐ並ぶようにして、一階へおりていった。

食堂ではまもなく朝食が終わろうとしていた――が、マイロはほとんど気づかなかった。頭のなかは、〝うわあ、この人たちが一か所に集まっているのは妙な光景だな〟という思いでいっぱいだった。

地味で目立たないヴィンジ氏は、皿に残ったメープルシロップをフォークでかきまぜている。テーブルの角のほうの席に片方の足首をもう一方の膝にのせてすわっていて、今朝の靴下は黄色にジョージィ・モーゼルの髪と同じくらい青い水玉が散っていた。エグランタイン・ヒアワード夫人はなんとなく不満そうな目つきで、リジー・キャラウェイが湯を沸かすやかんをこんろにのせるのを見つめている。ドクター・ウィルバー・ガワーヴァインはテーブルの端から、やはりリジーをうさんくさそうに見ている。彼とヒアワード夫人はお茶のいれかたに関して他人を信用していないらしい。ガワーヴァインはリジーをちらちら見る合間に、テーブルの表面にさまざまなトーンの緑色を投げかけている窓を見ていた。まだ足首にテープを巻いているクレム・キャンドラーは、食堂の窓際の小さな朝食用テーブルで皿のパンケーキをつつきながら、うっとり雪を眺めていた。階段の下に立っているマイロから見えるジョージィは、マイロが前夜うたた寝した二人がけソファの背もたれからのぞく青い頭だけだった。マイロがそうして室内を見わたしているところへ、腕いっぱいに薪《まき》を抱えた父が玄関から足音高くもどってきて、ぎこちなくブーツを蹴り脱ぎ、居間にはいっていった。

「おはよう」マイロはぼそりと小声で母にいった。母はキャラウェイさんを手伝って皿洗いをはじめるところだった。

「オーブンにパンケーキがあるわ」母がいった。「たくさんあるから、あなたもおかわりできるわよ」キッチンにはいってきて、手を洗おうと蛇口の下に両手をつきだした夫に向かってつけくわえた。

マイロはパンケーキに皿からあふれるほどたっぷりメープルシロップをかけて、一日が正式にはじまるまえのひとときをひとりで過ごしに居間へ行った。

お気に入りのもう一か所にはメディが陣取っていた。クリスマス・ツリーの裏のそこは部屋の角なので、きらきら光る洞窟のようになっている。「おはよう」自分の場所をまたひとつ奪われたのがおもしろくなく、不機嫌につぶやいて、ツリーの横の暖炉まえに出っぱった石に腰かけた。

「おはよう。わたしたちの作戦をはじめる心がまえはできてる?」メディは綴《と》じていない書類の束と、硬い表紙《ハードカバー》の大型本の山から顔をあげた。

マイロはぞっとして見つめた。書類は宿題を思わせるし、本は表紙に派手なイラストが描かれていても教科書にしか見えず、不安がこみあげた。「作戦ってなんなの、正確なところ」

「ゲームの世界での冒険。わたしたちのゲームの世界はあなたの家で、冒険――作戦――とはあの海図に隠された謎を解き明かすことになるでしょうね」

「わかった……どうやって?」

メディの手招きで、マイロは暖炉まえを離れてツリーの裏にもぐりこみ、隣にすわった。

「わたしたちでこの家を探険して、宿泊客について調べるの」メディが説明した。「そうしながら手がかりをさがしだす。でもまずはキャラクターを決めなくちゃ」

「なんで?」

メディは首をかしげた。「ゲームの役だから。あなたはキャラクターを考えだして、その人物としてプレイするの。ロールプレイングゲーム《RPG》って知ってる?」

マイロは顔をしかめた。「いや。モンスターや迷宮や、面が百万もあるサイコロとかが出てくるような? そういうのをやるの?」

「まあね。でも現実のゲームにはもっと人が必要だし、ゲームマスターやなんかも要る。自分たちで考えてゲームを創っていくのよ」

「でも、なぜほかのだれかのふりをしなきゃならないのさ」マイロは反論した。「それってちょっと……その、なんかばかげてるっていうか」

それになんだか気がとがめた。マイロがひそかにやっているけれども胸をはってそうとはいえないあることに、この話は危険なほど近づいているみたいだった。

自分が生まれた家についてなにも知らない場合、困るのはそれについて思いめぐらすのをやめられないことだ。少なくとも、マイロはそうだった。生みの親はだれなのか、どこに住んでいるのか、どんな仕事をしているのか想像した。まだ生きているのだろうか。ほんとうの両親と暮らしていたら自分の人生はいまとどうちがっていただろう。自分が両親に似ていて、実子ではないとひと目で他人に気づかれなかったら。マイロ自身はどうちがっていただろう。そうしたことを考えるとき、マイロは現在とはかけ離れた自分を思い描いたりもした。それはキャラクターを考えだすようなものだった。

そしてときには、そういう想像をすることが母と父に対する裏切りに感じられた。命をさずけてくれた両親と同じくらいほんとうの両親であるノーラ・パインとベン・パインに対して。

でもメディが話しているのは……これはゲームのためで、だからたぶん……やましく感じる必要はないのかもしれない。

「ばかげてなんかいないわよ」メディがしんぼう強くいった。ツリーの点滅するライトで顔が緑に染まり、ついで青に染まった。「それがゲームのやりかたなんだから。それに、キャラクターは自分の好きなように設定できるの。楽しいわよ。ほとんどなんにでもなれるの。だれにでも」

メディは書類の一枚を木の床において人さし指でくるりと回転させ、マイロのほうへ向けた。けっこう練習した動作ではないかと思えなくもなかった。「あなたのキャラクターシート」紙の上にペンをおいた。「あなたがどんな人か、これで考えていきましょ」

どんな人か。マイロはそわそわし、膝にのせている皿のパンケーキをもうひと口分フォークで刺した。「ぼくのキャラクターがどんな人物か、ってことだよね」小さな声でいった。

メディは肩をすくめた。「ゲームではあなたはあなたのキャラクターよ」

またしても、マイロはいささか罪悪感にかられながら、生物学的な親についてひそかに夢想したことや、彼を養子にしていたかもしれないべつの家族について（もっとひそかに）考えたことを思いかえした。ぼくはほんとうはだれなのか、だれになっていたかもしれなかったのか。でもこれはちがうんだ、と自分にいいきかせた。これはゲームなんだ。

「いいよ」マイロは皿を脇において、ペンを手に取った。「どうするのか教えて」

「じゃ、どこからはじめたいかいって。そうねえ──」メディは指を一本立てた。ぼろぼろの薄汚れた古いノートをめくって、なにも書かれていない方眼紙のページを開いた。「考えやすくしましょうか。冒険をともにするいいチームには四種類のキャラクターが少なくとも一名ずつ必要なの。〈隊長〉──リーダーシップと戦略的な能力をそなえた人。〈番人〉──大きくて、大勢をいっぺんに倒せる、攻撃的に戦う人物で、ふつうは魔術師、または魔法を使えるタイプ。〈戦士〉──いちばん腕の立つ戦い手みたいなものね。それに〈ブラックジャック〉──トリックで人をだますタイプ。わたしたちはふたりしかいないからこれと同じにはならないけど、深く考えないでこたえて。どれにいちばん惹かれる?」

「ぼくは……」正直いえば、どれもマイロらしく聞こえなかった。どれも物事をコントロールできる人の役割に思われた。「〈隊長〉かな」しばらくしてこたえた。「だってぼくのほうが年上だろ」目標は高くもったっていい。「ぼく、きみより上だよね?」

メディが肘《ひじ》をついて手のひらにあごをのせ、指の関節ごしに冷ややかなまなざしを向けた。「ばかいわないで。年上ってだけの理由でリーダーにはなれないの。現実の世界でさえ、先に生まれたからって命令する立場にはなれないのよ」

マイロは反論しようとして口をあけたが、メディはかぶりを振った。「まったく勘ちがいしているみたいね。まず、あなたは年上じゃない。ゲームのなかではかならずしもそうじゃないって意味よ。わたしは何世紀も生きているドワーフにでも、不死の賢者にでも、なんでもなりたいキャラクターになれるの」

「そんなのばかげてるよ」マイロはいった。

「そんなことないってば！」メディが声を高くした。「少なくともゲームでは。肝腎なのはそこ。ゲームのなかではなりたいだれにでもなれる。そういうふうに考えて。それにはいろいろルールもあるけど、でも——マイロ、あなたはどんなふうになりたい？」

どうなりたいかだって？

そうだな、まずは。マイロは思った。たまには目立たなくとけこめたらいいだろうな。見た目がちがうからってじろじろ見られずにすめば。予想外のことが起きるたびに動揺しないってのもいいな。それに、アスリートみたいに動けたらかっこいいぞ。

「上々な出だしじゃない」メディの声にマイロはびくっとしてわれに返った。メディは熟考するかのようにうなずきながら、ノートに手早く書きとめた。声に出して考えていたのだと気づいて、マイロはぞっとした。〝**目立たない、予想外の状況に動じない、運動能力**〟という言葉が、ページの片側の欄に書きこまれた。つぎにメディはいくつもの矢印を書いて、余白になにかメモした。

「目立たなくとけこむというのは、〈ブラックジャック〉っぽいわね。姿を消せる人物。〈落書き画家〉や、〈盗賊〉、〈はしごのぼり〉みたいな。〈はしごのぼり〉は壁を乗り越えたり、砦《とりで》を通り抜けたりして、お城や要塞にしのびこむ名人なの。偵察のエキスパート、情報を集めるのに送りこむキャラクターのひとつよ」最初の矢印のとがったほうになにやら書きこんだ。「動じないというのは〈隊長〉っぽい。攻撃されてもじたばたしない、ってことね？　あなたは部族の長らしくはないから、〈方術士〉……それとも〈妖術師〉かな。〈妖術師〉は〈番人〉でもあるけど、彼らの占いの基本は無作為から意味を引きだすことなの」

マイロは目をぱちくりさせた。「なにをいってるのかさっぱりわからないんだけど」

メディはいまや真剣にペンをはしらせていて、ページのいたるところに矢印を書いていた。「べつにいいのよ。そのときが来たら説明してあげる。さてつぎは能力を考えましょうか。わたしたちの活動場所がこの家だとすると、どんな技能《スキル》がとくに役に立つと思う？　ピッキング？」

「ぼくらは客室に押し入るわけ？」マイロは用心深くたずねた。この家で鍵がかかっていそうなのは客室のドアだけだ。宿泊客が使っている部屋にしのびこんで調べてまわったりしたら両親に殺される。

「ゲームの世界よ、マイロ、現実世界じゃなくて」

「ああ。そうか。だったら、そうかもね。それと……静かに動きまわることは絶対不可欠だな。音がする家なんだ、人が多いときはとくに」

「いいじゃない。それはまさしく〈ブラックジャック〉のスキルよ。〈はしごのぼり〉にはぴったり。あなたのキャラクターがだいぶしぼられてきたわね」

「待ってよ」マイロは眉をひそめて、見る見るうちにメモで埋めつくされていくページを見た。「きみはどうなのさ。きみのキャラクターも考えなくていいの？」

メディは首を振った。「わたしのはあなたのに合わせて考える。わたしたちの冒険チームを完全にする仕上げとして」

「それじゃきみにはあまり楽しくなさそうだね」

「キャラクターの作成はゲームのほんの一部よ。わたしたちはチームになるんだから、わたしの楽しみはチームのもう半分を創りだすこと。さあ、あなたの続きにもどりましょ」顔をあげてにっこりほほえんだ。「ほかには？」

思わず知らず、マイロは前夜読んだ本のなかの一篇、「地図のゲーム」のことを考えていた。あの話では、廃屋と思われる家で一夜を過ごすことにした少年が、家のなかで迷子になる。出口を見つけるために通った部屋の地図を作ろうとするのだが、どうしてもうまくいかない——というよりも（物語がほのめかしているように）家が彼のまわりで動きつづけているのだった。家の動く音の聴きかたをつかんだときに初めて、少年は周囲で起きていることを理解できた。

「家の音を聴けるようになりたい」マイロはゆっくりと声に出した。

メディが唇をすぼめた。「話が見えない」

「つまり、もしぼくたちが——森かどこかにいるとしたら、ぼくは木や風の音を聴いていろいろなことを理解できるんだ。たとえば、あとをつけられているかとか、川があるかとか、だれかがどこかで火を熾《おこ》しているかどうか……そういうこと」

「追跡者のスキル？」

「そう。でも、そういうスキルをもった人をなんて呼べばいい？　使うのは家のなかだけど」

「ううう」メディの声に興奮がにじんだ。分厚い本の一冊をぱらぱらめくりはじめた。「〈放浪者《ローマー》〉かも——〈ローマー〉は何世紀もいろいろな場所を渡り歩いてありとあらゆる変わった知識を身につけているの。〈ローマー〉としてなら、家の音の聴きかたや読みとりかたがわかってもおかしくない。何年も何年も旅をしながら学んできたから。または〈学者〉かな。あなたには家が理解できるの、これまでもずっとそうだったように」

「ねえ、それなあに？」

メディがぽとりと鉛筆を落とした。ジョージィ・モーゼルが暖炉まえに張りだした石に腰かけて、ふたりのあいだに手をのばし、メディのノートを取りあげた。マイロは動揺を顔に出していいのかどうかわからず、メディを盗み見た。「ゲームをするためなんです」とたどたどしくこたえた。

「泥棒のスキルをリストにしたみたい」マイロの耳に、ジョージィの声は自然というにはやや大きすぎ、ややさりげなさすぎた。

部屋がしんと静まりかえり、キッチンで母とキャラウェイさんが料理をしている音がいきなりばかに大きく聞こえた。マイロはツリーの陰から顔をのぞかせて、赤面した。メディとノートをとっていたあいだに、宿泊客たちは居間に移りはじめていて、いまや目に見える範囲にいる全員がマイロに注目していた。

ジョージィはそれに気づいているとしても無視した。「目立たないこと。ピッキング。運動能力か。あなたたちがしのびこみ泥棒なら、まさにそんな能力が要りそうね」

メディがマイロをつついた。「予想外の状況に動じない」声をひそめて忠告した。「わすれないで」

大勢の人たちに見られているときにおちついているのはむずかしかった。「じつは」マイロはほんのちょっぴりうわずった声でいった。「これは〈ブラックジャック〉のスキルで、それは……」

「〈はしごのぼり〉」とメディが補足した。

「〈はしごのぼり〉。偵察員なんです」

マイロの父がジョージィを乗り越えるように身をかがめて、ぐずついている火に薪を二本追加した。「いつから《オッド・トレイルズ》をはじめたんだ？」片方の眉をつりあげて、たずねた。

「へんな道《オッド・トレイルズ》って？」マイロは訊きかえした。

「これ全部の元になってるゲーム」マイロの反対側からメディが早口にささやいた。

「ああ、そのこと――ええとね」マイロは口ごもった。「学校でやってる子たちがいるんだ」

「ほう、そいつはおどろいた」ミスター・パインはうれしそうにいった。「わたしたちが子どものころによくそれで遊んだんだよ」

「ほんとに？」

「そうさ！　わたしはよく〈第三信号手〉になった。先に偵察に行って、もどって報告する役――はしごのぼりみたいなものだな――だが、戦いの場面では剣の達人にもなるんだ。たいがい細長くて鋭いレイピアを持っているんだが、偵察には長すぎるので、わたしは胡蝶刀《こちょう》を使っていたよ」

光がまたたく洞窟の底から、メディがそっと、だがまぎれもない感嘆の声を発した。

「いつか一緒にやろうか」父は立ちあがって体についたほこりをはらった。暖炉の匂いがする手でマイロの髪をくしゃっとかきまわし、キッチンへ去っていった。

そうこうするあいだに部屋の緊張はとけていた。マイロが室内をうかがうと、宿泊客のほとんどがもう興味をなくしていた。暖炉をはさんでツリーと反対側の椅子から、ヴィンジ氏だけがまだちらちらとマイロのほうを見ていた。

ジョージィがノートを返した。「すてきね。じゃましてごめんなさい」

彼女が腰をあげるのと同時に、コーヒーのカップを手にしたクレム・キャンドラーが近づいてきて、暖炉のそばにしゃがんだ。「あのさ」とほがらかな口調でいった。「もしほんとうに泥棒のキャラクターを作りたいんなら、たぶんあたしがヒントをあげられるよ」

「あなたもゲームをやるんですか？」マイロはびっくりした。

「ううん」クレムがにんまりした。「でもあたしは猫みたいにしのびこむ泥棒だから」マイロにウィンクした。冗談よ、という意味だろう。ふたたび立ちあがったクレムが自分の頭ごしにジョージィ・モーゼルをこっそり見やるのを、マイロは見てとった。「または、そこのブルーに話を聞くとか」とつけくわえた。「きっと彼女なりの意見があるはず」足音をたてずに去っていきながら、「コーヒーをおかわりできます？」と大声でたずねた。

　なんなんだ、いまのは？

「つまんない」メディがすばやくマイロの隣にもどって、ノートのページに指をひらひらさせた。「再開しましょ。つぎは能力値《アビリティ・スコア》。あなたには器用さ、知性、カリスマで高いポイントをつけるべきだと思う。あなたにいちばん役に立ちそうな能力だから」

　しばらくすると、ふたりは満足して、メディのはしり書きとマイロのきちょうめんな手書き文字で埋まったページを見おろしていた。

「悪くない」とメディ。「それどころか、かなりいけてるキャラクターになったみたい。なんて呼ぶつもり？」

「なんて呼ぶ？」マイロはおうむ返しにいった。「この人物は――ある意味ぼくなんじゃないの？」

「そうよ、でもキャラクターには名前もつけなくちゃ。だって、キャラクターなんだから。これはあなたの別バージョンなのよ。ゲームでは、現実の世界に生きているあなたとはちがうと考えたほうがいいの」

「でもぼくらのゲームは現実じゃないか」

「うん、だけどね……」メディはじれったそうにため息をついた。ページをとんとんとつついた。「わたしたちが書きとめたこれ全部を見て。正直にこたえてね。これを読んで、自分みたいに思える？」

「なわけないだろ」マイロはいいかえした。そこが肝腎だったんじゃないか？

「だったらこの人物に名前をつけて」メディはしんぼう強くいった。「マイロは自分にこういう資質があるとは思っていない。でもこの人物は」――またページをつついた――「この人にはある。この人には必要なの。わたしのキャラクターは彼に頼らなくちゃならない。マイロが混乱しているからやり遂げられないっていうんじゃ困るのよ。で、名前はなんにする？」

マイロは両手であごをささえて、ノートをにらんだ。メディのいうとおりだ。そのページに書かれていることはひとつも自分らしくなかった。これは現実ではなくお伽噺《とぎばなし》のキャラクターだ。

マイロは無意識のうちに『語り部のおぼえ書き』から名前を考えていた。「リーヴァー」と口に出してみた。「またはネグレ」そのふたつは本のなかで宿屋に閉じこめられた、刺青《いれずみ》のある双子の名前だった。「ネグレだ」と決定した。

「ネグレ」メディはその新しい名前を余白に書きこんだ。鉛筆をおいて、のびをした。「ま、朝のひと仕事としては上出来だったわね」そのページと、ほかの数ページをノートから破りとって、マイロに手わたした。「お願いがあるの。この家の見取り図を書いて」鉛筆を差しだした。

「家全体の？」

「そう。各階ごとに。まずこのフロア。あとで必要になるから」

メディは残りの書類や本をきちんと重ねて隅に寄せ、ツリーの裏から這いだすと、もういっぺんのびをして、階段のほうへ歩きだした。

マイロはツリーの陰から顔を出して、マントルピースの時計を見た。まもなく正午になるところだった。ノートの紙を折りたたみ、メディの鉛筆と一緒にポケットにしまった。「ネグレ」そっと口に出してみた。「ネグレ」たしかに十二歳の少年よりも〈ブラックジャック〉らしい響きだ。それからあたふたと立ちあがり、メディを追って階段を駆けあがった。「メディ?」

少女は二階踊り場の手すりの陰からひょいとあらわれた。「なに?」

「もういっぺん訊くけど、ぼくらはこのゲームでなにをするの?」

メディががっかりした顔つきになった。「あの海図をなくしたのはだれか、なんの地図なのかを調べるの。きまってるでしょ」

「ああ。そっか」マイロは頭をかいた。ヒーローやファンタジー系キャラクターの話ばかりで、そもそもなぜゲームをはじめたのかすっかりわすれてしまっていた。

「マイロ」

「ん?」

「まだあれを持ってるわよね」

「海図?」

「か・い・ず、そう――マイロ、まだ持ってるんでしょうね」

「あたりまえだろ」すかさずいいかえした。メディが手をつきだした。「いや……いまは持ってないけど」

「どうしてよ？　どこかにただおいてきたの？」メディは子どもにしてはマイロが見たこともないようなはやさで階段をおりてくると、顔を近づけて彼をにらんだ。「どこに？」

マイロは相手を押しのけて、足音荒く二階へのぼった。そのままどかどか歩いて自分の寝室へ向かうと、メディはぴたりとくっついてきていた。

そこで彼は静止して、ドアをじっと見つめた。

「どうしたの？」メディがつま先立ちになって、うしろから肩ごしにのぞきこんだ。「ドアがあいてるとか？」

「いや、閉まってる」マイロはゆっくりこたえた。「ぼくが出ていったときのままだ」

ただし、ちがう点があった。ドアに鈴を結んでいる格子縞《じま》のシルクのリボンが同じではない。今朝出ていくとききれいにととのえた蝶結びがつぶれていた。だれかがドアノブをまわしたのだ。そして、マイロは自室に鍵をかける習慣がないので、それが意味するのはそのだれかがおそらく部屋にはいったということだった。

革の財布と『語り部のおぼえ書き』はマイロが残していったとおり机の上にあったが、やはりなにかがおかしかった。マイロは赤い本を上にして、本の下端をその下の財布のステッチと注意深くぴったり合わせておいた。本の下端はいまも財布に重なっているが、ステッチの真上にはない。

本をどけて、財布を手にとり、開いてみた。左側のポケットの折りたたまれた紙は古くて緑色がかっていたが、それが同じでないことはすぐにわかった。メディのくい入るような視線を感じながら、そろそろと二本の指で紙を抜きだして、ひろげた。

　空白。青い波も緑の点も、なにもなかった。

「だれかに盗まれた?」マイロは混乱して、声に出した。パニックの気配がのどにせりあがってきたが、それは物事が予期したとおりにならないときの、毎度おなじみの不安感とはちがった。これはたまたま思いがけないことが起きたのとはちがう。法律上の悪だ。これで事情はだいぶ変わってきた。

「まあ、盗まれたと決めつけていいかどうかはわからないけど」いまや彼の指にわすれられてぶらさがっている緑色の紙に、メディが手をのばした。「持ち主が持っていったんなら、見つけて取りもどしたんだといわなきゃならないわね」

　マイロは首を振った。「ぼくの部屋に侵入したんだ」呆然としていった。いうまでもなく、ほんとうの問題はその点だからだ。グリーングラス・ハウスで暮らしてきた何年ものあいだ、密輸人や、世間の大半からいかがわしいと見なされそうな客人が来ては去っていった長いあいだ、だれもマイロの部屋に無断で立ち入ったことはない。だれひとり。一度たりとも。

「でも、鍵はかけた?」

「そういうことじゃないよ!」わなわな震える両手をポケットのなかで握りしめて、じっと立ったまま、ただ目だけは部屋のあらゆる隅まではしらせて、ほかにも乱されたものがないかさがした。「鍵をかけるかどうかはぼくの勝手だ!　ぼくの部屋なんだから!」

「わかった、わかった」メディの口調がやさしくなった。

だれかがこの部屋にいた。マイロの両親ならなにか理由があってはいったかもしれない。あるいはキャラウェイさんなら。でも予定外の宿泊客五人の要望を先取りしようとどれほどやっきになっているかを考えれば、マイロのことを気にかける余裕があったかどうかは疑わしい。それにもちろん、両親やキャラウェイさんならなにも取っていったりしなかっただろう。

彼の部屋にはいる筋合いのないだれかがここにいたのだ。そしてもしあの風変わりな客人たちのなかに本物の泥棒がいて、なんらかの理由があって海図をさがしていたのなら、マイロとメディがはじめようとしているこのゲームはたんなる遊びどころではなくなる。

だれかがぼくの部屋にいた。だれかが、い、い、だれかがぼくの部屋にいた。パニックの発作が起きないように、マイロは懸命に息をととのえた。

発作が起きたことはこれまでに何度かある。そうなったときは、たいがい母にいわれた。気持ちをそらすように、なにかちがうことを考えるようにしなさいと。

たとえば、ゲームのこととか。

「きみの名前は?」マイロはメディにたずねた。

「は?」

「作戦で」

「ああ。ええと、そうね……わたしのことはサイリンと呼んで」

「そしてきみは何者? まだきみについてはなにひとつ聞いてないよ」

メディは頭をかいた。「じつは、ずっとやってみたかったキャラクターがあるの。〈注解学者〉、っていうんだけど。天使に仕える精霊みたいな翼のある生き物で、できごとの流れを変えるかたちでは行動しないとされている。でも冒険が大好き、なのに自分だけではそのチャンスがないので、プレイヤーは〈注解学者〉に出会ったらほぼまちがいなく力になってもらえる。〈注解学者〉はふつうプレイヤーでないキャラクターで、たまたま出くわしたプレイヤーに情報や手がかりやツールを与えるの。でもわたしはプレイヤーが〈注解学者〉をやったっていいと思う。わたしがやってみてもかまわない？」

マイロは興味をそそられて、肩をすくめた。「ぼくはかまわないよ」

「じゃあ、まず、サイリンはプレイヤーでないキャラクターの目には見えないことにして。つまり、あなたのほかはだれにも」

マイロはにやっと笑った。「きみが見えないふりをしなくちゃいけないの？」

「マイロ」メディがきびしい口調でいった。「サイリンは別世界の生き物なのよ、人と交流はしない、ただ観察するだけ――天使になにか行動を命じられたとき以外は。だれの目にも見えないけれど、ネグレには見える。だからネグレはわたしたちの作戦の隊長《キャプテン》なの。サイリンは指揮下におかれるのを好まない。ただよろこんで冒険に加わりたがっている。でもネグレには見えない物事が見えるという意味で、サイリンはすごく役に立つかもしれない。重宝するかもしれない超自然的なパワーもそなえているし」

「どんなパワー？」

「さあね。そのうちわかるでしょ」

メディは不安そうだった。マイロに却下されるかもしれないと案じているかのように。マイロはまた肩をすくめた。「ぼくはいいよ。サイリンだね。きみはサイリンか。作戦にようこそ」マイロが手を差しだし、それぞれ新しい身分になったふたりはまじめくさって握手をかわした。「スタートするまえにぼくが知っているべきことがほかにもある？」

メディはぷうっと口いっぱいの息を吹きだした。「ちょっと待ってね……。罠《トラップ》がないか、かならずチェックする、まんなかがないかぎりはつねに左が正しい、あなたを治す人物に最高のよろいを着けさせる、魔法の指輪は手の指でなく足の指にはめる……。ほかには？……いつもロープを持ち歩く……」メディが指を折って数えあげるあいだマイロはじっと聴いていて、自分はどれかひとつでもわからなくちゃいけないんだろうかと考えていた。

「気にしないで」ようやく彼のとまどい顔に気づいて、メディがいった。「だんだんわかってくるわよ」

「了解」マイロ＝ネグレは窓辺の壁にもたれて、親指の爪をかんでいたが、ほっとしたことにゲームについて考えていると不安の波は引いていくようだった。「とにかく。海図を持ち去ったのはほんとの持ち主じゃないと思うんだ。もしそうなら、その男か女は財布ごと持っていったはずだろ。さわっていないように見せかけたり、似たようななにかと交換したりする理由はなかったはずだ。そうすることに意味があるのは、持ち去ったことを泥棒ができるだけ長く気づかせたくない場合だよ」わからないのは、泥棒がだまそうとしたのはほんとうの持ち主なのか、それともマイロなのかだった。

　メディ、というかサイリンから替え玉の海図を取りもどして、デスクランプを点灯し、紙を光にかざすと、元の海図で見たのと同じゆがんだ鉄門があらわれた。

「同じ紙だ」とサイリンにいった。「透かしがある」

「それじゃ泥棒はどういうわけか同じ古い紙をもう一枚持ってたってわけ？　それは変よ。そんな可能性がどのくらいある？」

「そんなことが偶然にありえるとは思えない。紙は重要だな、もしかすると書かれていた中身と同じくらいに」

「とすると、解決しなきゃならない疑問が三つあるわね」サイリンは頭をかいた。「あの海図はなんなのか、だれのものなのか、だれが盗ったのか。この紙で最初の疑問にこたえが出るかも」

　ほかにもあるぞ、とマイロは気づいた。あれだけの泊まり客がこんな時期はずれに集中することが、そもそも怪しく思えたのだった。そしていま、ほかのことはさておき、この海図が少なくともふたりの客とつながった。「お客さんたちが全員同じ理由で集まったんだとしたら？　そして海図は理由の一部だとしたら。それはつまり、あの海図が……グリーングラス・ハウスに関係があるってことじゃない？」

　サイリンは奇妙な表情でマイロを見た――してやったりというような。「ネグレ。この家になにか――わからないけど、宝物かなにか、秘密が――隠されているとしたらどう？　つい昨日の晩、わたしたちはその在処《ありか》を示す地図を手にしていたんだとしたら」

宝物だって？　グリーングラス・ハウスに？　マイロはせせら笑いたくなった。へんてこなお客がいようといまいと、ここはマイロがこれまでの全人生暮らしてきた、四方八方にとっちらかった家であって、なんらかの秘密が隠されているなどと想像するのもばかばかしい気がする。でもネグレなら、グリーングラス・ハウスに宝物があるという可能性を、ごくわずかでも信じられる。つかの間、マイロの胸を不思議な幸福感がよぎった。自分のキャラクターのように考えるということがわかってきた。

「とにかく、いまはほかのだれかがあの海図を持ってるんだ。けど、盗んでいっただれかは読みかたがわかっているのかな。ぼくらが先に解明する余裕はまだあるかもしれないよ」

「ねえ、そういえば下の階でクレムがいっていたのはなに？　自分は猫みたいな泥棒だっていってたでしょ、おぼえてる？」

「冗談だと思ってた。でもジョージィ・モーゼルのこともなにかいったよね、ジョージィも泥棒だとほのめかすみたいな」マイロは頭を振った。「本物の泥棒ならミスは犯さなかったはずだよ」『語り部のおぼえ書き』がのっている机を指した。「プロの泥棒ならぼくが机の上にすべてをどうおいたかに気がついて、まったく同じにしていったはずだ。それにドアのリボン。あの鈴を見ればだれでも鳴らさないように気をつけて出入りするだろうけど、プロなら蝶結びをぼくがやったとおりにととのえていったはずだ」

しゃべりながら、マイロはだれであれその泥棒に軽蔑を感じている自分に気づいた。「泥棒はダミーの紙を残して賢いつもりになっているけど、ぼくらが財布を開くまえからわかることをなにもかも見おとした」ゲームと自分のキャラクターにどっぷり浸かって、小ばかにしたように目玉をくるりとまわしてみせた。「素人《アマチュア》だな」

「まあ、公平に見るなら」サイリンは口もとにうっすら笑みをうかべた。「その泥棒は名高い〈はしごのぼり〉、ネグレの部屋に押し入っていることを知らなかったのよ」

「うん」ネグレはいった。「きっとそうだ」

ふたりは紙を机において、折り目をのばした。ネグレは紙の表面と透かし部分の微妙なちがいを感じながら、指でなぞった。「なにか思いあたることはある？」サイリンがたずねた。

「ここにこんな門はない。グリーングラス・ハウスの敷地内には。ぼくの知ってるかぎりではね」でもそう口に出すそばから、なにかが頭にひっかかった。「グリーングラスの敷地……。そうだ、こういうのを見たことがある！」

マイロは紙をたたんで、ゲームの書類と一緒に注意深く尻ポケットにしまい、廊下に飛びだした。サイリンをうしろにしたがえて階段まで行き、しばらく止まって耳をすました。下の階で話し声がするが、上は静かだ。よし。

ネグレとサイリンは階段をのぼりはじめた。〈はしごのぼり〉の足は無意識にいちばん音のしないルートを選び、三段目では大きく右に寄り、五段目にはなるべく体重をかけないようにし、六段目は飛ばした。グリーングラス・ハウスの階段を何年ものぼりおりして身につけたたわいもない技だが、ほんとうに必要になったのはいまが初めてだった。

三階に到達すると、ネグレは一瞬立ちどまって廊下に目をはしらせ、つぎの階段に向かった。その階にはヴィンジ氏とヒアワード夫人とドクター・ガワーヴァインの部屋があるが、だれの姿も見えなかった。

足音をしのばせてつぎの踊り場を目指すあいだ、〈注解学者〉サイリンは〈はしごのぼり〉の足が踏んだ位置を慎重にたどった。最上段にたどり着くまえに、ネグレは身ぶりでサイリンに待ってと指示し、三階がそう思われたように四階も人気《ひとけ》がないか前方をこっそり確認した。ジョージィの香水のかすかなにおいがまだ漂っていて、廊下に並んだ部屋は奥のひとつをのぞけばすべてドアが開いていた。ネグレはすばやく一室ずつのぞきながらジョージィの部屋まで行き、ドアに耳をつけて物音を聞きとろうとした。音はしなかった。

階段にもどって、サイリンを手招きした。それから大きなステンドグラスの窓を誇らしげに見あげた。それは冷たく青みがかった冬の光を床に投げかけていて、そのところどころにきらきらと緑色が散っていた。

「うわー」サイリンが感嘆の声をあげた。「ずっといたのに、ちっとも気がつかなかった」

「ぼくもだよ」ネグレは白状した。似ていると思いこんでいるだけではないことを確認するために、あの紙を取りだして、ふたたびひろげ、かかげて見くらべた。窓に裏から照らされてくっきりと透かしがうかびあがった。「だけど、ほら。まちがいない」

マイロにはいままで教会っぽいモザイクにしか見えなかったものが、ネグレの目には鉄門をあらわしたものに見えた。ガラスそのものではなく、ガラスをくっつけてささえている金属のほうを見なくてはならないが、たしかに門だ。窓と透かしの門はまったく同じだった。

「でも、このことはなにを意味するの？」サイリンが首をひねった。「これと同じような鉄門が以前は敷地内にあったとか？」

「すごく古い家だしね」ネグレは振りむいて見まわし、マイロがその年齢まで暮らしてきた家のあれこれをつくづくながめた。ネグレには、すべてが新しかった。少なくともちがって見えた。濃いチョコレート色の、ごつごつした古い梁《はり》。クリーム色のペンキを塗った圧搾錫《あっさくすず》の廊下の天井。ロウソクでなく電球を取りつけるように作り変えられた壁の埋め込み式燭台《しょくだい》。象牙色と金のエンボス加工の壁紙はあまりに古いので、マイロと母はときどき糊《のり》の壺を持ってまわり、年がら年じゅう壁からはがれている気がする角を貼りなおす。それに、ネグレにはもうそこにあるとしか見えないのに、以前は門が隠れていたステンドグラス窓。

「階段の窓はどれもすこしずつちがうんだけど、セットなのはまちがいない」青いガラスを見ながら、静かにいった。「それぞれどこかに門がはいっているのかな」

サイリンは腕組みして彼を見つめた。「あなたはどんなことを知ってるの？　この家について」

「かあさんがまだ小さいころに、親がここを買ったんだ。そのまえは空き家だった。ていうより、持ち主がめったに帰ってこなかったんだろう」

「その持ち主って……？」

「密輸人。ずっと昔の、ジェントルマン・マクスウェルみたいに有名なだれか。彼じゃないけどね。思いだせないよ」

サイリンがふんと鼻を鳴らした。「ジェントルマン・マクスウェルはそれほど昔じゃないわよ。あなたが生まれるちょっとまえぐらいじゃない」

「まあね、でもそれだってかなり昔だよ、それに家の持ち主はマクスウェルの時代よりさらにまえの人だった」

「ドク・ホーリーストーンとか？」

ネグレはぱちんと指を鳴らした。「それだ」

「うそでしょ！　この家はドク・ホーリーストーンのものだったの？」

「そうらしいんだ。かあさんの父親がドク・ホーリーストーンの兄弟から買ったんだよ、彼がつかまって死んだあとに。だから宿屋になったんだ――よくここに寝泊まりしていたような人たち向けにね。はじめは泊まる場所が必要な、ドクの友だちや船乗り仲間のためだった。それから密輸人が陸《おか》で過ごさなきゃならないあいだ泊まるのに安全な宿だという噂がひろまって。じつはうちの両親はそれで出会ったんだよ。とうさんの父親はエド・ピカリングの乗組員で、ここに何度か泊まったんだ」ネグレは得意げな声にならないよう気をつけた。「ピカリングはホーリーストーンやジェントルマンほど有名じゃないけど、けっこう大物だったんだよ」

「すてきじゃない」サイリンは感心したように見まわした。「それならここになにか隠されていると考える人がいても不思議はないわね。隠されていなかったらおかしいくらいよ」

「海図の説明もつきそうだしね」ネグレが補足した。

サイリンは頭をかいた。「わたしが思いだせるのは、あの水路に見おぼえがなかったことだけ。もしかして水路じゃないってことは？　海図に見える地図なのかもよ」

「かもな」ネグレはうなずいた。「地図を作ったのが密輸人、または水上生活している人間なら、自分がいちばん見なれている記号を使うのは筋が通ってる。または、自分が描いているのがどういう地図か隠そうとしていた可能性もある」あらゆるものに厚く降りつもっている青みがかった雪を、窓から見やった。「あの水深の記号が、埋まっているなにかを掘らなきゃならないって意味じゃないといいけど。あれだけの雪の下じゃ地面はかちこちに凍ってるよ」

そこで意気消沈する考えがうかんだ。「またはこの家とはなんの関係もない地図なのかも。紙につながりがありそうだからって、中身もそうだとはかぎらないし」

サイリンは自信ありげに首を振った。「関係はあるわよ。透かしはともかく、泊まり客のだれかがわざわざここに持ってきたんだから。使うと思わないものを旅行の荷物につめたのはいつが最後？」

「そうだね」

メディはもっとなにかいいかけたが、ネグレはつと静止して片手をあげた。三階へのぼる途中のきしむ階段を踏む音がした。

「泊まり客のだれかだ」ネグレはささやいた。「家族はみんな知っていてあの段を飛ばすんだ。行こう。どっちにしろ階上《うえ》の窓をひと目見たいから」

つぎの階段には大きな音のする段が四段、小さくきしむのが二段、ひと続きになっている。

ネグレは手すりの根元の傾斜した部分をつま先立ちでのぼって、音のうるさい段をまとめて避ける方法をサイリンに教えた。ふたりは音をたてずに五階の踊り場に到達した。また廊下をすばやく見てから（ドアが開いている空室が三つ、閉じている部屋がひとつ――クレムの部屋）、ネグレとサイリンは大きなステンドグラスの一枚窓のまえに立った。

その窓は黄色と金色と濃い緑で、緑はジェイドとパインとハンターとエメラルドの四色だった。どの窓も絵柄はちがうのだが、マイロはその階の窓を見るたびに菊の花を連想していた。いまネグレが新鮮な目で見ると、星形が見えた。花じゃないな、と彼は思った。見かたが変わったのは、さんざん密輸人の話をしたせいかもしれない。爆発。砲撃。

「門がある」サイリンがつぶやいた。ネグレは彼女の指の先を目で追った。それは下の窓のよりはかなり小さくて、左の隅に埋もれていたが、たしかにそこにあった。いまやネグレには星形が花火にしか見えなかった。その窓はまるで、謎めいた鉄門の上空で爆竹が破裂する情景を描いたかのようだった。

今度はもっと近くで、階段のきしむ音がした。その近さはクレムにちがいなかった。その階に泊まっているのは彼女ひとりなのだから。

マイロが家のどこで見つかろうと、宿泊客の部屋に立ち入らないかぎり、そわそわする理由はない。けれどもネグレは発見されたくなかった。いまはまだ。サイリン以外のだれとも分かちあう用意ができていない有力な手がかりを真剣に見ているいまは。冒険家ふたりは顔を見あわせた。「どうする？」サイリンがささやいた。

上へはまだ階段が続いており、マイロが知っているそれは最後のステンドグラス窓の下を通過して、屋根裏部屋のドアにつきあたっている。ドアには鍵がかかっているだろうけれど、ネグレが望むなら鍵をあけられることもわかっていた。

「クレムがいなくなるまで屋根裏の階段で待てばいい」と提案した。「または屋根裏部屋で。ドアならあけられるよ」

サイリンがうなずいた。「いい考え。ここに秘密が隠されているなら、家そのものをもっとよく知らなくちゃ。最上階からはじめましょうよ」

屋根裏への階段は下の階ほどよく知らないので、両手で手すりをたぐるようにして傾斜面をまず踊り場までのぼり、つかの間立ちどまって窓をひと目見てから、ネグレが先に立って最後の階段をのぼった。クレムが五階に着くまえに、急いで屋根裏部屋にはいりたかったのだ。ステンドグラス（やはり数種類の緑色と、セピア色の写真のようなさまざまな色調の茶色）になにが描かれているかは、あとでおりるときに止まってじっくり見ればいい。

宿の多くの部分は長い歳月のどこかで修繕されたり、改修されたり、そっくり交換されたりしてきたが、彫刻された屋根裏のドアは家そのものと同じくらい古いにちがいないとネグレは思った。木が膨張する夏にはつっかかりやすいのでふたりがかりであけなくてはならず、冬にはすきま風が通って階段を吹きおり、階下のドアというドアを亡霊のようにゆらゆらさせる。ノブはミルキーグリーンのガラスで、ドアをささえている蝶番《ちょうつがい》はうっかり見ただけでもきーっと鳴りそうだ。けれどもマイロは父が欠かさずオイルを注《さ》していることを知っている。そのドアに関して父ができることはそのくらいしかないのだ。

錠前もついているが、〈ブラックジャック〉のネグレにとってはなんでもなかった。しかも彼は鍵の在処も知っている。

下の階段の足音はとうとう五階に着いた。「ぎりぎりだったわね」サイリンがささやいた。

ネグレはうなずいた。そこでぴたりと止まった。すぐ下からついてくる足音はクレムだと思っていた。自分の部屋へなにか取りにきただけだろうと。でもいまふと頭をよぎったのは、記憶にあるかぎり、クレムは宿に到着してからいっぺんも室内を歩くときに音をたてていないということだった。一階から二階へ階段を駆けあがったときでさえ。

自分でもいまこうして音をたてずに動こうとしてきただけに、ネグレにはクレムが苦もなさそうに無音で動いていたのはたまたまではないとわかった。それは努力と練習のたまものであって、無意識にできることではない。足音は明かりを消すようにただ消せるというものではないのだ。

それに彼とサイリンに聞こえていた階段の音はすごく大きいというほどではなかった。音を消して歩く方法を心得ている人物にしては大きすぎたが、自分のたてる音を気にしないでのぼってくるだれかにしては静かだった。つまり、五階に着いた人物は音がしないようにつとめてはいたが、あまりうまくいかなかったのだ。

だから、クレムではない。じゃあ、だれなんだ。なんのために自分の階より上まで階段をのぼりたがる？　それに（たとえへたくそだとしても）なぜこそこそのぼってきたのか。いっそう集中して耳をすますと、今度はなにかべつの音も聞こえた。かすかな呼吸音。のぼってきた人物は息を切らしている。

「ちょっと待って」ネグレはささやいて、はしごのぼりにしかできない慎重さと静かさでそっと階段をおり、緑とセピア色の窓がある踊り場までもどった。手すりの陰から廊下の奥をのぞくと、ちょうどクレムの部屋に消えていく、背が低くて丸っこいドクター・ガワーヴァインの姿が見えた。

ドクター・ガワーヴァイン？

4

〈百貨店《エンポリアム》〉

「なんなの？」サイリンが上の踊り場から小声でたずねた。ネグレは唇に指を一本あてて、開いたドアに目をこらした。まもなく、ドクター・ガワーヴァインが部屋から出てきた。ネグレは見えないように引っこんで、ドアがかちゃりと閉じるまで待った。それから、静かだが無音ではないドクター・ガワーヴァインが階段に引きかえし、見えないように身をちぢめているネグレの下を通って階下へ向かった。まだすこし息が荒かった。こそこそ動きまわりたいなら煙草はほどほどにしたほうがいいよ、とネグレは心のなかでいった。

「ドクター・ガワーヴァインがクレムの部屋にしのびこんだんだ」うさんくさい客人が聞こえないところまで遠ざかるなり、サイリンに息せき切って報告した。

「不気味！　なにか持ちだした？」

ネグレはまばたきした。「あ……気がつかなかった」なんてとんまなんだ。記憶をさぐってみたが、ドクター・ガワーヴァインの手になにかあったとしても見のがしていた——そして恥じ入った。たいした〈ブラックジャック〉だよ。

サイリンが階段をおりてきて、ネグレの肩をぴしゃりとたたいた。「自分を責めないの。わたしたちは屋根裏部屋を探険しなくちゃ。それに彼はどこへも行きそうにないし」

「ぼくの部屋にしのびこんだのもきっとあいつだ」ネグレは憤慨《ふんがい》した。「あの地図を持ってるにちがいないよ。いったいなにをたくらんでいるんだろう」

「あの人が地図泥棒だと決めつけてもいいのかな。クレムの部屋にはいったってことしかわかっていないのに。なにか盗ったかどうかさえわからないのよ。いい、ネグレ、肝腎なのはね、わたしたちはあの人たちについてなんにも知らないということ。全員が何者なのか、なぜここへ来たのか、つきとめる方法を見つけだサなくちゃ」屋根裏部屋のドアを見あげた。「でもとりあえず、いまわたしたちがいる場所のことだけ考えましょ」

「わかった」ネグレは窓台にのっている植木鉢に手をのばした。それは本物ではなく、茎は紙でおおわれた針金、花はピンクのガラスでできている。その鉢の下に屋根裏部屋の鍵が隠してある。「あったぞ」

鍵は楽々とまわり、ドアが大きく開いた。ネグレは目をすがめて薄暗い部屋をのぞきこんだ。

「ここにいて。どこかに明かりがあるから、ぼくに紐が見つけられればね」

「待って！」サイリンが腕をつかんだ。「まずトラップがないかチェックするんだったでしょ」

ネグレは敷居の上でぴたりと静止した。「なんのトラップさ」

サイリンは彼のうしろからまえかがみになって、闇をのぞきこんだ。「わからない、けど知らない部屋にいきなり踏みこむのは決して賢くない。かならずトラップをチェックするべきよ。だれかが待ち伏せしているとか、踏みこんだ最初の人間の首をはねる仕掛けがあるかもしれない。それともドアに呪いがかけてあって、もし通り抜ければ――」

「ぼくの家なんだよ！」彼は吹きだした。「なにばかなことといってんの。呪いなんかないし、だれもうちの屋根裏部屋に——首をはねる仕掛けなんて取りつけるわけないだろ」

サイリンは肩をすくめた。「いいわよ、ミスター・とぼしい想像力。ゆるんでる床板があってもおかしくないでしょ。蜘蛛《くも》の巣だって。わたしはただ、はいるまえにチェックしろといってるだけ」

ネグレはぶつくさいいながらドア枠を点検し、実際に蜘蛛の巣を見つけた。それから部屋に足を踏み入れて、電灯の紐も見つけた。もっと正確には、はいっていくと、紐の先端に結んである小さな丸いつまみが目と目のあいだを強打したのだった。それを引っぱると、戸口のすぐ内側の天井で、電球内の青っぽい灰色のフィラメントがまたたいて目覚めた。その薄ぼんやりした光で、さらに奥のまだ暗い電球から紐がぶらさがっているのが見えた。それを引っぱると、その奥にもうひとつ電球があり、そのまた奥にもうひとつ。けれどひとたび四つの電球がそれぞれ光の輪を切りひらいても、彼とサイリンの立っている部屋はやっぱり薄暗く、物のかたちがはっきりしなかった。

グリーングラス・ハウスの屋根裏部屋は、傾斜している大きな屋根のせいで下の階よりもやや狭い。たぶんかつてはひろびろとした空間だったのだが、家が建ってからの長い歳月に、壁ではなくつみあげられた品々でだんだん小さく区切られていったのだろう。こちらには、巨人が放りだしていったスーツケースのような、針金でまとめたチークのチェストがひと塊《かたまり》。あちらには、注意深くバランスをとって重ねた、種類のばらばらな椅子。向こうに並ぶ棚にぎっしりつめこまれているのは、色もかたちもさまざまな衣装バッグに、虫に食われた毛皮のコート。絹のパジャマも数組あり、どれも歳月を経て紙のように薄くなっていて、崩れずにとどまっているのはひとえに刺繡《ししゅう》のおかげだった。そうしたたまにあわせの仕切りで区切られた場所は、何年もかけてじわじわと短命な品物で埋められていた。へこんだ金管楽器、キーのないねじ巻き式の玩具《おもちゃ》、ぼろぼろのテーブルクロスやセーター。不安定につみ重ねてあるほこりっぽい書物は、背がなく、太い黒糸で補修されていた。それらすべての上で、風の咆哮《ほうこう》にこたえて屋根がきしみ、あちこちの隠れたひびやすきまから冷たい風が吹きこんでいた。

「わたしがなにか隠したかったら、しまう場所はここね」サイリンがいった。「どうやってこれ全部に目を通す？」

「さあね。ぼくには見当もつかないよ」それに、屋根裏部屋と地下室についていえるのは、そこにあるなにもかもが以前はだれかにとっての宝物だったということだ。そうでなければとっておく理由がない。このごちゃごちゃしたウサギ小屋みたいな部屋にあの地図の秘密がしまいこまれているなら、それは一千もの秘密のひとつでしかない。どういうわけか、その場所はあまり……とくべつには思えなかった。

それでも、屋根裏部屋は屋根裏部屋だ。部屋の探険はどんな作戦でも重要なのだとサイリンは主張した。「たんに手がかりをさがしだすだけじゃないの。あとで使えそうな道具を見つける意味もある。たとえそれ——なんだか知らないけど、あの地図が示しているなにか——がここにはなくても、家の音を聴く〈はしごのぼり〉にとって役に立つなにかがあるはずよ」

「わかった。そっちになんかかっこいい物が――」

「ネグレ！　全部丸ごと調べなくちゃ。あちこちつまみ食いしないで」

「はいはい」

そこでネグレとサイリンは端からくまなく徹底的に調べはじめた。「なにかが役に立ちそうだってどうしたらわかるのさ」とネグレはいいながら、うしろの裾《すそ》が長くて肩に金モールの飾りがついた派手な緑色のジャケットのポケットにおそるおそる手を入れた。一片の紙を取りだして、見ようとしたらずたずたに裂けてしまった。もう一方のポケットからは防虫剤がひとつ出てきた。

「わかるとはかぎらない」サイリンが棚の向こうの端からこたえた。「つまりね、紙の上でゲームをしているときは、ゲームマスターの教えてくれることが重要で、たぶん役に立つの。でもわたしたちは直感に頼るしかなさそう」ぶらさがっている衣類のなかから薄い絹のローブの袖を引っぱった。「隠れみのによくない？」

サイリンがその黄色いローブをハンガーからはずし、うれしそうに体に巻きつけるのを見て、キャラクターに徹するべく最大限に努力しているにもかかわらずネグレはあざ笑った。「きみのキャラクターは……ええと……なんだっけ……？」

「〈注解学者〉」

「〈注解学者〉になぜ目に見えなくなるコートが要るのさ。きみはぼく以外のだれにも見えないんじゃなかったっけ？」

「気に入ったから」サイリンは刺繍にうっとりしながらそっけなくこたえた。「それに、ポケットがあるし！　作戦であなたの道具を持ちはこぶ方法が必要でしょ。これは〈見えない黄金のマント〉と呼ぶことにしようっと」ローブを着たままで腰をかがめ、棚の最下段につまれているさな箱を調べはじめた。「ねえ、これはいてみて」低く吊るされたコート類で半分しか見えないサイリンが、片腕をうしろへのばして、黒いコットンのルームシューズを差しだした。

「あなたに合うと思わない？」

「なんのために？」そういい終えるまえから、ネグレはそれが〈はしごのぼり〉の役に立ちそうだと気づいた。底が厚い綿織物でできている。ふつうの靴のようにきゅっと鳴ったりせず、足音を消してくれそうだ。その一方で、木やタイルの床でも靴下ほどにはすべらないだろう。屋根裏までほとんど音はたてずにあがってこられたものの、その靴があればクレムに負けず劣らず静かに歩けるかもしれなかった。

ネグレはスニーカーをそっと脱いで、それをはいてみた。靴下をはいているときついけれど、靴下を脱げばあつらえたようにぴったりだ。試しに数歩歩いてみた。「カンペキだよ。ありがとう、サイリン」

「どういたしまして。こっちのしゃれた上着もいかが？」

「いらない」そのルームシューズは人目をひかないくらいに特徴がなかった。〈はしごのぼり〉は周囲にとけこまなくてはいけない。「ぼくは目立ちたくないからね」

木箱がつんであるほうへぶらぶらと歩いていって、手近なひとつの蓋を持ちあげた。なかにはリネンの端布でくるんだ古い瓶がつまっていて、もっとよく見ようと手をのばしたとき、ほかのなにかが目をとらえた。

木箱と壁のすきまにドアがあったのだ。かつてはどこかにつながるドアだったはずだが、いまはちがった。壁に斜めに立てかけてあり、はずされた蝶番《ちょうつがい》は光沢を失って哀しげに見えたが、ドア自体は屋根裏部屋のどっしりした古いドアとミルキーグリーンのガラスのノブまでほぼ同じだった。「どこにあったドアかな」とひとりごとをつぶやきながら、グリーングラス・ハウスでドアがない戸口を思いうかべようとした。たくさんの部屋のどれかが、どこかの時点で新しいドアに交換されたんだろうか。だったら、なぜとっておいたんだろう。

ネグレが木箱の上に身をのりだして、手をのばし、ガラスのノブの欠けた面にふれると、なにかがしゃんと音をたてて床に落ちた。さらにのびあがると、ドアの下端と箱のすきまにはさまっているぼんやりとした黒っぽいものがかろうじて見てとれた。

そっと身をひき、音のしない靴でふわりと着地してから、木箱とその隣の比較的新しい段ボール箱のあいだにもぐりこんだ。ぎこちなく上体を曲げて、ドアの下端に沿って指をのばしていくと、落ちた品物が見つかった。拾いあげて、指のあいだからつきだすとんがってじゃらじゃらする金属を見るまでもなく正体がわかった。キーリングに通した鍵束だった。ノブにふれるとき指が当たって、鍵穴に挿してあったそれが落っこちたのだろう。

結んで輪にした革紐に、鍵が五本通してあった。スケルトンキーと呼ばれるシンプルな古い鍵だ。屋根裏以外でそのタイプの鍵を使うドアはグリーングラス・ハウスのどこにも——いまではもう――なかった。輪にはハンマーで打ちのばした金属の小さな円板もついていた。いびつで、かすかに出っぱっていて、革紐を通すためのでこぼこした孔《あな》がひとつあけてある。ネグレの心臓が小さく跳ねた。片面に、中国の文字に見える図形が四つ刻まれていたのだ。よく見えるよう顔に近づけた。パイン家は一緒にすこしずつ標準中国語を勉強しているので、文字だということはわかったが、まだたいして習得していないし、知っている字ではなかった。裏返すと、粗《あら》くぎざぎざした王冠のような絵柄が彫ってあった。彼は親指の爪で、その絵にわずかにくっついている青いエナメルをこすった。

たとえ中国の文字が刻まれていても、グリーングラス・ハウスにある骨董品やがらくたが自分の祖先につながっている可能性は無に等しいと、マイロはもちろん承知していた。でも、ネグレは――ネグレはそんなことは知らない。ネグレならその正反対のことを知っているかもしれないのだと思うと、ちょっとどきどきした。

たとえばネグレなら、その鍵が彼の一族に何世紀も伝わってきたものだと知っていてもいいのだ。たぶんネグレなら、世界にその名をとどろかせた〈ブラックジャック〉である父から鍵を託された日も思いだせるだろう。〝おまえがいつかおれのあとを継ぐだろうとわかっていた〟と、ネグレの父はいったかもしれない。〝一族みんながわかっていた、おまえはおれによく似ているからな。見た目だってそっくりだ〟ネグレは誘惑に屈して、思いだすふりをした。名高い〈ブラックジャック〉の父と一緒に鏡をのぞいて、自分のと同じ鼻、同じ口と目、同じまっすぐな黒い髪を見たことを。

経験したことのないよろこびが胸にこみあげてきた。それが三十秒ばかりとどまったあと、彼の知っている良心の呵責《かしゃく》の波がもどってきて、すべてを押し流した。

ネグレは鍵を見おろした。家のどの錠前にも使えないかもしれない——屋根裏部屋のドアには試してみようと心にメモした——が、自尊心のある〈ブラックジャック〉は非の打ちどころない鍵の一式をみすみす残していきはしないだろう。だからポケットに鍵をしまって、しつこく消えない良心のうずきを無視した。音のしない靴に、謎めいた鍵。収穫としては悪くなかった。

「なにを見つけたの?」

振りむいたネグレはびっくりして新しい靴から飛びだしそうになった。黄色の〝見えないマント〟に加えて、サイリンは毛皮《ファー》で内張りした帽子をかぶって耳覆い《イヤーフラップ》を上に向け、メタルフレームに青いレンズの古いサングラスをかけていた。フラップの片方から黄ばんだタグが赤い糸でぶらさがっていた。

サイリンは帽子を指さした。「〈啓示のかぶと〉」とまじめくさっていった。眼鏡を指して、つけくわえた。「〈真実が痛いほどはっきり見える目〉」

「そっちはただ小道具を考えてるだけじゃないか」ネグレは抗議した。

「たしかに。でもあなたに手がかりを与えるのが見えないマントじゃなく魔法の眼鏡だというのはおもしろくない?」サイリンがにやっと笑った。「楽しいでしょ。見て」パンツのポケットから茶色い革の手袋を取りだした。「これはあなたに。器用なずるがしこい指で錠前をあけて窓からしのびこむための〈とびきり上等な籠手《ガントレット》〉」雪の重みできしんでいる天井を見あげた。「ついでに、寒いとき役に立つという保証つき」

ネグレは手袋を受けとった。「ありがとう、サイリン」はめてみると、靴と同じくあつらえたようにぴったりだったし、指先がぬくもってくると屋根裏部屋がどんなに寒いかに気がついた。

ふたりは作業を続けた。箱という箱を引っかきまわし、本という本をくまなく調べた。サイリンはコスチュームに何品か加え、ときどきネグレにもあれこれすすめた。音の出そうにない笛《ホイッスル》、ひと巻の紐（ロープを持っていればかならずなにかと役に立つから）。最初のページに食品の買い物リストが書かれているほかは真っ白な、ほこりまみれのリング綴《と》じのメモ用紙。

「ねえ」黒のマーカーで〈ロールプレイングゲームの道具――ＡＷ〉と書いたラベルを貼ってある段ボール箱に目をとめて、ネグレはいった。「それ見てよ！　ロールプレイングゲーム――ぼくらがいまやってることじゃないの？　これはきっと、とうさんのだ。役に立ちそうじゃない？」

「わたしたちは自分たちの作戦を考えたでしょ」サイリンは急いで箱に近づくネグレのあとをついてきた。「まえもいったように、わたしたちのは正式なＲＰＧとはちがうの。それが役に立つとは思えないんだけど」

ネグレは箱を開いて、のぞきこんだ。メディが今朝ツリーの裏で見ていたようなハードカバーの分厚い本がぎっしり、それにブックレット数冊と、小さめの箱がいくつか。箱にはそれぞれ凝った衣装の冒険者たちを描いたラベルがついていた。サイリンは彼の隣にしゃがんで、ブックレットを一冊取った。「これは既成品よ。テーブルでゲームマスターと何人かで遊ぶゲーム」

彼は箱のなかから一枚の方眼紙を抜きとった。「だれかのゲームの地図かな？」

「そのようね」サイリンはまるっきり興味がなさそうだ。

「とうさんがやっていたゲームの物がここにあると思う？　《オッド・トレイルズ》？」

「かもね。さて、わたしたちのゲームにもどってもいい？」

さらにいくらかかきまわして、ネグレはそれを見つけた。悪党風の旅人のかたわらに行商人の荷車が描かれた本で、荷車の腹には〈徒歩旅行のガレリア〉と華々しく鮮やかに文字が書かれている。そのイラストの上部にまたがるようにタイトルが印刷されていた。『オッド・トレイルズ：放浪の世界のくず拾い、行商人、猟師（上級プレイヤーの手引き書）』。「すごい！」

サイリンはため息をついた。「そこから離れられないんなら、せめて〈ブラックジャック〉に関係のあるものを選べば？　それならまるっきり時間の無駄ってこともないでしょ」

ネグレは本を脇においた。「このなかに〈ブラックジャック〉のものがあるって、なんで知ってるのさ」

「わたしには見えるから。こういうマニュアルは全部知ってるの」まえかがみになって、箱からべつのハードカバーを一冊取りあげた。「ほら。でもわすれないで、これはわたしたちのゲームなのよ。ネグレはあなたのキャラクター。ネグレになにができるか、できないかをほかの人が決めることはできないの」

その本の表紙には、屋外バザールらしきところの上に張ったワイヤーで綱渡りする少女が描かれていた。『旅するブラックジャック：追いはぎ、いかさま師、もぐり医者（上級プレイヤーの手引き書）』。「すごいや」

「ええ、でもそれは手がかりじゃないわよ、ネグレ」サイリンは不満そうにいった。「目のまえの仕事にもどりましょうよ」

彼はしぶしぶ先へ進み、便利そうな品物をいくつか見つけた。部屋の隅を見まわすのによさそうな、点々としみの浮いた丸い手鏡。火打ち石のはいった古い火口箱《ほくちばこ》。スペード形の金属塊には奇妙なハンドルがついていて、最初は錠前かと思ったが、正面の穴から焦げた太い芯が出ているのに気がついた。てことは錠前じゃないんだ、とネグレは判断した。古風なランタンかなにかだろう。

発見した品々を持ちはこぶのにちょうどいい赤いストライプのキャンバスのリュックサックが見つかったので、汚い窓の下に高々とつまれた帆布《はんぷ》によじのぼり、腰かけてお宝を整理した。サイリンが見えないマントをうしろになびかせながら飛んできた。手のひらをくぼませて、なにかを持っていた。「これはあなたに」といって、ネグレの隣にのぼってきた。「絶対信じられないわよ」

「なんだい？」

「これは」もったいぶった口調でいった。「あれと同じ紙です」

紙というより紙きれだった。切れっぱしのほうがもっと正確だろう。ネグレはサイリンの手のひらからそれをつまみあげて、不安定にまたたいている電球のほうへかざした。透かしは見えないが、ポケットに入れていたダミーの海図とすばやく比較すると、〈注解学者〉のいうとおりだと確信できた。紙の手ざわり、重さ、繊維の様子、そうしたすべてが同じだった。「どこで見つけたの?」

「あっち、あの大きな物の裏」サイリンはいちばん東側の壁に立てかけてあぶなっかしくつみ重ねてある三つの箱を指さした。その手前には、ぼろぼろの太いロープを巻きつけた巨大な機械の塊があった。

「廊下の昇降機のエンジンかな、あれが動いていたころの」ネグレは帆布の束からすべりおりて、その機械のほうへ近づいた。ぎこちなく横を通り抜けようとしたとき、ほこりと凝固したグリースが混じった物で指先を汚してしまった。「なんだよ、サイリン、教えてくれればいいのに」両手を膝でぬぐいながら、母が洗濯するときにその汚れを説明しなくてすむよう願った。

「なんだろうと、壊れてるわね」ネグレがいちばん上の箱を開くあいだ、サイリンはエンジンごしにつま先立ちでのぞきこんだ。ひと目見た瞬間、彼は理性を失って、思った。宝石だ! 手を入れて、ひとかけらをほの暗い明かりのほうへかざした。いびつな長方形の、くすんだサファイア色に輝くガラス片だった。

ネグレは慎重にほかのかけらをつまみあげていった。あらゆる種類の緑色のガラスがあった。その箱を脇に寄せて、下の箱を開いた。それには金色と夕陽の色がぎっしりつまっていた。三番目の箱は小豆色やセピア色のガラスで、ネグレはさまざまな焼け具合のトーストを連想した。

彼は箱ひとつにつき一片のガラスを選びだした。「これは〈権力《ピユイサンス》の石〉と呼びましょうよ」とサイリンが提案した。

「なんなんだよ、ピュイサンスって」

「パワー、力のこと。ゲーマーは強力な品々をどっさり持ってるの」眼鏡をおでこに押しあげると、目を細めて彼が選んだガラス片を見た。

「二階にあるすごく大きい窓の残りだと賭けてもいいよ」ネグレはガラスのかけらをほかの収穫と一緒にリュックにしまった。「あれはここで作られたってかあさんがいってた、完成してからじゃ大きすぎて丘の上に運べないから」

「カンペキ！　この宝石にはきっとこの家のパワーが宿っているわよ」サイリンが勝ちほこったようにいいながら片方のこぶしを天井につきあげた。

「待って、サイリン、さっきの紙はどこにあったんだ？」ネグレは頭をかきかきたずねた。

サイリンは底の箱の下からはみ出ている茶色の包装紙を指さした。「それにくっついてた」

ネグレはその包装紙を、色褪せて消えかけた手書き文字が読めるくらいまで注意深く引きだした。「ラックスミス紙商、ナグスピーク市、プリンターズ・クォーター」さらに引っぱったが、箱の下にしっかりはさまっていた。「ラックスミス」彼はくりかえした。「手がかりになるかもね」

ふたりはそれから十分間捜索し、そのあいだにサイリンは〈見えない黄金のマント〉にベルトを追加し、ネグレはわりと気に入ったペンを見つけた。おしまいに、ふたりはドアのそばの電球からぶらさがった紐の下に立って、いましがた探険した場所を見わたした。「ネグレ、これからこの場所について話したいときは〈百貨店《エンポリアム》〉と呼ぶわよ」サイリンが宣言した。ネグレはけげんな目つきで――見ようとしたが、サイリンのかぶとや目やマントのせいで、吹きだすのをこらえるのは至難のわざだった。

とはいえ。「楽しかった」とリュックを肩にひっかけながら、みとめた。「午前中に立派なひと仕事ができたよ、サイリン」リュックがぶつかって、まだ尻ポケットに突っこんでいた書類や鉛筆が飛びだし、ネグレはそれらを拾いながらツリーの陰で〈注解学者〉に出された宿題をふと思いだした。「ちょっと待って。階下《した》へ行くまえに、この階の見取り図を描くから」

ネグレは古いチェストのひとつに場所を空けて、描きはじめた。サイリンが彼の肩の上からのぞきこんで訂正や補足を指示し、しばらくしてできあがりに満足したふたりは平面図から顔をあげた。ネグレはそのページのいちばん上にきちんとした大文字で〈エンポリアム〉と書きこんだ。「できた」

「すてきな地図になったじゃない」サイリンが感心した声でいった。

「ありがとう」空っぽのお腹がごろごろと大きな音で鳴り、サイリンがすばやい視線を向けた。「もうお昼の時間かな」彼は赤くなりながらいった。それから、ドアを出るときになって、足を止めた。「サイリン? もしぼくらがゲームを作っていくんなら……ネグレとして――というかネグレをどうするかがぼくしだいなら……」口ごもった。「彼にはぼくのとはべつの過去を考えだしてもいいのかな。か……家族やなんか、ってことだけど」

やった。いってしまった。

「いいのかな?」サイリンがくりかえした。「断然そうするべきよ。自分のキャラクターに命を吹きこむには、歴史を与えることがとっても役に立つの」

彼はほっとしてうなずき、リュックサックに手を入れて鍵束にさわった。これはゲームのためなんだ。だからたぶん今回にかぎり、ふりをしたってかまわないだろう。

†

実際には、お昼の時間はとっくに過ぎていた。「いったいどこへ行ってたの」ミセス・パインはキッチンにはいっていったほこりまみれのふたりをまじまじと見て、きつくたずねた。

「屋根――じゃなくて、エンポ――じゃなくて、ただうろうろしてただけだよ」マイロはこたえるあいだ二度肘《ひじ》で突いてきたメディをにらんだ。いまは〈真実が痛いほどはっきり見える目〉の汚れた青いレンズごしにマイロの母を無邪気に見あげている。マイロはため息をつき、かあさんはなぜ笑いをこらえていられるんだろうと不思議に思った。「お昼はいつ?」

「お昼ですって?」ミセス・パインは片方の眉をつりあげた。「そうね、手を洗うなら――ほんとうにちゃんと洗うなら」彼の両手を怪しむようにちらりと見て、つけくわえた。「自分で軽い食べ物を作ってもいいわ、でもほかの人たちはもう何時間もまえにお昼をすませたの」母がキッチンの時計を指さし、マイロは息をのんだ。四時半をまわっていた。「夕食は六時ごろよ。お腹いっぱい食べないで」

「〈エンポリアム〉ではきっと時間がワープするんだ」マイロはひとりごとをつぶやいた。

†

マイロは本の四つ目の物語まで読みすすみ、いまはある人物が猫を殺そうとしているところだった。

ネルという名のその人物には、そうしなくてはならないれっきとした理由があった。町全体が洪水で沈みかけていて、人々が（ネルの家族全員もふくめて）死に、どういうわけかその猫が洪水をくいとめる鍵なのだった。

〈猫が骨だけになると、ネルは水かさの増した川の縁《ふち》まで行って、骨を水面におろしました。泡立つ水は骨を一本だけ残して、あとの全部をのみこみました。残った一本はゆるやかな渦《うず》につかまったかのように、ゆっくりと回転しました。やがて激流にさからって、川上へと見えなくなりました〉

マイロはうわのそらでハムのサンドウィッチをひと口かじり、続きを読んだ。上流から見知らぬ男が歩いてきて、なぜ自分を呼びだしたのかとネルにたずねた。ネルがどうすれば洪水を止められるのか訊くと、男は語りだした。「オーファン・マジックと呼ばれる魔法があるのだよ」

マイロはすわったまま姿勢を正した。その単語〝みなしご《オーファン》〟を読みとばすのはむずかしかった。とりわけそれに〝魔法《マジック》〟が続くとあっては。

〈「それは残った者、孤独な者の魔法だ。多くの意味では絶望の魔法だが、決してたまたまもたらされるものではない。残る者は、残されるべくして残される。それは特別な存在だ。唯一無二であるゆえに貴重なのだ。生きのこったのは強大なパワーをそなえているからだ。猫にはわたしを呼びだせる骨が一本あるのだが、それには残りの骨と分けられなくてはならない。ほかとつながっているその骨には潜在的な力がある、しかしその力はほかと切り離されたときにはじめて現実のパワーとなるのだ」〉

じつに興味をそそられた。

冬の夜の訪れははやく、家の裏手の大きな丘の向こうに沈みかけている太陽は白い前庭にも濃い影を投げかけていた。マイロは窓辺の二人がけソファに足を組んで腰かけ、風でかたかた鳴る窓ガラスごしに雪の大地を取りあっている夕陽と影の色合いに見とれ、その一方で居間にいる人々がたてる静かな物音と暖炉の薪《まき》がはぜる音に耳をかたむけていた。膝の上に『語り部のおぼえ書き』をひろげたまま、片手でまだサンドウィッチをつかんで。

そうして宿泊客たちに囲まれているいまは、彼はただのマイロにほぼもどっていた。ネグレはドクター・ガワーヴァインがクレム・チャンドラーの部屋にしのびこんだ目的が気になるのだが、ただのマイロはあいかわらず、何者か――ドクター、またはほかのだれか――が彼の部屋にしのびこんで海図を持ちだしたことがなによりも腹立たしいのだった。

マイロは振りむいて、暖炉のそばにすわっている恰幅のいい男をちらりと見た。ヒアワード夫人に文句をいいつづけていても――ふたりはつぎからつぎへととぎれることなく言い争いの種を見つけだしている――ドクター・ガワーヴァインは青い髪のジョージィや赤い髪のクレム、だれよりも派手なメディのいる部屋では目立たなかった。

彼女のことを考えたのが聞こえたかのように、メディがクリスマス・ツリーのうしろから顔をつきだし、口の動きだけで〝なに?〟とたずねた。マイロは首を振って、視線をさまよわせた。居間にはヴィンジ氏もいて、いつもの椅子に深く腰かけ、新しい靴下(鮮やかな緑と黄色のアーガイル柄)を見せつけていた。ヴィンジ氏も本をひろげているけれど、目は閉じていた。

〝わたしたちはあの人たちについてなんにも知らないのよ〟とサイリンがいっていたっけ。〝全員が何者なのか、なぜここへ来たのか、つきとめる方法を見つけださなくちゃ〟

マイロはサンドウィッチをまたひと口かじり、もぐもぐ嚙みながら考え、『語り部のおぼえ書き』を閉じた。足元のリュックサックから方眼紙を取りだして、一階の見取り図を描きはじめた。

ソファの彼の隣にメディがどさりと腰かけて、網戸つきポーチと、ドアなしでつながっている居間と食堂とキッチンを長方形で描きあらわした図を見た。「ああ。いいじゃない。ここの見取り図をもう描きはじめたのか訊こうとしてたの」彼が階段、食料庫《パントリー》、暖炉、玄関ホールと細部を描きくわえていくあいだ、メディはしばらく無言ですわっていた。

「屋根裏部屋を〈エンポリアム〉と呼ぶなら」マイロは小声でいった。「この階の秘密の名前はなんにする?」

メディが考えた。「そうねえ、たいがいのゲームの世界では、みんなが集まって情報を得る場所はパブとかサルーンとか。知らない人同士が食べたり飲んだり会話したりする場所よ」

『語り部のおぼえ書き』では、洪水で人々が閉じこめられている宿屋《イン》は〈青筋亭《ブルー・ヴェインタヴァーン》〉という名前だった。「じゃ、〈タヴァーン〉にしよう」

「いいわよ」

マイロはきちんとした文字で一階の新名称を書きくわえた。それから何分か描いたあと、見取り図を脇においた。もう一度リュックをさぐると、指に鍵束がぶつかった。取りだしたのは大きなハードカバーの『旅するブラックジャック』手引き書。つぎに鍵束を取りだして、しばらくためつすがめつしてから、ポケットに入れた。ネグレの父がここにいたら、息子にどんなアドバイスをするだろう。

〝敵(対戦相手)を調べるだけでは足りない〟と説く父親の〈ブラックジャック〉をネグレは思いうかべた。〝自分をよりよく知るために努力しなくちゃいかん〟

幸いにも、マイロにはネグレをよりよく知る助けになる分厚い手引き書がある。彼は〈概要〉というタイトルのページを開いて、読みはじめた。

〈道はとほうもないいたずら好きである。広大な国のいたるところで曲がりくねり、分かれ、消えてはあらわれ、地図をあざわらい、土地を知りつくしている人間すらも見知らぬ場所へと運んでしまう。ブラックジャックが道のほんとうの子であることはいささかもおどろきではない。人目につかない小道《オッド・トレイル》そのもののように、ブラックジャックも意のままに消えたりあらわれたりする。どんな錠前も、壁も、隠された品物もブラックジャックからは逃れられない。どんな人間も。ブラックジャックの洞察力、説得力、人を惑わす力、そしてしばしばおこなう盗みのための盗みは伝説となっている》

　さしあたりいまは知らなくてよさそうな情報も多かった。マイロとメディはネグレにどんなスキルが必要かを話しあい、メディは能力値についていくらか説明してくれていたが、彼にはまだわからないことが山ほどある。ダメージやレヴェル、いろいろな種類の裏技《エクスプロイト》、ヒットだのミスだのモディファイアだの。また、〈ブラックジャック〉のパワーやスキルに含まれるらしい多くの裏技は戦いに関するもので、サイリンとのゲームの世界でネグレに必要だとは思えなかった。ほかのプレイヤーは全員、現実の人間なのだから。

　けれどもいくつかは、《オッド・トレイルズ》の世界で具体的にどう機能するかはわからなくても、役に立ちそうに見えた。〈そよ風の通り道〉：風のようにはやく、目に見えずに歩ける。〈たまらない誘《さそ》い〉：まったく乗り気でない相手にもたのみをきかせることができる。〈寓話作者〉：うそをつむぎだせば、世界じゅうが信じる。それから、〈ムーンライターのこつ〉：鍵やダイヤル錠で護られているどんな物も盗みだせる。

　屋外では、雪のいきおいが落ちてきた。

　その夜の食事は気まずかった――少なくともマイロにはそう感じられた。休暇中にいるはずのない見ず知らずの人々に囲まれているというだけではない——それについてはまだだれかさんに大きい貸しがある。問題は、そのうちひとりが泥棒で、彼の部屋に侵入したということだった。もしもそれがドクター・ガワーヴァインでなかったとしたら、グリーングラス・ハウスにはうさんくさい人物がふたりいることになる。マイロはクレムを泥棒だと思いたくないが、自分は猫みたいな泥棒だと本人が冗談をいった以上、その可能性を除外するわけにはいかなかった。

部屋に侵入した人物はぼくに対する態度の変化でわかるはずだ、とマイロは思った。その人物はマイロがもう盗みに気づいたかどうか気にしているにちがいない。そしてドクター・ガワーヴァインは、たとえなにも盗まなかったとしてもクレムの部屋にしのびこんだのはまちがいないので、少なくともうしろめたそうな顔をするだけの良心があってしかるべきだった。

夕食はビュッフェだとキャラウェイさんが発表していなければ、もっとわかりやすかっただろう。マイロの母が好きな昔の英国の殺人ミステリ・ドラマのように全員が同じテーブルを囲んでいれば、意味ありげな視線がかわされ、会話が取りつくろわれ、スプーンが落ち、そしてたぶんそのどこかで手がかりが見つかっていただろう。でもそうはならなかった。キャラウェイさんとマイロの母が用意した牛肉のローストと根菜のつけあわせとエッグヌードル——寒い夜にはこのうえないごちそう——を、それぞれが思い思いの席で食べていた。朝食のテーブルや、居間で。食堂のテーブルについているのは、じつはマイロの父ひとりだった。

マイロは皿に料理を盛りながら、顔をしかめた。昔の英国の探偵はちょろかったよな。

「やあ、マイロ」父の声がマイロのいらだちをさえぎった。「隣におかけ」

マイロはしたがったが、皿をすこし乱暴におきすぎたかもしれなかった。「気分はどうだ」と、ベンチの隣にすべりこむマイロに父がたずねた。「すまないと思ってるんだ、かあさんもわたしもおまえとゆっくり過ごせなくて」

「わかってる」マイロは反射的にいった。理解してはいるのだ。両親に引っぱりこまれたいまの状態は家族だんらんとはちがう。

「どうだ、気分は」ミスター・パインは胡椒《こしょう》に手をのばした。

マイロは父を見た。ふだんなら会話をしなくちゃいけないとは思わない人なのに。食べ物に目を向けたまま、さりげなく聞こえるようにはしているものの、父が二度たずねるということ自体が重要な質問であることを物語っていた。「悪くないよ、とうさん。うれしくはなかったけど、みんなまあまあよさそうな人たちみたいだし」

でも、だれかがぼくのベッドルームに押し入ったんだ。マイロは自分がなぜその件について口をつぐむのかよくわからなかった。

父はフォークいっぱいにパースニップと牛肉をつき刺した。「まあ、とにかく、冬休みだってことをわすれたわけじゃないと知っていてほしいんだ。それにこれからまだクリスマスがある、雨が降ろうと槍が降ろうと。あるいは、わかるね？」

「大雪が降ろうと？」

「そういうこと」

「わかった」マイロは自分の皿にほほえみかけた。「それにいつか一緒に《オッド・トレイルズ》で遊べるかもしれないしね。とうさんもやるって知ったから。屋根裏部屋でとうさんが昔遊んだゲームのセットを見つけたんだ」

「あれを見つけた？　変だな。何年もまえにガレージセールで売ったような気がしていた」

「ちがうんだ。階上《うえ》にあるもん。だからいつかぼくたちのゲームをできるよね」

「ぜひそうしよう。でもいいかい、マイロ、いっておきたかったのは、わたしかかあさんとの時間が必要なときはただそういってほしいということだ。ほんとうならいうまでもないことなんだが、この先何日かはそうしてもらわなくちゃならないかもしれない。いいね？」

「うん」

「よし」父はいきおいよく立ちあがりながら、さっと腰をかがめてマイロのおでこにキスをした。

メディがテーブルの端の、ステンドグラス窓を背にした椅子によじのぼった。「ねえ」

「きみの皿はどこ？」マイロはたずねて、自分の食べ物をほおばった。

「もうすんだの。聞いてよ、ネグレ。あのおばかさんたちにしゃべらせなくちゃ」部屋を見まわした。「こんなふうにみんながだまりこくってたら、いつまでたってもわたしたちの知りたいことはわからないわよ。手がかりが必要なの」

「わかってる。ぼくだって考えてるんだ。なにかアイデアでもあるの？」

サイリンは首を振った。「わたしにいえるのは、わたしたちがなにをするにしても、まずあなたが話をしなくちゃいけないってことだけ」メディは〈見えない黄金のマント〉の襟をまっすぐに直し、ネグレをじろりと見て、ミスター・パインがローストのおかわりを持ってもどってくると、またするりと椅子からおりた。

マイロはもぐもぐ噛みながら、ひそかにぶつぶつと文句をいった。

「ところで、おまえが読んでいるあれはどうなんだ」父がたずねた。「ジョージィが貸してくれた本は？」

マイロは食べ物をごくりとのみこんだ。「すごくおもしろいよ」そのときアイデアがかたちをとりはじめた。「そういえば」ベンチの上でくるりとまわって、周囲に目をはしらせた。ジョージィ・モーゼルは朝食用テーブルのひとつに向かい、こちらに背中を向けていた。「すみません、ジョージィ？」

フォークを口に運びかけたままジョージィが振りむいた。「なあに、マイロ？」

「ランズデガウンはどうなってますか」

磁器の皿でナイフかフォークが弾む、がちゃんという鋭い音に、ジョージィが身をすくめた。マイロは居間の奥へ目をやった。部屋の大半は彼の位置から見えなかったが、ソファの端にかろうじて見えるクレムがフォークを落としたときほっぺたに飛びちったグレイビーソースをぬぐっていた。「ランズデガウンって、いったいなんのこと？」とクレムはたずねた。

「葉巻の箱で作ったカメラの名前なんです」マイロはこたえながら、なぜジョージィがどことなく居心地悪そうになったのかと首をかしげた。「かっこいいカメラはみんな名前があるんです」名前をつけたことでからかわれるのをジョージィが恐れているといけないので、つけくわえた。「もう完成したんですか、ジョージィ?」

「したわよ」ジョージィが感謝の笑みをうかべた。「見たかったら、あとで持ってくるわ」

「うん、楽しみ」

「あたしも見せてもらいたいな」クレムが愛らしくいった。

「わたくしも」ヒアワード夫人の声がした。女性ふたりがびっくりして彼女を見た。「写真にはとても興味があるので」老婦人はすこしいいわけがましくいい添えた。

「それにあの本はいままでのところすごくおもしろいです」とマイロは話を続け、立ちあがって食べかけの皿を居間に運んでいった。「ぼくが好きなのははじまりかたかな」暖炉のまえに腰をおろして、室内を見わたした。ちょうどそのときだれも会話をしていなかったせいだとしても、だれもが少なくとも半分耳をかたむけていた。「話は宿屋ではじまるんです」とマイロはだれにともなく説明した。「ここと似たような。そして宿泊客が雨や洪水やなにかのせいで全員足どめをくっていて、だから毎晩だれか——宿泊客のひとり——がひとつ物語を聴かせるんです」

「あなたが読んでいるのは『語り部のおぼえ書き』、それとも『柊《ヒイラギ》の宿』かしら?」ヒアワード夫人がたずねた。

「『語り部のおぼえ書き』です」マイロはこたえた。「知っているんですか? いまいったもうひとつのほうはどんな本なんですか?」

「『柊の宿』」夫人がくりかえした。「ディケンズの。少なくとも一部はディケンズが書いたものよ。それも同じような構成でね。『語り部のおぼえ書き』の民話を編纂《へんさん》した人は『柊の宿』をアイデアのお手本にしたのだという説もあるんですよ」

ジョージィが皿を脇にどけた。「民間伝承《フォークロア》にお詳しいんですか、ヒアワードさん？」礼儀正しくたずねながら、ソファの彼女の隣に移動した。

「そこそこね」ヒアワード夫人の口調にかすかな躊躇《ちゅうちょ》が聞きとれた。「ほんのすこし。わたくしは歳を重ねていますし、ずっと本の虫でしたから」

真実であってもおかしくないのに、ヒアワード夫人の口から聞くとなんだかうそっぽい感じがする、とマイロは思った。その観察はひとまずしまっておいて、あとでよく考えることにした。

〈たまらない誘い〉…まったく乗り気でない相手にもたのみをきかせることができる。まだポケットにはいっている〈ブラックジャック〉の鍵束にさわってみた。ネグレの父ならまちがいなく息子がこの裏技を使いこなせるようにしたことだろう。

「そうだ、こうしたら楽しいと思いませんか」たったいまそのアイデアを思いついたというふうに聞こえるようつとめた。「ぼくたちがめいめいひとつずつ話をするんです。ぼくたちだって宿で一緒になった知らない者同士でしょう。この本と同じようになりますよ」〝どうしてここに泊まりにくることになったか話すのもいいですね〟とつけくわえようかと思ったが、具体的すぎるかもしれないと考えなおした。なぜかここにいる全員がそのことを正直に語るとは思えなかった。どんな物語を選んでもいいのなら、みんな参加するかもしれない。それにどんな話を選ぼうと、少なくともその話をしたということから、その人についてなにかしらわかってくるだろう。

ともかく、やってみる価値はある。

「それはすてきなアイデアね、マイロ」母がいった。「キャラウェイさんとわたしがパンチを作りますから、みなさんはそのあいだにお食事をすませて、そのあとでお話を聴くことにしませんか。もしホット・トディがよければウイスキーもありますよ」

マイロはにっこり笑った。「じゃあ、ぼくはあと片づけを手伝うよ」父のびっくり仰天した顔には気づかないふりをした。マイロは皿洗いがきらいなのだ。でもネグレには計画があった。ひとりひとりの空いた食器を片づけてまわれば、彼の提案に対する個々の反応を見られる。

彼は明るい笑みを顔にはりつけて、のんびりと室内の皿やナイフやフォークを集めてまわった。けれどもその微笑のかげで、〈はしごのぼり〉は各人を注意深く見きわめていた。

最初はジョージィで、彼女のにこやかな笑顔は本物に見えた。「あなたの思いつき、とてもうれしいわ」ナイフとフォークをきちんと片側に寄せた皿を手わたしながらいった。「みんなのよそよそしい態度がやわらいで、距離が縮まるかもしれないわね。いいじゃない、ここにこうして集まったんだもの、そうよね？」

ヒアワード夫人は自分の皿を手放すとき、すこしうろたえているようだった。「話すことを思いつけるといいのだけど」

「どうしてここへ来たかという話でもいいんです」夫人がなんとこたえるか聞きたいがために、ネグレはいってみた。

「あら、だめですよ」老婦人は即座にいって、そわそわと髪をなでつけた。「それじゃつまらないわ。冬の休暇旅行をしたくて、この場所におちついただけなんですから。ちっともおもしろくはないのよ」

民間伝承に詳しいのかとジョージィに訊かれたときと同じように、その返事もうそっぽい感じがした。いや、正確にいえば、うそとはちがうな。ネグレは思った。真実かもしれないけど、全部ではないんだ。

ドクター・ガワーヴァインは自分で皿を運んできて、つみあがっている皿の上にそろそろと重ねた。無言だったが、考えこむような目つきでネグレを見て、カーディガンのポケットから革の小袋を取りだした。一度うなずいて、小袋からパイプを出し、玄関ホールへ行ってコートを手に取った。それからまた居間を横切って、パイプを吸うためにポーチへ出ていき、姿が見えなくなった。

ネグレは鼓動がはやまっているのを自覚して、深呼吸でおちつかせた。あの男は絶対なにか隠してるぞ。

「本のなかではみんなどういう話をするの？」クレムが好奇心をあらわにした。「こういった機会に……なんていうか……ふさわしい話とかそうでない話とかってある？」頭をかいた。

「人まえで話をしたことなんて、ほんとのところこれまでにあったかどうか」

「物語を聴かせたことはないんですか？」ネグレはいった。「全然？　だれにも？　あるはずだよ」

「こういうのとはちがうでしょ」クレムがいいかえした。「これは自分がどんな一日を過ごしたか人にしゃべるのとはべつなんじゃない？」

ネグレはそれとはすこしちがうとこたえようとして口を開いたが、思いなおした。「話したいことならなんだっていいんです。目的はみんなとなにかを分かちあうことだから。きっと楽しくなる。場ちがいな話になるってことはないと思う、そういう意味だったら」

「そうね、楽しいよね」クレムは考えこむ顔つきになった。「今夜は聴くだけにしておいて、明日話すかも」ジョージィに顔を向けた。「あなたのカメラにどうしてそんなおもしろい名前を思いついたのか、話してくれてもいいんじゃない、ブルー」

ジョージィはやや不愉快そうな笑みをうかべた。「そっちこそ、レッド」

「そのお話はわたくしもぜひうかがいたいですわ」ヒアワード夫人がごくうっすらと、奇妙な具合に眉をひそめていった。

怪しい。

ヴィンジ氏が最後だった。彼はまだ隅の椅子にすわって、椅子の肘かけに皿をのせていた。それを返すまえに、ネグレを鋭く一瞥《いちべつ》した。まるでネグレの企みをどうにかして知り、知っているということをわからせたがっているかのようだった。それに、もし自分が同意するとしたら、それには自分なりの理由があるのだということも。

やがてヴィンジ氏がまばたきし、大きなべっこう縁の眼鏡を持ちあげながらすこしゆがんだ笑みをうかべると、そんなことはネグレの思いすごしであって、この男は雪に閉じこめられて退屈している宿泊客にすぎない気もしてきた。

キャラウェイさんが食堂とキッチンの境でマイロを出迎えて、重ねた皿を受けとった。「ありがとう、マイロ。お手伝いのごほうびにスーパースペシャル・ホットチョコレートを作ってあげようか？」

あと片づけが終わり、食後のコーヒーやパンチが配られ、リジー・キャラウェイお手製の有名なレッド・ベルベット・ケーキの皿がまわされると、グリーングラス・ハウスの十一人は居間に集合した。そもそも不思議な顔ぶれだったのだが、全員が一か所に顔をそろえて、たがいにじろじろ見つめあっているとますます変に思われた。もちろん、マイロはいまやネグレの目で人々を見ていた。そこにちがいがある。

部屋の雰囲気もまえよりいっそう奇妙だった。集められた人々は緊張と期待と好奇心と疑いが混じりあった、張りつめた空気をかもしだしていた。

「では」ついにネグレが、できるだけ無邪気に、明るい調子で切りだした。「だれからはじめますか」

宿泊客たちはおたがいの顔を順番に見あった。ネグレはヴィンジ氏に目をやり、アーガイルの靴下の男が口を開いてくれるのを心から待ちのぞんでいる自分におどろいた。けれどもヴィンジ氏はカップの中身をかきまぜていて、穏やかに、けれども視線をそらすことなくスプーンを見つめていた。話すつもりがないのは明らかだ。ともかく、まだいまは。マイロはドクター・ガワーヴァインを見たが、彼もだまりこくっていた。

とうとう、ヒアワード夫人が自分のマグカップの縁をスプーンでコンコンとたたいた。

「わたくし、話せそうです」とりすました口調でいった。すべての目が彼女のほうを向いた。

「あるとても古い、とても尊敬すべき家族の話です」老婦人は瞑想《めいそう》にふけるように紅茶をかきまぜた。「父がわが家に代々伝わる話だといっていた物語がふさわしいでしょう。『運命をあざわらうのは愚《おろ》か者のみ』と呼んでいたお話がよいかと思います。よく聴いて」

「もう聴いていますがね」ドクター・ガワーヴァインがぶつぶつといった。

ヒアワード夫人はぴしゃりといいかえそうとしたが、先にジョージィが口をはさんだ。「いいえ、ドク、古い民間伝承のならわしでお語をはじめるときにそういうんです。ここから物語がはじまりますよと、そうやって聴き手に知らせるんです」

「うん」ネグレにはジョージィのいっていることがわかった。「『語り部のおぼえ書き』でもいくつかの物語がそんなふうにはじまってた」

ヒアワード夫人が腕組みした。「はじめてもよろしいかしら」

ドクター・ガワーヴァインが目玉をぐるりとまわした。「さえぎって申しわけない」

「いいんですよ」老婦人は尊大にいった。「では、よく聴いて」

5　ローマーと幽霊

「よく聴いて。その昔、入り江に面したある小さな町にひとりの少年が住んでいて、海岸沿いに北へ行ったところの、自分の町よりほんのすこし大きな町ではたらいていました。名前をジュリアン・ローマーというその少年は、片道十キロ近くを毎日一往復、海沿いに歩かなくてはなりませんでした。あるのは広い海と、海藻におおわれた小高い砂丘の連なり、それに端から端まで舗装が悪く、ジュリアンのはき古した靴にはいりこんでは足を痛くする小石だらけの道だけです。まるで石ころそのものが道の状態にうんざりして、なんとかしてそこから逃げだしたいと思っているかのようでした」

「ローマー？」今度は、さえぎったのはジョージィだった。「あのローマーと同じですか？」

「いま話すところです」ヒアワード夫人が歯を食いしばったまま、いらいらした声でいった。

「ローマーって？」ネグレはたずねた。『語り部のおぼえ書き』には「イラクサのなかのローマー」という話がはいっていたが、まだそこまで読みすすんでいなかった。「ローマーってなんだっけ？」知っているはずだという気がするのに、はっきり思いだせない。キャラクターを考えていたときにメディがローマーのことを口にしたのだが、頭にうかぶのはそこまでだった。

「民間伝承には放浪者《ローマー》、さすらい人がたくさん出てくるの。あちこち旅しながら暮らしている行商人や旅人。たいがいはとくべつな道を通るの」ジョージィはけわしい顔のヒアワード夫人ににっこりほほえみかけた。「すみません」

「どうか物語をだいなしにしないでくださいな、おじょうさん。続けますよ。ある夏の夜、ジュリアンは何年ぶりかに見るすばらしい空の下を家路についておりました。雲ひとつなく晴れわたり、白いペンキを噴霧したような星が満天にきらめいていました。あまりに明るいので、ジュリアンはランタンの灯さえ消してしまいました。その美しさを損なうものといえば、靴のなかのとりわけ痛い小石ひとつだけでした。

ジュリアンは立ちどまって、靴をひったくるように脱ぐと、こうつぶやきました。『ここの石が悩ませないでくれたらなあ。というより、この道を直せるようにぼくが町長になれたらなあ』だれもがよく考えもせず、心からそう思っているわけでもなく、いつでも口にしそうなことでした。でもたまたま、まさしくその瞬間に空を流れ星が伝ったのです。

流れ星に願いをかけられることはだれでも知っていますね――少なくとも子どものころにそう聞かされたことでしょう。願いを叶える方法はただひとつ、星が消えるまえに声に出していうことだとは知らないかもしれません。だいたい、そんなことはほとんどやりとげられないのです。でもちょうどその願いごと――ふたつ目のほう――を口にしかけたときに星が下降をはじめたので、ジュリアンにはできてしまったのでした。空を流れる星に気づいてさえいなかったにもかかわらず。

ジュリアンが靴を振って小石を捨てて、靴紐を結びなおしていると、砂丘から声が聞こえました。『お若いの』と声の主はいいました。『もういっぺんくりかえしてもらえませんかな』

ジュリアンが振りむくと、見たことのないずぶ濡れの人物がゆっくりと砂丘を越えてくるところでした。『なんですって?』と近づいてきた男にジュリアンはいいました。その見知らぬ男は銀色の燕尾服を着ていて、両肘《ひじ》と襟には焼けこげた布で黒いつぎをあてていました。ズボンはもっと暗いしろめ色で、やはり両膝が焦げていました。全身どこもかしこもびしょびしょで、まるでたったいま海からあがってきたかのようでした。

『願いごとをくりかえしてもらえまいかとたのんだのだよ』そういって、男は耳あてのついた銀色の革の帽子をぴしゃりと太腿にたたきつけ、水をはらいました。『よく聞きとれなかったのでね、気流やなにやらで。じつをいえば、そもそもさほどよく聞いていたとはいえないんだが。願いごとを間にあうようにおしまいまで口に出せる者などいないからね。しかし感謝しているといわなければならん、だからおまえの願いは叶えてやろう、そうしなければならないという義務があるわけではないが。なんといっても、命を救ってもらったことだから』そこで見知らぬ男は片方の手を差しだしました。『わたしはベテルス、わざわざいうまでもなかろうが、流れ星だ。して、おまえの願いはなんだったかな』

ジュリアンは目をまん丸にしておどろきましたが、ベテルスという名のその人物は彼がついさっき口にした願いを叶えるといっているのだ、ということまでは理解しました。ジュリアンはいまはきなおした靴を見おろして、つぎに目のまえに長くのびている道を見ました。『道を直せるように町長になりたいというようなことをいったと思います』と用心深くこたえました。

ベテルスは眉間にしわをよせました。『町長になりたい？　本気かね？　それに道路を直すことについて多少の心得はあるのか？』

ジュリアンは考えました。『ともかく、町長になれば、その仕事ができるだれかがぼくの代わりにはたらいてくれるんじゃないでしょうか』

『そうさな』流れ星はふたりが立っている地面をさげすみの眼《まなこ》で見おろしました。『しかし率直にいうと、この道はおまえたちの町長がやりたいようにやった結果に見えるぞ』流れ星がさらに数滴しぼってから帽子をかぶると、頭が弾丸のかたちに見えました。『いいかね。町長になることは――たしかにそれに関しては願いを叶えてやれる。だがおまえがよい町長になりたいなら――そういう町長はめったにおらんようだが――おまえがそうなる運命になくちゃならない。そして自分の運命にそむく願いごとは……いつだってろくなことはない。運命をあざわらうのは愚《おろ》か者だけだ』

『運命に頼るのは愚か者だけだと思います』ジュリアンは不服そうにいいました。『ぼくがなにになるかを、なぜぼくより先に運命が決められるんですか』

ネグレは運命について考え、にわかに漠然とした不安にかられて、暖炉のまえにすわったままもぞもぞした。その日の朝、いまではサイリンのメディが〝あなたはどんなふうになりたいの〟といった質問をしはじめたときに感じたのと同じ種類のおちつかなさだった。運命を考えることは必然的に、人生のスタートがほんのすこしちがっていたら自分はどうなっていたかという想像に結びつく。それとも、運命というようなものがあるなら、関係ないのかもしれない。

彼はやはりパイン家の一員として、ここグリーングラス・ハウスにたどり着いていたのかもしれない。

そうした一連の考えは胸いっぱいの罪悪感を呼びこんだ。もし彼の考えを聞きとれる人がいたら、その人はマイロがここにたどり着きたくなかったのだと思わずにいられないだろう。それは事実ではなかった。ただ、どうしても想像しないではいられないのだ……。

彼はヒアワード夫人に注意をもどした。「流れ星はジュリアンに批判されて、申しわけなさそうでした」とヒアワード夫人は話を続けた。「『いまのはわたしの数十億年の観察から出た意見にすぎん。おまえが話半分に聞こうとちっともかまわない。ほんとうに町長になりたいのなら、ひとことそういえばわたしが叶えてあげよう』

でもそのころには、ジュリアンはもう願いごとを考えなおしていました。いずれにせよあれはその場の思いつきだったのですから。『あなたのいうとおりかもしれません』と彼はいいました。『正直いえば、ぼくがああいったのは靴に小石がはいっていたからなんです』

『なあ、どうかね』ベテルスがいった。『石のはいらない靴、それならあげられるぞ。簡単だしな』

『お願いの無駄遣いみたいに思えますけど』

『とんでもない。石に強くてすりへらない靴は、実用的なだけでなく、魔法の力なくしては絶対に作れない。願いごとにうってつけだ。それどころかじつに申し分ない願いごとなので、ただで叶えてあげるとしよう。つぎにわたしとばったり出会ったら、そのときにほんとうの願いをいうがよい。なんといってもおまえは命の恩人なのでな』。そういうと、流れ星はポケットからひとつかみの粉を取りだし、ジュリアンの足にはらはらと振りかけたのです。たちまち靴の底が硬くなり、紐が引きしまるのが感じられました。靴下までが靴革と皮膚のあいだで厚くなりました。銀色の上着を着た奇妙な男はかがんで、小石をひとつ拾いあげ、ジュリアンに差しだしました。

『それはぼくを痛めつけていた石?』とジュリアンはたずねました。

『もうそうではない』ベテルスは石をジュリアンの手のひらにのせました。『いまはおまえがいいかけていた願いごとを思いださせる品だ』流れ星は少年の手を握り、道の向こうへ去っていきました。

ベテルスが見えなくなってしまうと、ジュリアンは手のひらで石を転がしながら、ふたたび家に向かって歩きだしました。町長になりたいと願うのはよそうと思い、その石は肩ごしに放り投げてしまいました。『この道を自分で舗装できるほどのお金がほしいと願おうかな』と声に出していいました。するとどうでしょう、ジュリアンの幸運なこと。彼が無造作に投げた小石は雑草におおわれた使われていない古井戸に落ちたのです。それはたまたま聖なる井戸――お伽噺《とぎばなし》では願い井戸《ウイッシングウエル》と呼ばれるものでした」

「そんなについてる人に願いごとが必要かしらね」サイリンがツリーのうしろからいった。

「シーッ」とネグレが制した。それからみんなにじろりとにらまれて真っ赤になった。「すみません」

ヒアワード夫人はこほんと小さく咳ばらいして先を続けた。「ジュリアンはもちろん、そんなこととは知りませんでした。自分の小石がどこに落ちたか見なかったのです。ただ歩きつづけ、星を見あげ、願いごとを考えていると、その間《かん》に彼のうしろではわすれられた井戸から黒い水がぶくぶくと泡立ちはじめ、苔《こけ》むした石を越えてあふれだし、海とは反対側の道沿いに繁っている、風でねじれた低木をつき抜けて流れてきました。あふれては流れだし、どんどん水かさが増して、ジュリアンのほうへ押しよせてきたのです。ジュリアンはのんきにも靴のうしろに水がはねかかるまで気づきませんでしたが。そのとき、西のほうのやぶのなかから女性の声が呼びかけました。『もし、お若いかた、もういっぺんいってくれませんか』

ジュリアンが小川となった道の端の岩によじのぼり、茂みをのぞきこむと、声の主が井戸から出て、彼のほうへ歩いてくるところでした。ドレスは粘土色、髪はベテルスのスーツと同じ銀色、でも肌はどこまでも暗い水のようでした——灰色、黒、茶色、緑、またはそのような色だったのかもしれませんが、光の当たる角度によって変わるのです。『もういっぺんいってくださいませんか』とその女性がたのみました。『聞こえなかったんです。わたしの井戸はとても古くて、だれかが見つけて願いごとをすることなどめったにないものですから。白状しますと、あまり注意して聞いていないんです』彼女はジュリアンがついさっき投げた小石を差しだしました。『これはあなたのですね』

流れ星に出会ったばかりだったため、ジュリアンはその不思議な女性がいきなりあらわれてもどうにかふだんの自分を取りもどしました。ジュリアンが名のると、美しいドレスを着たそえてくれますか』

の女性は彼と握手しました。『わたしの名前はワイエル。あなたがなにを願ったかもう一度教えてくれますか』

今度もまた、ジュリアンはその場の思いつきでしゃべっていたのであって、ほんとうになにかがほしかったからではありませんでした。『お金がほしいと願ったんです』とこたえたものの、それでは自己中心的に聞こえるので、こうつけくわえました。『この道を舗装するための』

ワイエルはなにかいいたげな目つきでじっと彼を見つめました。『あなたにその願いごとを勧めていいものかどうか』ややあっていいました。『それが真の望みならば聞き入れましょう、でもあなたはいい人間のようですし、わたしの経験ではその種の願いはたいがいろくな結果をもたらしません。人がお金をほしがりはじめるとめんどうなことが起きるんです。期待どおりになることはまずありませんよ。それに運命という問題もあります。運命を出し抜こうとすると物事は決してうまくいかないのです。それは愚か者のすることですよ』

また運命か。ジュリアンはため息をつきました。『自分が運命を信じているかどうかはわかりません。でもあなたがいうとおり、ぼくはだれかに叶えてもらいたくてあの願いごとをしたわけじゃないんです。ただ声に出して考えていただけなんです』

『でもわたしは願いを叶えずに井戸に帰りはしません』その女性はいいました。『どれほど久しぶりにあの井戸から出たと思います？　どうかわたしになにかさせてください。あのなかはさびしいんです。もし願いをひとつ叶えたら、わたしは十年間あの井戸にもどらなくていいんです』

ジュリアンにはこれといってほんとうに望むことはなかったのですが、ワイエルが井戸に帰りたくないのなら無理に帰らせたくはありませんでした。『ちょっと待って。あの願いを口にしたとき、ぼくはただ道を直すことを考えていたんです。割れた敷石を取りのぞくだけでもましになるでしょうね』

ワイエルはすこし考えました。『それは悪くないですね。さしあたっていまは割れた敷石を消すという願いを叶えてあげましょう。またべつのときにほんとうの願いをいってくれたらいいわ』

この奇妙な者たちがなぜこれほど熱心に願いを叶えてくれたがるのか、なぜまたばったり出会うと思っているのかとジュリアンはつかの間首をかしげましたが、ワイエルはもう彼に近づきはじめていました。水面をかすめ飛ぶ虫のごとく軽々と、小さな洪水の上を歩いてくるのです。彼女はジュリアンの手をとって、小石を握らせ、彼の唇に口づけしました。ワイエルがうしろへさがると、水底の割れた敷石は消えていて、足に刺さる石はただのひとつも見あたらなくなっていました。『また会う日まで、ジュリアン！』そういうと、ワイエルは隠れた井戸の水を豪華なドレスの長い裾《すそ》のようにたなびかせて、北の方角へ去っていきました。

ジュリアンは唇に指をあてたまま、その姿が消えるまで見おくりました。それから、いつもの道をふらりとさまよい出て夢にはいりこんでいたかのような心地で、ふたたび歩きだしました。

道は土になり、割れた敷石の舗装よりもよくなりましたが、井戸の水が引いたあとには大量の泥が残されていました。ジュリアンの改良された靴はぬかるみをうまくかわしてくれても、歩くのが楽になったわけではありません。数メートル歩いたあと、ジュリアンは道をすこしはずれてブラックソーンの茂みを見つけ、枝を切ってステッキをこしらえました。それから道にもどって歩きつづけながら、『願いごと、願いごと、願いごと』とつぶやきました。いまや彼にはいざというときに叶えてもらえる願いごとがふたつたまっていて、ジュリアンはどんな願いならベテルスとワイエルにみとめてもらえるか頭をしぼっていました。〝運命をあざわらうのは愚か者だけだ〞とベテルスはいいました。〝運命を出し抜こうとすると物事は決してうまくいかない〞とはワイエルのアドバイスでした。けれどもジュリアンにはやはり自分が運命を信じているのかどうかがわからないのでした。『それなら役に立つ願いごとがいいかもしれないな』と彼は考えました。『ぼくに運命があるのか、もしあるならどんな運命なのかがわかるような』

しばらく無言で歩いていると、びっくりするほど近くからまた新たな声が聞こえました。『たのむからちゃんと口にしてくれないかな！　きちんといってくれなくちゃ、こっちはなんにもできないんだよ』

ジュリアンはぎょっとしてステッキを取り落とし、くるりと振りかえりましたが、そこにはだれもいないようでした。うっかりまたべつの星に願いをかけてしまったのかと、砂丘のほうに目をやりました。お尻のポケットをたたいて、茂みをのぞきこみましたが、石はまだポケットにあり、不思議な水が道にあふれだすこともありませんでした。ふたたびまえを向くと、ぬかるみから細長いなにかが起きあがるところでした。ジュリアンのステッキに腕と脚が生え、細い顔ができていて、木の皮色のスーツから泥をはらっているではありませんか。『おまえはなんなんだ』ジュリアンはまごついて、たずねました。流れ星や願い井戸なら少なくとも聞いたことがありましたが、願いを聞き入れるステッキは……それはまたべつの話です。『おれは願いごとのステッキ』と細っこい男はプライドを傷つけられた声でいいました。『あんたはブラックソーンからおれを切って命をくれて、おれに願いをかけただろ』」

「願いごとのステッキですと?」ドクター・ガワーヴァインが小ばかにしたように笑いました。「そんなものは聞いたことがない」

「どうかさえぎるのはよしていただけます?」ヒアワード夫人が語気を強めた。

ドクター・ガワーヴァインはヒアワード夫人からジョージィに視線を移した。そのなかで民間伝承の権威にもっとも近いのはジョージィだと判断したらしかった。「あるんですか、願いごとのステッキというのが?」

ジョージィは肩をすくめた。「この物語には出てくるようですね、ドクター。願いごとの木なら聞いたことがあるので、願いごとのステッキがあってもおかしくないんじゃないかしら。それに、これはお話ですからね」思いださせるようにつけたした。

「『ぼくはジュリアン』とジュリアンはいいました」ヒアワード夫人がはっきり大声で続けながら、ドクター・ガワーヴァインに向かって顔をしかめた。「『おれはスローだ』細い男がいいました。『よろしく。さて、ジュリアン、きみの望みを願いごとのかたちでいいかえてくれないか。そうしたら取りかかれるから』

『たぶん、ぼくは自分に運命があるのか、もしあるならどんな運命なのかを知りたいんだ』ネグレはすこし身をのりだした。ただのお話だ、と自分にいいきかせた。意味があるわけじゃないさ。それでもジュリアンとスローが彼自身の運命を話題にしているかのように、こたえを聞きたくてたまらなかった。

ジュリアンはスローからよりよい要求をするための講義を受けるものと覚悟しました。願いを叶える者ふたりに出会ったあとで、自分には願いごとをするこつがまるでわかっていないのだと思いはじめていたのです。でも口を開いたスローはちがうことをいいました。『それじゃ願いごとがふたつだ。ひとつ選んでおくれよ。ほんとうに知りたいならってことだけど。おれにはさっぱり理解できないんだ、結局運命にはまってしまうつまらない人たちのことが。運命に頼るのは愚か者だけだよ』

『ぼくもだよ！』ジュリアンは叫びました。『でも今夜はこれまでに二度、願いごとで運命に逆らおうとするのは愚かだといわれたんだ。運命を気にしていたら、人はどうやってなにかを成しとげればいいの？』

『そういう人はなにも成しとげないんだろう』とスローがこたえました。『それに、もし運命があるとしても、願いごとひとつで止められるんならたいして意味があるとは思えない。でもさっきの願いごとを聞かせてくれよ』

ジュリアンは話しました。ブラックソーンの男はじっくり耳をかたむけて、ところどころうなずき、ひとつふたつ質問をはさんで、おしまいにその石を見せてほしいといった。『じつに興味深い』と静かにいって、小枝の指で小石を裏も表もたしかめてから、ジュリアンに返しました。『ベテルスとワイエルが願いごとを考えなおすようにといったのは理《り》にかなった助言だと思う、運命のせいじゃなく、きみ自身がみとめているように、きみは心から町長になりたいとも金がほしいとも思ってはいないからだ。ただ道をもっとよくしたいだけだもんな。たぶん彼らが運命のことを口にしたのは、そういえばきみがもっとよく考えなおすかもしれないと思ったからだろう。願いを叶える者たちはかけられた願いについてとやかく論じないことになっているんだ、意見をもたずにはいられないとしても』

『ぼくがどんな願いごとをしたらいいかについて、きみには意見があるの?』とジュリアンはたずねました。

スローは肩をすくめました。『というわけでも。だけどきみには木から切り離してもらった借りがある、だからおれに考えてほしいというなら、よろこんで考えてみるよ、なにか役に立つことを思いつくように』

『うん、たのむよ』ジュリアンとブラックソーン・マンはかつて砂丘をささえていたフェンスの上に並んで腰かけました。スローは手のひらに顔をあずけて、角ばった頬をがりがりの指でこつこつたたきました。しばらくすると、こういいました。『おれが思うに、問題はきみが自分の運命のことを質問してもなんの助けにもならないってことだ。それでなにかがわかるわけじゃない。わかればきみの行動はいくらか変わるかもしれないが、それがきみの大義の役に立つのかじゃまになるのかはどちらともいえないんだ』。スローはジュリアンに顔を向けました。『訊きたいんだけど。きみのほんとうの望みはなんなんだい』

それはたいへんいい質問でした。ジュリアンは自分がじつのところなにを望んでいるのか、よく考えていなかったのです。もちろん、あるひとつをのぞいては。

『スロー、この道を直してくれる？　ぼくが住んでいる町と、ぼくの行き先の町のあいだを』とジュリアンはいいました。『ほんとうに直すってことだよ、敷石を新しくして、排水溝を作って、なにもかも全部。ちゃんとした道にできる？　そもそもぼくが願ったことはそれだけだったんだ』

スローはジュリアンを見て、つぎにぬかるんだ泥の道を見ました。いっぺんうなずいて、立ちあがりました。『もっとよくしてあげられる。きみの靴を片っぽ貸してみな』ジュリアンがベテルスに直してもらった靴の片方を脱いで、スローに手わたすと、スローは先端がとげになった指の爪で靴底になにかのしるしを刻んだのです。『これでいい』スローは満足そうでした。『これからは、きみがこの靴で歩くどこへでもいい道がついてくるよ』

ジュリアンは靴をはいて、紐を結びました。はいた感じはまえとまったく変わらないのに、砂丘から道にもどると、丸い敷石のなめらかな路面がしみのように足の下にひろがったのです。試しにもう一歩踏みだすと、敷石が前方に流れだし、砂丘の手前までのびていって、そこで仕事がすんだと感じとったかのように止まりました。最初の一歩で地面をおおった敷石はそのまま消えずに残っていました。ジュリアンはあっけにとられて新しく舗装された道を見つめてから、スローに目を移しました。『歩く道は慎重に選ぶんだよ』ブラックソーン・マンがいいました。『草や砂や水を足の下に感じたいときはその靴を脱ぐこと。でも道を切りひらきたければ、きみにはいつもその手段がある。ついでに、あのランタンも貸してくれないかな。おれを自由に切り離してくれた、あのナイフも』

ジュリアンはナイフと、その夜しばらくまえに消していたランタンを手わたしました。スローはジュリアンの靴底に刻んだのと同じシンボルを、ナイフの柄とランタンの底に刻みつけました。『これできみはいつでも道を切りひらけるし、火打ち石があるかぎりいつでも道を照らせる。きみをひどく悩ませていたあの石がその役目を果たせるだろう』スローは新しく舗装された道に飛びおりると、ジュリアンの手を握りました。『大いに放浪したまえ、また会うときまで』といって、やはり北の方角へ歩きだし、星くずの下の夜に消えていきました。ジュリアンは一歩ごとに生まれる新しい敷石の感触におどろきながら、家に向かって歩きだしました」

ヒアワード夫人はいったん話を打ちきった。「わたくしの父とその父とその母とその父とその祖母と、それよりもっとまえの先祖たちによれば、ジュリアンは最初の放浪者《ローマー》、この国の偉大なさすらい人たちの元祖だそうです。彼が願いごとの魔法の靴で舗装した道は、民間伝承でローミング・ワールドと呼ばれるさすらい人たちの世界でもっとも神聖な道となったのです。そしてジュリアンは靴とナイフとランタンと火打ち石を決して手放しませんでした。それで……ええと、これでおしまいです」ヒアワード夫人は自分のマグとケーキの皿に向かって小さくおじぎをした。

マイロの母が拍手しはじめた。「すばらしいお話でした、ミセス・ヒアワード！」ほかの人人もすぐさま喝采に加わった。

ツリーの陰で、サイリンはすわったままふんぞりかえって腕組みした。「いいじゃない」とみとめた。「なかなかよかった。いまのは創作というのよ、ネグレ。いつか作戦に使えそう」ポケットをさぐって、紙とペンを見つけると、さらさらとなにか書きはじめた。

ネグレは眉をひそめて、暖炉のまえから離れ、ツリーの裏の洞窟にはいった。「でもいまのはただのお伽噺だよ」とささやいた。

「気にしない。気に入ったんだもん」

「だけどヒアワードさんがここへ来た理由はちっともわからないじゃないか」

それを聞くと、〈注解学者〉は紙から視線をあげ、目を細くしてヒアワード夫人を見た。「そうかしら。願いごとの品物はどうなったのか、たずねてみなさいよ、魔法を使う人たちがジュリアン・ローマーにあげた品物はどうなったか。きっとあなたがまちがってるから」

「賭けだね」ネグレはツリーの裏から半身を出して、声をあげた。「ヒアワードさん、ジュリアンの靴や小石やなにかはどうなったんですか」

老婦人は妙にそわそわして彼をちらりと見た。「それは、まちがいなくわたくしのあずかり知らないことですよ。おやおや、お茶が冷たくなってしまったわ。すこしお湯をいただかなくては」ぎこちなく立ちあがって、キャラウェイさんがコーヒーテーブルにおいていったお茶のトレイにあたふたと向かっていった。

サイリンが書き物から顔をあげた。「ほらね？　いったでしょ」

「いまのはなに？」

「おとなら、あれはただのお話で、願いごとの品物なんて実在しないと論理的にこたえたはず。でもあの人はそういわなかった」サイリンがにやりとした。「大胆な推測だけど。ヒアワードさんはただのお話だと思っていないんじゃないかしら。そしてたぶん、あの話とこの家にはなにかつながりがあると考えているのよ」

「なるほど」ふたりはカップにおかわりの湯を満たして紅茶のティーバッグを加えるのはすっかりわすれているヒアワード夫人を見つめた。

ネグレはツリーの陰から外へ這いだした。「ほかに話してくれる人はいませんか」とほかの宿泊客たちに期待をこめてたずね、暖炉の反対側の空いている椅子にすわった。

暖炉のまえのラグにすわっていたクレムが発言した。「リクエストしてもいい？」

「ええと、どうぞ」

「この家についての話を聞けたらいいなと思って」

不意に、ネグレは確信した。いまこの部屋でピンを落としたら、シンバルを打ち鳴らすぐらいの音がするだろうと。クレムがいったのは、ぼくに話してほしいという意味だろうか。

マイロの胃がぎゅーっとねじれた。話をするよう全員にたのむなら、彼自身も話さなくてはならないかもしれないと、なぜ思いいたらなかったのだろう。本のなかでは、物語を提案した男が最初の話をしていたのに。

でもクレムが笑いかけている相手は、居間とキッチンを隔てる壁のグランドファーザークロックと並んで立っているマイロの母だった。「よければこの家のことをすこし聞かせてくれませんか」

パイン夫妻がちらりと視線をかわした。その話をするには用心しなくてはならない。グリーングラス・ハウスが見おろすナグスピークのかなりの部分と、クウェイサイド・ハーバーズの大部分を密輸がささえているとしても、厳密にいえばそれはやはり違法だ。

「わたしの知っていることはよろこんでお話しします」しばらくしてミセス・パインがいった。「もちろん、ナグスピークの記録では……」肩をすくめた。「いえ、たいした記録がないのはみなさんご存じですね。わたしはマイロの年齢ぐらいからこの家に住んでいます。わたしの父がここを買ったんです、ほとんど家具が残った状態で、ウィッチャーという家族から」ひと呼吸おいた。おそらくその名前を知っているだれかに〝それはドク・ホーリーストーンの本名じゃなかったですか?〟というチャンスを与えるためだろう、とマイロは思った。だれもいわなかった。

「でもそういえば」ミセス・パインは続けた。「たしかにひとつお気に召すかもしれない話を知っています。でも幽霊話なんですよ――ここで実際に起きたことです。聞きたくない方はいませんか?」

部屋のあちらこちらで、宿泊客たちがめいめい首を振り、続きを待った。

「わかりました。では、それが起きたのは……ええと、マイロが赤ちゃんでしたから、十年か十一年まえかしら。常連のお客さまのひとり――まえにもお泊まりになった男性――が朝食におりてきて、部屋の窓から死んだ男を見たといったんです」

マイロはマグを落っことしそうになった。「ええっ?」

「聞こえたでしょ」母は眉毛をくねくね動かした。「それにドク・ホーリーストーンを知らないという方はいらっしゃいませんよね」先を続けた。「ジェントルマン・マクスウェルやエド・ピカリングやヴァイオレット・クロスとともに、彼はこの半世紀に名をはせた密輸人《ランナー》でした――密輸人は自分たちをランナーと呼ぶんです。ドク・ホーリーストーンはわたしがまだ小さいころに捕らえられて殺されたと一般には信じられています。でもわたしはクウェイサイド・ハーバーズの出身なので、彼の英雄的おこないを耳にしながら育ちました。彼はこの家の敷地内でつかまったんだという人もありました。そのとき彼の息子がこの家にいて、現場を目撃したのだという人も。

「もちろん父がこの家を買うときにはだれもそういったことは口に出さず、そういう話が出はじめたのはもっとあとになって、父がここを宿屋として開いてからです。でも以前ここでなにかとてもよくないことが起きたのは明らかでした――ホーリーストーンは消えてしまい、生き残った彼の家族や船の乗組員たちはたちまち身を隠してしまったので、この家は片づけもされていなかったんです。それから何年もたって、ベンとわたしが宿と常連のお客さまがたを引きつぎました。そして、マイロが小さかったある夏の夜、そのお客さまのひとりが……」ミセス・パインはひと呼吸おいて、夫を見た。「あれはフェンスター、だったわよね？」

「そう記憶しているが。フェンスターにしては遅かった——というのは、彼がうちに泊まりにくるのはたいてい春の初めだからね」

密輸人とシーズンか、とマイロは思った。両親がだれのことを話しているかはわかった。フェンスターは春の密輸人《ランナー》、たいがい違法な種や苗を取引しているからだ。

「そう。ともかく、たぶんそれは夏だったので、彼にはふだんとはちがう涼しいほうの部屋を使ってもらいました」ミセス・パインはちらちらとヒアワード夫人に目をやった。フェンスターはきっと3Nに泊まったのだろう。そしてマイロの母はいまから伝えようとしているできごとがヒアワード夫人の部屋で起きたのだと本人にいうかいうまいか思案しているように見えた。やめて、とマイロは心のなかでいった。幽霊の出る部屋に泊まっていると聞かされたら、ヒアワード夫人は瞬時にキレるにちがいない。

「ぎしぎし音のする古い家で部屋が変わるのは、すこし勝手がちがって、こわいと感じさえするかもしれません」ミセス・パインはマイロと同じ結論に達したらしく、部屋番号はいわずに先を続けた。「それについてはマイロがお話しできるかと。マイロはすべての部屋で寝たことがあるんです。部屋によってどのくらいちがうの、マイロ、音や気味の悪さからいったら？」

「すごくちがう」マイロはいった。「こわいわけじゃないけど。ひとつの部屋の音やすきま風に慣れると、それはなじんだ心地いいものに思えてくるんだ。それからべつの部屋に移ると、最初はなんだかなじめない。また一から慣れなくちゃいけないんだよ」

「そのとおり。だからその最初の朝フェンスターがおりてきて、なにか奇妙なものを見たといったとき、わたしたちは彼がまだ新しい部屋に慣れていないのだと思ったんです。なにかに起こされたと彼はいいました。それから窓の外のなにかが目にはいったんだと。いや、なにに起こされたかはわからない——おそらく物音だ——それになにを見たのかもわからない、たぶん森か空でなにかが光ったんだ、いや、部屋を変えてほしいんじゃなく、ただいいたかっただけだ、と。それから彼はパンケーキを二回おかわりして、問題なくおちついたようでした。

ところが翌朝またそれが起きたんです。フェンスターはおりてくると、昨夜も目をさまして窓からあるものを見たといいました。でも今度はベッドから起きあがって、よく見るために窓まで歩いていった、すると木立に若い男が立っていて、家を見あげているのが見えたというんです。

見おぼえのある男だった、とフェンスターはいいました。わたしがおぼえているのは、フェンスターが夫を長々と見つめていたことです、外にいたのはもしかして彼だったのかと考えているみたいに。でもベンはその前夜、外へは出ていませんし、少なくともフェンスターが目をさましたという真夜中過ぎなどに出ていったりしませんでした。それからフェンスターはパンケーキを二回おかわりし、その話はそこで終わりでした。そのつぎの朝おりてきたフェンスターが、彼の見た男がだれだかわかったというまでは。

それはまた起きたんです。今度はフェンスターもすぐに飛びおきて窓に近づいたのですが、またあの若い男がいて、やはり木立のところからこの家を見あげていたそうです。どういうわけかフェンスターが片手をあげてあいさつすると、その男も片手をあげてこたえたそうです。それはフェンスターが知っているしぐさでした。『あれはドク・ホーリーストーンだった』とフェンスターはわたしたちにいいました。

だれでも知っているとおり、ナグスピークのディーコン&モーヴェンガード商会は密輸人の取締りを強化するよう、以前からずっと市に……はたらきかけてきました。そんなわけで、ドク・ホーリーストーンがつかまる前年には街角のいたるところに指名手配のポスターが貼りだされていたようなのです。片手をあげているドク・ホーリーストーンを描いたもので、フェンスターはそのポスターをおぼえていたんでしょうね」

その話は初耳だったものの、マイロはフェンスター・プラムを知っていて、フェンスターが指名手配のポスターから名高い密輸人に気づいたのでないことはわかった。フェンスターが実際にドク・ホーリーストーンと船に乗っていたことをマイロは事実として知っているが、ミセス・パインは知らない客人たちにそのことを話すつもりはなさそうだった。

だからもちろんわたしたちは、ドク・ホーリーストーンが死んだ――とされている――のは二十年以上まえのことだと指摘しました。彼がつかまったといわれる夜からナグスピークで目撃されていないのはたしかでした。わたしもフェンスターに夢でも見たんでしょといったかもしれません――たぶんその部屋のなじみのない物音やすきま風のせいで。でもフェンスターは彼を見たといってゆずらないのです。なぜそこまで確信をもったんでしょうか。

あとでわかったのですが、その話にはまだフェンスターがわたしたちにいっていないことがありました。その三日目の夜、木立の若い男に手をあげたあとで、フェンスターはようやく思いあたったのでした。毎晩目をさますたびに窓があいていたということに。そして、あけたのは彼ではなかったんです。

その部屋の外には非常階段があって、フェンスターは外をよく見ようとその上に出てみたそうです。窓の件に気がついたので、あたりを見まわすと、非常階段にいるのは彼ひとりではありませんでした。隣に手すりから身をのりだしている小さな男の子がいて、その子も手を振っていました。あの若い男が手を振っていた相手はその少年だったんです。窓をあけていたのはその男の子だったにちがいない、非常階段に出てドク・ホーリーストーンをさがしていたんだ、とフェンスターはわたしたちにいいました。毎晩彼を目覚めさせていたのは、窓のサッシが引きあげられる音だったんです。

さて、わたしにはとてもそんな勇気はなさそうですが、フェンスターは半分寝ぼけていたし、いささか無邪気なところがある人なので、その少年に話しかけました。『あれがだれなのか知ってるのかい？』とたずねたんです。きみはだれだとか、なぜフェンスターの部屋の非常階段にいるのかじゃなく、まず木立の男のことをたずねた理由はわかりません――だって男の子はひとりも泊まっていませんでしたし、たとえいたとしても、おわかりのように、ここのお客さまはおたがいに顔見知りになりがちなので。とにかく、フェンスターがあの男を知っているのかとたずねると、その子はうなずきました。フェンスターの言葉によれば、こうこたえたそうです。『あれはぼくのおとうさんなんだ。いまはおたがいに手を振らなくちゃならないの、あのときさよならをいえなかったから』

『で、おとうさんの名前は?』とフェンスターはいいました。『おじさんが知っている人に思えるんだけど』。少年は誇らしげににっこり笑って、こたえました。『名前はマイケル・ウィッチャー、それにこの家はぼくたちのものだったんだ』少年はまた木立の男に手を振り、男が振りかえし、それからふたりとも消えて、フェンスターは非常階段にひとり残されていたんです」

ミセス・パインがもういっぺん口を閉じると、今度は宿泊客たちが反応した。「それじゃマイケル・ウィッチャーがドク・ホーリーストーン?」とクレム。「ここはドク・ホーリーストーンの家だったの?」

「そう」ミセス・パインはほほえんだ。「そしてフェンスターによれば、少なくとも一度はドク・ホーリーストーンとその息子の幽霊がおたがいにさよならをいうために帰ってきたんです。わたしたちがここに幽霊が出た話を聞いたのはそれっきりですけど」

「いまの話は最初のよりも気に入った」とメディがいった。

†

ミセス・パインが語り終えてからほぼ時をおかず、雨が降りだした。

雪に反射する稲光が不気味に照らしだす窓を雨粒がたたき、どこか丘の向こうで大槌《おおつち》が城門を破壊するような雷鳴がとどろいた。

突然の嵐はその夜の語りを終わらせる合図のようだった。最初の落雷が部屋を揺さぶり、比較的楽しいものだったとはいえ幽霊譚を聴いたばかりとあって、その音にだれもが神経をとがらせた。

「マイロ、駆け足で部屋へ行って、カメラを取ってくるわね」ジョージィがいって、階段の上に消えた。

「わたくしはセーターを取ってこようかしら」ヒアワード夫人も階上《うえ》へのぼっていった。

ふたたび稲妻が空を切り裂いた。またも雷が落ちた。今度はテーブルの上の白いガラスのシャンデリアがまたたいて、消えた。心臓がとくんと一回打つあいだだけ暗く、すぐに明るさはもどったが、それだけでじゅうぶん胸がさわいだ。停電になったらどうする？

マイロはさっと室内を見まわし、みんな同じことを考えていると知った。

「少なくとも雨で雪がとけますよ」キャラウェイさんがつぶやいた。「コーヒーのおかわりがほしい方は？」

「たいしてとけないんじゃないですか」ドクター・ガワーヴァインがいいながら立ちあがり、また煙草を吸いにポーチへ向かいはじめた。窓の外の軒から垂れている氷柱《つらら》を指さした。「これがすこしも小さくなっていない。さぞかし冷たい雨なんでしょう」

ミセス・パインがやってきてマイロの椅子の肘かけにちょこんとすわり、マイロは彼と過ごす時間がなくてとうさんもかあさんも心苦しく思っていると父にいわれたのを思いだした。マイロが頭をもたせかけると、母は彼の肩に腕をまわした。

「ひとりずつお話をするというあなたのアイデア、さえてたわね。わたしはどうだった？」

「カンペキだよ」マイロはこたえた。「すごくよかった。ぼく、あの話を聞いたことあったっけ？」

「いつだったか聞かせたことはあるはずよ。でも幽霊の少年の部分は飛ばしたかもね、あなたの部屋の非常階段とつながっているから。あなたがこわがると思ったかもしれない」マイロの髪をくしゃくしゃにかきまぜた。「でもわたしはきっと過保護な母親だったわね。あなたは決してああいうことをこわがったりしない子よ」もういっぺん彼の髪をくしゃっとして、立ちあがった。「そうだ、明後日《あさって》のクリスマス・イヴにしたいとくべつなことはない？ スペシャル・ディナーとか、スペシャル・ケーキとか、ふだんとはちがうなにか。この天候ではできることはかぎられているけど、あなたのクリスマスを救えそうなにかがあれば、挑戦してみるから。もちろんイヴに大薪《おおまき》をたいたり、キャロルを歌ったりはするけど、そのほかに。考えておいて、教えてね」

「わかった。考えとくよ」

「ありがと、マイロ」ミセス・パインは部屋をぐるりと見まわして、お客さんたちに声をかけた。「なにか食べるものをご用意しましょうか？」

「ケーキをもうひと切れいただきます」クレムがいった。「でも自分で取りにいきますから」

「いいんですよ」ミセス・パインがいうと、すでに腰をあげていたクレムはつと静止した。それから暖炉まえのマイロがすわっている椅子の隣にすとんと腰をおろし、両膝に両肘をついて待った。「ところで、すてきなアイデアだった」

「ありがとう。明日は話せそうですか」

「なにか考えてみる」思案するような目で階段を見た。「ランズデガウンってなんなの、マイロ」

ははーん。ヒアワード夫人が語りだすまえにクレムとジョージィがかわした奇妙なやりとりを、マイロはもうわすれかけていた。すこし背中を起こして、たずねた。「カメラにしては変な名前だっていうことのほかに？」

赤毛のクレムは肩をすくめた。「たいがいの名前には意味があるでしょ、そうでなかったらなぜ人は物に名前をつけるの？　で、ランズデガウンはどういう意味？」

「その言葉がずいぶん気になるようだけど」マイロは指摘した。「ジョージィにも話させようとしてなかった？」

「ブルーにちょっと意地悪しただけ」クレムはいった。

マイロは疑いの目つきで相手を見た。「そうは聞こえなかったけどね」

クレムはもういいというように手を振った。「ならその言葉を聞いたことはないんだ」

「ない」

「たしか？」

最初はジョージィ、今度はクレム。なぜどちらも彼が奇妙な言葉の意味を知っていると思うのだろう。「ジョージィに訊いたらいいでしょ」

「訊いてもいいんだけど、ブルーが知らないなにかをきみが知っているかもしれないと思ったの」その不思議な発言に添えて、クレムは意味ありげなウィンクをしてみせた。「ともかく、なにか思いついたら――」

「クレム？」マイロはネグレならどうするか考え、ストレートな質問をして反応を見ることにした。「ジョージィにも同じことを訊かれたんだ、ぼくがランズデガウンの意味を知らないかって。どうしてふたりともぼくが聞いたこともない変な言葉を知っていると思うの？　それがこの家となにか関係があると思っているから？」

挑むように、ふたつ質問をぶつけた。クレムは口をあけてなにかいいかけたが、ためらった。

「というのは」ネグレはできるだけ分別くさい口調で続けた。「それについてもっとよく知れば、もっとなにか思いだせるかもしれないから。そちらが知っていることを教えてくれたらね」

階段で足音がすると、クレムはすばやくマイロを見た。軽快に駆けおりてくる、ひとりの足音だ。ジョージィがもどってきたのだろう。クレムは音のするほうへ目をやってから、もう一度ウィンクした。「その質問はまたべつのときに」と小声でいった。それからさっと立ちあがり、ケーキを手にキッチンから出てきたミセス・パインを迎えた。ジョージィがカメラを持って一階におりてきたときには、クレムはもう食堂のテーブルにおちついていて、満足そうにケーキをもぐもぐやっていた。

ジョージィがネグレの隣にすわり、完成した（光はまったくはいらない、とジョージィがいった）葉巻箱のカメラを見せているあいだも、クレムはケーキを食べつづけていた。ネグレはときどき横目で様子をうかがったが、クレムはこちらに注意を向けてはいないようだった。

「とにかく、いまは試すには暗すぎるの」ジョージィがいっていた。「でも明日どこか明るいところへおいて、針孔をおおっているテープをはがして、どうなるか見てみましょうか。画像があらわれるまで時間はかかるけど、夜には写真を見せてあげられるかも」

ネグレはカメラを両手で持ってためつすがめつした。まだ頭からランズデガウンという単語を追いだせなかったが、そのカメラ自体にはなんのヒントも見つからなかった。厚手の黒い布テープをきっちり巻きつけた、ただの平たい木箱だった。

さっきクレムにしたのと同じ質問をジョージィにしたら、同じようにこたえるだろうか。クレムが近くにいなくなるまで待ったら、こたえは変わるだろうか。そのときふとどこからともなく、同じくらい気になることが頭をよぎった。ブルーにちょっと意地悪しただけ、とクレムはいっていた。あのとき変な感じがしたのだが、いまその理由がわかった。意地悪するというのは、知っている相手に対していいそうなことだ。それに知らない人をニックネームで呼ぶこともあまりない。ブルー、みたいなニックネームで。でもクレムとジョージィは知らない者同士だ――もしくは、昨日まではそうだった。

なにかの理由で、知らない者同士のふりをしているのでないかぎり。

おもしろい。ネグレはカメラを返して、ジョージィににっこり笑いかけた。「かっこいいね」

「ネグレ」サイリンがツリーのうしろから這いだして、そばに来ると、椅子の肘かけの下からのぞいた。あごをしゃくって階段のほうを指した。ヒアワード夫人がようやく一階にもどってきたところだった。セーターを着ていて、手にバッグを持っている。夫人がここへ到着してすぐ、ドクター・ガワーヴァインにきんきん声でかみついていたときにそのバッグを抱えていたのをネグレはぼんやり記憶していた。

「あのバッグ」サイリンがささやいた。「あ、あのバ、バ、ッグを見て」

ヒアワード夫人はバッグの口の紐をゆるめて、なかから赤い毛糸を引きだしはじめた。バッグは底が平らな筒型で、足元の床においても転がらなかった。厚いキャンバスの生地とややそぐわなく思えるのは、側面を飾っている繊細な刺繍《ししゅう》だ。まえはヒアワード夫人がわめいていたのでネグレは集中できず、刺繍の図柄まで目にとまらなかった。でもいま見ると……それは家を描いたものだった。緑色の窓がある奇妙な寄せ集めのようなかたちの家が、黒い松林のなかに立っている。

そのときヒアワード夫人が目をあげて、彼の視線に気づいた。夫人はクレムの髪よりも赤く頬を染めて、刺繍の家が視界から隠れるようにさっとバッグをまわした。でもそれはほとんど意味がなかった。裏側にはマイロに見おぼえがあるとヒアワード夫人は知るよしもない、べつの絵柄があったのだ。

灰色がかった茶色の糸で刺繍されていたのは、かたちのいびつな鉄門だった。

6　泥棒が三人

嵐は木々の枝を縁《ふち》どっていた雪をとかし、その後、気温が急降下した。ドクター・ガワーヴァインのいったとおり、雨で地表の雪まではとけなかった。翌朝――クリスマス・イヴの前日――マイロが目覚めたときに窓から見えた変化といえば、氷柱《つらら》が消えて、木立がほとんどむきだしになったことだけだった。

いや、ほとんどであって、すっかりではない。雪はまた降りだしていたからだ。

マイロはのびをして、深く息を吐き、時計を見た。まだ八時には間があった。階下へおりていかなくてはならない時刻まで、まだしばらくのんびりしていられる。読みかけだった話を読んでしまおうと『語り部のおぼえ書き』を手に取ったところで、ドアをきびきびノックする音がした。マイロはベッドから這いだして、あわてて着替え、廊下をのぞき見た。興奮を隠しきれていないメディが立っていた。どこか下のほうからなにやら騒ぎが聞こえてくる。少なくとも三人がたがいにどなりあっていた。「階下《した》へ来たほうがいいわよ」メディが声をひそめていった。「この家の〈ブラックジャック〉はあなただけじゃないみたい」

「それはもうわかってただろ」彼はつぶやいて、〈はしごのぼり〉の靴に足をつっこみ、デスクチェアからリュックをつかみとった。

「まあ、疑ってはいたけど、今度はほんとうに物がなくなったの」

ネグレの〈ブラックジャック〉の鍵束はベッド脇のテーブルにのっていた。彼はそれをポケットにしまってから、サイリンについて廊下を歩き、階段の下の騒ぎのほうへ向かった。「なくなったのはクレムの部屋から？」

サイリンは顔だけうしろに向けて、陰気な目でちらりと彼を見た。「ちがうの」

クリスマス・シーズンのグリーングラス・ハウス。ふだんならクリスマスの伝統がそこかしこに満ちている——燃えさかる暖炉の火、キャロルにホットチョコレート、ローストした肉やパイやプディング。今年はわめきたてるおとなたちもわんさかいる。

この家で大声をあげるのはだいたいヒアワード夫人とドクター・ガワーヴァインだとわかってきたので、声のうちふたつはそのふたりのものだとマイロはきめつけた。メディが泥棒のことにふれたので、三人目はクレムであるはずだと推測した——少なくとも彼女の部屋にいるはずのない人物がいたことを、マイロとメディは知っている。ところが階段をおりきったとき、マイロはショックでその場に立ちすくんだ。三人のうちふたりもまちがっていたからだ。たしかに、ヒアワード夫人はいた。藤色の部屋着を体にきっちり巻きつけて、赤い顔できんきん声をあげており、ミセス・パインとキャラウェイさんがなだめようとしていたが、ドクター・ガワーヴァインもクレムも見あたらなかった。

そのかわりに、ジョージィがいた。それに——マイロは眉をひそめた——ヴィンジ氏？

よく知っている手がマイロをそっと脇にどけた。「おやめなさい！」ミスター・パインが大声でいい、口論にわりこんだ。「みなさん、ちょっとおちついて」憤慨《ふんがい》している顔をひとりずつにらんだ。「一度にひとりですよ。なにをもめているんですか。まずあなたから」とヒアワード夫人にいった。

老婦人は待たされたとしてもこらえきれなかっただろう。顔色は真紅のポインセチアと同じだった。「泥棒にはいられたんです！」と叫んだ。

マイロの父はつぎにヴィンジ氏に顔を向けた。「わたしは……ある物が見あたらないんだ」長身の老人は用心深くいった。

ジョージィは自分の番になるまで腕組みして待っていた。「わたしもです。なくなった物があるの。昨日はあったのに」

「そのどれかはもしかしてただおきわすれたと考えられなくはないですか」ミスター・パインは忍耐強くたずねた。

「なんだって考えられるでしょうけど」ジョージィがしぶしぶいった。「でも自分がどこにおいたかは知っていて、そこにないんです」

つぎにヴィンジ氏が発言した。「だれかを盗人《ぬすっと》呼ばわりしたくはないんだが、その品物は消えてしまったんです」

「ありえません！」ヒアワード夫人がうめいた。「泥棒にはいられたなんて！」

「あのなかのひとりは地図のことをいってると思う？」サイリンがささやいた。「もしかして持ち主がいまごろなくなっていることに気がついたとか」

ネグレは肩をすくめた。「最後に見たのはいつですか……そのなくなった品物を?」と宿泊客たちに質問した。「そもそも、なくなった物ってなんなんですか?」

押し入られた三人組はたがいに不信のまなざしを向けあった。「わたしはノート」ジョージィがこたえた。「雑記帳です。昨夜はあったの。寝るまえに書きこみをしたから」

「ヴィンジさんは?」

「時計だ」老人がこたえた。「懐中時計なんだが、昨夜の物語のあいだは身につけていた」

「ヒアワードさんは?」

夫人は腕組みした。「わたくしの編み物袋で、昨日の夜使っていました。真夜中過ぎまで編み物をして起きていましたから」

「ここにおいていきませんでしたか」ミスター・パインは居間をのぞいた。

「いいえ、ここへ残していったりしません! 部屋へ持ち帰りました。私物をホテルのあちこちにおいておく習慣はないんです」

おもしろいぞ、とネグレは思った。なくなった物が三つ。どれも海図ではないし、どれもクレムの部屋からなくなったのではない。

「はいはい、わかりました」ミスター・パインは頭をかいて、目をしばたたいた。「コーヒーをいれますから、みなさんおちついてください。きっと解決できますよ」

ジョージィが不機嫌な声をもらして、足音高く玄関ホールに歩いていき、ブーツをはきはじめた。「散歩してきます。気がしずまったらもどりますから」ヴィンジ氏はそのまま階段の隣の場所を動かなかった。両手をポケットにつっこんで、待っていた。ヒアワード夫人はあまりおちつきたくはなさそうで、食堂のテーブルに沿って歩きまわりはじめた。カ・コン、カ・コンという足音は耐えがたいほど耳ざわりだった。

ネグレは両親のあとからしのび足でキッチンにはいると、なるべく目立たないように冷蔵庫からミルクの瓶を出して、自分でグラスに注いだ。

「だれかがあの人たちの部屋に押し入ることができたなんて思ってはいないでしょう?」マイロの母が小声で夫にたずねた。「わたしたちがこの宿を十二年やってきて、たとえ……いつものお客さんたちのときだって、盗みがあったなんて記憶はないわ」

「それに三人ともベッドにはいった時点ではなくなった品物がまだあったと思っている」マイロの父も声をひそめた。「眠っているあいだにだれかが部屋にしのびこんだっていうのか? おそろしく現実離れしているように思えるけどね。しかも、盗まれたという品物に筋が通らない。時計なら盗まれたといってもわかるが、雑記帳と編み物の袋だって? どこか慣れない場所において、どこだか思いだせないんだろうと思うね。もしくは、それほどよくさがしていないのかもしれない、そして階下におりてきたらだれかが盗みをほのめかしたので、みんなその考えに飛びついたんじゃないか」

「とにかく」母がぼやいた。「わたしたちで行方不明になった品物を見つけなきゃならないわね。なくしたにしろ、盗まれたにしろ、どれもまだ家のどこかにあるはずよ。なにか名案はない?」

ネグレがミルクのグラスを持って居間に行き、クリスマス・ツリーの裏のスペースにもぐりこむと、すでにサイリンが待っていた。「客室は狭いんだ」ネグレは考えこんだ。「寝ている人を起こさずに泥棒がしのびこんで物を持ち去ることなんてできるかな」

「クレムならできたかもって思ってたんだけど」サイリンが頭をかくと、〈啓示のかぶと〉がずり落ちそうになった。「ただし……」

ネグレはうなずいた。「ただし、あの三人が昨晩どこかの時点で部屋から出たんなら話はべつだ。だとすると、怪しい動きをしている人物はこれでふたりから四人になったってこと？」

「そのようね。そのなかのだれかが、ほかの人たちが寝たあとで歩きまわったと告白してくれないかしら」

カ・コン、カ・コン、カ・コン。歩調は力強いが、部屋着にマッチしたかかとの高いスリッパで行ったり来たりしているヒアワード夫人の顔は泣きださないように努力しているかのようだった。「お話のあとで、いっせいにこんなことがはじまったのは変じゃない？」ネグレはいった。「思わずにいられないんだ、もしヒアワードさんがこそこそ歩きまわっていたとしたら、それは昨日話した物語に関係があるんだろうって」

「それじゃ……なに？　あの人があの話に出てきたなにかをさがしてるとでも思ってるの？」

サイリンは眉間にしわを寄せた。「だけど――あなたもいってたじゃない。あれはただのお伽《とぎ》噺《ばなし》だって」

「うん、でももしほんとうにそれだけなら、なんで彼女のバッグが盗まれるのさ」

「あのバッグと物語になんの関係があるの。ヒアワードさんは見るからにお金持ちでしょ。たぶんあれはなにか価値がある物なのよ。それがいちばん単純なこたえよ」

「いや、あれは物語に関係がある、ぼくにはわかるんだ」ネグレは眉をひそめて、歩きまわっている夫人にミセス・パインが紅茶のカップを持って近づき、テーブルの席へみちびくのを見つめた。「バッグにこの家が刺繍《ししゅう》されてたんだ。きみも見ただろ。それにあの門。窓やあの地図のとそっくりな」

「わかった」サイリンがいいかえした。「だけどヒアワードさんがなにかをさがしてるんだとしたら、いったいなに？　この家が古いお話とどう関係するの？　だってお話なのよ！　創作でしょ」

「サイリンとネグレだってそうだろ」彼は理屈で反論した。

「彼女がゲームをやってるとあなたは思うわけ？」サイリンが切りかえした。「わたしは思わない」

「いや、そういうことじゃないよ。でもあの物語にはヒアワードさんにとって重要ななにかがあって、それがここへ来た理由なんだ。とにかく、ヒアワードさんは自分が話した物語を作り話だとは思っていないかもしれないといったのはきみだよ」

「わかりました、大胆不敵なリーダー、どこから取りかかる？」

ネグレは紅茶をまえにぽつんとひとりですわっている老婦人を見た。「ぼくらにしゃべってくれるかな」

「あなたにしゃべるかどうかでしょ」〈注解学者〉は〈真実が痛いほどはっきり見える目〉をおでこから引きおろして、鼻の上にのせた。「わたしは目に見えない存在なの、おぼえてる？それに、高いカリスマがあるのはあなたよ。カリスマがあると人を説得できるの。彼女をしゃべらせるならあなたのほうがずっと適してる」

「いまだによく理解してないんだけど、その能力値《アビリティ・スコア》がどうはたらくのか」

「テーブルトップ・ゲームで？　チャンスと可能性よ。アビリティ・スコアが高くなるほど、チャンスが増えるの。うまくいくかどうかサイコロを振ってみたら。あなたが、いまここで」

サイリンはにやりと笑った。「自分にできると信じて、がんばって」

ネグレはため息をついた。「上等だ」ツリーの裏から這いだして、食堂のほうへ歩きだした。けれどもいまにもヒアワード夫人と並んでベンチにすべりこもうとしたとき、母の声に呼びとめられた。

「ねえ、マイロ。悪いけど、キャラウェイさんの朝食のしたくを手伝ってもらえない？」

マイロはつかの間がっくり脱力してから、いわれたとおり進路変更して、キッチンにはいっていった。

「ありがとう」母が顔を近づけてきた。「おとうさんとわたしは品物がなくなった人たちといますぐ話をして、なにが起きているのかつきとめようと思うの」

「ぼくはなにをすればいいの」マイロは不機嫌にたずねた。

キャラウェイさんにぽんと肩をたたかれた。「テーブルにお皿やナプキンやなにかを並べてくれる？　すごく助かるよ、マイロ」

ほどなく朝食の時刻になった。クレムが階段を小走りにおりてきたあと、よりもったいぶってドクター・ガワーヴァインがあらわれた。ふたりともニュースを聞くと、おそらくは所持品をチェックしにおのおのの部屋へ引きかえし、朝食の準備がすっかりととのうまでおりてこなかった。パイン夫妻は二階の書斎でまずヒアワード夫人と、つぎにヴィンジ氏と話をした。マイロがキャラウェイさんにたのまれて大きな蓋つきの皿に盛ったスクランブルドエッグとソーセージとグリッツとローストポテトとフルーツサラダと塩胡椒《こしょう》をまぶした薄切りトマトの第一弾をテーブルに運んでいったちょうどそのとき、寒さに顔を赤くしたジョージィが新雪を厚くかぶって散歩からもどった。「また本格的に降りだしたわよ」と報告した。

三段に並べたトースト、壺入りのバター、ポットのコーヒーと紅茶用の湯。テーブルの用意はできた。グリーングラス・ハウスの一時滞在者たちはテーブルに沿って列をつくり、めいめいの皿に料理をのせた。キャラウェイさんはビュッフェがよいと判断したらしいが、それでもやはり、ひどくぎこちない朝食だった。同じテーブルについてはいなくても、まさしくネグレがまえの晩に願ったとおり、それぞれが自分以外の全員の正体をさぐろうとしているようだ。あとは、どんな手がかりが――なにかあるなら――落ちているかネグレとサイリンに判断できさえすれば。

「あなたは居間にすわって」サイリンがささやいた。「わたしは最後に料理をとって、キッチンのカウンターで食べる。食堂に残っている人を見張れるように。急いで！」

「しかし妙ですな」ネグレが暖炉のまえに腰をおろすと、ドクター・ガワーヴァインがいっているのが聞こえた。「なくなった品物の関連をどなたか思いつかれましたか」泥棒にはいられた三人は彼をにらみつけた。ヒアワード夫人とジョージィはソファから、ヴィンジ氏はお決まりの椅子から。ドクター・ガワーヴァインの頭には、なにもなくなっていない自分がおのずと有力な容疑者になっていることは思いうかばなかったらしい。

「いいえ、ドクター・ガワーヴァイン、思いついていません」ヒアワード夫人が冷たい声でいった。「なにか関連があるんでしょうか。わたくしたちが知らないなにかをご存じなら、どうか目を開かせてくださいな」

ドクター・ガワーヴァインはごくんと息をのんだ。「ただ訊いただけですよ。お役に立とうとしたまでです」

老婦人は薄切りのポテトをつき刺した。フォークが皿を激しくつく音に、ミセス・パインが顔をしかめた。「わたくしの思いつくかぎり、古い編み物袋などを盗む理由はただの盗み癖ぐらいですよ」

クレムが食堂から皿を手にしてふらりとやってきた。「みなさんはきっと熟睡型なんですね」

ヒアワード夫人がきっとにらんだ。「またはおそろしく静かな犯人だったのでしょう」といいかえした。

皮肉にちがいなかったが、クレムはただひょいと肩をすくめた。「それは当然ですけど。でもどんなに静かな人でもまったく音をたてないなんて無理ですよ、あんなに狭くてぎしぎしきしむ部屋じゃ」はっとまばたきして、ちらりと振りかえった。「悪くとらないで。いおうとしたのは――」

マイロの母が食堂からいった。「わかってますよ、クレム。気にしませんから」

ジョージィとヴィンジ氏がだまりこくっているのはおもしろい、とネグレは思った。ヴィンジ氏は朝食に黙々と時間をかけている。ジョージィは気が立っていてあまり食べられないようだ。皿に取ったわずかばかりの料理をフォークでつついている。だれかに直接質問をされればこたえるだろうが、憤懣《ふんまん》やるかたないヒアワード夫人が大声でしゃべりどおしなので、その機会はほとんどなかった。

いまジョージィは物思いに沈みつつクレムのほうを見ていた。それはおどろくことではなかった。ネグレが知っているドクター・ガワーヴァインの行動を考慮するとしても、もっとも疑わしいのはクレムと見なされるはずだ。クレムはたんに静かどころか、まったく音をたてない。そのうえ、たとえ冗談のように聞こえたにしても、自分で猫みたいな泥棒だといったのをほぼ全員が聞いている。それにずんぐりして不器用そうなドクター・ガワーヴァインがしのび足で音もなく歩くところを、ネグレはなんとなく思い描けないのだった。

とはいえ、二日まえにはマイロもしのび足で音もなく歩く自分は思い描けなかっただろう――なのにいまは〈はしごのぼり〉のネグレがだんだん心地よくなっている。そうあっさりとドクター・ガワーヴァインを除外してはいけないのかもしれない。

朝食がすむと、だれもがふたたび自分の世界に引きこもった。クレムはすこし階段を走ってくると宣言して、姿を消した。ドクター・ガワーヴァインはパイプを手に網戸つきポーチへ出ていった。パイン夫妻は盗難にあった宿泊客の部屋を順番にまわって、なくなった品物が目につかないところに隠れていないか再確認することになった。もちろん、最初はヒアワード夫人だった。

ネグレは迷った。手伝うという名目でついていくのもおもしろそうだ。でも両親が彼をかかわらせたくないかもしれないという気もした。それに、居間を見まわしてみて、ヴィンジ氏も階上《うえ》へあがったようだと気がついた。キッチンで皿洗いをしているキャラウェイさんと、焼菓子の材料を並べているリジーをのぞけば、一階に残されているのは彼とサイリンとジョージィ・モーゼルだけだった。

ネグレは幸運を祈ってポケットの鍵束にふれてから、サイリンに目で合図し、暖炉まえに腰かけているジョージィに近づいていった。ジョージィは考えごとをしていて、ネグレが咳ばらいするまでふたりに気づかなかった。

「あら」ジョージィがさっと場所をあけてくれたので、サイリンが隣にすわり、ネグレはコーヒーテーブルに腰かけた。「これでふだんよりちょっとばかり刺激的になってきたでしょ?」

「そのとおり」サイリンがつぶやいた。

「ちょっとはね」ネグレは同意した。「たぶん今朝はカメラをセットするどころじゃなかったよね?」

ジョージィは弱々しい笑みをうかべた。「ところが、したの。雑記帳がなくなっていることに気がつくまえに」

「ぼくたち家族はそれが出てくることを願ってるよ――盗まれたんじゃなく、ただ見えなくなっただけならいいんだけど」

「わかってる、マイロ。そのとおりであってほしいわ」

「じつはぼくたち――」サイリンに膝を蹴飛ばされて、ネグレはいいなおした。「ぼく、さがす手伝いができるかもしれないと思って。さがしものは得意なんだ」

ジョージィが彼をしげしげと見たので、一瞬不安になった。雑記帳を持っていったのはマイロかもしれないと疑われただろうか。もしそうなら、盗んだ品物を見つけたことにするのは返すための手っとりばやい方法だ。ネグレは表情になにもあらわさないようつとめた。

「いいわ」しばらくしてジョージィがいった。「なにを知りたいの？」

ネグレはためらった。「ええと――つまり……その雑記帳の見た目はどんな感じか、とか？」

「このぐらいの大きさで」ジョージィは両手をあげて、ペーパーバックの本ぐらいの長方形をつくってみせた。「たいして厚くはないの、こんな感じ」親指と人さし指で三センチに満たないすきまをつまむような手つきをした。「じつは、わたしが到着した日にあなたも見ているかもしれない。香水の瓶が割れて、片づけるのを手伝ってくれたときに」

「なにかとくべつな物なの？」ネグレは何気ない口ぶりでたずねた。

「まあ、わたしにとってとくべつなことはたしか」ジョージィがこたえた。「ありとあらゆるメモを書きこんでいるから、なくしたくないの。でもわたし以外のだれかがそう思うかという意味なら……ええ、そうでしょうね。あなたにしゃべってもかまわないのかしら」とひとりごとのようにつけくわえた。「ええ、もうべつに困ることもないでしょう」でもそれからしばらくはだまっていた。

「お願いだから、聞かせて」サイリンがせかした。

ジョージィは観念したようにため息をついた。「わたしがとったメモはこの家にまつわることだったの。それにこの家と関係があるかもしれない、ある人のこと」

「やっぱり！」サイリンが叫んだ。

ネグレのあごががくんと落ちた。「うそでしょ！」

「ほんとよ。でもそれ以上はいえない」ヒアワード夫人の部屋を捜索にいった人たちが一階にもどってくると、ジョージィは立ちあがった。「まだ関係がつかめていないの」

「ジョージィ」ミスター・パインが呼びかけた。「あなたの部屋で幸運が見つかるか調べにいきませんか」

「そうしましょう」幸運が見つかるとは思っていないかのような声だった。ネグレも同感だった。ヒアワード夫人の顔を見れば、バッグが魔法のように出現しなかったことは明らかだ。

「ふたりで先に行って」ミセス・パインがいいながら、キッチンに向かった。「ヒアワードさんに新しいお茶をいれるわ。あとからすぐ行く」

「ふうむ」おとなたちが全員出ていくと、ネグレは小声でサイリンにいった。「いまのはおもしろかった。ジョージィのなくなった物もこの家に関係があるんだ。ヒアワードさんのバッグと同じだよ！」

「わたしはまだヒアワードさんの物語が家とバッグのつながりに関係しているとは思えないんだけど」サイリンはぼそぼそといった。「でも考えを変えるのは全然かまわない。それにいまこそあなたのチャンスよ」

ふたりはキッチンからやかんの笛が聞こえるまで待ち、ミセス・パインのはやい足音が階段をのぼっていくまでさらに待った。それから食堂のテーブルについているヒアワード夫人のもとへ行った。

ミセス・パインの青い薄手のティーカップにスプーン山盛りの砂糖を入れてかきまぜる夫人の手は震えていた。マイロの母がそのカップを使うことはごくまれにしかない。古くて欠けやすいし、母のおばあちゃんの形見だからだ。ふだんそれを取りだすのは母が元気を出したいときにかぎられるが、いま元気を出す必要がある人はヒアワード夫人をおいてほかにいなかった。

ネグレは老婦人と向かいあうベンチにするりと腰かけた。「ヒアワードさん」

彼女は飛びあがり、あやうくスプーンで紅茶をひっくりかえすところだった。「ああ、マイロ」

「おどろかせてごめんなさい。バッグは出てこなかったみたいですね」

ヒアワード夫人は首を振った。「ええ、残念ながら泥棒はまだ返してくれないの」

「ああ。そのことなんですが」ネグレはテーブルに身をのりだして、相手にもそうするように手ぶりで伝えた。夫人はつかの間いぶかしげに彼を見たが、ささやき声が聞こえるくらいまで身をのりだした。「ぼくたち——というか、ぼくはさがしものが得意なんです。ぼくならあちこち見てまわって、手がかりを見つけられるかもと思って。バッグを発見できるかもしれません」

「どうしてそう思うの？」夫人がささやきかえした。

「盗んだやつはばかでなければ自分の部屋に隠しませんよね。そのうちにだれかが部屋を捜索しようといいだすでしょうから。つまり隠すのに最適なのはこの家のなかのどこかほかの場所で、ぼくはいい隠し場所を残らず知っているといえるからです」

希望が用心深くヒアワード夫人の顔をよぎった。「そうね、マイロ、そうしてくれたらどんなにありがたいか。あなたが見てまわって不都合なことはなにもないと思います。あなたの家ですからね」

「そうなんです！」ネグレは頭をかいた。「なくなった——盗まれたバッグは、編み物の道具を入れている袋でしたよね？　なんであれを盗んだんだろうって思っていたんです。ものすごく貴重だとか、古いとか、そういう物なんですか？」

「まあ……そうね、とても古いんじゃないかしら。たぶんとても古いものだから、価値があるにちがいないと思われたんでしょう」筋の通った推理であるものの、なんとなくごまかしにも聞こえた。ここはネグレのカリスマを試すときかもしれない。〈たまらない誘い〉、〈たまらない誘い〉……。ネグレはすこし勇気を追加するためにまた鍵束にさわった。

「あのバッグには昨日の夜あなたが持っておりてきたときに目がとまりました」ネグレはいっ

た。「いいバッグだなって。刺繡の柄がぼくの家に似ていると思ったんです。バッグのことをなにか聞かせてもらえませんか。なんでも役に立ちそうなことを」

「バッグについて知ることがどうして役に立つのかしら。隠し場所になりそうなところをさがすつもりなら」

「わかりません」ネグレはみとめた。「でもなにかをさがすなら、それについて知れば知るほど見つかる確率は高くなるように思えます」

ヒアワード夫人は口をすぼめた。それからほほえんだ。「なかなか説得がお上手ね」カップを持ちあげた。「それにわたくしひとりではよくさがせていないこともたしかです。それはわたくしがこの家についてじゅうぶんに知らないせいかもしれませんね」

テーブルの下にもぐりこんで耳をすましていたサイリンが、ネグレの膝をつついた。いよいよここからだ。

ヒアワード夫人は紅茶をすすった。一生懸命に考えているようだ。ネグレは周囲に目をやった。リジーはキッチンでなにか焼いていて、ナツメグとクローブとシナモンとバニラのおいしそうな香りが家じゅうに漂っている。けっこう音もたてているので、こちらが大声を出さなければ話を聞かれる心配はなさそうだった。ドクター・ガワーヴァインはまだ外のポーチでパイプを吸っているし、クレムはまだ階段を走っていた。だから一階全体を独占しているようなものだった。少なくともしばらくは。

「あのバッグは母から譲りうけた物なの」ついにヒアワード夫人が、ごくひそやかに語りだした。「母はお祖母《ばあ》さんから。代々母親から受け継がれてきたんです。わたくしの曾祖母の曾祖母はこの家を建てた人の娘だったのですよ」

ネグレは目をぱちくりさせた。「この家はヒアワードさんのご先祖が建てたってこと？」

夫人は哀しげにほほえんだ。「ええ、その家族もほかの親類もここで長くは暮らさなかったのだけれど。家族に悲劇が起きて。あのバッグ――当時は水夫の小物入れ《ディティ・バッグ》と呼ばれていたのでしょう――は、この家に住むはずだった女の子のために作られたんですけど、まもなく住まないことがはっきりしたの。でも彼女はバッグを手放さずに使いつづけ、ずっとあとになって子孫に譲りわたしたんです」

「この家とのそのつながりのためにうちへ泊まりにきたんですか？」それならばっちり筋が通る。たとえ数百年まえだろうと、生みの親の家系についてなにかわかるのであれば、マイロならよろこんで訪問の旅を計画するだろう。

「そう……ともいいきれないわ」ヒアワードさんはカップを包むように指を丸めて、青い磁器に指輪をこつこつ当てながら考えこんだ。やがてため息をもらした。「あなたにはばかげて聞こえるでしょうけれど、先祖から伝わるもうひとつの説によれば、その女の子と家族がこの家を去るまえに訪れた行商人から、女の子はジュリアン・ローマーの遺物を買ったんです」

「遺物って？」ネグレはたずねた。聞いたことのある言葉だけど、意味がよく思いだせない。

「宗教的なものじゃないんですか？」

「聖人にまつわる貴重な品物」テーブルの下からサイリンがいった。「たいていは権力の品」

「ま、そうもいえるでしょう」ヒアワード夫人が同意した。「遺物とはなにかをしのばせる物――かつて存在したなにかをわたくしたちに思いださせるために残った物のこと。だから宗教的な品を遺物と呼ぶこともあります。聖人や殉教者を思いださせる物。でもどんな物でも遺物になるのよ」

ネグレは『語り部のおぼえ書き』のなかの一節を思いだした。その物語では、ネルという孤児の少女が特別な骨を用いて、洪水を止めるのに力を貸してくれる不思議な男を呼びだしていた。

〈オーファン・マジックと呼ばれる魔法がある……猫にはわたしを呼びだせる骨が一本あるのだが、それには残りの骨と分けられなくてはならない。ほかとつながっているその骨には潜在的な力がある、しかしその力はほかと切り離されたときにはじめて現実のパワーとなるのだ〉

物語のあの男がオーファン・マジックを説明したとき、彼は遺物の話をしていたのかもしれない、とネグレは思った。

「それじゃ……ジュリアン・ローマーが実在の人物だったというだけじゃなく、あの願いごとの品物もほんとうにあって、そのどれかがこの家に隠されているかもしれないと考えているんですか?」そういったとき、ネグレは気がついた。あの物語では、骨だけでなく、それを使った女の子もまた遺物だったのだ。

ぼくも遺物なのだろうか、とネグレは思った。ぼくにオーファン・マジックのようなものがそなわっているかもしれない?

「少々現実離れして聞こえるでしょうね」ヒアワード夫人がみとめた。その顔がまたピンクに染まった。「でも……しかたがないわ。ばかなおばあさんだと思われるでしょうけど、ジュリアンの遺物をさがすのはちょっとした冒険だと思って、こうしてここに来たというわけ」

夫人はふと話すのをやめた。クレムが階段にあらわれて、一階までおりきると、きれいにまわれ右してふたたびのぼりはじめた。なぜ走っているときでさえあんなに音をたてずにいられるんだろう、とネグレは首をかしげた。

「もっとばかげているのは」ヒアワード夫人はクレムがまた階上に姿を消すのを待って、話を続けた。「あの物語とバッグのほかに追うべき手がかりはひとつもなくて、バッグでさえほんとうは調べるよりどころでもなんでもないということ。でもあれが代々受けつがれた、先祖とこの家を結ぶ唯一の品で、それがいまはなくなってしまったの」

ネグレがおどろいたことに、すこしもばかげては聞こえなかった。すぐかっかする性格や、ひっきりなしに紅茶を飲んでいることや、ネグレとの年齢差にもかかわらず、ヒアワード夫人は彼とあい通じる精神の持ち主ではないかという気がした。なんといっても、ふたりとも冒険家であり、ふたりとも自分の先祖とつながりたいと願っているのだから。ヒアワード夫人はただネガティヴ思考にはまりこんでいるだけのように思えた。

「ばかげてるなんて思いません」彼はいった。「それで、なにをさがすつもりだったんですか。ジュリアンの靴?」

「ナイフよ」ヒアワード夫人はすこしほっとした声でいった。「じつをいえば、ほんとうはわからないのだけれど。行商人から遺物を買ったとされている女の子がいちばん役に立つと思ったのはナイフじゃないかと、いつも考えていたの。彼女は一八一二年戦争（米英戦争）のころに船上で育ったので。船員はつねに靴をはいているわけではないけれど、いいナイフはいつでも必要でしょ」期待に満ちた目をあげた。「そう聞いて、この宿のどこかで目にしたかもしれないなにか思いあたらないかしら」

「とくには。でも、これまではそういうものをさがしたこともなかったし」

老婦人はにっこりした。テーブルごしに手をのばして、ネグレの手をそっとたたいた。「いいのよ。もしあなたがバッグを見つけられたら、どんなに感謝するでしょう。さがしてくれるのはありがたいわ」

†

「これをぼくらの作戦に加えてもかまわないよね」ネグレはサイリンと階段をのぼりながらいった。「なくなった品物をさがすこと、だよ」

「もちろん」サイリンがこたえた。「ゲームではときどき、報酬を得たり、大きな宝物にみちびいてくれる小さな宝物を見つけたりするの。《オッド・トレイルズ》ではそういうのを〈ボーナス〉と呼ぶのよ」ふたりは二階の踊り場で立ちどまった。「ヴィンジ氏とヒアワードさんの部屋は三階で、ジョージィが四階だったわよね。どっちの階もひと目見ておく？」

「いいよ。でもなにがおもしろいってさ」ネグレは考えていたことを口に出した。「その遺物を買ったとされている女の子は船上で育ったんだよ。これで航海つながりの手がかりがふたつになったんだ。小物入れ《ディティ・バッグ》の持ち主だった女の子、それになくなった海図」

「あの海図の紙もすごく古く見えた」サイリンが補足した。「バッグと同じころのものかしら」

「ただ、ヒアワードさんは海図についてはなにもいわなかった。もし海図が彼女のだったら、もし彼女や遺物となにか関係があるなら、ぼくらにそういったという気がするんだ。いまヒアワードさんにはうそや隠しごとはいっさいないと思う。きみは?」

「そのようね」

「つぎは、バッグの門、それに透かしの門。それに窓の門だな」ネグレはまた頭をかきながら、濃淡の緑色を重ね、図案に鉄門を組みこんだステンドグラス窓を見あげた。「この家のまわりのどこかにこれと同じような門が実際にあるはずだ。そうでなきゃ筋が通らないよ、これだけいろいろなことがこの家やその門につながっているんだから」

「または、敷地のどこかに門があったのか」サイリンが指摘した。「家が一八一二年の戦争までさかのぼるなら、二百年以上のあいだに門があったり、動かされたりしたはずよ」

彼とサイリンは、階段のすぐ上にあらわれたクレムを見あげた。「どうしてそんなに静かに走れるの?」ネグレは思わずたずねた。「やりかたを教えてほしいな」

クレムはその場で駆け足をしながら、ほとんど息も乱さずににやりと笑った。「長年の練習のたまものなるぞ、若き弟子よ。なにをたくらんでるの? 階下《した》で妃殿下と話しているのを見たよ。どうやって逃げだしたの？」

「そんなに悪い人じゃないよ。それに、気の毒なんだ。バッグがなくなったんだけど、それは家族の……なんだったかな」

「先祖代々の家宝？」クレムがいった。「うん、それはきついわ。だけど、ほんとうにそんな物を盗む人がいるかな」

「教えてよ」ネグレはいった。「あなたは泥棒なんでしょ」

彼はジョークめかしたつもりだったが、クレムの足がぴたりと止まり、考えこむような面持ちになった。「よくわからない」真剣そのものでこたえた。「もし三人ともじゃなかったら……そうね、もしなくなった品物が三つじゃなかったら、まちがいなく泥棒のしわざだってこたえてた」

「なくなった物が三つだから泥棒じゃ﹅な﹅いっていうの？　ぼくはそれだから泥棒だと思ったのに」

クレムがおでこにしわを寄せた。「なくなった物の数より、だ﹅れ﹅が盗まれたかのほうが重要なんじゃないかな。はっきりいっちゃうと、ジョージィのノートなんだ、これはありきたりの盗みほど単純じゃないかもしれないとあたしが考える大きな理由は」

「なぜ？　時計やものすごく古いバッグならおかしくないけど、なんてことない古いノートが盗まれるのは変だから？」

クレムはあいまいな笑みをうかべた。「ジョージィのノートがなんてことない古いノートであるはずはない。でも、そう、まさにそういうこと」

「ジョージィのノートには価値があるってこと？　でも価値があるなら、盗む意味があるかもしれないじゃない！」

「価値があるのはたしかだし、まちがいなく盗む意味はある、ノートがどういうものなのか、どう利用すればいいのかがわかってる人にとっては。問題は、なくなったノートを利用できるかもしれない人間は——ブルー本人をのぞくと——あたししかいないってこと」

　ネグレはあんぐり口をあけた。クレムは彼を見て、ますます愉快そうにほほえんだ。

「それはよろこんでみとめる」平然といった。「困ったことに、盗んだのはあたしじゃないんだよね。だからノートがなくなったのは筋が通らないの」クレムはいっぺんうなずくと、階段のつぎの角を曲がって見えなくなった。

7　〈ムーンライターのこつ〉

ふたりはやわらかく潤《うる》む緑色に彩られた三階の窓の下に立っていた。開いているたったひとつのドアは廊下の奥の左側、３Ｗ。その階で唯一の空室だ。「あそこからはじめよう」とネグレは提案した。

「でもあの部屋にはだれでも出入りできるのよ。なにかを隠すのにあまり安全な場所じゃないでしょ」

「その泥棒はいかにも隠しそうな場所じゃないってところに頼ってるかもしれないだろ」ネグレはいった。「それに声を落としてよ」

その前日に上の階でやったように、ネグレは廊下を新たな目で観察した。錫《すず》パネルの天井は焦げ茶色の梁《はり》で区切られている。壁紙は古いけれども、その階ではステンドグラスのもっとも色の濃いピースにマッチする深緑色の渦《うず》巻き模様がエンボス加工されている。両側の壁に三か所ずつ燭台《しょくだい》が取りつけられており、廊下のつきあたりには小さな半円形のテーブルがあって、その上に鉢植えの白いポインセチアがのっていた。

トラップをチェックしろ。ネグレは思いだした。たとえ実際のトラップがなくても、だれかがふたりの行動を見て質問してくる可能性はつねにある。ネグレは止まって、耳をすました。

その階の宿泊客は全員まだ階下にいるが、クレムはまた上にもどってくる途中のどこかにいる。彼女が階段を通過するまえに見えないところへ隠れたほうがいい。

彼は廊下を進み、一歩遅れてサイリンが続いた。壁や床、閉じている三つのドアをすばやくチェックしながら。マイロなら見なれすぎていて見すごしていたであろう細部が、〈ブラックジャック〉のネグレには手がかりとなるかもしれなかった。ネグレは頭のなかで、3Wへ行くまでに見た物のリストを作った。燭台のひとつは電球を交換しなくてはならないし、ほかの階と同じく厚くて古い壁紙に糊《のり》づけが必要だ。この階にもやはりつきあたりに封印された昔の小荷物用昇降機がある。ネグレの一部はだれかがそこになにか隠したかもしれないと思ったが、塗りつぶされたドアはふだんとどこも変わりなく見えた。その昇降機はかなり長いあいだ、こちら側からあけられていない。

半円形のテーブルは昇降機のドアの下にあった。ポインセチアの葉をそっとかきわけたネグレは、最近だれかが水をやったことに気がついた。母が今朝水やりの缶を持って各階をまわったのだろう。花から立ちのぼったスパイシーで甘ったるい香りに顔をしかめてから、泥棒が盗んだ品をテープで留めたかもしれないと天板の裏も調べた。運はなかった。

「クレムが来る」サイリンがささやいた。ネグレはうなずき、ふたりとも空いている部屋に引っこんだ。

ドアをはいってすぐ左に荷物のラックがあった。ダブルベッドの足側に折りたたんだ青と緑のストライプ柄の毛布、小さな書き物机と椅子、抽斗《ひきだし》六つの低いドレッサー。その部屋からは樹木におおわれた丘が望める。渦巻く雪――ますますひどくなっている？――の向こうに、地所に点在する古い離れ家のずんぐりした輪郭をいくつか見わけることができた。

「どこも乱れてない？」サイリンがたずねた。

「ぼくの見るかぎりは」ベッドの下をのぞき――ほこりの塊《かたまり》がふたつほどあっただけ――、シーツや枕やたたまれた毛布をぽんぽんたたいてさぐった。そこにも、ドレッサーや机にも、なにもなかった。ドレッサーを引っぱって壁からすこし離し、抽斗を全部抜いて空洞の骨組みの内側も見た。なにもない。ネグレがサイリンを持ちあげて、照明器具をひとつずつ間近から見ることまでした。でもなにも見つからなかった。

その部屋のバスルームも秘密を抱えているようには見えなかった。ネグレはいささか落胆しながら、調べたけれどなにも隠されていなかったタオルをきちんとたたみなおした。物を隠せそうな場所はほんとうにもうどこにもない。トイレは水槽《タンク》がないタイプだし、洗面台の戸棚は空っぽで、その部屋にある物でまだ残っているのは浴槽の棚の石鹸《せっけん》とシャンプーだけだ。

「さて、どうする？」サイリンはローブに包まれた腕を胸のまえで組んで、シンクにもたれていた。

「どうしたものか」ネグレは浴槽の縁《ふち》に腰かけて、石鹸を包んでいるペイズリー模様の紙のしわをのばした。「つぎの階？　上には空いている部屋が三つ――」ふと口をつぐみ、いじっていた小さな石鹸を見た。未使用の石鹸だった。そのしゃれた包み紙は糊づけされているはずだ――客室に石鹸とシャンプーをおくのを何度も手伝っているので、そのブランドは包装紙が糊づけされていると知っていた――が、そうではなかった。

手に取ってみたとたんに、なにかあるとわかった。重さが変だ。裏返して、注意深く包装紙を開いた。固形石鹸が両手のなかに落ちると、胸の鼓動がはやまった。石鹸の外側にぐるりと細い筋がはいっていた。継ぎ目だ。

ポケットをまさぐって、鍵の束を引っぱりだした。わすれるな、と彼の想像する父、尊敬すべき〈ブラックジャック〉がいった。宝物を隠しているのは鍵のかかった扉だけではないぞ。鍵と一緒にぶらさがっている平たく打ちのばされた円板は、その継ぎ目をこじあけるのにちょうどよい薄さだった。継ぎ目にあててそっとひと押しすると、石鹸は彼の手のひらのなかでふたつに割れた。

中心はくりぬいてあり、その空洞に金の懐中時計が収まっていた。

「おどろき」サイリンがささやいた。「お手柄じゃない」

〈ムーンライターのこつ〉さ、とネグレは誇らしく思った。鍵やダイヤル錠で護られている物だけじゃなく、ホテルのバス用品で護られている物だって盗めるんだぞ。

「おどろき」ネグレもくりかえした。ミセス・パインが出費を惜しまず、たいがいのホテルのようなミニサイズではなくフルサイズの石鹸をおいているのは泥棒にとって幸運だった。時計は小さくなかったからだ。ネグレの手のひらほどもあり、チェーンの先端はまっすぐな棒になっていた。上部のつまみを押すと、ぽんと蓋が開いた。内側の、文字盤と向かいあう面に、文字が刻まれていた。

D・C・Vに

見事な働きに敬意と感謝をこめて

D&M

「D・C・Vはド・ケアリー・ヴィンジのイニシャルにちがいないよ。まあ、その点に疑問の余地はないね。これがヴィンジさんの時計なのは確実だから」

ふたりはしばらくそれを見つめていた。「で……どうする？」サイリンがたずねた。「返すべき？」

ネグレの頭はぐるぐるまわっていた。「最終的には。でもまだだ。ぼくらが盗まれた物のひとつを発見したと泥棒が知ったら、ほかのふたつを動かすかもしれない」

「ここへ残しておきたいの？　犯人が疑いを抱かないように？」

「いや、それだと犯人がまたいつでも動かせるだろ」ネグレは石鹸をシンクに持っていき、水道水をすこし出して、切り口を湿らせ、元どおりくっつけた。それから内部が空洞の石鹸をきれいに包みなおし、見つけたときの位置にもどした。

「手に取っただけで、わたしたちが見つけたことに気づくわよ」サイリンが意見をいった。

「うん、でもきっと手に取らないよ。少なくともしばらくのあいだは。部屋をのぞいて、おいたとおりの場所にまだあるか確認はするかもしれないけど、自分の部屋じゃないのにうろうろしているのを見られたくないだろうから。ほかの人たちに怪しまれるからね」

「じゃあこの時計をどうするの。持っているところをつかまるわけにいかないのよ。わたしたちが盗んだんだと思われちゃう」

「ぼくの親たちは絶対そんなこと思わないさ」と一蹴した。とはいえ、サイリンのいうことも一理ある。両親は思わなくても、ほかの宿泊客は思うだろう。いつどうやって返却したらいいか考えつくまで、どこか安全な場所へ隠さなければならない。

「わかった！」サイリンがぱちんと指を鳴らした。「〈エンポリアム〉へ持っていこう！　ほら」手を差しだした。「わたしが持っていく。つかまったときのために」

ネグレはにっと笑った。「なぜ？　きみは目に見えないから？」

「あたりまえでしょ」そういって、時計を〈見えない黄金のマント〉のポケットにしまいこんだ。

ふたりは足音をしのばせて無人の客室を横切り、ドアのすぐ内側で止まって耳をすました。沈黙。ネグレが顔を出すと、廊下に人の気配はなかった。「行くぞ」

ふたりの冒険者は意表をつかれたり、だれかに出くわしたりすることなく屋根裏部屋にたどり着いた。ネグレはドアの鍵をあけ、トラップがないかチェックしはじめて、ぴたりと止まった。

「また蜘蛛《くも》の糸？」サイリンが彼の肩ごしにのぞいた。そしてそれを見た。「あらら。それはわたしの思っていることが起きたという意味かしら」

前日にネグレがあやうく突っこみそうになった大きくて複雑な蜘蛛の巣が、破れてぼろ布のようにたれさがり、冷たい空気のなかでそっと揺れていた。

「うん、そうらしい」彼は暗い声でこたえた。「ほかのだれかが〈エンポリアム〉にはいったんだ」それからすばやくあとずさった。「まだいたらどうする？」

サイリンは小ばかにしたように鼻を鳴らした。「もしいるなら、もうとっくにわたしたちが来たのに気づいてる。見つかったら相当気まずいでしょうね」ドアから上半身をはいりこませた。「聞こえてる？　いまのうちに言いわけを考えたほうがいいわよ」

もちろん、返事はなかった。

「それで？」サイリンがいった。「はいるの、やめるの？」

ネグレはごくんとつばをのんだ。「はいるとも」そろそろと敷居を乗り越えて、電球の紐を手さぐりした。明かりがぽっと点った。つぎの電球は前回よりも遠く感じられた。

サイリンが彼を押した。「すぐうしろにいるから」

「わかった、わかった」深く息を吸いこんで、つぎの電球の紐、そのまたつぎへと自分を押しだした。奇跡的に、だれも暗闇から飛びだしてはこなかった。「かあさんかとうさんだったのかも」最後の電球を点けながらいった。「それがいちばん無理のない説明だよ」

「いいえ、ちがうわね」サイリンがまたばかにした声を出した。「ご両親は午前中ずっと物がなくなったお客の相手をしていたんだから。どちらかが用もなく屋根裏部屋に来る余裕はなかったはずよ」

「ま、だれだったにしろ、もういないんだし」

サイリンはポケットから時計を出した。「わたしがこのちょっとした宝物を一時的にしまう場所を見つけるから、そっちは異状がないか見てまわるっていうのはどう?」

「異状がぼくにわかるんならね」ネグレは口をとがらせた。

「わたしたちはちょっとまえにここにいたじゃない」サイリンがいった。「かなりしっかり見てまわったでしょ。運がよければ、ひと目で気がつくようなことかもよ」

「かもね」ネグレはその場でくるりとまわって、彼が気づくかもしれないとサイリンが思っているなにかをさがすのにどこから手をつけるか決めようとした。そこで前回来たときに描いた見取り図を思いだし、リュックから引っぱりだした。服がぎっしりぶらさがっている衣装ラック、古い玩具《おもちゃ》のはいった木箱、端布に包まれた瓶のつまった箱、彼とサイリンが収穫を調べるのに腰かけたほこりっぽい帆布《はんぷ》の巨大な束。すべて彼が方眼紙に描いた場所にあった。壁に立てかけられた古いドア、〈ピュイサンスの石〉の箱は昇降機のエンジンのうしろに半ば隠れて——

ネグレは動きを止め、まわれ右して、四番目の電球の明かりの下に引きかえした。なにかが……。

サイリンが隣にひょいとあらわれた。「なんなの?」

「シーッ」見取り図をじっと見て、また顔をあげた。

「ええ、でもなにを——」

「シーッ！」ネグレは手をあげて、サイリンが口を閉じて腕組みし、一歩さがるまで沈黙をうながした。「なにかが……でもなんだかわからない」

「ご勝手に」サイリンは帆布の束のほうへ歩いていって、よじのぼり、腰かけて、両腕で膝を抱えた。ネグレがなにがちがうのか気づいたのはそのときだった。

「それだ！」と大声をあげた。「どいて」彼はサイリンを束から追いはらい、布の層をどけはじめた。

前日その上にすわったときは、ふたりが並んでもまだネグレのリュックをあいだにおくだけの広さがあった。いまは子どもひとり分の場所しかない。

布は重くてほこりまみれだったが、サイリンの手を借りて巨大な束をどうにか動かすと、やがて山はほこりをかぶった帆布の湖になった。そして波打つ湖のなかに、二層の布にはさまれたいびつな突起があった。

ネグレは咳きこんで、鼻から蜘蛛の巣をぬぐいながら、層のあいだにもぐりこみ、その突起に到達した。それからもぞもぞと後退して、〈エンポリアム〉のほの暗い電球の下で手のなかの品物を見た。

「信じられない」サイリンがいった。

「ぼくも」ふたりが見おろしているのは刺繡《ししゅう》入りのバッグだった。刺繡糸で描かれたグリーングラス・ハウス、それを囲む青緑色の松の木立。ひっくりかえすと、あの門があった。古紙の透かしやステンドグラス窓の門とまぎれもなく同じだ——が、ちがいがひとつあった。バッグの門には透かしや窓には見られない細部が描かれていた。片側に吊るされた、ブロンズがかった金色の糸の小さな結び目。ランタンだ。

「ヒアワードさんに返してあげたい」ネグレはいった。「あの人を待たせたくないよ」

「それならジョージィの雑記帳も見つけなくちゃね。それに、最初のふたつがちがう場所にあったんだから、ノートの隠し場所もたぶんべつのどこかよ」

「そうだね」ネグレは帆布の縁を蹴飛ばした。「ほら。元どおりつみあげるのを手伝って」

「ノートを見つけるまでそのバッグをどこへ隠したい?」サイリンが訊いた。

「いい考えがあるんだ」ふたりは帆布を力いっぱい押しもどし、両手のほこりをはらった。ネグレはバッグを取りあげた。「ところで時計はどこに隠した?」

「〈ピュイサンスの石〉の箱にもぐりこませた」

「取ってきて。もっといい場所を思いついた」

サイリンと重い帆布を元のととのった塊にもどそうとしていたとき、ふと思いだしたのだった。家でほかになにが起きようと、彼が今日じゅうにしなければならないあることを。そこから完璧な、まさに完璧な隠し場所のアイデアがうかんだのだ。「でも、まずぼくたちの階からある物を取ってこなくちゃ」

それにまだ雑記帳も見つけなければならず、それはどこにあってもおかしくなかった。〈エンポリアム〉を出て、ドアに鍵をかけながら、ネグレは頭のなかでつぎに捜索する場所をリストにしていった。四階と五階の空いている客室、地下、家のすべての敷物の下……。

それから、階段をおりはじめる直前に、サイリンが彼の腕をつかんで、口だけ動かした。待って。

下の廊下でかすかな話し声がした。ネグレとサイリンはつま先立ちで階段の曲がり角の上まで進み、しゃがんで耳をそばだてた。

「ばかいわないで」ジョージィのささやき声がした。「あなたじゃないのはわかってるわよ。あなただったら、なくなったことに気づきもしなかった、わたしがないと気づくまえに返してたでしょうから」

「いえてる」いまのはクレムだ。

「手伝ってほしいの」ジョージィはしぶしぶ、おもしろくなさそうな口調でいった。「あのノートが必要なのよ」

「なんでもっとうまく隠しておかなかったの」

「だって隠さなきゃならない相手は天才のあなただけだと思ってたから。こんなに近くにいるんじゃ、いくら隠そうとしたって無駄に等しいもの」今度はただ腹立たしそうな口ぶり。「それに、あなたなら盗っていかないとわかってたし」

クレムがくすりと笑った。「ありがとう、っていうべきかな」

「取りかえすのを手伝ってくれるなら」ジョージィはひとつため息をついた。「中身を読ませてあげる」

すこし間があった。「いいえ、あんたにはノートに書いていない情報を教えてもらわなくちゃ」

今度はジョージィが笑ったが、愉快そうな笑いではなかった。あきらめの笑いだ。「当然よね。あなたがもうどうにかして読んでいたと気づくべきだった」

「それで？　あれに書いていない情報はあるの、ブルー？」

「かんべんしてよ。あるにきまってるでしょ」

上の階段にしゃがんでいるネグレは鼻にしわをよせた。階段に胡椒《こしょう》のようでもあり花のようでもある、まえにはなかったにおいがした。

「なるほどね……ほかにはなにがある？」指をぱちんと鳴らす音。「そうだ。あのカメラ製作」短い間。「そう。あれがいい。あれで写真が撮れたら見せてくれると約束して。ほんとうの写真だからね、あの子に見せようとしてる替え玉じゃなく」

「あれはただの――お遊びよ、クレム！　あの子が興味をもっているようだから。それだけ。オーウェンとはなんの関係もないわ」

オーウェン？

「でたらめはよして、ブルー。あんたのすることがただのお遊びだなんてありえない。あたしは写真を見たいの。ごまかしはなし」

また間があり、それから鼻を鳴らしたのかため息をついたのか、どちらともいえない音がした。「いいわ」

「それにこうしてなかよくしているうちに訊くけど、ひょっとして昨日あたしの部屋にはいらなかった?」クレムがたずねた。ネグレはサイリンを肘《ひじ》でついた。気づいたのかな?

「まさか。わたし、そんなにばかじゃないわよ。自分の限界は承知してる」

「あんただったかもと思ったのは、あたしの見るかぎりどこにも手をふれていなかったからなんだ。犯人はたしかに自分の限界を心得てた」

「わたしじゃないってば、クレム。それで、話はこれで決まりなの?」

「そうだね。なにか報告できることをつかみしだい教える。ところで、いったいなにをやらかしたのよ、それのお風呂にでも浸かったの?」

「あの子がバッグを落として、なかで瓶が割れたの。セーターはこれしか持ってきていないのよ。ドライクリーニング専用だからミセス・パインにただ洗濯してもらうってわけにもいかないし、今日は寒くてセーターなしではいられないし。みんなにはがまんしてもらうしかないわ」香水。砕けてしまった瓶の、ジョージィの香水だ。階段に漂っているのはあのにおいだった。

「なんとね。あたしのを一枚貸してあげる。待ってて」

クレムが自分の部屋に行って、ジョージィに貸す香水ぷんぷんではないセーターを取ってくるあいだに、ネグレの頭では歯車がまわっていた。どうしたの? サイリンが口の動きだけでたずねた。ネグレは頭を振った。なにかある、なにか香水に関係のあることが……。

クレムがもどってきて、ジョージィがありがとうといい、クレムがムーンライター同士のセーターについてなにかいった——奇妙な発言だったが、そのときのネグレには香水に関するとらえどころのないなにかのほうが気になった。宿泊客たちが階段をおりていくと、彼を悩ませていたパズルのピースがいきなりはまった。

ネグレはサイリンの黄色い袖をつかんだ。「行こう。ノートがどこにあるかわかったぞ！」

サイリンをすぐうしろにしたがえて、今度は足音も気にせず階段をおりはじめた。どうせもう関係ない。バッグと時計はリュックにしまったのだから、犯人がふたりに気づいても隠し場所を変えることはできない。

「お先に」ネグレはほがらかにいって、自分の部屋の階までおりたジョージィの横を通りすぎた。

「彼女にいわないの？」と三階におりていきながらサイリンがささやいた。

「まだだ」ネグレはささやきかえした。

「わたしには教えてくれてもいいんじゃない？」

「いま見せるよ」三階に着くと急いで廊下のつきあたりに向かい、緑色のセラミックの鉢に植えられた白いポインセチアを持ちあげた。しのび足でできるかぎりはやく、さらにひとつ下の階まで階段を駆けおりると、家族の居室をつっ切って、ネグレの寝室に行った。

「ぼくのごみ箱を取って」部屋にはいってドアを閉じるなりいった。それから、ごみ箱の上で植木鉢をささえ、植物の中心の茎をつかんで慎重に鉢からはずした。湿った土は取りだされてもつかの間かたちを保っていたが、やがて根から離れてごみ箱のなかに落下した。ほかのなにかも一緒に落ちた。ビニール袋にはいったなにかも。

サイリンがそれを拾って、おそるおそる開いた。ネグレがポインセチアにふれたとき――その後、屋根裏部屋に近い階段でも――気づいたあのスパイシーで甘い香りが部屋じゅうにひろがるなか、サイリンは香水のしみのある、ばらばらな紙片がどっさりはさまった小さなノートを引っぱりだした。

「もっとはやく思いだすべきだった」ネグレは得意げに、にっこり笑った。「ポインセチアには香りってほどの香りはないんだ」

ふたりはベッドに腰かけ、あいだに毛布を敷いて、取りもどした三つの品物をおいた。ジョージィの甘い匂いを放っている雑記帳、ヴィンジ氏の金の時計、ヒアワード夫人の刺繡入りの編み物バッグ。

「つぎはどうする？」とサイリンが訊いた。「これを全部、ただ返すの？」

「わからない」ネグレは雑記帳を手に取って、それ以上なるべく香水を吸いこまないよう極力息を止めて話した。「返したらぼくらが盗ったと思われるんじゃないかって、まだちょっと心配なんだ。ひとつ見つけたんなら、そうはならないかもしれない。でも三つ全部だよ？　ここは少々頭を使わないといけないかもな」ノートの表紙を持ちあげた。「中身を見たがるのは悪いことかな」

「見るって？」

「ノートに目を通すってこと。だれかが盗むほどのどんなことが書いてあるのか」

サイリンはにっと笑った。「冗談でしょ？　あなたが見なければわたしが見る。ジョージィとクレムが上の階で話していたことを聞いちゃったあとだし」

「ただ――」ネグレはためらった。「だれかの日記とかを読むみたいなものだから」

「貸しなさい」サイリンが彼の手からノートを抜きとって、開いた。それから眉をひそめ、数ページめくって、ますます眉をひそめた。「信じられない」

「なんなの？」

　サイリンはいらいらした声を発して、雑記帳を彼に放った。ネグレはおずおずとつかみ、最初のページを開いた。ページ全体に理解できない記号がずらずらと並んでいた。つぎのページ、そのまたつぎへとめくった。矢印、四角形、×印、○で囲んだり下線を引いたりした文字、でも英語で書かれた単語は一ページに一語もなかった。「なんだこれ、何語なんだ？」

「言語じゃないと思う」〈注解学者〉が意味ありげな目を向けた。「ジョージィがいってたでしょ、クレムだけには隠しきれないから、あえて隠さなかったって。見つかることは予期していたけど、中身は理解されたくなかったのよ。これはきっと暗号ね」

「ノート全部が暗号？」彼は雑記帳をベッドに落とし、サイリンを見つめた。「あの人たち、いったいなにをやってるんだろう」

「さあ、でもそろそろわかっていることを整理するべきかも。なにか書く物ある？」

「〈エンポリアム〉から持ってきたリング綴《と》じのメモパッドがリュックにあるよ。机の横の床に。ペンもはいってるはず」

　サイリンはベッドからすべりおりて、リュックサックをかきまわし、パッドとペンを取ってきた。「宿泊客の到着順に」といって、古いボールペンのインクが出るかたしかめた。「ヴィンジ氏が最初だったわね」ページのいちばん上に彼の名前を書いた。「わたしたちが知っていることは？」

「へんてこな靴下」ネグレがいった。「よく本を読んでいるけど、なんの本かは知らない」また時計を開いてみた。「この文字をメモしておいて。D・C・Vに。見事な働きに敬意と感謝をこめて。D&M」

「そのほかは？」サイリンはあごにペンを打ちつけた。

ネグレはヘッドボードにもたれて、天井を見あげた。「ほかにはなにも思いつかない」

「ならヴィンジさんはまたあとで」ページをめくった。「つぎはだれ？」

「ジョージィ・モーゼル。クレムはブルーと呼んでいる。ふたりがここへ来るまえから知りあいだったのは確実だ。友だちには思えないけど、おたがいに感じ悪いってほどでもない」そこで思いだした。「ジョージィはなんか気になることをいってたっけ。葉巻箱のカメラで撮った写真を見たいとクレムがいったとき、ジョージィは〝オーウェンとはなんの関係もない〟とかいってた。オーウェンってだれなんだろう。もしかするとふたりにはそのオーウェンという共通の知りあいがいるから、相手のことをちょっぴり知っていたのかも」

「カメラのこともあるわよ」サイリンが思いださせた。「ジョージィはどこにでもある物でカメラを作る方法を知っている。クレムはジョージィがなにかとくべつな写真を撮っていて、あなたに見せるつもりなのはただの替え玉——つまり偽物だと思ってる」

「そしてノートに書いているのは全部暗号か」ネグレはまた雑記帳を取りあげた。「これをすこし書きとめておく？」

「ええ」サイリンは数行を丸写しした。「ほかには？」

「ジョージィは『語り部のおぼえ書き』を貸してくれた」初日にさかのぼって考えた。「とくにはじまりかたをぼくが気に入るかもしれない、っていってた」

「どんなふうにはじまるの？」

「宿に閉じこめられた人たちがいて、それぞれ物語を聴かせようとだれかが提案するんだ。そこから……」すこしだまって、眉をひそめた。「そこから昨日のアイデアをもらったんだ、いうまでもなく、だけど……」

サイリンは彼の顔をまじまじと見つめていた。「だけど、なに？」

いま新たな考えがうかんだ。だいぶこじつけに思われはしたが。「ぼくに本を貸してくれたとき、ジョージィはそれを期待していたんじゃないかな。ぼくがみんなに、それぞれ自分のことを語らせようとするのを」

「それは期待しすぎって気もする」サイリンはいった。「けど、ここではそれに負けず劣らずおかしなことがいろいろ起きてるしね。ほかになにかある？」

ネグレは首を振った。それからぱちんと指を鳴らした。「今朝、ぼくらが階下《した》で話したとき、ジョージィは――」

「そう、そう！」サイリンが活気づいた。「なにかとくべつな物なのかってあなたが訊いたら、メモをとっているといったわ、この家に関して——」

「それに、この家につながりがあるかもしれないとジョージィが考えているだれかに関して」

ネグレはうなずいた。「そのオーウェンって人物かな」

「きっとそうよ。あなたの親にオーウェンという人に心あたりがないか訊くことはできる？」

「もちろん」ネグレは頭をかいた。「よし、先に進もう。つぎに来たのはドクター・ウィルバー・ガワーヴァインとミセス・エグランタイン・ヒアワードだ」彼らがつむじ風号にぎゅうぎゅうづめになっていた様子を思いだして、にやにやした。「同時に到着したんだ」

「ねえ」サイリンが指摘した。「もしジョージィのいうとおり、クレムが三つの品物を盗んだんじゃないとしたら、残るはドクター・ガワーヴァインひとりでしょ。それにわたしたちは彼がクレムの部屋にしのびこんだのを目撃したし」

「うん、ぼくもそれは考えた。でもクレムはなにも手をふれられていなかったといった。つまり彼が部屋にはいったのは盗みじゃなく、なにかほかの目的があったからだと思われる」

「たとえば？」

「見当もつかないよ。それにじつをいえば、ガワーヴァインさんについてはほかに書きとめるべきことを思いつきさえしない。ほかの人たちにくらべて、彼について知ってることは少ない気がするよ」

「彼はなんのドクター？」

「さあ」

「しょっちゅうポーチに出てるわよね」

「パイプを吸うから。それはぼくらが知ってることだね」

「ええ、でもわたしがいいたいのは、どんな口実があるとしても彼はひとりでポーチにいる時間が長いってこと」サイリンがじれったそうにいった。「その点は調べたほうがいいかも」新しいページを開いた。「ヒアワード夫人」

今度はもっと知っていることが多かった。老婦人が前夜語ったお話について、それにその朝彼女がいったことも、思いだせるかぎり書きだした。

「ヒアワードさんの先祖は船乗りだったんだ。彼女はあの海図につながりがあるかもしれないね」ネグレはバッグを手に取って、刺繍を、いびつな門の小さなランタンを見た。「それに門は手がかりであるはずだ」とつぶやいた。「つねにどこにでもあらわれるんだから」

サイリンはバッグを裏返して家の刺繍を見てから、またもどした。「この門がこの家の敷地内にあるということなのか、まったく関係ないべつの絵なのかがわからない」

「たしかにどちらともいえないな」そのとき家の刺繍に、まえは見おとしていたものを発見した。ドアになにかが縫ってある。短い直線で描かれた記号のように見えた。

ネグレはバッグをサイリンに押しつけて、ポケットから〈ブラックジャック〉の鍵束を取りだした。革のキーリングについている打ちのばした小さな円板をじっくり見た。片面は青いエナメルがまだらに残る王冠の彫物。裏は四文字の漢字で、それはドアに刺繍されている記号と寸分たがわず一致した。

「ヒアワードさんならなんなのか知っているかもね」サイリンがネグレの肩をぽんとたたいた。「ああ、いらいらする!」

「どういう意味なんだ」ネグレは天井に向かってほえた。

「バッグを返したら、訊いてみればいいじゃない。さ、集中を切らさないで」彼の手から鍵束を取りあげると、パッドのヒアワード夫人のページに漢字を真似て書きとった。「つぎはだれ?」

ネグレはため息をついた。「クレム。クレメンス・O・キャンドラー。動きがすばやくて、音もたてない。自分は猫みたいにしのびこむ泥棒だと冗談をいった。それに、ジョージィも泥棒だとほのめかした」そのほかにクレムがいったあることを思いだして、指を鳴らした。「香水のことを必死に考えていて、あやうく聞きのがすところだったんだ! ジョージィにセーターを貸したとき、クレムは〝ムーンライター同士でセーターを貸し借りとはね〟といった。そしてぼくは《オッド・トレイルズ》のテキストで〈ムーンライターのこつ〉について読んだんだ、それは――」

「裏技のことね。ほとんどどんなものでも盗める、〈ブラックジャック〉のスキル」サイリンがしめくくり、考え深げにうなずいた。

「そうなんだ!」

「けど、たんにふたりとも《オッド・トレイルズ》おたくだというだけかもよ」

ネグレは首を振った。「でもクレムは自分に雑記帳を盗む理由はあるとみとめていたし、ジョージィもそのことを知っていただろ」

「そのジョージィでさえクレムが犯人だとは思ってなかったでしょ」

「ていうか」ネグレはいった。「ジョージィはクレムが犯人だとは思っていないとク、い、レ、ム、に、い、っ、た、んだ。もしかしたらただの――なんていうんだっけ――ミスディレクション？」真実から目をそらさせるミスディレクションは、『旅するブラックジャック』によれば、もうひとつの重要なスキルだ。

「ジョージィはクレムにチャンスを与えていただけだとか？　盗んだのは彼女じゃないという顔をして、ノートを返すように？」サイリンは考えこむようにうなずいた。「たぶん。でもクレムが盗んでいないというのを聞いて、あなたは信じたみたいだったけど？」

クレムの言葉を信じたのはたしかだが、それが真実だとはいいきれなかった。「こっそり動きまわるのが得意なように、うそをつくのもうまいってだけかも。そう簡単に疑いをといていいかどうか」

「いえてる。クレムに関して、あとわかっていることは？」

それ以外にはたいしてなさそうだった。ふたりはほかの手がかりや疑問点を書きだしてみた。それはこうなった。

家の外で見つかった海図、門の透かし入りの紙に描かれている

海図が盗まれて、同じ場所に偽物が残されていた（門の透かし入りの紙）

〈エンポリアム〉で同じ紙が見つかった（ラックスミス紙商）

門はステンドグラス窓にもある
門はミセス・Hのバッグにもある
ミセス・Hのバッグの漢字はネグレの鍵束の漢字と一致する
だれが海図を落としたか
海図を持ち去ったのはほかの品物を盗んだのと同じ人物か
ドクター・ガワーヴァインは泥棒？　それともべつの理由でクレムの部屋に侵入？

ふたりはリストをじっくりながめ、とったメモをめくって読みかえし、意見をぶつけあったが、新しい考えはうかんでこなかった。それでもドアの文字についてヒアワード夫人にたずねなくてはならない――自分たちに疑いをかけられずに盗まれた品々を持ち主に返却できしだい――という点では同意した。

少なくともそこまではなんとかできると、ネグレにはかなり確信があった。雑記帳を見つけるまえに考えていたバッグと時計の隠し場所は、その三つをどう返却するかの計画に申し分なくあてはまった。

ネグレは二階の書斎にはいっていった。宿泊客たちがやってくるまえ、母がそこでプレゼントを包装していたのだった。彼は包装紙のロールを二本、カッターつきテープ、はさみ、まったく同じ箱三つを抱えて、自分の部屋にもどった。

「すごくいいアイデア」サイリンが感心した声でいった。取りもどした品物をふたりで箱に収め、なかであまり動かないようすきまに紙をつめてから、包装した。下側の角の、ドラマーが太鼓をたたいてる絵柄のあたりに、それぞれ〝w《ウオッチ》〟〝n《ノート》〟〝b《バッグ》〟と目立たないラベルを貼った。それがすむと、せっかくなので続けて二本目の包装紙を使い、マイロが両親のために用意してベッドの下に隠しておいたプレゼントを包んだ。

最後のプレゼントのリボンを結んでいたとき、だれかがドアをたたいた。彼は手近なプレゼントの下にリング綴じパッドを押しこんで、大声で返事した。「どうぞ！」

マイロの母がのぞきこみ、不器用に包装されたプレゼントが目にはいるとにっこりした。

「また時間がわからなくなっちゃった？」

マイロとメディはうしろめたそうに笑みをかわした。「うん」マイロはみとめた。

メディはベッド脇のテーブルの時計を見た。「お昼を食べそこなった？」

母が手を振った。「今日はお腹をすかせないようにしてあげようと思って。キャラウェイさんがマカロニ&チーズと、ハムのサンドウィッチを作ってくれたから、取りわけておいたわ。冷たくならないうちにおりていらっしゃい」

「すぐ行くよ、かあさん」

ドアが閉じるまで待ってから、包装した箱をリュックに入れた。「きみも来る？」

メディは首を振って、またリング綴じパッドを手に取った。「考えたいの。わたしが静かなここに残って、手がかりを見直していたらいや？」

こたえやすい質問ではなかった。彼女がひとりでこの部屋に残るのはいやだろうか。もちろん、いやにきまっている、ここは彼の場所なのだから。でも、だめだと断るほどいやかどうか。

マイロが考えるあいだ、メディはおとなしく待っていた。「ほかのどこかへ行ってもいいの、そのほうがよければ」

結局は、ゲームのことを考えて心が決まった。彼女はこの冒険のパートナーだ。メディを信頼できなければ、マイロはひとりきりになってしまう。

「べつに、このままいてもかまわない」しばらくしてこたえた。「でもなにも動かさないようにしてくれる？　ぼくの物はあってほしい場所にあるんだ」

メディがこっくりうなずいた。「約束する」

「なら、いいよ」マイロはドアをあけて、廊下に踏みだすと、いっぺん深呼吸した。むずかしかったが、思ったほどではなかった。「じゃ、あとで」

8 〈ボーナス〉

雪がやんで、また雨になり、雨は落ちるそばからたちまち凍った。夜の帳《とばり》がおりるころには数日ぶりに空から灰色が一掃されて、銀色のガラスでおおわれたかに見える世界に月の光がきらめいた。それから風が起こり、砂糖がけの世界はうめいたりきしんだり、ときおりひび割れたりしはじめ、銃声のような音が夜に響きわたった。

グリーングラス・ハウスのなかでは、男も女も、だれもが前日よりだいぶ不安げな顔色になっていた。泥棒のせいばかりではない。マイロには両親が停電の心配をしているのだとわかった。ふだん見かけない場所にキャンドルがあらわれだしたときに。家には自家発電機があるし、薪《まき》もどっさりあるが、発電機はひとりでに作動はしないから、もし停電になれば少なくとも短いあいだは明かりがなくなってしまう。キャンドルはクリスマスの飾りつけのなかに違和感なく収まったので、宿泊客たちは気づいてもいないだろうけれど、マイロの目にはひどくうきあがって見えた。

ツリーの下の、盗まれて取りもどされた品だとわかるように目印をつけた三個の包みも同じだった。いまはミスター・パインがあとから加えたプレゼントの山に埋もれているが、マイロにはまるで三個それぞれがライトをちかちか点滅させて、〝盗まれた品物！　包みをあけて！〟

と訴えているように思われた。

また食事の時間が来て、またしても宿泊客たちがばらばらにすわるビュッフェ形式だった。マイロは今度もメディに居間の観察を命じられ、今回は自分の皿を二人がけソファに持っていった。肘《ひじ》かけに寄りかかれば、背もたれごしにのぞいて室内を監視できる。おまけに、食堂での会話や物音もほとんどもらさず聞きとれる。

夕食はまたもやむっつりした表情と気まずい沈黙に包まれた。ヒアワード夫人だけが盗みの話題をもちだした。「わたくしたちの部屋をくまなくさがしたのに、なにひとつ出てきませんでしたわね」みんなの食事が終わろうとするころになって突然、食堂からいった。まるで食事のあいだずっと無理やり抑えていたかのように言葉が飛びだした。つかつかと居間にはいってくると、フォークを振ってドクター・ガワーヴァインとクレムを指した。「この人たちの部屋は調べないのかしら」

ドクター・ガワーヴァインが憤慨《ふんがい》して早口にいいだした。「そんなことを提案する権利は――」

「あなたがたのどちらかでしょ！」ヒアワード夫人の声がきりきりと甲高くなった。「盗まれていないのはあなたたちだけじゃないの！　このふたりのどちらかにきまっていますよ！」

クレムは口のなかのものを嚙み終えて、フォークをコーヒーテーブルにおろし、両手を組みあわせると、しゃくにさわるほどおちつきはらって老婦人を見た。「なにも考えずにおっしゃっているんでしょうね。ほんのすこしでも考えていれば、そんなことに意味はないとわかるはずだから」

メディが二人がけソファに飛びのって、マイロと一緒に背もたれからのぞいた。「クレムはなにがいいたいんだと思う?」

マイロは肩をすくめた。クレムの発言を論じるよりもヒアワード夫人がなんと返事するかに興味があった。

「わたしたちも容疑者だっていいたいのかも」メディがぶつぶついった。「この家の側にいる、わたしたちのだれかかもしれないって」

もちろんそれはありえるが、マイロはクレムがそういう意味でいったのだとは思わなかった。泥棒は盗まれた三人のうちのだれかだとほのめかしている気がした。

なるほど、おもしろい考えだ。疑いをかけられないように、犯人がただ盗まれたふりをしているのだとしたら? クレムはヒアワード夫人をじっとにらんでいる。なにもかもその老婦人のしわざだと確信しているかのように。

「さあ――てと」ミセス・パインがあわてていってきて、両手をぱんと打ちあわせた。「コーヒーはいかが?」

ヒアワード夫人はそれを無視した。「お若いかた」とクレムにいった。「まさかあなた、こういうつもり――」

「なにもいうつもりはないです。ただよく考えて発言されたほうがよいかと。あたしだってあなたと同じように妙なことで非難されたくはないんです」クレムはナプキンをたたみ、皿を持って立ちあがった。「コーヒーを出すのを手伝いましょうか、ミセス・パイン？」

ヒアワード夫人が口を開いたが、クレムはさえぎった。

「いつでもあたしの部屋を調べてください」肩ごしに顔を向けていった。「いますぐにでも、もしそれでご満足なら」

ミセス・パインが両手をかかげた。「みなさん、どうかおちついて」

「わたくしはまったくおちついていますよ、ミス・キャンドラーがようやく正しいことをするようにいってくれましたからね」ヒアワード夫人の口調はおちつきにはほど遠く、顔はふたたび赤らんでいた。やはり席を立って自分の食器を手にキッチンへ歩きだしていたドクター・ガワーヴァインのほうを向いた。「そちらはどうなんです、ドクター？」

「こんなことはばかげている」彼がつぶやいた。

老婦人は居間にひとり取り残されそうだと気づいて、足早に彼を追いかけた。「それはイエス、それともノー？」

「みなさん、おちついたらどうですか」ミスター・パインがキッチンから大声でくりかえした。いまや全員がキッチンか食堂にいた。マイロはよく見えるようにソファの背もたれからいっそう身をのりだした。

ドクター・ガワーヴァインはしばらくヒアワード夫人をにらみつけてから、腕組みして、ごほんと咳ばらいし、マイロの父に向きなおった。「ミスター・パイン、この状態をなんとかするのに役立つとお感じなら、よろこんでわたしの部屋や私物をお調べいただきましょう」

「助かります」マイロの父はありがたくもなさそうにいった。

メディが眉をひそめた。「盗まれた品物をいま返すべきなんじゃない、ますますこじれるまえに？」マイロをちょっとひと押しした。「わたしがやる。あなたはみんなのところへ行って、ただあれは自分のじゃないといって」

「うん、わかった」

「なんだって？」マイロは小声で聞きかえした。

「わたしにまかせて。ぼくのじゃないよ。それだけいえばいいの」

マイロはソファから立ちあがって、だれにも気づかれずに食堂へ行った。そして息を殺した。しばらくすると、不規則で繊細な金属音が宿に鳴りわたった。メディが見えない位置からクリスマス・ツリーの枝を揺すっているにちがいなかった。ツリーにはパイン家のならわしにしたがって、マイロが母の集めた銀のベルをひとつ残らず吊るしている。

「いったいなにごと？」とキャラウェイさんがいった。

「なにがなんだか」ミセス・パインはいいながらもう夫とともに立ちあがっていて、居間にもどっていった。「どうしたのかしら」宿泊客たちも夫婦のあとに続き、マイロは最後についていった。マイロが居間にはいると、全員の視線の先に盗まれた品がはいった三つのプレゼントがあった。それらの箱は暖炉まえのラグのまんなかにきちんとつまれていた。

メディに肩をつつかれて、マイロはくるりと振りむき、なぜそんなにすばやく居間から抜けだせたのか訊こうと口を開いた。メディは彼の唇に指を一本あてて、「シーッ」とささやいた。

その声をのぞけば、家はしんと静まりかえっていた。

パイン夫妻は目を丸くして見つめあった。「ベン？」マイロの母が聞きとれないほどの小声でいった。

「ぼくにはさっぱりわからない」ミスター・パインは三つのプレゼントのかたわらにしゃがんで、ためらいがちに手近なひとつを取りあげた。周囲に目をやってから、妻に顔を向けた。「見おぼえがないんだが。きみは？」

「わたしのじゃないわ。マイロ、ハニー、この箱がなんだかわかる？」

メディに指示されたとおり、マイロは首を振って、こたえた。「ううん。ぼくのじゃないよ」

「でもこれはうちの包装紙じゃないかしら。それにこの……包みかたはいかにもあなたらしいし」

マイロはおとなたちのあいだを進んでいって、包みを見た。つくづく調べるふりをしてから、ツリーに近づいて、彼が両親のために包んだプレゼントを取りだした。「これがぼくのだよ。ふたつはかあさん、ふたつはとうさんに」

両親は顔を見あわせた。「とにかく、あけてみるべきかもしれないね」父がいった。「どう思う？」

母はまっすぐ背を起こすと、食堂のテーブルのほうを振りむいた。「どなたかこの箱に見おぼえはありませんか」メディは両手を〈見えない黄金のマント〉の袖に突っこんで立ち、そしらぬ顔でだまっていた。「そういうことなら」ミセス・パインは最初の箱を取りあげて、包装紙をはがした。箱の蓋を持ちあげ、つめてある余分な紙を引っぱりだして、中身をまじまじと見た。「あらまあ」

「冗談だろう」ミスター・パインは箱に手を入れて、金の時計をつまみあげた。

ヴィンジ氏がその場で固まった。「なんと。いったいどうして――」転がるように部屋を横切ると、時計に手をのばした。「信じられない」

ヒアワード夫人とジョージィも進み出た。マイロの父は残りふたつの箱も取りあげて、ふたりにひとつずつ手わたした。ヒアワード夫人がすぐさま包装紙を破いた。マイロはジョージィが問いかけるような目でちらりとクレムを見たのに気づいた。クレムはごくかすかに肩をすくめて、首を振った。

ジョージィが包みを開きはじめるのも待たず、ヒアワード夫人は自分のあけた箱を彼女につきつけて、開いていないほうをひったくると、包装紙をびりびり引き裂いた。ジョージィはわたされた箱をまさぐり、取り落とした。つめてあった紙が床にこぼれだし、つぎに香水のしみのついたノートがすべり出た。

「ああ！」ヒアワード夫人は奪った箱を放り投げて、刺繡《ししゅう》入りの編み物バッグを高々とかかげた。つぎにそれを胸に押しあて、ソファにどさりと腰を落とした。白粉《おしろい》をはたいた頰にひと筋の涙が伝った。「もう見つからないかと思っていました」

ジョージィは自分のノートからマイロの両親、ついでマイロに目を向けた。「わたしたちにはこれがどこから出てきたかわからないというわけ？　あなたの捜索の成果なんじゃないの、マイロ？」

「あなたの捜索？」ミセス・パインが鋭く息子を見た。「なんの話？」

メディが唇のチャックを閉じるしぐさをして、首を振った。マイロはためらった。ネグレなら裏技を使ってばれないうそをつくことができるのだが、マイロは両親に〈寓話作者〉を試したくなかった。そこでいっぺん深呼吸した。「ぼく、なくなった物をさがしにいったんだ。そして見つけた。でもそのまま返したら、ぼくが盗ったと思われるかもしれないと心配になって。それで……それで包装したんだ、こうすればぼくから直接じゃなく返せるかもしれないと思ったから」ジョージィをちらりと見やり、つぎにヒアワード夫人、ヴィンジ氏を順番に見た。

「でもぼくが盗ったんじゃありません」

父がマイロに腕をまわした。「おまえじゃないとわかっているとも。もちろんわたしたちは信じているよ」

「きみが……見つけた？」ヴィンジ氏は自分の時計を見つめながら、くりかえした。「きみが……でも、ど、ど、どうやって？」

「それはみんなが知りたいことじゃないかな」クレムがいった。「どうやって、それに、どこで見つけたのか」

マイロは冒険家の相棒を見やったが、メディは目で天を仰いで、頬づえをつくしぐさをした。知らない、もう勝手にすれば。

「どうやって見つけたのか話してくれる？」母がいった。

「うん、いいよ」マイロはこたえた。「まずホットチョコレートをもらってもいい？」

「もちろん」母は彼の肩をぎゅっとつかんでから、キッチンに引きかえした。「コーヒーとケーキはいかが、みなさん。取りにきてくださいね」

「まずいわよ」メディが腕組みして隣に立ち、不平がましくいった。「計画からそれないほうがいい。ともかく」マイロが反論するまえに早口で続けた。「わたしを引っぱりこまないでね。わたしたちの作戦がだいなしになっちゃうから」ポケットに手を入れて、〈真実が痛いほどはっきり見える目〉を取りだした。「あなたがしゃべるあいだ、わたしはみんなを監視する。なにか手がかりが見つかるといいけどね」メディはすたすたと歩き去った。人が群れを離れていちかばちかの愚《おろ》かな賭けに出るとろくなことはなく、チーム全体が危険にさらされるのだといったことをつぶやきながら。

マイロはそれを無視した。宿泊客たちにすべて説明するのに〈ブラックジャック〉のネグレとして話すほうがいいかどうか思案していて、それどころではなかったのだ。たくさんの人が耳を傾けるまえでしゃべることを思うと、マイロはもう緊張で口もとがぴくぴくした。ならばネグレでいこう。

母がココアのマグを持ってきて、暖炉まえのマイロの隣に腰をおろした。「さっき事実を打ち明けたのはすごく勇気ある行動だったわ。あなたがなにも盗っていないとわたしたちにはわかってる、そのことを知っていてもらいたいの。おとうさんとわたしはあなたを百パーセント信じているからね」

屋外では風が強まり、しだいに荒々しく吹きつけていた。マイロは母の肩に頭をあずけて、デザートを手にした宿泊客たちが居間に腰をおちつけるのを無言で見つめた。ジョージィが椅子にすわりながらウィンクしてきた。ヒアワード夫人は新しい紅茶のカップを持ってソファにもどる途中、おどろいたことにその骨ばった手でやさしく彼の肩をつかんだ。この人たちはぼくが盗んだと思ってはいないのかも。マイロは思った。

ヴィンジ氏はいつもの椅子にすわった。時計は内ポケットにしまい、いまはコーヒーカップごしにとまどったような目つきでマイロを見ていた。

彼はぼくがやったと思っているのかも。

クレムはヒアワード夫人の隣にすわった。ふだんと変わらない晴れやかな表情だった。ドクター・ガワーヴァインは居心地悪そうに、ポーチに通じるドアのそばに立った。

ほかの全員が着席すると、母がマイロの肩を抱いた。「用意はいい？」

ネグレはうなずいた。「うん」

ネグレはサイリンとともにヒアワード夫人やジョージィとかわした会話は飛ばし、空いている客室を調べたらどうかと考えたところからはじめた。バスルームの固形石鹸《せっけん》の糊《のり》づけされているはずの包み紙がはがれているのに気がつき、手にとった瞬間になにかおかしいとわかり、なかから時計を見つけた。石鹸をふたたびくっつけて時計はほかの場所に隠すことにした、と説明した。

「わかりませんな」ヴィンジ氏が不満を口にした。「見つけたとなぜすぐに教えてくれなかったんですか。すぐ返してくれたらよかったのに」

「ぼくが品物のひとつを見つけたと泥棒が知ったら、ほかのふたつをどこかへやってしまうかもしれないと思ったんです」ネグレはいった。「だから時計は屋根裏部屋に持っていきました」

つぎにバッグを見つけたいきさつを話しだし、帆布《はんぷ》の束の変化に気づいたのでそこを調べたのだといった。おおむね事実どおりとはいえ、ポケットのなかで片手の指を交差させて、どうして子どもひとりで重い帆布の巨大な束を動かせたのかとだれにも訊かれないよう祈った。だれも訊かなかった。「それから、クレムとジョージィが階段で話しているのが聞こえました。いいや、話の中身は全然聞きとれなかったけど」と急いでつけくわえた。「でもふたりの声だとわかりました。それに、最初の日にぼくが瓶を割ってしまった、ジョージィの香水の匂いが嗅ぎとれたんです。そこからノートのある場所がわかりました」ポインセチアの説明でしめくくり、あれはいまこの瞬間も彼の部屋のごみ箱でしおれているのだと気づいて、ネグレの胸がちくりと痛んだ。「そして……ええと、それで全部かな」

室内はしばし静まりかえった。「じつに感心したよ、マイロ」ややあってマイロの父がいった。「おどろくほどの観察眼だ。ありがとう」

ジョージィがうなずいて、手をたたきはじめた。クレムも拍手しはじめ、ヒアワード夫人も加わった。「あなたのマグにおかわりを持ってこさせて、マイロ」とジョージィがいった。

彼はにっこりした。しばらくのあいだ、サイリンが手がかりを求めて見張っていることはすっかり頭から消えていた。それでもまだ家のなかに泥棒がいることをわすれていない両親が油断なく視線をかわしたが、気づかないふりをした。ホットチョコレートを飲みながら、部屋にその日初めて疑いではなくうちとけた空気が流れているのをうれしく思った。

とはいえ、それも長くは続きそうになかった。ひとつには、泥棒はまだつかまっていないからだ。そして、まだサイリンと書きだした手がかりと疑問が残っているが、盗まれた品物がすべて返却されたいま、そのうちのひとつを消すのにちょうどいい頃合いかもしれなかった。

ジョージィとヴィンジ氏はもどった品物をしまいに部屋へあがったが、ヒアワード夫人はカウチにすわったまま膝にバッグをおいて、いとおしそうに刺繍に指をすべらせていた。ネグレは暖炉のまえから立ちあがり、近づいていって隣にすわった。「ヒアワードさん。そのバッグのことで質問してもいいでしょうか」

夫人はほほえんだ。「わたくしには質問にこたえるぐらいのことしかできませんから。どんなことを知りたいの？」

バッグは門と金色のランタンの面が上を向いていた。「その裏側に刺繍してある家のドアに、中国の文字みたいな記号がついていますよね」

ヒアワード夫人はバッグをひっくりかえした。「これね」

「はい。それはどういう意味か訊いてもいいですか。もしご存じなら」

夫人はすこしためらい、それからまたほほえんだ。周囲に目をはしらせると、ドクター・ガワーヴァインはまたポーチへ出ていってパイプを吸っており、ほかの全員はキッチンでケーキや飲み物をおかわりしていた。夫人は声を低くして、いった。「これは家の元の名前なの、マイロ。この家の。正しい発音はわからないのだけど、でもわたくしの家では……」もう一度見まわして、ふたりだけなのを確認した。「家族はずっとランズデガウンと呼んでいましたよ」

マイロのあごががくんと落ちた。「ジョージィのカメラと同じだ！」

ヒアワード夫人はあいまいな笑みをうかべてうなずいた。「そうなのよ。どこからあの名前を思いついたのか、あの人にどうやって話させようかと思っていたの。彼女はあなたに話さなかった？」

マイロは首を振った。「その意味をぼくが知っているかもしれないと思ってるみたいでした。真剣に考えれば知っているのを思いだすかもしれないって。そうしたらぼくから聞けるんじゃないかと」

「おもしろいわね」ヒアワード夫人がつぶやいた。「いまあなたに話したことを、しばらくはジョージィにはいわないでくれるとありがたいのだけど」

「あなたから話すんですか」

老婦人は眉をくもらせた。「まだ決めてはいないの。しばらく考えさせてくださいな」

ちょうどそのとき、割れんばかりの大音響が夜を揺さぶった。

風と凍った木の枝はだいぶまえからやかましく騒いでいたが、今回のはそれとはちがって、耳が聞こえなくなるほどだった。「いまのはなに？」とヒアワード夫人が悲鳴をあげた。「おおいやだ、この家はいまにも崩れ落ちるんじゃないかしら！」

「どうか声を落としていただけませんかな！」ポーチからばたばたともどってきたドクター・

ガワーヴァインが声を荒らげた。

キッチンからミセス・パインが駆けこんできた。「いまのはこの家じゃありませんから」となだめる口調でいった。

その間《かん》に、マイロの父は玄関ホールでせかせかとコートを着て、ブーツをはいた。この家ではなかったものの、なにかがあの音をたてたのだ。見つめているマイロに気がついて、父はにっと笑った。「ひと目見てくるだけだよ。大きな枝が折れたような音だった。なにかの上に落ちなかったか見ておきたいんだ。一緒に来るか?」

「わたしも行っていいですか」ジョージィ・モーゼルが急ぎ足でやってきて、自分のコートをつかんだ。「冬の夜は大好きなの」

ミスター・パインはためらった。「どうでしょう、ジョージィ。凍えそうに寒いですよ」

「それはだいじょうぶです。寒さは気にならないので」コートをさっと肩から羽織り、ファスナーを上までしめた。「案内してください」

ミスター・パインがジョージィを同行させたくないのは明らかだった。けれども説得はしないで、ただ肩をすくめ、三人で夜の屋外へ踏みだした。

三歩と行かないうちに、マイロは尻もちをつきそうになった。ポーチは凍ってすべりやすくなっていた。「おっと、ほら!」父はマイロが振りまわしている腕をつかみ、そうしながら自分も足を踏みはずしかけた。

「ふたりともだいじょうぶ?」ジョージィが笑った。「なのにわたしの心配なんかして」

手すりにしがみつき、注意深くそろそろと進み、さほどすべったり足をとられたりせずにどうにかポーチをおりた。マイロが雪に足をおろすと、砂糖がけクッキーをかじったときのように表面ががりっと音をたてた。足は深々と沈み、白い雪の上に緑色のゴム長靴が三センチしか見えなくなった。ひとたびポーチを離れると、吹きつける風で頬がひりひりし、木々のきしむ音は虫の居所の悪い雷雨さながらに聞こえた。

「マイロ、おまえとジョージィで停車場を見てきてくれないか」ミスター・パインが提案した。「氷に気をつけるんだぞ、それに階段は使うな。わたしは薪小屋と上の斜面の離れを見てくるよ」

　雪のなかをざくざく歩いて家の裏手へ向かうマイロの父を、ジョージィは考えこんでいる目で追っていた。それからふとマイロがそこにいるのを思いだしたらしく、見おろしてにっこり笑った。「ふたりきりになっちゃったみたいね」どっちなんだろう、とマイロは思った。マイロを押しつけられたことが気にくわないのか、それともマイロと同じことを考えているのか。すなわち、ミスター・パインはほんとうのところなにを調べにいくのだろうと。

　もちろんジョージィが知るはずはない。表面が凍結した雪を踏みしめて木立のはじまる地点を目指しながら、マイロは思った。薪小屋は石でできていて、落ちてきた枝がどんなに太くても壊れるはずがないということを、ジョージィは知らない。ほかの離れだって……。

　そうか。さっきの音がなんだったか、父がどこへ向かっているかに気づいて、マイロはつまずいた。

ジョージィが大股でぴょんぴょんと二歩進み、マイロの隣に追いついた。「なに？」

「なにが？」マイロはくりかえし、できるかぎりしらばっくれて、ふたたび木立のほうへと歩きだした。そこであるものが目にはいって、またつまずき、父の目的はきれいさっぱり頭から消えた。

前方の木々の奥に男がいた。ちょうど停車場への階段をのぼりきったところだった。持っているかばんをどさりと落とし、爆発したようなため息をついて、地面にくずおれた。ジョージィが首をしめられたような声を発し、そのあとは押しだまったままマイロとともに男のもとへと急いだ。

ふたりはおそるおそる雪のなかを進み、うずくまっている男のそばまでたどり着いた。ジョージィが両膝をついた。「どこから来たの？」息を切らしながらたずねた。「だいじょうぶ？」

「こっちにベンチがありますよ」マイロはいった。

「筋一本動かせそうにない」見知らぬ男がうめいた。

マイロとジョージィは顔を見あわせ、それから男の腕を片方ずつつかんだ。慎重に男を抱えあげて立たせた。ジョージィは彼の腕の下へするりと肩を入れた。「宿までわたしがささえていく。かばんを持ってきてくれる、マイロ？」

「いいよ」

青い髪の女性にもたれながら、男は半ば運ばれ、半ば引きずられて歩きだした。マイロは彼の落としたかばんを拾うと、ふたりのうしろをよろけながらついていった。

男に凍った階段をのぼらせるときはマイロも――ついさっき凍った階段を何百段ものぼってきたばかりなのに気の毒だなと思いながら――手を貸し、三人はどうにかドアをあけることができた。戸口を通りがけに、なぜこの人はケーブルカーを呼ぶベルを鳴らさなかったのかと不思議に思い、ベルに目をやった。ベルは全体が凍って、金属と氷の塊《かたまり》になっていた。

ふたりは新参者を家に入れ、玄関ホールのベンチにすわらせた。「だれか毛布を持ってきて！」ジョージィが大声を出した。「急いで」

「かあさん！」マイロもせいいっぱい非常事態を報せる声で呼んだ。

一瞬でミセス・パインがあらわれ、一歩あとにキャラウェイさんが続いた。マイロの母はぴたっと静止して、寒さと丘をのぼってきたせいでがくがく震えている男に目を丸くし、それからすぐにジョージィを手伝って彼のコートを脱がせた。

「だいじょうぶ」ジョージィがやさしくいった。「すぐあたたまるわ。もう安全よ」

「それはだれなんです？」ヴィンジ氏が上からのぞきこんで、よく見ようとした。

「さあ」マイロはこたえた。「でも港からここまではるばるのぼってきたんです。ベルが鳴らなくなっていて」

「クレム」ミセス・パインが叫んだ。「コーヒーを持ってきて！」

「ぼくは、オ、オーウェン」見知らぬ男はどうにか名のった。「ありがとう」

マイロのあごががくんと落ちたのはその夜二度目だった。ジョージィを見ると、彼女は視線に気づき、その顔が寒さだけでは説明のつかない色に染まった。そうだ、これがジョージィとクレムの共通の知りあい、謎のオーウェンにちがいない。

「毛布を取ってきますからね」キャラウェイさんがいって、その場を去った。

彼はクレムやジョージィのように若そうだった。髪はほとんど黒といってよく、顔色がもどってきたいまは肌も浅黒かった。その目を見れば少なくとも一部はアジア人だとわかる。ちょっぴり自分に似ていると気がついて、マイロはどきりとした。この部屋にいる人たちのなかでいちばん似ているのはぼくだ。

「さあ、コーヒーが来ましたよ。いったいなにごと――」玄関ホールにはいってきて、ひと塊になった人々が目にはいるなりクレム・キャンドラーの言葉がとぎれた。マグが手からすべり落ち、新入りの客の横にしゃがんでいたヴィンジ氏の頭でバウンドした。湯気のたつ熱いコーヒーがそこらじゅうに飛びちって、マグは床でこなごなに砕けた。

ヴィンジ氏は頭をつかんでわめきながらあとずさり、腕いっぱいに毛布を抱えて階段を駆けおりてきたキャラウェイさんと衝突した。おとなふたりとキルト四枚が吹っとび、ミセス・パインは両手で目をおおったが、われに返ってヴィンジ氏を助け起こした。「申しわけありません、ヴィンジさん。こちらへいらして。氷のう《アイスパック》で冷やしましょう」

クレムは微動だにせず、ベンチにすわった若い男を見おろしていた。青ざめて、目を見ひらいていた。宿に来てからはじめて、くつろいだ気楽な雰囲気が抜けてしまったように見えた。

マイロはクレムの視線を追って、その見知らぬ男、オーウェンを見た。彼はどうにか弱々しくほほえんだ。「いっただろ、きみを見つけだすと、オティリー」

マイロと同じくらい真剣に見まもっていたジョージィが、そっと、苦しげに一語を吐いた。「うそ」

ほかのだれにも聞こえなかったようだった。クレムはゆっくりとうなずいた。「あなたの勝ちね、オーウェン」

ジョージィがいきなり奇妙な笑い声を発した。あまりに奇妙なので、マイロは最初嗚咽《おえつ》かすすり泣きだと思いこむところだった。でもそうではなく、ジョージィは不自然な笑みをうかべていった。「彼はオティィリーと呼ぶの？　オティリー？」

「あたしのミドルネームなの」クレムが静かにいった。

ジョージィの顔を濡れた光る筋が二本伝った。「クレメンスなんておかしな名前だと思ってた」袖で顔をぬぐい、ぱっと立ちあがると、ふらふらと階段をのぼっていった。

全員がジョージィを目で追い、それからまだ半分凍っている若者に注意をもどした。クレムは彼を何枚もの毛布でぐるぐる巻きにし、キャラウェイさんの手を借りてゆっくり立ちあがらせ、ソファへとみちびいた。

「お知りあい？」ミセス・パインがキッチンの入口からたずねた。そのうしろで、氷をくるんだティータオルをこめかみにあてたヴィンジ氏がにらんでいた。

「ええ」クレムがいった。湯気のたつマグをリジーから受けとり、それをオーウェンの冷えきった両手で包ませた。「ほら」カップをささえて彼にひと口飲ませた。

オーウェンとはなんの関係もないの。そしていま、どこからともなく、クレムをミドルネームで呼ぶオーウェンとやらがあらわれた。ジョージィは最後までかなりうまく隠していたが、彼女もオーウェンを知っているのは明らかだった。

そうこうするあいだミスター・パインはまだ外のどこかで、あの音の原因を調べていた。マイロは迷った。ここにはオーウェンがいる。どこのだれだろうと、なにかの重要な手がかりとなる人物だ。とはいえ、女性たちに囲まれてこまごまと世話をやかれているいまは、なにをたずねてもこたえてくれそうにはなかった。

コートとブーツを脱いでいなかったマイロは、ふたたびそっとドアから抜けだし、父の足跡をたどっていった。石の薪小屋を過ぎたところで、足跡はぎしぎしと鳴る森のなかへ消えた。父の通った痕跡は闇のなかでほとんど見えなかったが、べつに困らなかった。もう行き先はわかっている。

そこの森には赤い石造りの古い離れ家が点在している。グリーングラス・ハウスの立っている土地が丘の頂《いただき》の男子修道院に属していた遠い昔の名残だ。マイロはまえの夏、そのうち一棟を砦《とりで》にしていた。屋内の石ころだらけの地面から泉が湧き出ている建物もある。マイロの両親は一棟を貯蔵用に使い、廃材や石や古い鉄屑でいっぱいにしている。最古の建物は三方の壁と煙突の三分の二しか残っていないが、周囲にのびまくった蔦でどうにかささえられていた。そうしたなかに、わすれられた地下鉄道の入口を隠している建物があるのだった。

はるか昔（少なくともマイロが生まれる以前）、ナグスピークには地下輸送システムという頓挫した鉄道計画があって、そこは聖域の崖《サンクチュアリ・クリフ》という駅だった。鉄道そのものは廃止されたが、市内のあちこちにある古い駅をわざわざどうにかしようという声はあがらなかった。マイロの父によれば、ほとんどの人が気づいてさえいなかったという。駅は周辺の景観にうまくとけこむように建てられたのだそうだが、マイロが思うに、もしどの駅もサンクチュアリ・クリフ駅のようだとしたら、建てた人々はほんとうのところ駅を隠そうとしていたのかもしれない。なにをさがしているかわかっていなければ、決して見つけられない駅なのだ。

ナグスピークの密輸人たちは〝古い闇鉄道〟と彼らが呼ぶものについて、ありとあらゆるほら話をためこんでいる。鉄道は町の名高い密輸人たちの伝説に織りこまれていて、グリーングラス・ハウスに泊まったほら吹きやうわさ好きのなかには鉄道はいまだにちゃんと動いていると主張する者までいた。

だがそうした者たちのほとんどは、それが真実だとは知るよしもなかった。いまでも古い線路を走行している電車が一両だけあり、それを走らせている運転士がひとりだけいる。そのことを知っているのはマイロと両親とキャラウェイ家というごく少数だけだが、それはその運転士が宿の常連客で、長くつきあううちにパイン家を信用するようになったからだった。

マイロは樹木のあいだを縫って丘をのぼり、赤い石が雪に縁《ふち》どられたサンクチュアリ・クリフ駅舎に着いた。建物の外に人影がふたつあり、鉄のかんぬきがついている黒ずんだ厚板のドアを見おろしていた。ドアは斜め上向きに雪に埋もれていた。駅舎の暗い内側から三人目があらわれて手をのばすと、ほかのふたりはその人物がスロープをよじのぼってドアから出るのを手伝った。

「すまんかったな」三人目がいった。グレーのつなぎ服の上に中綿入りの大きなコートを着ていて、革紐つきゴーグルを額《ひたい》の上に押しあげた。「錠前ががっちがちに凍っていやがった」へんてこな訛《なま》りとゴーグルで、地下輸送システム最後の運転士、ブランドン・リーヴァイだとマイロにはすぐわかった。

「気にするな」マイロの父の声がした。三人の男たちは力を合わせて倒れたドアを起こし、元の位置に押しもどした。「あんたがここに閉じこめられるはめにならなくてよかった」

長身の運転士は革の手袋の雪をはらい落としながら振りむいた。「おい、ベン、仲間が来たぞ」手を振った。「よお、マイロ」

マイロは手を振りかえした。「こんばんは、ブランドン。心配しないで、とうさん。ジョージィはもう帰ってる。それにまた新しい人が来たよ」

「新しい人？」父は凍った雪をざくざく踏んでくると、木立ごしに家のほうを透かし見た。「いつ？」

「ジョージィとぼくが停車場に着いたとき階段をのぼってきたんだ。名前はオーウェン」マイロはいった。「クレム・キャンドラーを知ってるみたいなんだけど、べつの呼びかたをしてた。オタリーとかなんとか。変わった名前だったよ」

「やれやれ」ミスター・パインはブランドンともうひとりのほうを振りかえった。マイロはその男も知っていた。グリーングラス・ハウスの春の常連客、小柄でむさ苦しい苗木の密輸人、フェンスター・プラムだ。ドク・ホーリーストーンの船に乗り、彼の亡霊を目撃したフェンスターその人だった。

「あんたがたふたりは」マイロの父はニット帽の下の頭をかきながら続けた。「だれかに職業を訊かれた場合に備えて話をでっちあげておいたほうがいい。話したとおり、妙な人々が来ているんだ。少なくともひとりは泥棒だし、だれも税関吏や役人らしくは見えないが、確実とはいえないからね」

「心配無用。おれはほんとうのことをしゃべってやる、地下輸送のとこだけちと省略してな」ブランドンは気楽にいった。「モービッド通りのボクシングジムを調べてみろ、おれの身元を保証してくれるやつがわんさかいる。つい先月も一試合やったが」マイロにウィンクしてみせた。「相手のおつむにまわし蹴り一発で勝ちをもらったよ」

それからブランドンとマイロの父がフェンスターを見た。「なんだよ？」密輸人は気弱な声でいった。「なにか思いつくさ」

「い、い、いますぐ考えな」ブランドンがこわい顔をしてみせた。「それにおまえさんが知ってることから離れるんじゃないぞ。うそが下手くそなのは自分でもわかってるだろ」

「そんなこたあないよ」フェンスターはいいかえしたが、それが明らかなうそなのでマイロでさえ天を仰いだ。「花だの球根だのには詳しいんだ」いいわけがましくいった。「庭師だとでもいうさ」

「悪くないな」ブランドンがいった。「修道院ではたらいている庭師だが、嵐につかまって家に帰れなくなったってのはどうだ」

「正体をごまかすのにそれじゃ芸がないねえ」フェンスターがぶつぶついった。「どうせだますんなら、たとえば――」

「文句なしだ」ブランドンがさえぎった。「それならピンチに追いこまれることもないだろう、肝腎なのはそこよ」

ぞろぞろと宿へ直行するかわりに、ミスター・パインは小さな一団を森のなかの迂回路へみちびき、やがて森をつき抜ける平坦な白い帯――雪と氷におおわれた未舗装の道――に出た。それから、しんがりでぶつくさいっているフェンスターとほかの三人はその道を歩いてグリーングラス・ハウスへ向かった。「こうすれば森を抜けてきたんじゃなく、道から帰ってきたように見えるってわけだね」マイロは推理した。

「そうゆうこと」ブランドンが鼻の横を指でとんとんたたいた。「よそ者には地下輸送のことをなるべくしゃべらんほうがいい」またフェンスターをにらんだ。「たのむからわすれてくれるなよ」

「ばかじゃないんだぞ」フェンスターが小声でいいかえした。

カーブを曲がると、宿の小さな駐車場にパイン家のトラックとキャラウェイさんの車をおおっている雪の山が見え、その向こうの古めかしいガラス窓にグリーングラス・ハウスの明かりが心地よさげに灯っていた。おりしも四人が芝生を横切りかけたとき、突風が下方の木々を切り裂き、世界のなにもかもがそれまでにもましてざわめいた。風はそのまま丘の上へと駆けのぼった。常緑樹の森のどこかで深い、かきむしるような音がした。それからわずか数十秒後、マイロの目のまえでグリーングラス・ハウスの明かりが落ちた。

9　カワウソ《オター》と目《アイ》の物語

「あーあ」マイロはいきなり灰色の塊《かたまり》でしかなくなった家を見つめた。

「まいったな」父がため息をついた。「いや、こうなるかもしれないと考えはしたんだが、やはり。ブランドン、発電機のほうを手伝ってくれないか。それにフェンスター、あんたはマイロと行って、ノーラが予備の明かりをつけるのに手を貸してやってほしい。興奮して彼女につっかかっているお客さんがおそらく二名いるだろうから」

少なくとも二名、だ。ヒアワード夫人とドクター・ガワーヴァインが取りみだして騒いでいるのはまずまちがいない。マイロはフェンスターの返事を待たず、できるかぎり足をはやめた。

ポーチの階段をのぼる（寸前に、凍っているので一段飛ばしでのぼってはいけないと思いだした）まえから叫び声が聞こえた。それから玄関のドアを開くと、地獄の蓋があいた。

「ぼくだよ！」大声の渦《うず》に向かって叫び、しばらく耳をかたむけてみれば、予想どおりあの激しやすいふたりにくわえて、彼らをなだめようとしているキャラウェイさんとリジーだった。

四人は居間のまんなかに立っており、残った唯一の明かりである暖炉の輝きがめいめいの顔を不気味に照らしていた。ヴィンジ氏の姿はどこにもなく、ジョージィはたぶんまだ階上《うえ》の部屋にいて、クレムとオーウェンももう一階にはいないようだった。

キャンドルを灯してマイロの肩のうしろにあらわれた母は、たいそう怒っていた。「ひとたびこの騒ぎがおちついたら、こんな夜にあんな消えかたをしたことについて、あなたにいいたいことがありますからね」きびしい口調。「でもこのとおり、それはまだ先よ」引き金状のスイッチを押す長いライターをマイロの手に押しつけた。「キャンドルに火をつけてきて。それと――」マイロのうしろをのぞきこんだ。「あれはフェンスターなの？」

フェンスターが帽子を脱いだ。「そうです。でも正体は偽《いつわ》って」ミセス・パインにわざとらしいウィンクをした。「修道院のしがない庭師ってことで」

ミセス・パインは目をしばたたいて、ため息をついた。「あとで説明してちょうだい。マイロ、おとうさんはどこ？」

「発電機を動かしてる」マイロは母を手招きして顔を近づけ、声をひそめた。「ブランドン・リーヴァイと一緒に」

「やはり偽りの身分で」フェンスターが身をのりだしてきて、小声でつけくわえた。

「キャンドルをお願い」ミセス・パインが歯を食いしばったまま命じた。「いますぐ。そうすれば、あのお客さんふたりも暗いというだけで世界が終わるとは思わなくなるでしょう。わたしは地下へランタンを取りにいってくるわ。フェンスター、手伝ってくれる？　わたしがみなさんに聞かせた物語であなたのことをどういったか話しておいたほうがよさそう」ふたりはキッチンにあるドアから地下室へおりていった。

マイロは食堂のテーブルの中心に居座っているキャンドルに近づいた。たんなる装飾に見えるように、その日のはやいうちに母が出しておいたものだ。ライターのスイッチを押しながら、カットした芯に一本ずつ点火していると、キャンドルの炎ごしにテーブルの反対側でのぞいているメディが目にはいった。マイロは思わず飛びあがり、自分がもらした悲鳴を聞いた。

「どこにいたんだよ」となじる口調でいった。

「そっちこそどこにいたのよ」メディがいいかえした。「わたしはずっとここにいた。全部おちつくまでただじっとしているのがいちばんよさそうだったから」あごをあげて居間を指すと、信じがたいことに騒ぎはますます大きくなっていた。ヒアワード夫人とドクター・ガワーヴァインは通りかかったフェンスターを目ざとく見つけて、この新入りはだれなのかとわめいていた。「あのふたり、どうなっちゃってるの」

キッチンのカウンターにまだ灯していないキャンドルが三本あった。マイロはそれらをひとまとめにして居間に持っていくと、叫んでいる人々のあいだへじわじわはいりこみ、おずおずとライターをかかげて点灯させた。

宿泊客たちはぎょっとして、どなるのをやめた。マイロは火のついていないキャンドルのうち二本をリジー・キャラウェイに手わたし、あとの一本に火をつけた。それをヒアワード夫人につきつけると、夫人は手伝うためというより身を護るために受けとった。「それはソファの横のテーブルに」とマイロはいって、指さした。

ヒアワード夫人が口をあけた。「あそこです」マイロが夫人に一語もしゃべらせずにつけくわえると、老婦人は顔をしかめたが、いわれたとおりにした。

その様子をとまどいの表情で見まもっていたリジーからマイロはキャンドルをもう一本受けとり、火をつけてドクター・ガワーヴァインに差しだした。「これは玄関のテーブルにお願いします。あっちへ」ドクターも険しい顔をしたが、おとなしくしたがった。マイロはリジーの手から最後の一本を取り、それをもどってきたヒアワード夫人にわたして、ふたたび騒ぎだすのを封じた。

「ありがとうございます」夫人があからさまに不愉快そうなのに気づかないふりをして、マイロは礼をいった。

ヒアワード夫人はきょとんとして彼を見た。「あら……、どういたしまして」

「すわって、すこしゆっくりしませんか」とマイロはうながした。「どうぞキャンドルを持っていって。それにドクター・ガワーヴァイン、もしなにか役に立ちたいと思われるなら、リジーのために薪《まき》を運んできてくれませんか」キッチンへ行ったキャラウェイさんを追いかけて、またわめきだそうとしていたガワーヴァイン氏はぴたりと静止した。マイロをにらんで、きびすを返し、こそこそと玄関ホールへ行ってコートを着た。

マイロはにんまりした。ネグレの〈たまらない誘い〉を使う必要さえなかったぞ。ただやってのけたんだ。

母が灯油ランタン四つのハンドルを両腕にひっかけ、そのあとからフェンスターが毛布の山を抱え、ランタンもいくつか手首にぶらさげてもどるころには、一階はキャンドルに照らされてひっそりとしていた。ヒアワード夫人はソファで静かに編み物をし、ドクター・ガワーヴァインとリジーは暖炉の横に薪をつみあげていて、マイロとメディはクリスマス・ツリーの裏の隅っこで話しあいの最中だった。

「まあ」ミセス・パインがいった。「これは思ってもみなかった光景だわ」

ジョージィがおぼつかない足どりで階段をおりてきて、キャンドルの灯る食堂にはいってきた。「ああ、明かりがないのはわたしの階だけじゃなかったのね」

「ええ、停電中だけど、だいじょうぶ」ミセス・パインがいった。「あの若いかたの具合はどう?」

ジョージィは肩をすくめて、足を引きずるようにキッチンへ行った。うかない顔だった。

「さあどうかしら。ふたりだけにしてきたので」ふと立ちどまり、ちょっとのあいだ悲しみから起きあがってフェンスターに好奇の目を向けた。「お会いするのは初めてですよね」

フェンスターはぴょこんと会釈し、抱えていた防寒用品一式ごとひっくりかえりそうになった。厚い毛布が二枚だけ床に落ちて、一階にもどってきたヴィンジ氏をもうすこしで転ばせるところだった。「フェンスター・プラムです、おじょうさん」とフェンスターはいい、「そちらのだんなもよろしく」とつけくわえてヴィンジ氏にうなずきかけた。「あたしは庭師なんです。丘のてっぺんの修道院で目がさめてみたらこの天候で、家に帰れなくなっちまいましてね。家はシャンティタウンだもんですから、おじょうさん、こんなひどい夜に帰るにはいささか遠くて。お察しのように、それでここへ来ることになったってわけです。変なところはひとつもありゃしません」

聞いているうちにジョージィは目を丸くしたが、それでも話にうなずいた。庭師が吹雪のなかで仕事をしていたことや、こんなひどい晩に遠くの家まで帰ろうとしたことや、フェンスターの長すぎる説明のどれひとつとして変ではないかのように。ジョージィはこれっぽっちもごまかされていない、とマイロは断言してもよかった。

ミセス・パインはフェンスターに警告のまなざしを向けた。「そうね、どこも変ではないわ」

「こちらはあなたの話に出てきたあのフェンスターさんではないんでしょうね、ミセス・パイン」ヴィンジ氏が落ちた毛布を拾いながらたずねた。

「あたしですとも!」マイロの母がこたえるまえにフェンスターがいった。「あの話をしたとノーラから聞きましたよ!」

「いずれあなたの口からもお聞かせねがいたいですな」ヴィンジ氏はフェンスターが抱えている束の上に毛布をもどしながらいった。「われわれは順番に物語を話しているんですよ」

「そりゃもう、よろこんで!　というか、いまここでだって話せますがね。あれは四月の――」

「いまはよして、フェンスター。腕がもげそうよ」ミセス・パインがさえぎった。

救いにきたのはヒアワード夫人だった。骨ばった手から一かせの緑の毛糸をたらして、居間から飛びこんできた。「あの、ミセス・パイン?　ヒステリックになっていると思われたくはないんですけれど、今夜わたくしたちをベッドで凍えさせないためにどうなさるおつもり?」

「もうまもなく自家発電機で電力はもどります」話題が変わってほっとした声で、ミセス・パインはこたえた。「でもいまからみなさんのお部屋にランタンを運びますし、念のために予備の毛布と湯たんぽもたくさん用意しています。たしかにすきま風のはいる古い家ですが、板と土でできているわけじゃないんですよ。長いこと熱をためこんでおけますから、凍える心配をするにはおよびません」

ヒアワード夫人は疑いの色をうかべていたが、ミセス・パインはフェンスターを階段のほうへせかして、のぼっていった。ジョージィはキッチンにはいって、自分でコーヒーを注いだ。

「ひとつあったわ」ジョージィがいった。「お話が」マグを持って居間に行くと、ヴィンジ氏がすわりかけていた椅子の向かい側に腰かけた。「今夜はわたしが話す。いいかしら」

「もちろん」マイロはいった。「いいにきまってるよ」

ジョージィはカップの中身を見つめ、それから顔をあげた。「マイロ、昨日おかあさんがいってたでしょ、ホット・トディが飲みたければウイスキーがあるって。すこしいただいてコーヒーに入れてもいいと思う？」

「もちろん」リカーキャビネットから正しいボトルを見つけて、青い髪の女性のところへ持っていくと、彼女はキャップをあけて、カップにどぼどぼ注いだ。ボトルをマイロに返して、人さし指でウイスキーとコーヒーをかきまぜると、顔をしかめながらゆっくりとすすった。

「よく聴いて」ようやくジョージィがいった。まえの晩ヒアワード夫人がその口切りの台詞をいったときは命令のように聞こえたが、ジョージィがいうとため息に聞こえた。

「あるところにふたりのとても有名な泥棒《ムーンライター》がいました。ひとりは家に侵入する泥棒で、カワウソ《オター》と呼ばれていました。彼が曲芸師のごとく身軽で、活発な性格だったからです。もうひとりは目《アイ》と呼ばれるハッカーで、それは彼がターゲットを調べるときになにひとつ見おとさず、徹底的に調べあげるからです。どんなわずかな情報も見すごさないし、無駄にしませんでした。

その泥棒ふたりは当然ながらおたがいについて知っていましたが、偶然出くわすことはありませんでした。なのにどうした星のめぐりあわせか、オターとアイは同じ女性を好きになってしまったんです。

その女性……まあ、人がなぜ恋に落ちるかなんて説明不可能ですから、彼らがそれぞれどうして彼女を愛するようになったかはわかりません。見た目もなかなかでしたが、それが理由ではありませんでした。話し相手としてすばらしく、ユニークでおもしろい考えの持ち主であることは、まちがいなく魅力の一部でした。彼女は……」ジョージィは肩をすくめた。「相手が男だろうと女だろうと、人に変わることを要求するような人間ではありませんでした。とはいえ、ふたりの泥棒はおのおの心のなかでひそかに感じていました、もしも奇跡が起きて両想いになれたときは、彼女にたのまれればまっとうな職業につくことを考えるかもしれないと」

暖炉のまえのマイロは、声にならないうめきをもらした。出だしはおもしろくなりそう――ふたりのムーンライター！――だったのに、退屈な恋愛話になっちゃうんだろうか。

「理由はともかく」ジョージィは続けた。「オターとアイはどちらも彼女にのぼせてしまいました。そして泥棒ですから、どうしたら彼女の心を盗んで自分のものにできるかと、すぐに考えはじめたんです」

助かった、とマイロは思った。盗む話にもどったぞ。

「超一流の泥棒ふたりが同じ品物を狙っていて、それに気づかないことはまずありえません。ほどなくオターとアイは——おたがい知ってはいても会ったことはなかったといいましたよね——自分たちが同じ賞品を手に入れたがっていると知ったんです。

もしもその女性の心が人から人の手にわたる貴重品と同じくらい単純に手にはいるなら、オターが断然有利で、アイにはチャンスさえなかったでしょう。オターは宝石や貴重品のエキスパートで、そうした物を盗む仕事において並ぶ者はありませんでした。ずるがしこくしのびこみ、品物を盗みだして、なんの痕跡も残さず逃げることにかけては。

でもその女性はそうした品物ではなく、泥棒ふたりもそれは承知していました。だからアイが有利だということも。しんぼう強く情報を集めること、狙った対象を知りつくしてどんな秘密もたちまち見抜いてしまうこと、重要な秘密とそうでない秘密を選りわけることにおいて、アイは達人でした。盗人《ぬすっと》の献身的な愛情をその女性に信じてもらうための贈り物がひとつあるとしたら、それを見つける最大の可能性はアイが握っていたんです。でも彼はオターが目を光らせているのを知っていた。注意していないと、見つけだしたものをその女性にあげるまえにオターに盗まれてしまいます。そして彼の見つけたものが盗める品物だとすると、オターに奪われないようにするのは彼でさえひと苦労でしょう。

長くなるのではしょりますが、アイはナグスピーク市の公文書館の奥深くで目当てのものを発見しました。その女性は子どものときに養子にもらわれたんですが」——マイロはすわったままわずかに背中を起こした――「記録が混乱していて、家族についてなにも知ることができずにいました」

「生みの親だよ」マイロは思わず正した。「養子をもらった人たちだって家族だ」

ジョージィはすまなそうに彼を見た。「そうね、ごめんなさい、マイロ。彼女は生みの親についてなにも知ることができなかった、でもずっと知りたくてたまらなかったんです。アイはそれに関してはとくになにも見つけられませんでしたが、彼女が養父母に引きとられるまえから持っていたあるものについては情報をたどることができました。それは彼女のミドルネーム、ランズデガウンです」

マイロが硬直し、ソファでヒアワード夫人も固まった。ふたりは部屋の向こうとこちらで視線をかわした。マイロは眉をあげてみせた。ヒアワード夫人はうなずいてから、指一本で唇をそっとたたいた。

ジョージィはそのやりとりに気づかなかったようだ。「アイはある屋敷のわすれられた古い名前がやはりランズデガウンだと知って、それがなにを意味するのか調べることにしました。わかったことはメモしませんでした。アイの知るかぎり、オターはすでに夜な夜な彼の隠れ家にしのびこんで、情報をさがしていたからです。アイが手に入れた唯一の物理的な手がかりは一枚の海図で、その家がランズデガウンと呼ばれていた時代に結びつくものでした。アイはその海図を頼りに秘密をさぐりだそうと計画しました。その手がかりを奪われないために本物と見分けがつかないほどよくできた偽物を作り、その偽物の海図を熱心に調べはじめました。そうしていないときは、できるかぎり慎重に隠して、まるでその貴重な海図を泥棒から護ることが人生でなにより重要であるかのようにふるまったんです。そしてまさしく期待どおり、ある朝アイが目をさますと海図はもとから存在しなかったみたいに跡形もなく消えていました。オターが偽物だと見やぶるのは時間の問題だとわかっていたので、アイはその家に向けて出発しました。

結局オターに手がかりを残してきてしまったと気づいたのは、その家に到着してからでした。すばらしい思いつきだったのにしくじってしまったんです。偽の海図を作るときに絶対疑われない手順のひとつは本物と同じ紙を使うことでしたが、それにははるか昔の在庫をさがしださなくてはなりませんでした。

アイの目はどんなものでも見つけるのに長くはかかりません。ほどなくそれと同じ古紙を一ケース、放置されていた倉庫で発見しました。そのときアイが知らなかった――けれども偽の海図を手に入れたオターがつきとめた――のは、その透かし入りの紙が遠い昔にある屋敷の持ち主の特注で作られたということでした。だから、偽の海図そのものから情報は得られなくても、透かしを調べたオターにはわかってしまった。アイがあらゆる策を講じて競争相手に跡をたどられまいとしたのに、結果的には偽の海図がオターをランズデガウン・ハウスへとみちびいてしまったんです。

ふたりの泥棒はほんの数時間差でその屋敷に到着し、いうまでもなくそこからはどちらが先に家の秘密を見つけるかというレースでした。泥棒たちはおたがいに知らないふりをし、ひとたび紹介されると礼儀正しくふるまいました。でもそのあいだじゅう必死で、ひそかに監視しあっていたんです」

ジョージィとクレムにきまってる。ブルーとレッドだ。泥棒の男たちの話に仕立てていてもだませない。知らない者同士のふりをしていると、ぼくは気づいていたぞ、と思いながら、マイロはうなずいた。

「それから、思いもよらないことが起きました」ジョージィはウイスキー入りのコーヒーをまたひと口、ゆっくりとすすった。「その女性本人が家にあらわれたんです。彼女が来たのは——」ジョージィの声が奇妙にかすれて、とぎれた。顔をゆがめながら、もうひと口コーヒーを飲んだ。「彼女が来たのは、オターがいると知ったからでした」

「どうしてわかったんだろう」マイロはいった。「その女の人は家のことを知らなかったんじゃないの？　ふたりがその家をさがしていたことがなぜわかったの？」

「そう、知らなかったのよ。家にあらわれたのは、オターとアイが彼女の過去の失われた断片をさがしにいったと知ったからじゃないの。ふたりがそこにいると知ったから。正確にいえば、オターがいると。自分にかかわるなにかのためにオターが行ったと知ったからじゃなく、たんにオターがそこにいるからだったの」気が抜けたようにマイロを見た。「わかった？」

彼が首を振ると、ジョージィはため息をついた。消え入りそうな声で先を続けた。「オターとアイが恋しているあいだ、ふたりの意中の人もまた恋をしていたんです。もちろん、ふたりのうちのひとりだけに。彼が想っていたのはアイではなかった」

「いま彼といったよ」マイロは口をはさんだ。それからジョージィがなにをいったかに気がついた。いまは名前のアイではなく、〝わたし《アイ》〟といったのだ。

彼が想っていたのはわたしではなかった、と。

ジョージィの両手のなかでコーヒーカップが震えていた。ヒアワード夫人がそっとカップを取りあげた。「あなたとクレムのこと?」マイロはいまやっと理解したふりをした。「いまの話の泥棒はあなたたちで、ふたりともあの新しく来た人、オーウェンが好きだったの?」

「好きだった?」ジョージィは膝の上で両手を組みあわせ、短く笑った。「そうよ、マイロ」深く切れぎれに息を吸って、指をほどき、老婦人が持っているカップに手をのばした。「そして彼はクレムを選んだの」

ひとときの沈黙のあと、ラッパのような音が部屋を切り裂き、全員がびくっとして飛びあがった。ヒアワード夫人が洟《はな》をかんだのだった。「ごめんなさい」目をしばたたきながら夫人がいった。「どうぞ続けて」泣いていたんだろうか。

マイロがその不可解さにとらわれていると、ツリーの陰からメディが顔を出した。いらだった表情で、彼の肩をこづいた。「気を散らさない」とささやいた。「手がかりが必要なのよ、ネグレ」

彼は肩をさすりながら、ネグレのキャラクターにはいった。「それじゃ……なくなったノートにこの家と、この家につながりがあるかもしれない人のことが書いてあるといってたのは、あれはオーウェンのことだったの?」とネグレはたずねた。ジョージィがうなずいた。「でもアイは——あなたはなにもメモしなかったといったよね、情報を盗まれるおそれがあるから」

「しなかった。ここへ来る途中、もう安全だと思うまではね」

「どうしていまぼくたち全員にその話をしたの？」彼はたずねた。「それだけなにもかも秘密にして、隠したり、しのびこんだりしてきたのに——」

「それはね、マイロ、彼がクレムを選んだから。彼の心を盗むためにクレムがなにかしたせいではなかったからよ。彼女はまだ取りかかってさえいなかった——なにもしなくてもすでに彼の心をつかんでいたとは知らなかったのね。彼はクレムを選んだ、だからもうだれがランズデガウンの秘密を解き明かすかは重要じゃないの」ごくりとコーヒーを飲んだ。「わたしはもう手を引くわ。調べたところでなにかがよくなるわけじゃなし。彼は凍死する危険を冒してまで彼女を追ってきたんだもの。秘密はクレムが解き明かすほうがいいのかも」

ほとんど空になったカップを見おろしてから、ヒアワード夫人に手わたし、手を打ちあわせると、ふらつきながら立ちあがった。部屋にいる人々——ネグレとサイリン、ヒアワード夫人、ヴィンジ氏、ドクター・ガワーヴァイン、リジー、家じゅうにランタンをおいて話の終わりごろにもどってきたフェンスターとミセス・パイン——に対してぎこちなく小さく一礼した。「おしまい」と蚊《か》の鳴くような声でいった。そして階段の上へと消えた。

「どんなに悲しかったでしょう」長い沈黙のあとでヒアワード夫人がいった。「かわいそうに。かわいそうな青い仔羊」

フェンスターがうなずいた。「人が悲しむのは見たくないもんだ。だれかがあの人にケーキかなにか焼いてあげたほうがいい」全員が振りむいて彼を見た。「そう思いませんか。ケーキがありゃだれだって気分がよくなる。なんだったらあたしが焼きましょうかね」

「焼けるの？」サイリンとヒアワード夫人が同時にたずねた。

「いやいや、それを仕事にできるってほどじゃあないですが」フェンスターはほんのり赤くなってこたえた。「でも小麦の分量を量るぐらいはできますしね、どっかこのへんに料理本がきっとあるでしょ。料理の本はあるかな、ノーラ」

ミセス・パインはかすかにほほえんで、うなずいた。「ありますとも、フェンスター」

ヒアワード夫人がふんと鼻を鳴らした。それから表情をやわらげた。「わたくしがお手伝いしましょうか、フェンスターさん。明日の朝、彼女のためになにかこしらえましょう。青いアイシングを作れるかもしれません」

「たぶん作れますよ、そいつを！　あたしの荷物のどこかにインクを取りだせる青いペンがあったはずだ。そんじゃ、明日の朝いちばんに」きりっと小さく敬礼した。「あたしは外へ行って、発電機の具合でも見てくるとしましょう」

ヒアワード夫人はフェンスターが玄関から出ていくまで礼儀正しく笑みをうかべていた。

「ねえ、マイロ、フェンスターさんがいっていたのはアイシングに青いインクを使うという意味ではないわよね？」

マイロは顔をしかめた。「たぶん」返却されてから夫人がずっと握っているバッグを見おろした。「ヒアワードさん。ランズデガウンとこの家についてあなたが知っていることをジョージィに話してあげられませんか」

夫人はためらった。「どうかしら。彼女はもう知りたくなさそうだし。いっそう傷つくだけかもしれないわ」

「オーウェンには話せますよね」とマイロは提案した。「ミドルネームがランズデガウンなら、彼はきっと最初の持ち主の子孫なんでしょうし」自分の声が高くなっているのがわかって、熱意をあらわしすぎないよう気をつけた。ポケットに手を突っこんで鍵束を握り、いまやすっかり好きになってしまった想像上の〈ブラックジャック〉のことを考えた。オーウェンの過去に関する情報をつかんでいるのに彼に教えないとしたら、不公正というものだ。あの若い男が見ず知らずの人だろうとマイロには関係なかった。オーウェンには自分の受けつぐもののことを知るチャンスがあるのだから、そのチャンスをふいにしてはいけないというのがマイロの意見だった。

「考えておくわ」ヒアワード夫人は家のドアに刺繍《ししゅう》された文字をしばし見おろし、それからバッグを裏返した。その問題はここでおしまいというかのように。

マイロはうなずいて、立ちあがった。それからまたバッグに目をやった。「その門はなんなんですか。昔はこの家のまわりにそういう門があったんでしょうか」

夫人は眉根を寄せた。「それがね、この門のことはわたくしもまったく知らないの」

†

その後マイロは、居間の窓に面したあの二人がけソファでメディを見つけた。肘《ひじ》かけの片方に背中をあずけて、食堂のテーブルの枝つき燭台《しょくだい》が投げかける炎の影を見つめていたが、マイロが隣にすわると顔をあげた。「今度の新しい人は何者？　オーウェンじゃなくて、もうひとりのほう」

「フェンスター・プラム。フェンスターは……常連客なんだ。彼が口をすべらせて正体をばらしちゃわないように祈っててよ」

「どこかで会った気がするんだけど」メディがつぶやいた。悩んでいるような口ぶりだった。

「港のあたりで見かけたのかもしれないよ。ずっと昔からこのあたりにいるから」

「あなたのおかあさんの話に出てきた人なんでしょ？　ドク・ホーリーストーンと彼の子どもの幽霊を見たっていう」

「ねえ、マイロ」母がふたりのあいだに顔を出した。「なにも困ってない？」

「うん、べつになにも」

「よかった。ちょっとひとっ走り、おとうさんとブランドンとフェンスターの様子を見てくるわ。ばかに長くかかっているから。すこしのあいだ、だいじょうぶね？」

「もちろん」

「なにか必要なら呼びにきて、またはキャラウェイさんのドアをノックして。もう寝にいったけど、緊急のときは起こしてね」

「わかった」

「フェンスターの話の途中よ」ふたりだけにもどると、メディがうながした。

「ああ、そうだった」マイロは声を落とした。「そう、フェンスターはかあさんの話に出てきた男だ。かあさんはフェンスターが指名手配のポスターを見ていたからドク・ホーリーストーンに気づいたと話したけど、じつをいうとフェンスターはドクと船に乗っていたんだ。彼に話をたのめなくて残念だな。フェンスターの話はほんとうにおもしろいのに」

「ふうむ」メディはテーブルのゆらめく炎をしばらく見つめてから、おでこのサングラスをおろしてかけ、彼に顔を向けた。「仕事にもどるわよ、ネグレ」きっぱりと宣言した。「整理しなきゃならない新しい手がかりがいくつかある。まず、ジョージィが話していたのは明らかにあなたが見つけたあの海図のことだから、盗っていったのはクレムにちがいないわね」

ネグレはにやりと笑って、首を振った。「ちがうね。クレムがジョージィのいうほど優秀ならば、あの泥棒が犯したようなミスはしなかったはずだ、部屋の物をぼくが残していったとおりにしていかなかったこととか」

「じゃあだれがやったっていうの？」

「ぼくは……ジョージィだと思う」ネグレはゆっくりと口にした。「あの海図はジョージィがぼくの目につくようにわざと落としたんじゃないかな、停車場に――」

「たぶんだれかの落とし物だって、あなたがいったんじゃなかった？」

「いったよ、あのときはそう思ったから。でもいまはちがう」頭をかいて、ジョージィの話を思いかえした。彼女がアイをどんなふうに描写したかを。「いまはジョージィがダミーの海図とすり替えたんだと思ってる。海図はわざと落としたんだ。ぼくに見つけさせたかったんだよ」

「でも、なぜ？」

「なぜなら……ジョージィは思った――または願った――からさ、ぼくには理解できると。ぼくならあれがなにをあらわしているかひと目でわかると期待したんだ。ぼくがあれにしたがって、みちびいてくれると……」そこですこし行きづまったが、こたえが見つかった。「ここにあるとジョージィが考えているなにかのところへ。ランズデガウンにまつわるなにかだ」

「でも代わりにクレムが見つけていたら？」〈注解学者〉がたずねた。「海図のことよ。それか、あなたがあれについてクレムにしゃべったらどうするの？」

「ぼくが財布を拾ったとき、クレムはまだここに来ていなかった。でもだからジョージィが盗みかえしたんだよ、きっと！　クレムがあらわれたから、重要な手がかりをぼくのもとにおいてはおけないと思ったんだ」

「シーッ」サイリンが肘でつついた。一瞬あとにジョージィが階段に姿を見せ、くたびれたように足を引きずって居間にはいってきた。おきっぱなしだったコーヒーカップを取り、キッチンでおかわりを注ぐと、また階段に向かっていった。

ヒアワード夫人が大きくこほんと咳をして、ヴィンジ氏からドクター・ガワーヴァインへと意味ありげな目を向けた。ガワーヴァイン氏は喫煙から部屋にもどって、いまは両脚を暖炉まえの石段にのせてすわっていた。

ヴィンジ氏は知らん顔だったが、ドクター・ガワーヴァインが声をかけた。「あの、ミス・モーゼル。今夜はあなたが口を切ってくれたので、つぎはわたしに話をさせてもらえませんか」

ジョージィが足を止めた。目が赤かった。「起きていたい気分かどうか」うわのそらで髪をなでた。「明日出発しようかと思って。荷造りしなくちゃ」

「あら、ここで一緒に聴きましょうよ」ヒアワード夫人は青い髪の女性に早足で近づき、やさしく誘った。「すこし気晴らししていらっしゃいな」

ジョージィはため息をもらし、みちびかれるままツリーにいちばん近い椅子にすわった。膝を折って引き寄せると、つかの間それまでよりもずっと若く見えた。あまりにもみじめな様子で、ネグレは気の毒に思わずにはいられなかった。とはいえ、その夜の物語がまだ続くことはうれしかった。ソファの上で向きを変えて膝立ちになり、背もたれに両肘をのせて耳をすました。

ドクター・ガワーヴァインが咳ばらいした。「さて、わたしはしがない大学教授で、あまり話し上手ではありません」といった。「ですからごしんぼう願いますよ」玄関ドアの上部についているアーチ形の窓を、思案するように見つめた。ときおりキャンドルのゆらめく光がその窓にとどいて、色のはいったガラスの一枚か二枚を照らしだした。「しかしわたしの職業ではときどき興味深い逸話に出くわすことがあるので、これからそのひとつをお話ししようと思います。少なくともいまわれわれがいる場所にはふさわしいでしょう。ステンドグラスに大いに関係する話なのです。

あるところに窓を製作する男がいました」すこし間をおいてから、話しだした。「ガラスの芸術家でしたが、いい人間ではなかった。というか、よくない顔ももっていたんです。それにいろいろなことを知っていました。実際、彼にとって秘密は副業のようなものでした。ナグスピークの住人にもしばしばそうであるように。あるいはステンドグラスが副業だったのかもしれません。いずれにしろ、彼は謎とステンドグラスの両方を生業《なりわい》とし、すこぶるうまくやっていました。

彼はプリンターズ・クォーターの店を拠点とし、ガラスと金属と金属塩で美しい絵画を製作し、ときおりちょっとした秘密や謎を管理していました。人が隠しておきたい、あるいは明るみに出したい、またはべつの秘密と交換したがるようなものを」

玄関のドアが開き、刺すような冷気の渦とともにミセス・パインがはいってきて、ガワーヴァイン教授はまた口を閉じた。

「すみません、みなさん」ミセス・パインは屋外用の衣類を脱ぎながらいった。「まだ作業中なんです。もうすこしキャンドルでがまんしてくださいね」

「ドクター・ガワーヴァインがお話をしているところなんですよ」ヒアワード夫人がいった。

「あらあら。おじゃましてごめんなさい」マイロの母は冷えた両手に息を吐きかけながら、キッチンへ向かった。

「彼の秘密の仕事を知らない人々はガラスの作品を求めて彼のもとへやってきました」ガワーヴァイン教授が再開した。「教会、建築、図書館の建設者――市長まで来たことがあって、それは焼け落ちた公文書館を再建するときでした。市長がその名高いガラス職人に依頼したのは、とびきり美しく、しかもつぎにまた火事になったらとけてしまって残らない窓でした。その注文がおもしろかったので、ガラス職人は引きうけました。彼はみずから秘密をいくつも抱えた、変わった男だったのです。名前はロウェル・スケランセンといいました」

ネグレはガワーヴァイン教授の視線を追って、玄関ドアの上のちらちら光るガラスを見やりながら思った。グリーングラス・ハウスの窓を作ったのがその有名なアーティストで、ここへ来たのはそれが理由だと明かすつもりなのだろうか。

そう思ったのはネグレだけではなさそうだった。「当ててみましょうか」ヒアワード夫人が小ばかにした口調でいい、ブレスレットがじゃらじゃら鳴るほど手を振った。「スケランセンの窓だといいたいのかしら。ここのひとつひとつが。このお屋敷はそれには古すぎますよ」

ガワーヴァイン教授は冷ややかに見あげて、「わかってますよ」といいかえした。つかの間、ジョージィの気分をよくするという名目の休戦協定はいまにも破られそうに思われた。けれども教授は夫人にとくべつ悪意あるしかめっつらをしてみせるにとどまった。「そう、この家は古い。そして窓のいくつかもたいそう古いものです。しかし、わたしがひどく勘ちがいしているのでなければ、そしてわたしはこの件ではちょっとした専門家なので、それはなさそうですが――家よりも新しい窓が多いですね。階段にある窓をべつとして、ほとんどは家が建てられたあとに加えられています、非常階段やサイド・ポーチのように」

教授は眼鏡の位置をずらして、網戸つきポーチに出るドアの横の窓を見た。「それも文句なく美しい窓です。でもとびきり美しい窓とスケランセンの作品とのちがいは……それはもうとてつもない隔《へだ》たりで。たとえるならリンゴとオレンジ。しなびた小さなクラブアップルと大きくて熟したカリフォルニアのオレンジですな。それに、ひとつの例外をのぞけば、この家の窓のどれひとつとして二十世紀初頭よりもこっちに作られたようには見えません。スケランセンが窓を製作していたのはわたしが生まれて以降なんですが」

「ひとつの例外というのは」ネグレは口をはさんだ。「どれのことですか。それがスケランセンという人の作品だったかもしれないんですか」

「ああ、それはね、あのエナメル彩色ガラスの窓のことだよ。一九三〇年代の作品だろうと思う。それでもスケランセンにしてはだいぶはやすぎるね」

「エナメル彩色って?」

「ガラスに色を焼きつけるんだ」ガワーヴァイン教授が説明した。「ガラスそのものに色をつけるのとはちがって」彼がそわそわした様子になり、ネグレはふと思いあたった。教授がいっているのは5Wの窓のことだ。クレムの部屋。彼があの部屋にはいって、なにも手をふれなかったのは、あのガラスを近くでよく見たかっただけだからだ。彼にとっては幸運なことに、いまクレムはここにいないし、ミセス・パインも自白に気づかなかった。

教授が咳ばらいした。「要するに、ええ、ヒアワードさん、ここの窓がスケランセンの作でないことには確信があります。しかしスケランセンにもどるとしましょう。わたしがお聞かせしたい話は、ナグスピークのたいがいのことがそうだろうと思いますが、密輸人ではじまるのです。その密輸人はかの有名なドク・ホーリーストーンの船の乗組員で、ある情報を隠さなくてはなりませんでした。そこで秘密を扱うガラス職人のところへ行ったのです」

　ネグレはサイリンと目が合った。かの有名なドク・ホーリーストーン。かつてこの家の所有者だった人物。これが偶然であるはずはない。

「ご存じない方のために」と教授は続けた。「ドク・ホーリーストーンは三十四年まえに、なにやら無謀な逃走を試みたあとに死んだとされています、詳細はいまもはっきりしませんが」

　サイリンが眉をひそめた。なにが引っかかったのだろうとネグレは首をかしげた。ドク・ホーリーストーン伝説のそれくらいはだれでも知っているのに。

「ディーコン&モーヴェンガード商会の調査員がかかわっていたらしいのですが、考えてみればナグスピークの税関も事実上ディーコン&モーヴェンガードの下部組織みたいなものですから、意外ではありませんね。スケランセンの工房にやってきた密輸人がなぜ狼狽《ろうばい》して、命の危険を感じていたかの説明にはなるでしょう。自分はすべてを知っていて、だれかに伝えなくてはいけないが、自分の口からはいえないと彼はいいました。ディーコン&モーヴェンガードの手先に追われたくなかったのです。ホーリーストーンになにが起きたかを書いてくれるだれか、たとえば新聞記者をさがすのに手を貸してもらえまいかとスケランセンにたずねました。

　話を聞いたスケランセンにはべつのアイデアがうかびました。その話を自分で語ることにしたのです。ドク・ホーリーストーンがディーコン＆モーヴェンガードの調査員らの手にかかってどうなったかをステンドグラスで表現し、まちがいなく人目につくところに展示しようと。ちょうど新しい公文書館の窓を製作する依頼を市長から受けたところだったので、その密輸人の物語を題材にしようと決めました。除幕式は大がかりになるでしょうから、たとえディーコン＆モーヴェンガードが翌日にだれかを送りこんで窓をたたき割らせても、少なくともいっぺんは何千人もの目にふれることになる。記者たちが写真を撮ったり記事を書いたりもするでしょう。完璧でした。スケランセンはその密輸人が工房を去るやいなやスケッチに取りかかりました。

　さて、それはガラス職人が当時取り組んでいた唯一のステンドグラス窓ではなく、彼がふたつの生計手段を組みあわせるのもそれが初めてではなかった。彼の表現は巧妙でしたが、見かたを心得ていれば作品にはガラスと金属でつなぎあわされた謎や秘密がたっぷりとふくまれていました。そしてたまたま街のどこかで、自分の秘密がスケランセンの手にわたってしまっただれかがこのアーティストを亡き者にしようと決意していたのです。

　内緒話や秘密を売買するには、わが身の護りかたを知っているか、しばらく身を隠すときが来たらあらかじめ警告されるように手を打っておかなくてはなりません。ナイフをくわえた襲撃者が工房に侵入するころには、スケランセンはとうに逃げたあとで、彼が製作中だったすべては消えていました。彼が依頼を受けていたとわかっている、少なくとも四枚の窓も。店は打ち捨てられただけでなく、空っぽだった。ガラス作品のひとつさえ残っていなくて、以後スケランセンの姿を見た者も噂を聞いた者もいないのです」

「それで？」ヒアワード夫人が待ちきれないという口調でうながした。

ガワーヴァイン教授は彼女を見てから、ポーチのドアの横の窓に目をもどし、また老婦人を見た。「彼は依然として行方不明です、四枚の窓もろとも。少なくとも一枚、しかしおそらく四枚全部に秘密が隠されていて、そのうちひとつ、またはすべてがだれかにスケランセンの死を願わせるほどの秘密なのでしょう。四枚のどれかに、ドク・ホーリーストーンの死にまつわる隠された真実が暗号で埋めこまれているのです」

「そのガラス職人は殺し屋にしつこくつけ狙われながら、四枚のステンドグラス窓ごと安全な隠れ家へたどり着いたというのかしら」ヒアワード夫人が疑わしげにいった。「にわかには信じがたい逃亡ですね」

「工房は空っぽだった。それはたんなる事実です。しかし窓を完全な状態で持ち去る必要はなかったでしょう」教授が説明した。「われわれスケランセン研究者の多くは、彼が下絵――型紙にしてガラスをカットし、レイアウトするのに用いる原寸大の絵――か、顧客に見せるためのヴィディムスと呼ばれる原画を持って逃げたのではないかと考えています。ヴィディムスか下絵があれば、スケランセンならどんな窓でも復元できたでしょう」

ガワーヴァイン教授はコーヒーをひと口飲んだ。部屋の全員が続きを待った。「それで？」今度もヒアワード夫人がうながした。

「それでとは？」教授が語気を強めた。「スケランセンの行方は知りませんよ。わたしはその女性を励まさなくてはとあなたがおっしゃるから話をしようと申し出たまでで、この家にたくさんあるガラスでいまの話を思いだしたんです。ばかばかしいお伽噺《とぎばなし》みたいにすべてがきちんと収まる話じゃなくちゃだめだとは聞いていません。この話は実話で、実話に結末はないんです、現実はただ続いていくんですから」

ヒアワード夫人は〝ばかばかしいお伽噺〟に髪を逆立て、ジョージィは鼻先で笑った。「励ましてくれなんてたのんだおぼえはないわ」と小声でいった。けれども、言葉とは裏腹に、顔には笑みがうかんでいた。

ネグレはサイリンをうかがった。まだ身をこわばらせたまま、目を細くしてガワーヴァイン教授を見つめていた。それからふっと肩の力を抜き、ソファの高い背もたれのうしろに引っこんだ。「いまのはおもしろかった」とサイリンがささやいた。「どう思う？」

ネグレは隣にうずくまった。「いまの話をしたのは初めてじゃなさそうだね」ネグレは声をひそめてこたえた。「それにここへ来たらたまたまステンドグラスがたくさんあったから話そうと思いついたんじゃないことはたしかだ。この家の窓のどれもスケランセンという人の作品じゃないというのはほんとうかもしれないけど、いまの話とここの窓のどっちも教授が来たことと関係があるはずだよ。それに彼はなぜクレムの部屋にいたのか」ガワーヴァイン教授がエナメル彩色のガラスについて口をすべらせたことを説明した。「だからといって彼が泥棒じゃないとはかぎらないけどね。明らかになにかをさがしているんだ」

「同感。で、そのなにかがなんなのか、わたしたちはどうやって見つける？〈エンポリアム〉

にあったあのガラスのかけらのことを考えてる？」

「うん。でも彼がいったことも考えている――スケランセンは本物の窓を持って逃げなくてもよかった、下絵か、ヴィ――ヴィ――なんだっけ？」

「原画《ヴィデイムス》」

「それに、もしぼくがステンドグラスに関係あるものを隠すなら、わざわざステンドグラスで有名な場所を選ばないだろうな。スケランセンは実際の作品をここに隠せたはずはないよ、出来がよすぎて目立っちゃうから。だけど彼の道具とか……見本とか……そういうものならひどく場ちがいってことはないかもしれない」

サイリンは見るからに感心していた。「わぁ、ネグレ。その考えかた、ずるくて最高」

「もちろん、ガワーヴァイン教授がステンドグラスにはまっていて、うちにどっさりあるから来たってだけかもしれない。スケランセンの話をふと思いだしたというのはうそじゃないのかもしれない。でもドク・ホーリーストーンとのつながりが引っかかる」

「そうよ。あれは興味深いわよね」サイリンがまたあの奇妙な表情をうかべた。「彼はここがホーリーストーンの家だったことを知っていたとはいわなかったけど、知っていたと思う？ ここに来て、あなたのおかあさんの話を聞くまえから」

「それなら簡単に調べる方法があるよ」ネグレはいった。また背もたれから半身をのりだして、声をあげた。「ガワーヴァインさん？」

教授がカップから目をあげた。「なんだね、マイロ」

「ドク・ホーリーストーンのことですが」

「うん?」用心深い口調になった。

ネグレはできるだけ無邪気な表情をつくった。「この家が彼のものだったことは知っていたんですか? 昨日母がその話をするまえから」

教授は動揺をあらわさない、意表をつかれたような、お人好しに見える顔をしてみせたが、そのどれにも見えなかった。うそをつこうとしている人の顔に見えた。「いや、まさか、びっくりしたのなんの。腰を抜かすところだった」

「すごい偶然ですね」ネグレはいった。

「ああ、まったくだ」教授が同意した。「奇遇もいいところだよ」

ネグレは振りむいて、またソファに丸くなった。「話を聴いていたときはあんなにおどろいた顔をしてなかったよ」と小声でいった。

「てことは、もともと知っていたというだけじゃなく」サイリンがささやいた。「そのことを隠したわけね。なぜ隠すの? 秘密じゃないでしょ?」

「うん」ネグレはひそひそ声で返した。「でもだれかが命がけで真剣に隠したなにかをさがすんだったら、多少びくついててもおかしくはないよ。たとえそれがずっと昔に起きたことだろうと」

「それじゃ教授はこの家に……原画が隠されてると思ってるの?」

「そう、ぼくはそうだとにらんでいる。教授はドク・ホーリーストーンの死の秘密がこの家のどこかに隠されていると思っているんだ」つかの間キャラクターを離れてマイロにもどり、玄関ホールの左右の大きな窓のひとつをじっと見あげながら、くすりと笑った。「すごく変な感じ」

「どうして?」サイリンも笑顔になった。

「うん、だって……いま話しているのはぼくんちのことだろ。変だと思わない?」肩をすくめた。「たしかにドク・ホーリーストーンの家だったこともあるんだけど、ぼくはおととい、ここで算数の宿題をやってたんだ」

外では、窓枠の隅に吹きだまった雪が凍りついていた。その窓にはまっているのはふつうのナグスピークのガラスだ。厚くて、気泡があって、キュウリの中身のほうみたいな色なので、窓の外のすべてがほんのり緑色に染まって見える。室内がほの暗いいまは、月光を浴びた雪がふだんよりも明るく見えた。淡い緑色に光る雪が、庭の向こうの木立との堺目までゆるやかに下っていた。

停車場のほうを見やりながら、ネグレはふた晩まえにケーブルカーの停車場にあらわれた分厚いコートの人物を思いだした。あのときは海図を落とした宿泊客のだれかだと思ったのだが、ジョージィがわざと落としたのだという彼の考えどおりなら、それはまちがいだったことになる。

いまは全員にグリーングラス・ハウス周辺を嗅ぎまわる理由がありそうに思えた。

†

キャンドルが燃えて短くなると、起きていた人たちも部屋へ引きとりはじめた。最初にジョージィが、おやすみなさいとつぶやいて階段に消えた。続いてヒアワード夫人とリジーとメディ。ガワーヴァイン教授は寒いポーチで最後に一服してから、部屋にあがった。残ったのはミセス・パインとヴィンジ氏とマイロで、マイロは暖炉まえに場所をうつし、炎の明かりで『語り部のおぼえ書き』をもう一、二章読むことにした。母が煉瓦の上につんでおいた数枚の毛布をすこし動かすと、すわり心地のよいソファに生まれ変わった。〈エンポリアム〉で見つけたリュックサックは足をのっけるのに理想的だった。

ミセス・パインが暖炉の格子を動かして、小さくなった炎に薪を二本追加した。「ずいぶんお静かですね」

マイロは話しかけられたのかと思って顔をあげたが、母はヴィンジ氏にほほえみかけていた。老人はすわったまま身じろぎし、足首を重ねた（靴下は緑と青のアーガイルのまわりをカエルたちが飛びはねているような柄だった）。「こちらの何人かにくらべれば」と軽く笑いながらいった。「だれでもかなり静かに思われるでしょうな」

「たしかに」ミセス・パインは格子をもどして、手のひらを膝でぬぐった。「なにを読んでいらっしゃるのかおたずねしてもよろしいですか」

ヴィンジ氏が本をおろした。「スキッドラックとその周辺の歴史です」

「お仕事、それともご趣味で?」ミセス・パインがたずねた。「どんなご職業かまだ伺ってもいませんでしたよね。あわただしくなってしまいましたし、それにとても控えめでいらっしゃるので。どなたかとくらべれば」にっこり笑ってつけたした。

マイロは本を読んでいるふりを続けたが、いまや全身が耳になっていた。ヴィンジ氏はすぐには返事をしなかった。しばらく思案するような間のあとで、いった。「引退したんです」

そのこたえで満足ではなかったとしても、ミセス・パインは追及しなかった。「それはよろしいですね。コーヒーかなにかお持ちしましょうか、ヴィンジさん」

「いえ、いえ」ぎしぎし音をたてて立ちあがり、頭をさげた。「そろそろやすむとしますよ」

「あなたはどうする?」母はマイロにたずねた。「最後までがんばっているのはわたしたちふたりだけみたいよ」窓の外を見やった。「少なくとも、家のなかでは」

「ぼくはいいよ」母の視線をたどって、きらめく夜に目を向けた。「とうさんたちはだいじょうぶかな。様子を見にいってきてもいい?」

ほほえんだミセス・パインが返事をするまえに、厚着した三人が家の裏手をまわってあらわれ、芝生をおおう半ば凍った雪のなかをとぼとぼ進んできた。「あら、たいへん」母がつぶやいた。「ということは、今夜は電気が使えないんだわ」

「えーっ」

ドアが開いて、また凍りつくような風が吹きこみ、ミスター・パインが足音荒くはいってきた。そのあとにブランドンとフェンスターが続いた。三人とも、少なくとも失望の色をうかべていた。

マイロの母は駆け寄って、三人がコートを脱ぐのに手を貸した。「マイロ、その毛布を持ってきて」

マイロは毛布を集めて抱え、震えている三人のところへ運んだ。

「ありがとう、マイロ」父がいった。

三人は毛布にくるまって食堂のテーブルへ向かい、ミセス・パインはまっすぐキッチンへ行ってもどってくると、湯気のたっているマグをひとりずつに配った。「うまくいかなかったの ね?」三人とも同じ、うんざりした表情で彼女を見た。「なるほど」

「いや、そんなもんじゃないんだ」ブランドンがぼそぼそといった。「あんたから報告したいかい、ベン?」

「報告?」ミセス・パインが警戒してくりかえした。「そうしてちょうだい」

ミスター・パインは頭をまわした。「信じられないだろうが、ぼくたちは九十九パーセント確信している、だれかがどうにかしてあそこへ侵入して、意図的にうちの発電機を破壊したと」

「だれかって……」ミセス・パインはベンチの夫の隣にすわりこんだ。「冗談でしょ」

「いや、冗談なんかじゃない。破壊工作《サボタージュ》だ」ブランドンが陰気な声で断言した。「ケツに木靴を突っこまれたぐらいはっきりしてる」

ソファの脇の古い振り子時計が午前〇時の時報を打った。マイロの父がカップをかかげた。

「それじゃ、みんな、メリー・クリスマス・イヴ」

†

両親とフェンスターとブランドンは長いこと寝ずに発電機問題を話しあっていた。壊れた発電機をどうするか、どうやって家を——少なくとも宿泊客たちを——あたたかく保つか、どうしたら食べ物を腐らせずにおけるか、等々。マイロは二人がけソファにもどって、ふたたび本を手に取った。

悪魔《デビル》とくず拾いの物語の半ばだったのだが、もうさっきまでのようには集中できなかった。頭のなかが騒がしすぎる。ネグレとサイリンは盗まれた三つの品物を取りもどしたし、ジョージィとクレムとヒアワード夫人がこの宿に来た理由もつきとめた。どれもなかなかの手柄だ。だけどマイロにずっと親切だったジョージィがうちひしがれていることは、あまり愉快ではない。それにガワーヴァイン教授のした話。ネグレにはあの話もグリーングラス・ハウスを訪れた理由に思えるのだった。

原画とはどんな見た目なんだろう。もし教授がそれをさがしているなら、彼がその過程でこの三つの品物を盗んだとは考えられないだろうか。ジョージィは彼女のノートにこの家とつながりのある人物の情報が書いてあるとネグレにいい、クレムはあのノートに興味をもつのは自分しかいないといっていた——でもクレムがまちがっていたとしたら？　教授があのノートとこの家になんらかの関係があると気がついて、目を通すために持ち去ったのだとしたら？　ヒアワード夫人のバッグについても、そういうことだったのかもしれない。

三つのうち仲間はずれに思われる品物はヴィンジ氏の時計で、あれはこの家とは無関係だった。といっても、古い時計には値打ちがあるかもしれない、だからあれはたぶん……昔ながらのふつうの盗みだったのだろう。

一八一二年ごろのグリーングラス・ハウス……いや、ランズデガウン・ハウスだ……四十年ぐらいまえのドク・ホーリーストーン……いたるところにあらわれる、あの門……。

「マイロ」

彼はびくっとして飛びおきた。父が疲れた笑みをうかべながら、隣に腰をおろした。「部屋のベッドで寝たらどうだ。わたしたちはもうしばらくここで食べ物やら薪やらを運ばなくちゃならないが」マイロは眠たげにうなずいて、持ち物をかき集めた。「それはどこで見つけたんだ？」父がリュックサックをあごで指した。

「屋根裏部屋」

「しゃれてるな。わたしの父親が街歩きに使っていた物かもしれない。おまえが見つけてくれてきっとよろこんでいるよ」マイロの髪をくしゃっとかきまぜた。「キャンドルを運んでいって、眠りこむまえに吹き消せるぐらい目はさめているかい？」

「うん。あ――待って」マイロはリュックに手を入れてさぐり、古い金属のランタンを取りだした。「これに火をつけられる？　これもあそこで見つけたんだけど」

父はランタンを受けとって、しげしげと見た。「おどろいたな。なんて変わった古いランタンだ。ノーラ」振りむいて大声で呼んだ。「ランプ用のオイルはあったっけ」

「ええ、あなたのへんてこな豚のかたちのランプ用に買ったのがひと瓶、書斎にあると思う」

「ぼくの豚のランプはへんてこじゃない」ミスター・パインはいいかえした。「おいで、マイロ。さがしてみよう」

二階の書斎で父が太いキャンドル一本の明かりをたよりに戸棚や机の抽斗《ひきだし》をかきまわすあいだ、マイロはクッションのきいた椅子にすわって、眠たい両手でぼんやりランタンをいじっていた。それからやにわに背を起こし、ぱっちり目覚めた。

「あったぞ」と父がいい、無色の液体がはいったプラスチックボトルとマッチの箱を振ってみせた。「リキュールの棚にあったよ、なるほどアルコールだし安全でもある。おまえのかあさんという人はときどき……」息子を興味深そうに見た。「どうした、その顔は」

マイロは質問を無視した。「明かりを近づけてくれる?」

ランタンの底には、曲がったひっかき疵《きず》がついていた。〈エンポリアム〉で見つけたときは気にとめなかったのだが、二夜分の物語と不可解な手がかりがたまってきたいまはどんなささいな点も重要に思える。その曲線がたまたまできた疵には見えないことに、いまは気づかずにいられなかった。むしろ……意図的に刻まれたように見える。それはほとんど……親指をなめて、その部分をこすった。そう。たしかになにかをあらわそうとしたものだ。マイロはランタンをかたむけ、つぎに反対側へかたむけた。

キャンドルで照らしたおかげでそれが見えた。ステンドグラス窓の門と同じで、ひとたびそう見えたらそうとしか見えなくなった。刻まれた曲線は目のまえで涙形をしたひとつの炎になり、前夜ヒアワード夫人が口にした言葉が一気によみがえった。

〝ジュリアンはナイフと、その夜しばらく前に消していたランタンを手わたしました。スローはジュリアンの靴底に刻んだのと同じシンボルを、ナイフの柄とランタンの底に刻みつけました。『これできみはいつでも道を切りひらけるし、火打ち石があるかぎりいつでも道を照らせる……』〟

マイロはまたバッグに手を入れて、屋根裏部屋でランタンのそばにあった小さな火口箱《ほくちばこ》と火打ち石を取りだした。

父はとまどい顔で見まもっていた。「その秘密を教えてくれるんだろうね」

「とうさん」マイロはゆっくりといった。「昨日の夜ヒアワードさんがした話をおぼえてる？放浪者《ローマー》の話」

「もちろん」父はまたランタンに目をやった。「ああ、そうか、わかったぞ。あの話にランタンが出てきたっけな」

「うん」マイロはしばらく頭をしぼった。「あのね、ヒアワードさんは自分の先祖がこの家を建てたといってるの」

「まさか」

「そうなんだ。なくなったバッグのことを質問したら教えてくれた。だからここへ泊まりにきたんだ。家族の言い伝えでは先祖があの物語に出てきた遺物のひとつを持っていたんだって」

「なにをつかんだんだ？」父はいまや笑みをうかべていた。「なにを考えている、マイロ。これがあの話に出てきたランタンだとでも？」

「思ったんだ」慎重に続けた。「たとえこれがほんとうに魔法のランタンじゃなくても、ヒアワードさんが考えるきっかけになるかもしれない。これには……なにかが刻んである、あの話のランタンと同じように。それにこれも見つけた」火口箱を持ちあげた。「たぶんぼくが思ったのは……ヒアワードさんはこれを持っていたいんじゃないかな。もしもとうさんがかまわなければ」

　父がマイロに腕をまわしてぎゅっと抱きよせた。「今日わたしが聞いたなかで最高にいい考えだよ。かあさんが反対しないか確認させてくれないか。これらの品を以前見たおぼえはないし、かあさんもそうだと思うから、気にはしないだろう。でも念のために、訊いてみてもいいかい？　返事は明日の朝教えるよ」

「わかった」マイロはランタンの右側の面を上にした。「でも、まず試してもいい？」

「もちろん」ミスター・パインはオイルの瓶のキャップをはずして、布の芯が引っこまないようにつまんだまま、ランタンに少量注いだ。芯にオイルがしみこむまで、ふたりはしばらく待った。それからマイロがチェーンを持ってランタンをかかげ、父がマッチをすった。芯はたちまちマッチの火をとらえ、炎が赤みがかった金色から濃い青に変化した。

「これはおどろいた」ミスター・パインがいった。「その青をごらん！　たしかにわたしの豚のランプではそんな色は出ないよ」

†

マイロはしばらくあとで目をさました。ランタンの青い炎はまだ机の上でちろちろまたたいているので、それほど時間はたっていないはずだった。余分の毛布を取ってくるまではもつだろうと父はいっていた。

家はさまざまな音がしていた。ふだんの家庭の音。屋外であいかわらず木立を吹き抜け、凍った枝をぱりぱり鳴らす風が、窓や軒を揺さぶる音。すぐ下の一階でおとなたちが動いたりしゃべったりしているのも聞こえる。両親の声も、地元の訛《なま》りとはちがうブランドンの声も聞きわけられたが、会話の中身までは聞きとれなかった。

けれどもマイロを起こしたのは階下からの物音ではなかった。それは階上《うえ》から聞こえたし、家そのものがたてる音とはちがっていた。上の階に宿泊客がいる夜を数えきれないほど経験しているマイロは、だれかが歩きまわるとどんな音がするか知っていた。

ベッドから脚を振りおろして、机の時計を見た。文字盤がランタンの青い炎に照らされている。午前二時。父はきっと時間がたつのもわすれるほど忙しいのだ。ランタンの灯った部屋に寝ているマイロをわざとほったらかしにしたはずはない。

〈はしごのぼり〉の靴に足をすべりこませると、マイロはネグレがこっそり調べにいきたがっているのを感じた。ネグレは真鍮《しんちゅう》のランタンを物欲しそうに見やったが、火のついているランタンを持って真夜中に暗い屋内をうろつけば厄介なことになりそうだった。机の抽斗を手さぐりして懐中電灯を見つけ、スイッチを入れたり切ったりしてみた。心をおちつかせるランタンのコバルトの光とくらべると、電灯の光線はどぎつくて冷たかった。

リュックサックから〈エンポリアム〉で見つけたしみだらけの丸い鏡を出し、ナイトテーブルから〈ブラックジャック〉の鍵を取った。パジャマのポケットひとつにつき品物をひとつ入れて、しぶしぶ青い炎を消し、ドアを開いてそっと部屋を出た。

二階は真っ暗ではなかった。キッチンのテーブルと、階段の横の小テーブルにひとつずつ、だれかがランタンをおいていた。どちらも光を絞ってあり、小さな明かりを投げかけているにすぎないものの、物に衝突しないで歩くにはじゅうぶんだった。

ネグレは階段のそばで止まって、ふたたび耳をすました。階下からはまだぼそぼそと会話が聞こえる。足音をしのばせて、きしむ段をわすれずに避けながら、階段をのぼった。彼に聞こえた物音は目がさめるほど大きかったのだから、すぐ上の階だったのだろう。でもいまはなにも聞こえなかった。

あの音。

まえと同じではなかったが、それがなにかははっきりわかった。この家の古いドアノブのどれかをまわす音だ。ネグレはできるだけすばやく最後の数段をのぼり、階段の曲がる地点に達すると片手で鏡を持った。無人の廊下が映った。ポインセチアがあった小テーブルにのっている電池式のキャンプ用ランタンで照らされていた。やはり薄暗いけれども、廊下にだれもいないことは見てとれた。どの部屋もドアが閉まっていた。ネグレが時計を見つけたあの空室以外は。

　もしだれかいたらなんていおうか考えながら、つま先立ちで廊下を進んでいった。宿泊客が宿を歩きまわったり、よその客室をのぞいたりすることを禁じる決まりは――ほかのだれかの部屋でないかぎり――とくにない。とはいえ、盗みや壊された発電機のこともあるので、だれだろうとこそこそうろついていればなにか非道な目的を抱いていると思われそうだった。

　ま、だれでもってわけじゃないな。ネグレは自己弁護した。ぼくには非道な目的なんかない。

　戸口から一歩はいって懐中電灯を室内に向け、スイッチを入れた。冷たい光が部屋をつらぬき、暗い窓にぼんやりとした光の輪が映った。彼とサイリンが前日の午後に部屋を出たときとなにひとつ変わっていない。光をバスルームのほうへ向けた。だれもいない。足音をたてずにさらに奥へ進み、バスルームの敷居を越えた。どきどきしながら、懐中電灯を振って開いているドアの周囲を照らした。だれもいない。いっそうどきどきしながら、シャワーカーテンをぱっと開いた。

　だれもいない。その部屋は無人だった。

　まただ！

　外の廊下で、ドアノブがまわった。ネグレはあたふたとシャワーカーテンをもどして、バスルームを出た。またノブの音。さっきとちがうノブだ。こすれる音がごくかすかにちがう。ネグレはベッドの長さを読みあやまってフットボードに向こうずねを思いきりぶつけ、つんのめって倒れ、膝下を押さえてよろけながら残り数メートルを走った。ドアを出て懐中電灯を暗闇に向けるころには、廊下はまたしても無人になっていた。

でもいまやなにかが起きていると確信できた。だれかがどこかの部屋を出て、べつの部屋にはいったのだ。ネグレは懐中電灯を消して、つま先立ちで階段のほうへ引きかえした。３E、ヴィンジ氏。３N、ヒアワード夫人。３S、ガワーヴァイン教授。だれかが起きて動きまわっていて、いまほかのだれかの部屋にいる、もしくはついさっき部屋を出たのだ。閉ざされた三つのドアはなにもヒントをくれなかった。

階段のところで、ネグレはためらった。懐中電灯は消したまま、最上段にしゃがんで待ち、教授のはっきりそれとわかるいびきや、ジョージィのひそやかな足音が聞こえないかと耳をすました。

ヒアワード夫人の部屋着がこすれる音や、やせたヴィンジ氏の老骨がきしむ音がしないかと、さらに待った。

クレムなら音はまったく聞こえないだろうから、まばたきしないで目をこらしていなくてはと思いながら、待った。

そして待った。ひたすら待った。

だれも出てこなかった。それでもネグレは待った。自分がぐらぐら揺れているのを感じ、階段で眠りかけていたのだと気づいて、ようやく監視をあきらめることにした。立ちあがると両脚がしびれてぴりぴりし、また転びそうになった。階段はのぼってきたときほど静かにはおりられなかった。

自分の部屋に帰ると、ふたたびランタンを灯して、青い炎が踊るのを見つめた。さっきのだれかの行動で、朝になったらまただれかの品物がなくなっているんだろうか。昨日阻《はば》まれたのに、泥棒はもういっぺんやろうとするだろうか。ひょっとして同じ品物をまた盗みにいったんだろうか。この家に関係のあるバッグとノート、それに関係のない時計を？　そもそもなぜその三つだったのか。ネグレの〈ブラックジャック〉の父ならなんというだろう。

ひとつもこたえを出せないまま、彼は眠りに落ちた。

10　クリスマス・イヴ

クリスマス前日の夜明けは凍える寒さだった。目がさめると、マイロは毛布をふだんより三枚多くかけていた。寝返りをうって、かすんだ目で時計を見た。午前七時。ランタンは机の上にあり、火は消えていた。やっと毛布を取ってきた父か母のどちらかが消してくれたにちがいない。無断で屋外へ行ったことにくわえて、火をつけたまま眠ってしまったことでもあとで母からしかられそうだ。

ランタンの隣に懐中電灯があった。夜中の冒険のさまざまなできごとがいちどきによみがえった。だれか——マイロ以外のだれか——が、たしかにこそこそ動きまわっていた。

空は青かったが、ベッドを出て窓辺に行くと、西の空からするすると近づいてくる鉄灰色の雲が見えた。また雪になる。

マイロはベッドの下に半身を入れて手さぐりし、メディと前日に書きこみをしたリング綴《と》じのノートパッドを見つけた。床にあぐらをかいて、ガワーヴァイン教授の名前のあるページまでめくり、いちばん上にこう記した。〝ステンドグラス窓の原画をさがしている。ぬすまれたバッグとノートにつながっているかも。クレムの部屋にはいったのはたぶん窓のガラスを見るため〟つぎに手がかりをリストにしたページを開き、書きくわえた。〝クリスマス・イヴの前夜にだれかがこっそり歩きまわっていた。またどろぼうか？"さらに、真鍮のランタンをしばし見つめたあとで書いた。〝〈エンポリアム〉のランタンはローマーのいぶつ？　底にひっかききずで描いた小さい炎のマーク。H夫人のバッグにしじゅうされている門のランタン？〟

ドアにノックの音がした。マイロは立ちあがって、ノートパッドを枕の下に押しこんだ。

金色の包装紙にくるまれた小さな箱を持って、メディが廊下に立っていた。「おめでとう」といって差しだした。「ドアの外の床にこれが」

マイロはにっと笑いながら包みを受けとった。「とうさんとかあさんが毎年、イヴの朝にあけるプレゼントをひとつおいていってくれるんだ」

ベッドに運んでいくと、メディがついてきた。腰かけると、マイロはリボンをほどきもしないうちに、昨夜のできごとをメディに報告した。ランタンの底に炎のマークを見つけたことから、三階をこそこそ移動していた謎の人物のことまで。

「じゃあ、ここでこんなことをしている場合？」メディは彼をベッドからつきとばした。「階下《した》へ行って、なにがなくなっているか見なくちゃ。行くわよ！　いますぐ！」

「わかった、わかった」彼は〈はしごのぼり〉の靴とリュックをつかみ、リュックに懐中電灯を、ポケットに鍵束を入れると、クリスマス・イヴのプレゼントは脇の下に抱えてドアのほうへ歩きだした。

「ちゃんとした服に着替えないの？」メディがけげんそうに見た。

「うん」クリスマス・イヴは、クリスマスの日と同じく一日パジャマで過ごすのがパイン家のならわしだ。宿泊客たちには慣れてもらうほかない。

前夜にまた盗みがあったかもしれない朝にしては、一階はおどろくほど静かだった。正確には静かではなかったが、だれも泥棒のことでわめきたててはいなかった。少なくとも、まだ。キャラウェイさんとリジーは食堂のテーブルの端にすわっていた。リジーは金髪のてっぺんでかろうじて見分けられた。両腕に顔をうずめて肩を震わせているので、マイロは最初泣いているのかと思ったが、そうではないとキャラウェイさんの顔でわかった。見るからに笑いをこらえていた。

キャラウェイさんと目が合った。マイロがとまどった顔をしていたらしく、キャラウェイさんはウィンクして、キッチンのほうをあごでかすかに指してみせた。キッチンではどたばた劇がくりひろげられていた。フェンスター・プラムとヒアワード夫人がケーキを焼くというお題で。

「でも……電気は?」マイロはいった。

キャラウェイさんがかぶりを振った。「こんろとオーブンはガスだから。問題なく使えるんだよ」

ヒアワード夫人もフェンスターもミセス・パインのエプロンを借りて着けていた。ヒアワード夫人が選んだのはピンクと白の水玉模様で、胸当てのある、ウエストで紐を結ぶタイプだ。フェンスターのは腰から下の、まえからだとスカートに見えるエプロンだった。パープルの生地を白いレースがふわふわと囲み、ポケットにラベンダー色の花が刺繡《ししゅう》されている。

「ねえ、フェンスターさん」ヒアワード夫人がいらいらを抑えつけた口調でいった。「うそではなくて、ケーキを焼くときはほんとうに材料を量らなくてはいけないんです。ボウルに手づかみであれこれ放りこむのはどうかやめてくださいな」

「もっとシナモンを入れたほうがよさそうなんで」フェンスターが楽しそうにいった。「ほんのひとつまみ、くわえようとしただけですって」

「ひとつまみがひとつまみと呼ばれるのは、指と指でつまめる分量だからです」

「でもそれっぽっちじゃ、入れないのとおんなじだ！」

「それでちょうどいいんです。だいいちそれはシナモンじゃありませんよ。胡椒《こしょう》です。いますぐおろしてください」

「胡椒だって必要かもしれないのに」フェンスターがぶつくさいった。

「いいえ。レシピを守ってくださいね」

居間からブランドンのくぐもった声が聞こえた。「だれかそれをやめさせろ」

マイロがその声をたどっていくと、ソファの上に毛布の山があった。「ここで寝たの？」と毛布にたずねた。

「そうだ。階段をのぼる気になれなくてな。おい、マイロ？」毛布の下からしょぼしょぼした目が片方あらわれた。「あの紛争地帯にこっそりもぐりこんで、ミルクをたらしたコーヒーを持ってこられるか？　ミルクはクーラーボックスのどれかにはいってる。どれにはいってるかは、ミセス・なんとかがもう見つけてるかもしらん……その……ケーキとやらのために」

「やってみる」マイロはリュックと靴とプレゼントをソファの隣の床において、キッチンにはいっていった。

「おはよう、マイロ」フェンスターが得意げな声でいった。「ミス・ジョージィに元気づけのケーキをこしらえているところなんだ、見てのお楽しみだよ！」

「というより、ケーキになるかどうか」ヒアワード夫人が暗い声でいった。カウンターの向こうから手をのばし、フェンスターの手から缶をむしり取って、彼が取ったばかりの戸棚にもどした。「けっこうです」

マイロはふたりが材料を並べているカウンターに沿ってじりじり進み、小さなキャンプ用こんろの上で保温されている金属のコーヒーポットを見つけた。ブランドンがいったクーラーボックスは壁ぎわに並んでいた。「ヒアワードさん、どれにミルクがはいっているかわかりますか」

「青いのだと思うわ、マイロ」

マイロがマグを持ってもどると、ブランドンは毛布から出て、暖炉に薪《まき》を足していた。「感謝するよ」

「ゆうべは遅くまで起きていたんだね」

「ああ、おやじさんとおっかさんはフェンスターとおれよりあとまで起きてたぞ。結局何時に部屋にあがったのやら」炭をかきまぜて、マイロに顔半分で笑いかけた。「これまでのところなかなかイベントだらけの休暇らしいじゃないか」

「しかもまだ続くんだ」マイロは声を低くした。「昨日の夜、おじさんたちがまだここではたらいているあいだ、だれかがこっそり動きまわっている音を聞いた。ほかのなにかが盗まれたんじゃないかと思ったんだけど、ちがったのかもしれない」

ブランドンは肩をすくめた。「わからんぞ。まだ起きてこないのが何人もいるじゃないか。今日はまだたっぷり時間がある、どうなってもおかしくないさ」ちょうどそのとき、ステンレスのボウルが床にぶつかる金属音が響き、そのあとからフェンスターの毒づく声と、耐えしのぶヒアワード夫人のため息が聞こえた。「はじまったぞ」ブランドンはコーヒーをごくごくと飲んだ。「たのみがあるんだ、マイロ。おやじさんが起きてきたら、おれはやめに取りかかってると伝えといてくれないか」

「発電機のこと？」

「ああ。昼の光で見るほうがましだといいがな。それにフェンスターがこの家を燃やしちまうんなら、発電機小屋にいたほうが安全ってもんだ」ブランドンはマイロの肩をぽんとたたいて、玄関ホールに出ていき、防寒着を身に着けはじめた。

「あとの人たちが起きてくるまでニュースはなさそうね」メディはツリーの裏にひっそりとすわっていた。「プレゼントをわすれてるわよ」とつけくわえた。

「しまった！」マイロはリュックサックの横からプレゼントを取りあげて、暖炉のまえのツリーのそばに腰をおろした。貧弱なツリー。パイン家のクリスマスの伝統に停電の影響はほとんどなかった。暖炉、たくさんのキャンドル、こんろもまだ使えるのでホットチョコレートが足りなくなる心配もない。電飾《ライト》の点灯していないツリーだけが、悲しくさびしげに見えた。でもマイロにはいまあけられる金色に輝くプレゼントがある。いつだってツリーより肝腎なのはプレゼントだ。

リボンをほどき、下のほうの枝の一本にていねいに結びつけた。それから箱をひっくりかえすと、包装紙が重なる部分に小さな封筒がはさまっていた。なかには揺り木馬が描かれたカードがはいっていて、開くと父のへたな字でこう書いてあった。

メリー・クリスマス・イヴ、マイロ！　わたしたちはおまえをとても愛しているし、今年の予想外の状況にうまく合わせてくれて誇らしく思っている。あのランタンのことでおまえが考えついたすばらしいアイデアのことも誇りに思う。ミセス・Hのためにあれを包むときはこの箱を再利用できるかもしれないね。

今夜これをさがすのには少々時間がかかってしまった。おまえが興味をもつかもしれないとは思ってもみなかったよ。楽しんでくれ！

父より、愛をこめて

マイロは金色の包装紙をはがし、テープを指の爪で切り裂いて箱をあけた。銀色の薄紙のなかに、小さな青いビロードの袋が収まっていた。取りだして、口の紐をゆるめ、手のひらの上でさかさまにした。金属製の、マイロの親指ほどの像《フィギュア》が手のなかに落ちた。

メディがよく見ようと近づいた。「わあ。あなたのパパってすてきね」

「なにかな」マイロはいった。小さなフィギュアにほどこされた色彩は歳月で黒ずんでいた。茶色の長い上着《チュニック》に、袋と同じ青の線がはいった焦げ茶のパンツ。それは低く身をかがめていて、マイロはとっさに〝ごそ泥っぽい〟と思った。桃色がかった茶色の両手に一本ずつ奇妙な短剣を握っていた。

「あなたのパパの《オッド・トレイルズ》のキャラクターだと賭けてもいい」とメディがいった。「ちょうどこんな胡蝶刀《こちょうとう》を使う〈第三信号手〉でプレイしたって、わたしたちに話してくれたじゃない」フィギュアが握っている武器におそるおそるさわった。「色も自分で塗ったのかもよ」

「ゲームにはこういう小さいフィギュアを使うの？」マイロはたずねた。フィギュアのことなんて聞いてない。

メディがうなずいた。「テーブルトークRPGではね。こういうプレイヤー用の駒を持ちたがる人はけっこう多いの。障害物や敵との位置関係を目で見てとらえやすいでしょ」

「すごいや」マイロは小さな男の顔をつくづくながめた。もちろん父とは似ても似つかなかった。でもどこから見ても〈ブラックジャック〉だ。

つかの間、また自責の念が胸を刺した。ぼくはとうさんをキャラクターにあてはめるんじゃなく、〈ブラックジャック〉の父親を作りあげてる。

これはとうさんだと思わなくちゃ、と彼は思った。それから、やはり胸を刺す痛みとともに、中国の文字が刻まれたキーリングと、それに合わせて創造した父を思いうかべた。ネグレはマイロとはちがうんだ、と自分にいいきかせた。それですこし良心がなぐさめられると、フィギュアをビロードの袋にすべりこませて、リュックの内ポケットに注意深くしまった。「ヒアワードさんにあげるランタンを包んでくる。すぐもどるよ」

金の包装紙をまとめて、キッチンに行き、ケーキ作りのどたばた騒ぎにはできるだけ近づかないようにして、ランタン用オイルをさがした。数分後、マイロは二階の書斎でオイルをバニラエッセンスの空瓶にそろそろと移しかえていた。それから瓶とランタンと火口箱《ほくちばこ》を箱につめ、金色の包装紙で包みなおして、階下へ持っていった。

キッチンではエプロン姿のふたりが生地をケーキ型三つに分けて流しこんでいる最中だった。そのあいだ、リジーとその母親は食堂から目を皿のようにして見まもっており、駆けこんでいって交代しないようにふたり分の自制心を限界まではたらかせているかに見えた。けれどもとうとうフェンスターがケーキ型をオーブンに入れ、ヒアワード夫人はトマトの形のタイマーをセットした。

リジーとキャラウェイさんがゆっくりと拍手しはじめた。マイロがにやにやしながら加わると、メディも続いた。ヒアワード夫人はからかわれていると思ったかのようにしかめっつらで顔をあげたが、フェンスターは晴ればれと笑みをうかべて頭をさげた。おどろいたヒアワード夫人もぎこちなくほほえんだ。それからおじぎをした。

その拍手が鳴りやまぬうちに、マイロの両親があらわれた。「なんの騒ぎです?」ミスター・パインが疲れた様子でたずねた。

「ヒアワードさんが手伝ってくだすったおかげで、フェンスターがキッチンをだいなしにしなくてすみました」キャラウェイさんが報告した。「あとはわたしが引きついで、洗い物をしましょうかね」

フェンスターは首を振った。「そんなことをさせたら、天国にいるあたしの母親がゆるしちゃくれませんや。使った場所はきちんとした状態にもどして去らなくっちゃね」

「そのとおりです」ヒアワード夫人もいった。「わたくしが洗います、ミスター・フェンスター、あなたは拭いてくださいな」

キャラウェイさんはまたベンチに沈んだ。「惜しかった」とつぶやいた。「もうちょっとだったのに」

マイロは笑って、箱を居間に持っていき、ツリーの下においた。一瞬あとに父がはいってきて、マイロと並んで暖炉のまえに腰をおろした。「プレゼントを見つけたかい、マイロ?」

「うん! あれはとうさんの《オッド・トレイルズ》のキャラクターなの? その……〈第三信号手〉?」

「そうだよ」

数分後に母がマグを三つ持ってきた。ひとつをマイロに、ひとつを夫にわたして、ツリーのそばの床にすわり、ミスター・パインが子どものころ遊んだ《オッド・トレイルズ》ゲームや、父親の船の料理人がゲームマスターだったゲームのことをなつかしそうに語るあいだ笑顔で聴いていた。

暖炉はいい匂い、ツリーはいい匂い、ケーキでさえ（いまのところは）いい匂いだった。マイロはホットチョコレートをちびりちびりと飲みながら、このうえない幸せに浸っていた。おかしな人々のおかげで家はひどい状態かもしれないけれど、少なくともいまはこうして両親とのクリスマス・イヴを過ごせる。マイロに家族だけの時間が必要だと、メディも察したようだった。二人がけソファの背もたれの上からのぞいて、にっこりしたかと思うと、沈んで姿を消した。

けれども、いうまでもなく、平和は長続きしなかった。とうとう父がぱんと両手で膝をたたいて立ちあがった。「ブランドンを手伝いにいったほうがいいな」

「サーモスを持っていって」ミセス・パインが夫にいった。マイロのおでこにキスして、同じく立ちあがった。「オデット」と呼びかけた。「そろそろ朝食にできそう？」

キャラウェイさんがキッチンをのぞきこんだ。「そのようだね」にやりと歯を見せて笑った。「皿洗い担当さんたちはちょうど終わるところみたいだから」

ほどなくして、ケーキ職人たちが意気揚々とキッチンから出てきた。老婦人は紅茶のカップを持っていて、水玉模様のエプロンはもう脱いでいた。フェンスターは玄関ホールに直行し、コートを着はじめた。レースつきのおかしなパープルの布をまだ着けていることはわすれているようだった。

ヒアワード夫人はカウチに深々とすわり、目を閉じてふうっと息を吐いた。マイロはメディがまた監視しているのに気がついた。目が合うと、ぺたぺたと歩いてマイロのそばに来た。そこでマイロは金色に包装したプレゼントを取りあげ、老婦人の隣へ行って腰かけた。「ヒアワードさん？」

夫人が目をあけて、満ちたりた笑みをうかべた。「なあに、マイロ」

彼は箱を差しだした。「おとといこの家の屋根裏部屋で見つけたんです。あなたが持っていたいかもしれないと思って。父と母はかまわないといっています」

「あら、まあ、ほんとうに？」夫人はおずおずとプレゼントを受けとった。「なんていったらいいのか」

「あけてみて」マイロは期待で小さく飛びはねた。

夫人がじれったいほどのろのろと包装紙を開いた。マイロの母と同じで、紙を破いたら世界が終わるとでも思っているみたいだ。マイロはせきたてないようにがまんした。そしてついに、老婦人は箱の蓋をあけて、ランタンを見た。

「これはいったい――？」チェーンを持って箱から取りだした。「これを……あなたが見つけたの？」

「裏返してみて」マイロはうながした。「底を見てください！　文字が――」

夫人は炎のマークを見つけて、はっと鋭く息をのんだ。「まあ、なんてこと」

「ヒアワードさんのお話に出てきたでしょう？　願いごとの枝の男が、ジュリアンの靴とナイフとランタンにひっかき疵でシンボルを刻みつけたって」

「ええ」夫人は不思議そうに、そっといった。「ええ、おぼえていますとも」

「それで思ったんです……あなたのバッグの門にランタンがぶらさがっているので、ご先祖が買ったという遺物はナイフじゃなかったかもって。ランタンだったんですよ！　ランタンなら船で役に立つでしょう？」

ヒアワード夫人はうなずいた。「たしかにそうね」

「ジュリアンのとはかぎらないけど、気に入ってもらえるかもしれないと思って」マイロはあいたままの箱に手を入れて、オイルの瓶と火口箱を取りだした。「それに、ほら。ここに火打ち石がはいっていて、オイルもあります。昨日の夜試してみたんです、とうさんとぼくで。青い火がつきましたよ！」

「青い炎」ヒアワード夫人がつぶやいた。「わたくしはそのことを話したのかしら」

「あの物語に青い炎が出てくるって？」

夫人はうなずいた。「ローマーのお話では、この世のものではない火はきまって青く燃えるんです」信じられないというように頭を振った。「もちろんありえないことよ――現実の世界にそんな遺物があるかもしれないと考えるのもばかげているわ――でも……そうね、マイロ、わたくしは〝もしあったら？〟と思うことにします」チェーンをすこしひねった。ランタンがゆっくりまわった。「可能性はゼロではない、でしょ？」

「そう」マイロは熱心にうなずいた。「可能性はゼロじゃない」

「そして、ご両親はほんとうにわたくしがこれをいただいてもいいとおっしゃってるの？」

マイロはポケットから父のクリスマス・イヴ・カードを出して、胸をはってそれをかかげてみせた。ヒアワード夫人は眼鏡を動かして調節し、それを読んだ。それからまた椅子の背にもたれた。「そういうことでしたら、ありがたくちょうだいします。なんて思いやりのある贈り物でしょう。なくさないようにわたしの部屋にかけておくわ」

すこしのあいだぎこちなく手をマイロの肩におき、それからプレゼントの箱や包装紙もすべて集めて、階上に消えた。

朝食を作る匂いに誘われて、残りの宿泊客たちもひとりずつおりてきた。ジョージィはまだ伏し目がちだった。ヴィンジ氏は赤いジグザグ模様のはいった黄色いスポーツ用靴下をはいていた。そして最後にクレムとオーウェン。新参のオーウェンはひと晩ぐっすり眠って見ちがえるようになっていた。

「マイロ？」母が声をかけた。「外へ行って、メカニックたちにひと休みするようにいってくれる？」

マイロは昨夜盗みがあったかどうか知るほうにずっと興味があったのだが、いまにもそうした発表をしそうな人はいなかった。ジョージィをのぞけば、全員がほどほどによい気分でいるらしかった。マイロは防寒の服装をして、するりと外へ出た。

灰色の雲はいまや空のほぼ端から端までひろがっていたが、凍った地表にはまだ陽も射していて、マイロはサングラスをかけてくればよかったと思った。襟を立て、あごを埋めて身を切るような冷気をよけ、父とブランドンとフェンスターが平らに踏み固めた道を歩いて家の横をまわった。

煉瓦造りの自家発電機小屋は家の裏にある。ひょっとすると発電機の修理中にいきなりはいっては危険かもしれないので、念のためにドアをノックした。ドアが開いて、ブランドンが顔を出した。「はい、なんでしょうか」

「かあさんがひと休みして朝食にできないかって」

ブランドンが笑顔になって、うしろを振りかえった。「よお、休んでメシにするかい？」

「そうだな」ミスター・パインは満足そうな声だった。「フェンスター、スイッチを入れてくれ」一瞬おいて、ぷすぷすとつまったような音がしたので、マイロはドアからあとずさった。足がからまって尻もちをつき、表面の薄い氷をつきやぶってその下のやわらかい雪に埋まった。起きあがるあいだに、火花の飛ぶ音がリズミカルな咳に変化し、やがて低くごろごろうなる音におちついた。三人の男たちが得意顔で一列になって出てきた。マイロの父はぼろ布で両手をごしごしこすった。「いざ帰らん」気取った身ぶりで布をひと振りした。「そして褒美を要求しよう」

「あの音はなに？」マイロは訊いた。「直ったってこと？」

父がウィンクした。「おいで、見ればわかるから」

家に帰ると、グリーングラス・ハウスの一時滞在者たちにスタンディング・オベーションで迎えられた。電力が復旧していて、食堂のテーブルの上には優美な曲線を描く白いガラスのシャンデリアが灯り、部屋の隅でクリスマス・ツリーがあたたかくきらめいていた。

マイロはお祝いをいわれている父、フェンスター、ブランドンを残して、二人がけソファのメディの隣に飛びのった。少女は背もたれから身をのりだして、黄色いローブの袖をもてあそびながら思案のまなざしでツリーを見つめていた。「ぼくがいないあいだに、だれかなにかおもしろいことをいった？」マイロはひそひそ声でたずねた。

「昨日の夜なにかなくなったという苦情のことなら、とくになにも」メディはマイロに顔を向けた。「でもヒアワードさんがこっそりケーキの仕上げをしようとしてたみたい、まだアイシングがすんでいないとフェンスターが思いだすまえに」

メディの言葉がもれ聞こえたかのように、フェンスターが食堂の人々の輪からつと離れて、まっすぐキッチンに向かっていった。いいあらそうような声がした。「遅すぎたね」マイロはいった。

アイシングをめぐる意見の対立はさておき、キャラウェイさんがどうにかみんなをテーブルにつかせてめいめいの皿に料理を盛りつけ、その宿としてはしばらくぶりの楽しい食事になった。マイロは床にすわってコーヒーテーブルで食べ、メディは食堂でヴィンジ氏とガワーヴァイン教授を監視した。するとカウチで隣りあわせになっていたヒアワード夫人がジョージィに顔を近づけて、ささやいた。「ほんとうにかまわない？」

ジョージィは暖炉まえにすわっているクレムとオーウェンをちらりと見やった。並んでいるふたりが天にも昇る気持ちでいるのはマイロにさえ見てとれた——あまりに幸せそうでこちらが気恥ずかしくなってしまう。どんなにおたがいを好きか隠すことができないみたいだ。

青い髪のジョージィは深いため息をついた。「ええ、ヒアワードさん。だいじょうぶです。ありがとう。どうぞお話しください」

ヒアワード夫人はナプキンで唇を軽く押さえ、フォークを取りあげて、ジュースのグラスをそっとたたいた。「おじゃましてすみません、でも、お若い方――オーウェンさんとおっしゃいましたわね？」

オーウェンは顔をあげた。「ええ、はい、そうです」

「昨日の晩わたくしたちがあなたに対して興味津々だったのは当然おわかりでしたでしょうね、でもとてもおかげんの悪いあいだはわずらわせたくなかったんです。看病をしているミス・キャンドラーのことも」やや弁解がましい口調になった。「でもジョージィがあなたをよく知っているようだと、わたくしたちは気づかずにいられませんでしたの。そして昨夜いろいろあって、ジョージィがたまたまあなたのミドルネームを口にしたもので」

「ぼくの……ミドルネームを？」オーウェンはジョージィを見た。「きみが知っているとは知らなかった」

ジョージィは悲しそうにほほえんだ。「おどろかすはずだったのよ」

ヒアワード夫人がジョージィの手をそっとたたいた。「よくある名前とはいえませんね、ランズデガウンは。ほかにその名前の人と出会ったことはあって？」

「いいえ。じつをいえば、この名前について調べようとしたことがあるんですが」――両手をひろげてみせた――「そもそも市の記録がなってなくて、ぼくの養子縁組の記録には生みの親に関する情報がふくまれていませんでした。ぼくは捨て子だったんです」

ぼくと同じだ、とマイロは思った。もっとよく聞こえるように身をのりだした。食堂で食べていた人々もいつのまにか集まってきていた。

「ともかく、お若い方、わたくしはお力になれるんです。あなたとわたくしが親戚かもしれないと聞いたらびっくりなさるかしら」

いまやだれもがあっけにとられて見つめていた。マイロにはなぜだかわかった。パイン夫妻がマイロを息子だといったときによく同じ反応をされる。

「はい」彼はヒアワード夫人の真っ白な肌と青い目を見つめながら、ゆっくりとみとめた。

「ええ、だとしたら非常におどろきます」

「やっぱりね。ではすこし話をさせてくださいな。マイロにはいったのですが、この家を建てたのはわたくしの祖先のひとりなのです。その家族には子どもがふたりいました。年上の女の子はルーシー。父親は英国の私掠船《しりゃくせん》の船長で、ルーシーの母親を亡くしたあとに再婚しました。二番目の妻は中国人でした」ひと呼吸おいて、オレンジジュースを飲んだ。「その妻とのあいだには息子が生まれました。ルーシーの母親ちがいの弟で、名前はリャオ。六つか七つになるまでリャオは母親と中国で暮らし、ルーシーと父親は船上で暮らしていました。その後、一八一二年の米英戦争がはじまったころ、船長は戦闘に巻きこまれずにすみそうな土地で家族をひとつにまとめようと決心しました。そしてこの家を建て、愛する家族をナグスピークに呼びよせたのです。

「この家の名前を考えたのはふたりの子どもたちでした。船長の姓はブルークラウン（Blue-crowne）でしたが、ルーシーはその名前をふたつの単語――青い（blue）、王冠（crown）――に分け、小さい弟にたのんでつたない中国語に訳させました。やはりまだ子どもで、自分では中国語をほとんど知らないルーシーが、それを聞こえたとおりに書きとめました。正しくはどう発音するのかわたくしにはわかりません、でもとにかく家族はこの家をそう呼ぶことにしたのです、ランズデガウンと」

オーウェンは目を見ひらいて、うっとり話に聴き入っていた。マイロにはその気持ちがわかった。マイロが自分のルーツについて知りたいと願ってきたのはまさにそういうことだった。

「ですから」とヒアワード夫人がしめくくった。「あなたがその家族のリャオの子孫であってもおかしくないのではないかしら。もしくはルーシーの子孫のだれかと結婚したアジア系のだれかの。つきとめるのは不可能でしょうね。でもいずれにしろ、これがランズデガウンという名前の由来です。小さなふたりの子どもがブルークラウンという姓を中国語に訳したのです」

若者は頭を振った。「信じられない」とつぶやいた。

マイロは激しくまばたきして、泣くまいとがんばった。自分でもよく理解できないさまざまな感情がこみあげてきた。自分の祖先についてなにかわかったわけではないし、オーウェンをねたましく感じたわけでもない。オーウェンのためにうれしかった――いいようもなく、めちゃくちゃうれしかった。自分の祖先についてなにもわからなかった人が、いまはなにかを知ることができたのだ。

泣くのをこらえているのはマイロだけではなかった。クレム――大胆で動じないクレメンス・O・キャンドラー――が、すでにこらえきれなくなっていて、頬を涙で濡らしながらジョージィを見た。「ヒアワードさんがほんとうにかまわないかって訊いてた。話すまえにあんたの許可を求めたでしょ。このことを知ってたの？」

ジョージィもさかんにまばたきしていた。「昨日の夜、あなたたちが階上《うえ》にあがったあとで、わたしの――わたしたちの話をしたの。わたしがあの名前をいったら、ヒアワードさんが結びつけて結論を出したのよ」

「だけど、あれだけ……いろいろあったのに」口ごもり、声がひびわれた。「あんたとあたしであれだけ……ふたりともこのことを……どうして自分で――」

「だってあなたたちふたりを見たから！」ジョージィの声がしゃがれて、やはり涙をこらえきれなくなった。「もうこれ以上がんばって、あなたの先を越そうとする理由なんてないじゃない」

クレムは立ちあがって、ふらふら歩きだし、ジョージィが立つのもほとんど待たずに両腕を投げかけて、ぎゅっと抱きしめた。「ありがとう、ブルー」とささやいた。ジョージィは胸の鼓動一拍分静止して立ちつくし、それからクレムに腕をまわして抱きしめかえした。

オーウェンはといえば、どちらに心を乱されているのか自分でもわからない様子だった。祖先に関する新たな情報か、はたまた女性たちの不可解な行動か。ふたりが彼の心をつかもうと競いあってきたことは、まったく知らなかったようだ。

そしてマイロはじっと床にすわったまま、あふれだしそうな涙をかろうじてとどめていた。心臓が痛いほど飛びはねている。ブルークラウン。関節が白くなるほど握りしめていた手を無理やり動かして、皿をコーヒーテーブルにおろし、ポケットに入れた。指が革のキーリングをとらえ、何度目かわからないほどふれてきた小さな円板の文字をいま一度なでた。取りだして、裏返し、その面に描かれたイメージを見ると胸がつまった。

彼はネグレの父を思いうかべた。息子と同じ中国人で、自分が父親から受けついだこれらの鍵を息子に譲った父。メディのゲームは最初のうち、とうさんとかあさんに対して不誠実だというやましさを感じずに生みの親を想像する口実だったのだが、マイロはたちまちこの鍵と架空の歴史をいつくしむようになった自分に気づいていた。ぼくにとってはほんとうの歴史だよ、と頭のなかでネグレの声がした。

そうだよ、とマイロは心のなかでこたえた。でもオーウェンにとってはほんとうどころではない。真実なんだ。

マイロは目にたまった涙をぬぐい、にこやかな表情をつくって、立ちあがった。おどろきの沈黙につつまれている部屋をつっ切ると、父の袖を引っぱった。キーリングを見せて、小声でひとつ質問をした。

「ミスター・パインは妻に目をやって、くすりと笑った。「マイロは屋根裏部屋を片づけてくれているようだよ」マイロに向きなおった。「いいとも。だめなはずないだろ」

マイロは咳ばらいした。「すみません、みなさん、ちょっと失礼します」声がすこし震えたが、たぶんだれにも気づかれずにすんだ。十三組の目がいっせいに向けられた。マイロはオーウェンのほうを見た。「オーウェン……さん、ぼく、このあいだこれを見つけたんです。かっこいいのでとっておいたんだけど、あなたが持っていたほうがいいと思います」キーリングを差しだした。

オーウェンは受けとって、鍵のあいだにぶらさがっている円板に目をこらした。マイロは彼の指が中国の文字をなでるのを、裏返して青いエナメルがまだらに残った王冠の彫物に目をとめるのを見まもった。ブルークラウン。

「な……なんていえばいいか」感情のこもったまなざしでマイロを見た。マイロにはすぐにその感情が伝わった。たとえそれをいいあらわす言葉は知らなくても。「たいせつにするよ」オーウェンがそっといった。「ほんとうにもらってもいいの？」

マイロは重々しくうなずいた。「まず父と母に訊きましたから」

青年は鍵束を握った。「ありがとう、マイロ。これがぼくにとってどんな意味をもつか、わからないだろうけど」

「わかる、と思うんです」マイロはいった。「ぼくも養子なので」

それから、まだ注がれているいると感じるいくつもの視線にかまわず、また床に腰をおろして、コーヒーテーブルから皿を取りあげた。ネグレは父の唯一の記念品を失った。でも自分が授かった品物は、自分もいつかだれかにわたさなければならないのだ。ひょっとしたら、とマイロは思った。ひょっとしたら〈ブラックジャック〉の父がネグレにあの鍵をくれたとき、こんなことをいったのではないか。〝これをおまえにやるから、いつかおまえはほかのだれかにやるがいい。そのだれかはおまえの息子かもしれないし、そうではないかもしれない。知らない相手ってこともある。だれがその相手かは出会ったときにわかる〟

こうしてマイロとネグレは〈ブラックジャック〉の鍵を手放すことにしたのだった。マイロが自分でも意外だったことに、ごくかすかな痛みも残らなかった。彼は深く息を吸って、ゆっくり吐きだすと、パンケーキに注意をもどした。

何口か食べたあと、ジョージィが隣にすわって、彼の脇腹をそっと肘《ひじ》でこづいた。目は赤いけれど、幸せそうに見えなくもなかった。「いいことをしたわね」と小さな声でいった。「感謝してる。さっきのことも、あなたがヒアワードさんにいってくれたことも」

「彼があなたのほうを選ばなくても？」マイロはささやきかえした。

「ええ」ためらいのあと、うなずいた。「そうよ。たとえそうでも。あなたはわたしの愛する人にとってほんとうに大切な贈り物をしてくれた」

マイロは肘でこづきかえした。「あなたもだよ」

それはマイロが本で読んで考えていたオーファン・マジックとはすこしちがったが、それでもどこかしら魔法のようで、それをなしとげたのは彼、かつて孤児だったことのあるマイロなのだった。「ありがとね」ジョージィは両手で膝をぽんとたたいて、立ちあがった。「ミセス・パイン？　ちょっといいですか」

マイロの母はコーヒーポットを持って居間をまわっていたが、うなずいて、ツリーの近くでジョージィと対面した。「今日発とうと思うんです」青い髪の女性が静かにいった。「ここまで乗せてくれたフェリーの船長が名刺をくれて、また必要なときは電話しなさいと」

ミセス・パインは首を振った。「電話線は送電線と一緒に張られているの。町が架線作業員を修理によこすまでは使えないのよ」

ジョージィはため息をついた。「やっぱり。ほかに出発を報せる手段はないんでしょうね」

「旗をあげることはできますけど」ミセス・パインは申しわけなさそうな顔をした。「いつだれが応答してくれるかは予測がつかないの。緊急の色の旗はほんとうの非常事態でないかぎり使いたくないので」

「ええ、それは当然です」ジョージィは頭をかいた。「でも、いちおう旗はあげてもらえるでしょうか」

「ええ、ジョージィ、あなたがそれでよければ」

「助かります。あの……すみません、ご面倒をおかけして。迎えがきてくれるときはどうしたらわかります？　どのくらいかかると思いますか」

「この天候で？」ミセス・パインは考えこんだ。「フェリーの船着き場は閉まっているでしょうから、どのくらいで合図に気づいてもらえるかだけじゃなく、船を出してくれるかどうかにもよるわね。五分かもしれないし、空模様がおちつくまでまったく返事がない可能性もある。船着き場がまだ開いていれば旗で応答してくれるでしょうけど、雪がまたひどくなればこちらに見えるとはかぎらないし。もし閉まっていても、仕事がほしくて天気を気にしない人が気がつけば、のぼってきて玄関のベルを鳴らすでしょうね。どっちにしてもこの天候だと法外な料金をふっかけられるわよ」

ジョージィはぞんざいに手をひと振りした。「それはかまいません。気を悪くしないでくださいね、でもいまはたとえ低体温症になろうと、歩いてでも出ていきたい心境なんです」ミセス・パインの顔に心配の色がよぎるのを見て、「そこまではしないけど」とつけくわえた。

「わかったわ、ジョージィ」ミセス・パインは若い女性の肩をきゅっとつかんだ。「ベンにたのんですぐに旗をあげてもらうわね」

それからしばらくはなにごともなく穏やかに過ぎた。マイロが朝食を終えて食器をキッチンに運んでいくと、母に足が床からうきあがるほど抱きしめられた。手を放したとき、母の目がやはり泣いていたかのようにすこし赤くなっていたので、マイロはどきりとした。

「どうかしたの？」

「なんでもない」もういっぺんハグした。「ただうれしいだけ」

マイロはまださまざまな感情に流されながら、居間に引きかえした。メディをさがしてツリーのそばを通ったとき、暖炉のまえからオーウェンに呼びとめられた。「マイロ、ちょっといいかな」

「もちろん」マイロは隣にすわった。オーウェンが目のまえに手を出した。その手のひらに彼の親指ほどの長さの、骨の色をした彫刻のフィギュアがのっていた。蛇に似た生きもので、足にはかぎ爪、獰猛《どうもう》な顔には牙があった。

「ドラゴン？」

オーウェンがうなずいた。「子どものころ、ぼくは中国の神話によく出てくる竜に夢中でね。集めていたんだ……たぶん何百という竜を。絵とか、本とか、ぬいぐるみとか。それに、これみたいなちっちゃいのをどっさり」差しだされた小さな像をマイロはこわごわ手に取った。見かけよりもずっしりと重かった。「それはとくに気に入っていた」マイロがドラゴンをためつすがめつするあいだに、オーウェンは続けた。「十歳のとき、あるフリーマーケットで見つけたんだ。あとで本物の象牙でできた骨董品《アンティーク》だとわかったんだけど、そんなことよりもたんにこの小さな顔が好きだった。だからぬいぐるみを卒業して、集めまくった竜の絵を貼る場所がなくなってしまってからも、そいつはとっておいて、どこへでも持ち歩いていた」すこしためらった。「たぶんきみにならわかる、ほかの人たちとちがって、変には聞こえないだろうけど……それが先祖とつながるぼくなりの方法だったんだ。それをポケットに入れて歩くことが。自分の気持ちや、自分がどこに属するかさえはっきりしていなくても。わかる？」

マイロは感情が暴れださないように、その竜をひたすら見つめながらうなずいた。

「それにまつわる物語をいくつも考えたりしたよ」オーウェンは小さな笑い声をたてた。「ときにはドラゴンと冒険の話、ときにはフィギュアそのものやその由来について。いまだにそれなしで出歩くことはないといっていい。でもね、マイロ、考えてもみなかったよ、そいつの代わりにほんとうに祖先につながるなにかをポケットに入れて歩ける日が百万年以内に来るなんて。きみのおかげでそれが手にはいったいま、ぼくの竜はきみにわたすときなのかもしれない」ふたり一緒に竜を見おろした。「こいつをもらってほしいんだ。少なくとも幸運のお守りにはなるんじゃないかな」

マイロはありがとうといおうとして口をあけたが、声にならなかった。ふたりは長いあいだその場にすわっていた。マイロは泣いていないふりができるように、じっと竜を見おろしていた。オーウェンはだまって隣にすわり、やはり竜を見つめていた。マイロにだいじょうぶかとか、ティッシュがいるかとか、しばらくひとりになりたいかとは訊かなかった。ただずっとそこに、マイロのそばにいた。

しばらくすると、マイロは袖で目をぬぐい、うなずいた。一度しゃっくりみたいな声が出た。「ありがとう」とささやいた。

オーウェンはうなずいた。「さよなら、ちびすけ」と竜にいった。それから立ちあがって、居間を出ていった。

顔をあげても感情が全部むきだしになっていないとようやく思えてから、マイロは深呼吸して、もういっぺん目をぬぐった。母がぶらりとやってきて、ソファのスローブランケットをまっすぐに直すふりをした。ちらりとなにげなさそうにマイロを見やり、眉をあげてみせた。なにも問題はない？

マイロはこくんとうなずいて、にっこりした。

そこへ階段をどすどすと駆けおりてくる足音がした。「この宿はいったい全体どうなってるんだ！」ガワーヴァイン教授がほえた。

「ああ、やだ」ミセス・パインがつぶやいた。

「そら来た」マイロは小声でいうと、象牙の竜をポケットにすべりこませた。「はじまるぞ」

「どうしましたか、ガワーヴァイン教授?」ミセス・パインはほんのすこしだけうんざりした調子でたずね、そそくさと居間を出ていった。マイロもあとに続いた。

「どうしたかだって?」教授はかみつかんばかりにいった。「泥棒にはいられたんだ!」

家の裏手に信号の旗をあげ、だれかがほんとうに応答した場合にそなえてベルを除氷してきたマイロの父が、風焼けした顔に手をあてた。「ご冗談を。ありえませんよ」

「冗談などいうものか!」教授はいっそう感情的になった。

「ええ、ええ。そういう意味じゃありませんから」ミセス・パインが彼の腕を取った。「わたしがお部屋へご一緒します。見てみましょう」

教授はぶつぶつ文句をいいながら、ふたたび階上へ連れていかれた。メディがするりと近づいてきて、マイロの腕をつかんだ。「行こう、ネグレ」

ネグレはソファに駆けもどって、足音のしない靴をはき、それから母とガワーヴァイン教授に聞かれずに会話できるよう、ゆっくり階段をのぼりはじめた。「これで全部ひっくりかえっちゃった」サイリンが小声でいった。「あの人だと確信してたのに」

「ぼくもそう思ってた」ネグレはいった。「彼のさがしているそのヴィディムスとやらの手がかりが隠されていると考えて、バッグやノートを盗んだんじゃないかって。どれもこの家につながりがあるから。時計だけは理解できなかったけど」

「あれは目くらましだったのかも」二階の踊り場をまわりながらサイリンがいった。「時計を盗んだのはわたしたちの追跡をかわすため、真の目的をつきとめさせないためだったのよ」

「でもこれで疑いは晴れた、彼も盗まれたからね。ただし……そうだ！　これもまた目くらましだったらべつだよ。疑われないように盗まれたふりをしてるとか？」

「いい線よ、ネグレ。なかなかいい」ふたりは三階に着いた。もれ聞こえてくる様子からすると、ミセス・パインが一緒に部屋を調べても教授の腹立ちはおさまらないようだった。

「最後に見たのはいつですか」ミセス・パインが超人的な穏やかさでたずねた。

「いつが最後かはわからない――ほかの人たちが物を盗まれたときにチェックしたが、そのときは無事だった。しかしそのあとは……」

「どんなかばんなんでしょう」

ガワーヴァイン教授はネグレとサイリンのいる廊下の端まで聞こえるいきおいで息を吐きだした。「大きな書類かばんで、茶色のレザーに目立つ赤いステッチがはいっていて、真鍮の部分にわたしのイニシャルを彫ってある。内張りは格子縞《じま》のサテンで、色は主に赤」

「やけに細かいわね」サイリンが小声でいった。「〝茶色の書類かばん〟だけで伝わると思わない？」

「シーッ」

「中身を教えていただけます？」マイロの母がたずねた。

「あのいまいましい話のせいだ！」教授が大声をあげた。「あのことは話すべきじゃないとわかっていたんだ！　わかっていたのに！　でもあのがみがみばあさんがあの若い娘さんの……つまらない恋愛問題から気をそらしてあげるためだなどというから、あれしか話を思いつかなくて。やはり口を閉じておくべきだった」

「ガワーヴァインさん」ミセス・パインが母親にしか発揮できない忍耐強さで質問した。「かばんの中身はなんでしたの？」

ひと呼吸の間。「わたしの研究です」教授は静かにこたえた。「そのすべて。わたしがロウェル・スケランセンについて調べてきたなにもかも。わたしの研究の一切合財があのかばんにはいっているんです」

室内の会話はさがしものがはじまるとしだいに聞こえなくなった。ネグレはあごをしゃくって階段を指し、サイリンとともに足音をしのばせて二階へおりた。自分の部屋にはいると枕の下からリング綴じノートを取りだし、ガワーヴァイン教授のページを開いて、書きこんだ。

〝朝食後に茶色の革のかばんがなくなる。なかみはG教授の資料ぜんぶ。ステンドグラスの男の研究〟「スケランセンてどう書くの？」

「それはどうでもいい」サイリンが腕組みして窓にもたれた。「だれかが盗んだとしても、本人が盗られたふりをしているとしても、かばんはもう彼の部屋にはないわね。あなたのパパやママが一緒に部屋をさがしたがるのは、昨日やったからわかっていたはず。それに彼は大きなかばんだといった。そんな大きさのなにかをどこに隠せる？」

ネグレは前夜の物音について考えていた。でもドアノブがまわる音と音のあいだの沈黙に手がかりがあったとしても、かばんの隠し場所のヒントがあったとしても、ネグレには見えなかった。「しかも、場所を移すことだってできたんだ」とつぶやいた。「犯人には午前中いっぱい隠す時間があった」

ドアをすばやく三回たたく音がした。ネグレはノートパッドを閉じて、急いで枕の下に押しもどした。「どうぞ」

ドアが開いて、ジョージィ・モーゼルがのぞきこんだ。「じゃましてごめんなさい。おとうさんにここかもしれないと聞いて。ちょっと話せる?」

「あ。いいよ」彼はベッドからするりとおりて、ジョージィのいる廊下に出ていった。

ジョージィはだいぶ元気そうに見え、青い砂糖がまぶされたケーキの皿を持っていた。「今日あなたがしてくれたことにお礼をいいたかったの」あいているほうの手で、青い雪の結晶がプリントされた包装紙の、薄い長方形の包みを差しだした。

「プレゼント?　ぼくに?」

「そう、あなたに」ジョージィはそれを振ってみせた。「あなたはヒアワードさんにひとつあげたし、わたしにもくれたでしょ。それにクレムにも——あの鍵をオーウェンにあげたときにね。たいした物じゃないけど、もらってほしいの」

「ありがとう、ジョージィ」彼は包みを受けとった。「いまあけたほうがいい?　それとも明日までとっておく?」

「あけてみて。明日はもうここにいない予定だから。中身を破かないように気をつけてね」

彼は包装紙を破かないように、用心深く開いた。なかには……さらに紙があった。もろくて、ざらっとした手ざわりの緑色の紙。すぐに気がついた。

「あの海図だ！」ジョージィを見あげた。「あなただってわかってた！　ぼくが見つけるように落としていったんでしょ？」

「試してみる価値はあると思ったの」ジョージィがいった。「もちろん、あんなにぞろぞろほかの人たちが来るまえのことだけど。その場の思いつき、かな。まえから考えていたわけじゃなくて。それに、そう、取りもどしたのもわたし。勝手に部屋にはいってごめんなさい、でもクレムがここへ来ちゃったし……。だけどあなたはこれをとっておきたいんじゃないかと思って。わたしが偽物を入れて残していった、あのレザーの財布もあげる」

「うれしい！」ネグレはていねいに海図をひろげた。「ジョージィは知ってるの、これがどこの――おっと！」折りたたまれた海図からべつの紙片――もっと厚く、ボール紙に近い――がすべり出て、ひらりと床に落ちた。彼とジョージィは同時につかもうとして手をのばし、あやうく頭をぶつけるところだった。

ジョージィが先につかんだ。「いっておけばよかったわね。はい、これ」

それはオフホワイトとグレーの色調の写真だった。ぼやけていて、不鮮明で、粒子が粗《あら》く、写っているものは大まかな円形で、隅のほうは黒くなっていた。それでもネグレには自分がなにを見ているかわかった。「四階の窓だ！」

「ビンゴ。葉巻の箱のカメラで昨日撮った写真よ」

「でもこれとオーウェンやランズデガウンやなんかにはどんな関係があるの？」

ジョージィは肩をすくめた。「わたしがこたえをさがしていないところにクレムの目を向けさせる必要があったの、ほんとうはなにをやっているのか気づかせないために。あのカメラはいわゆるおとり、見せかけのヒントよ。なにとも、なんの関係もない。だけど、初めて作ったにしてはよく撮れてない？」

「ほんとだね。ありがとう、ジョージィ。ほんとうに最高のプレゼントだよ」

「よかった」ジョージィは去りかけて、足を止め、もどってきた。「質問をしかけたでしょう」

「ああ、うん。あの海図――どこのだか知ってる？」

ジョージィは首を振った。「わからなかった。この地元で見つけられるかぎりの川や水路とくらべてみたけど。この紙は見るからに古いでしょ――ヒアワードさんが話してた最初の家族の時代にまでさかのぼるのかもね。ただし」隅っこに曲線で描かれた白いマークをとんと指でついた。「この絵の具はもっと新しいと思う。どのくらいとはいえないけど、かなり新しい。たぶんコンパスローズも」

ネグレは鳥のかたちをした羅針盤《コンパスローズ》と、その北に白い絵の具で描かれた曲線の図形をまじまじと見た。

「どうして？」

「わたしは泥棒よ、マイロ」ジョージィは眉をすこしあげてみせた。「わかるでしょ？」

「うん」のろのろとこたえた。「それで……？」

「わたしはあなたがびっくりするくらいたくさんのことに関して専門家並みに詳しいの、それがわたしの……仕事を大きく左右するから。偽造もそのひとつ。うまく偽造するのに肝腎なのは、どの部分もほかからうきあがらないように注意すること。わたしの知っているすべてが、この紙は二百年ほどまえのものなのに、船と鳥はそれよりもずうっとあとに描かれたといってる。わたしの目にはひどくちぐはぐに見えるのよ」

「船だって？」

「そう、この白いマーク。ほぼまちがいなく、帆をいっぱいに張った船を上から見たところだと思う。わたしが絶対正しいとはかぎらないけどね」

それはあのランタンの炎のシンボルに似ていた。いわれてみれば、ネグレにはもうその白いいくつもの曲線が船の帆にしか見えなくなった。「ううん、ジョージィが正しいよ。この海図のなにがランズデガウンという名前に結びついたの？」

「これがはいっていた封筒の表に〝ランズデガウン・ハウス〟とスタンプが押してあったのよ。家の名前だけ。住所はなかった。それをつきとめるために……まあ、長くなるからやめとくけど。ただずっとあのばかげた透かしをたどってくればよかったのに」ジョージィは小さく敬礼してみせた。

「とにかく、あなたにはまだどっさり謎が残ってるわよ」

「楽しんで、マイロ、それにありがとう」

「こちらこそ。それに、ジョージィ？　たぶんその砂糖はあんまり食べすぎないほうがいいよ」

彼女は皿に目を落とした。「ええ、ヒアワードさんもそういってた。インクがどうしたって話だったけど、さっぱり意味がわからなくて」

ネグレが部屋にもどってドアを閉めると、サイリンがぴょんぴょん飛びはねていた。「聞かせて、聞かせて、聞かせて！」

彼はだまって海図と写真を手わたした——そしてサイリンのまるで〈注解学者〉らしからぬ歓喜の悲鳴に顔をしかめた。するとそこへまただれかがどんどんとドアをたたいた。「やれやれ、今度はなんだよ」歩いていって、ドアをあけた。今度はクレムだった。

「マイロ」同じ青い雪の結晶の紙で包んだ小さな円筒を差しだした。「きみに」

「ほんとに？」十分もたたないうちにふたつ目のプレゼント？　マイロを知って二日にしかならない人たちから？　ありえない。

「ほんとよ」クレムが初めてまじめくさった顔をした。「ありがとう」

「そんな……こちらこそ」

「じゃ、あけてみて！」

ふだんのマイロならいっぺん勧められれば遠慮なくあけるところだが、いまはためらった。

「クレム、ジョージィに聞いたんだけど、あなたは透かしのはいった紙からジョージィの行き先がグリーングラス・ハウスだと気がついて、ここへ来たんだって？　その透かしって、門の絵だけど」

クレムはうなずいた。「うん、そう」

「あの門がこの家に関係あると、どうしてわかったの？」

「ああ」両手をポケットに入れた。「それはね、信じられないほどラッキーだったの。骨董品屋でその門そのものを見つけたんだ」

「本物の門を？」

「実物を。ま、半分だけど」

「それを……盗んだの？」

クレムが笑った。「あれはえらく重かったな。いやいや、盗んでないってば。じつはそこに行ったのは……ほかのあることのため。ほかのあるものを見るためだったの」早口でつけくわえた。「でも見た瞬間にあの門だってわかったし、運よくまともな骨董品屋だったから——港やスラム街のうさんくさい店とはちがって——売り物の来歴をちゃんと知っていたわけ」

「来歴って？」

「その品物の由来。どこから来たか、まえの持ち主はだれだったか。そこの店主の話によれば、門はこの地所にあったんだって。あたしたち全員がのぼってきたルートは、昔からずっと使われてはいなかったんじゃないかな。この家が建てられた当時はべつの場所から丘をのぼってたみたい、尾根のもっと東のほうから。そっちには木のない場所があって、そこを見おろす位置にあの門があったんだって」

いまつむじ風号が走っている場所以外のどこに、川におりていけるルートがあったのだろう。尾根のほかの部分は傾斜がきつく、岩だらけで危険だし、どこもかしこも木々や下生えにおおわれている。「そんな場所がどこに——ああ」下る道はほかにないが、木々がとぎれている場所ならある。

「どこだったかわかる?」クレムがたずねた。

「木のない場所ならわかる。でもそこから下っていく道はないよ。いまは庭園なんだ。思いつかなかったのは、そこが急傾斜どころかほんとうの崖だからだよ。フェンスを立てなきゃならなかったし、そのうちあのフェンスでさえひっくりかえって落ちちゃうだろうってかあさんがいつもいってる」

クレムがうなずいた。「ま、二百年もたてば大きく変わるものよ。川も、丘も……たぶんその斜面だって崩れて昔のまんまじゃないんでしょ。そこかもしれないね、あたしは知らないけど。知ってるのはその店主から聞かされたことだけ。あの門はこの地所の元の入口で、森がとぎれた空き地に立っていて、鉄の門ごしにまばゆい夕陽が沈むときはこの家のステンドグラス窓がもうひとつあるように見えたらしい。あたしは透かしの門と同じだって気がついたから」肩をひょいとすくめた。「ここへ来ることができたってわけ。さ、プレゼントをあけてよ!どうしたの? あたしがきみの年齢のころは、プレゼントをあけるのに十秒もがまんできなかったけどな」

彼はにやっと笑って、包みに目を向けた。包装紙をはがしてみると、一枚の革を筒形に巻いて結び目のある紐でとじたものだった。「これ、なに?」

「やだあ、開いてみてよ!」いつものクレムにもどっていった。「どきどきして死にそう」

ネグレは紐の結び目をゆるめて、手のひらの上で革をひろげた。内側には小さな金属の棒がずらりと並んでいた。それぞれ一端に持ち手がついていて、細長い。ポケットから何本か引きだしてみると、反対端はどれもかたちがちがっていた。鉤状《かぎじょう》のもの、鍵のような歯があるもの、三角形になっているもの。「やっぱりなんだかわからない」

「それは」クレムがもったいぶった口調でいった。「ピッキング・キットです」

ネグレはまばたきして、手のなかの品を見つめた。「ピッキングの道具?」

クレムは肩をすくめた。「きみはオーウェンに鍵をあげちゃったし、これからは鍵のかかったドアをあける道具が必要かなと思って。それに、泥棒のキャラクターをやるなら本物の道具のひとつぐらい持っていなくちゃ。それはほんの基本的な一式だけど」

「でも」——彼は眉をひそめた——「そっちも……ええと、また必要にならない?」

クレムは手をひと振りした。「心配無用じゃ、わが弟子よ。あたしは山ほど持ってるから」

本物のピッキングの道具。すごいや。「ありがとう、クレム!」キットを筒形に丸めて、パジャマのポケットにしまった。「えっと——それぞれどう使いわけるのか教えてもらえる?」

クレムが片手をあげた。「まず、その道具の名前はピック、ただしそこにはテンションレンチも二本はいってて、その呼びかたは、まあ、テンションレンチかな。あとは……たぶん、また今度ね」ウィンクして、それから、いつものごとく音をたてずに去っていった。

11　トラップ

「犯人は今回、屋根裏部屋と空いている部屋ははずしたんじゃない？」ネグレが門に関するクレムからの情報をくりかえして伝え、ふたりで十分間ばかり革のポケットからピックとレンチを抜きだしてはとっくりながめ、使いみちを推測したあとで、サイリンがいった。「わたしたちがその隠し場所に目をつけたのをもう知っているんだから」

「おそらくね。ぼくが泥棒なら、もっといい場所をさがそうとする。かばんはまえに盗まれた品物より大きいし。隠すのはもっとむずかしいだろう」ネグレはすでに頭のなかで候補をあたっていた。地下室か……外でカバーをかけてある薪《まき》の山かも……。

「それでも、チェックしておけば安心だけど」サイリンがいった。「部屋を調べないでおくのは気に入らない。それはだめな調査よ」

「たしかに」ネグレはリング綴《と》じのノートパッドとピッキング・キットをリュックに入れて、ジョージィの地図と写真はリュックのポケットのひとつにしまった。「じゃあ、空き室から取りかかろう」

空き室は前日と入れかわっていた。まえの晩にクレムが四階のオーウェンと向かいあわせの部屋にかわりたいといったので、ジョージィが五階の空き室に移った。それから、今朝の食事のあと、居間で眠ったブランドンとフェンスターもそれぞれ五階に部屋をあてがわれた。そうした入れかえがあったので調べるべき空き部屋は四室となり、ネグレは数分かけて家のかたちをしたレイヤーケーキのように見える見取り図を描き、全員が現在どこに泊まっているか記した。三階のまだ空いている部屋を再度点検し、あらたに四階の二室と五階の一室を調べなくてはならない。

ふたりは五階から取りかかった。金色と緑色の光を投げかける窓で、絶えずつきまとうあの門の上に花火が星形にひろがっていた。「ねえ」サイリンがいった。「もし窓がよそから持ってこられたというガワーヴァイン説が正しいなら、きっと門も同じところから来たのよ。門が重要だとすれば、それは元の家に関係のあるなにかのせいよ」

「たぶんね」ネグレは同意した。「でもぼくはやっぱり庭園を見ておきたい」

サイリンは肩をすくめた。「雪に埋もれちゃってるでしょ。なにも見えやしないわよ」

「わかったけど、見ないでおくのがいやなんだ。きみがいったように、それはだめな調査だろ?」

「まあね」低くいって、廊下のほうを向いた。「でもあなたがなにを期待しているのかわかんない、寒くてびしょびしょになるだけなのに」

開いているドアからすると、ブランドンとフェンスターは階段に近いほうの部屋ふたつを選んだようだった。サイリンとともに廊下《した》を歩きだしながら、ネグレは今度もなにひとつ見のがさないよう注意深く観察した。階下と同じ壁紙、同じカーペット、同じ燭台《しょくだい》、同じ天井。廊下のつきあたりには同じペンキで塗りつぶされた昇降機がある。その下の小テーブルは四角く、上にのっているポインセチアは赤だった。

クレムのいた部屋は廊下の奥の5W。室内はほかのどの部屋とも変わらない。ベッドにドレッサー、机、椅子、荷物ラック、バスルーム。クレムは部屋を移るまえにベッドリネンを引っぱってととのえていったが、ネグレにはまだだれもシーツを替えにきていないのがわかった。これといって目をひくものはなかった。

四階では、やはり階段に近いほうの二室のドアがしまっていたので、ネグレとサイリンは廊下を奥まで進み、まずジョージィが出ていった部屋から調べた。ベッドはととのえていなかったが、クレムと同じく目をとらえるものは残していなかった。ドアの反対側の荷物ラックを正しい位置へ動かしはじめたネグレは、その下の敷物が壁に対してまっすぐでないのに気がついた。もしかするとゆがんだ縁《ふち》を隠すために、母がわざとラックをそこにおいたのかもしれない。そう考えて、ラックが定位置にないのは気持ちが悪いけれど、がまんしてそのままにしておいた。それからサイリンと廊下を横切って最後の空き室にはいった。

ほかの部屋でもそうしたように、ネグレは4Nのドアを閉じる寸前でとめておいた。音をたててだれかに気づかれるのは避けたほうがよさそうだった。五階で大いびきが聞こえたほかは、調査中にだれも見かけていないし、だれの声も聞いていなかったが。

隠し場所になりそうなところをすべて調べ――成果なし――、ふたりがちょうど切りあげようとしていたとき、ドアがすうっと閉じた。

あまりにも静かで、ネグレがドアのほうを向いていなければ見のがしたかもしれなかった。でもたまたまそちらを向いていたから、ドアが閉まるのが見えただけでなく、最後の瞬間にノブがまわって小さくかちゃっと鳴ったのも聞こえた。

「すきま風？」彼の視線を追って、サイリンがたずねた。

「どう……かな？」でもふだんその古い家のすきま風が起こすような動きとはちがった。それにすきま風がドアノブをまわすことはまずない。ネグレは近づいてノブに手をかけた。ノブはまわらなかった。

するとこ度目のかすかな音がしたので、

「うそだろ」おどろいていった。ノブをがちゃがちゃと揺すった。「ありえない！」

「鍵をかけられた？」

「鍵をかけられた！」あとずさって、呆然と見つめた。「信じられない」

「外から？　こっちから鍵はあけられないの？」

「鍵を持ってればあけられるけど」ネグレは感情を抑えてこたえた。「この家のドアは全部キーで鍵をかけるんだ、内側《なか》から、または外側《そと》から」

「じゃあ……」サイリンがかがんで、鍵穴に片方の目をあてた。「それはつまり……？」

「そうだよ」ネグレは頑丈な古い木に一発蹴りを入れた。「だれかに閉じこめられたんだ。キーを持ってるだれかに。わざと」荷物ラックにすわりこんだ。「ぼくらがやらなかったことはなに？」

「トラップがないかチェックする?」

「そう」

サイリンがさぐるように彼を見た。「ずいぶんおちついてるのね」

「そう見えるだけさ。いっとくけど、むかついてるよ」リュックを荷物ラックの自分の隣におろして、開き、クレムのピッキング道具一式を取りだした。「ぼくがこれを使いこなせる可能性なんてあると思う?」

サイリンは肩をすくめた。「試さないのはばかげてる」

ネグレは革をひろげて、ピックをひととおり見た。ともかくどれかからはじめなくちゃ。またリュックに手を入れて、器用なずるがしこい指で錠前をあけて窓からしのびこむための〈とびきり上等なガントレット〉を見つけると、それをはめて、先が鍵の歯のようになっているピックを選んだ。それを鍵穴に挿しこんだ。さてどうだ?

たのむよ。〈ムーンライターのこつ〉は錠前やコンビネーションロックを破るのに役立つはずだ。たとえ盗みが目的でなくても。ピックを揺すってみた。鍵穴のなかをさぐるようにつついた。ピックをキーのようにまわしてみた。だがどれも効果なしだった。ネグレはピックを取りかえては同じ手順をくりかえし、とうとう革のケースの道具すべてを試してしまった。最後のピックを元のポケットにもどすと、腕組みして壁にぐったりもたれた。「たいした〈はしごのぼり〉だよ」と愚痴《ぐち》をこぼした。「本物のピッキング道具を持ってるっていうのに、それでもドアをあけられないとは」

サイリンがネグレの肩をぽんとたたいた。「自分にきびしくしすぎないで。あなたは使いかたを知らないんだから。そこに使用法が書いてあるわけじゃなし」周囲をぐるりと見た。「さあ、ネグレ、だれかに聞こえるまでドアをばんばんたたくことはいつでもできるけど、ほかに方法はない？」

「ほかに方法が必要にならないことを祈ろう」ふたりしてドアをたたき、声をかぎりにわめきたてた。たっぷり数分が過ぎた。だれも来なかった。

「信じられないよ」ネグレは閉じたドアをじれったそうに見つめた。「きっとだれかが親鍵《マスターキー》を持ちだしたんだ。宿泊客のキーは自分の部屋にしか使えないからね」

「それじゃここの部屋のキーはもう一本どこかにあるの？」サイリンがたずねた。

「あるよ、二階のうちの書斎に、だからってぼくらの助けにはならないけど」

サイリンは鋭く彼を見て、口をあけ、また閉じた。「うん、もちろんそうだけど。でももしかしたら……」彼の腕をとって、ドアのほうへ押しやった。「よく見て、ネグレ」

「見てるよ」

「ちがう、もっとよく」彼をもうひと押しし、そのどこかで足をひっかけたので、ネグレはドアに衝突した。

「いたっ！」サイリンを振りはらって、鼻をさすった。「なんなんだよ」

サイリンがため息をついた。「ごめん。わたしったらぶきっちょで。それでどうしたらここを出られるの？」

「なにをよく見せたかったんだよ」

「錠前を。だって、〈はしごのぼり〉でしょ」

ネグレはいぶかしげに彼女を見てから、錠前のほうを振りむいた。「なにも見えない。あけるにはこの部屋のキーかマスターキーがないと」泥棒は客室をのぞいてまわっていただけではなかった。そいつはひそかに二階にしのびこみ、マイロの両親の持ち物も見ていたのだ。

もちろん、わからなくはない——たいがいの宿泊客はドアに鍵をかけて眠るのだから、泥棒には鍵をあける手段が要る。とはいえ、家族の私的空間がまたしても侵害されたのだと思うと頭に血がのぼった。しかも、私的空間から物を盗まれたばかりでなく、それをマイロに対して使われたのだ。ひどく腹がたった。意外なことに、傷ついたプライドがなによりも痛んだ。たとえ予測しようがなかったとしても、〈ブラックジャック〉が出し抜かれたことはおもしろくない。

「ネグレ」顔のまえで〈注解学者〉が手を振った。「ぼやっとしないで。わたしたちをこの部屋から出してくれなくちゃ」

「わかった、わかったよ」集中して、部屋を見まわした。「非常口だ」窓辺に行くと、窓は簡単に開いた。凍りつきそうなヒューヒューうなる風が押し入ってきて、よろい戸に雪片を吹きつけた。「これをはずさなくちゃ」

窓からよろい戸をはずすのに、ピックは文句なく役に立った。本来の用途ではないとしても。サイリンが外へ顔を出してから、引っこめ、壁に両手をついてささえながら激しく首を振った。

「このながめは気に入らない。全然」

つぎにネグレが身をのりだした。「うわ」

非常階段に出るのはなんでもないだろう。たやすく出られるので、非常時か両親が見ているとき以外は出るなとわざわざ禁じられているほどだ。でも家の外壁に取りつけられている赤く塗った金属製階段は急で、手すりはぐらぐらするし、段も一歩おりるたびに揺れる。しかもいまは表面すべてに雪と氷が厚くのっていた。二階だろうと四階だろうと非常階段を踏みはずせば地面まで落下する。

風が近くの木立のなかをくるおしく吹き抜け、階段をいっそうおそろしげにきしませた。非常の場合だけだと両親はいっていた。なら、いまだってそうじゃないか？

「足をすべらせないでおりられると本気で思ってる？」サイリンが疑わしそうにたずねた。

ネグレは唇をかんだ。「わからないよ」

ちょうどそのとき、巨大な氷柱《つらら》が窓の下の階段に落ちて、砕けた。その音があまりに大きかったので、ふたりとも顔をしかめた。それからすばやく顔を見あわせた。

「もしかして――」

「うん。でも家のなかでたたいたり叫んだりしても聞こえなかったのに、外でたたいて聞こえるかどうか」

「だれかキッチンにいれば聞こえるよ。非常階段はキッチンの窓の上まで届いているから、音がまっすぐ伝わるはずだ。なにか金属がいるな」ちょっと考えて、ぱちんと指を鳴らした。

「いいのがある」

ネグレはドアのほうへ急いでもどり、荷物ラックをたたんで、どうにかサイリンのところまで運んでいった。ふたりで力をあわせて、それを窓の外へ押しだした。ラックの幅はほどよく広く、非常階段の幅はほどよく狭かったので、ラックの片端を窓枠にのせて、反対側の端を氷におおわれた手すりにうまくぶつけられた。

とほうもない音がした。カーン、カーン、カーン、カーン、カーン！　調子っぱずれな教会の鐘のようだった。カーン、カーン、カーン、カーン。カーン、カーン、カーン、カーン！

一分経過。二分。五分。

カーン、カーン、カーン、カーン、カーン！

するとようやく、家の横をまわって人影が走ってきた。困惑しきった顔の、マイロの父だった。

「ああ、助かった」ネグレはおまけとしてもう一度カーンと鳴らしてから、荷物ラックの横から顔を出して、手を振った。

ミスター・パインがふたりを見あげた。「マイロか？　そこでなにをやってるんだ」

「ぼくたち部屋に閉じこめられたんだ！」叫びかえした。「非常階段は凍っておりられない。あがってきて、ドアの鍵をあけて！」

父は一瞬信じられないという顔をしたが、すぐにまた家の横をまわって見えなくなった。

それからまもなく、キーがまわる音がして父が来たとわかった。「いったいどうなってるんだ」ドアをあけるなりきつい調子でたずねた。

「だれかがわざとぼくらを閉じこめたんだよ」ネグレは父の横をすり抜けて廊下へ出ると、きょろきょろした。「ぼくたちかばんをさがしてたんだ、まず上の階、つぎにここで……そしたらだれかがドアに鍵をかけたんだよ」

「ちょっと待った、こんがらがってるんだが――」

ネグレは父を無視してジョージィのいた部屋をのぞきこんだ。「きっとぼくたちが泥棒の見つけられたくないなにかに近づいてたんだ」

「でもここはさがしたじゃない」サイリンがいいながら、ネグレの脇からもういっぺんのぞいた。「徹底的に見たでしょ」

ミスター・パインが頭をかいた。「ぼくたち?」

けれども部屋はさっきとどこも変わらなく見えた。泥棒がふたりを閉じこめているあいだになにか動かしたのだとすれば、まえにはそれを見のがしたということだ。だけど、なにを?

「マイロ」父の声がした。「わたしにはまったく話が見えないんだが」

ネグレは口を開いてこたえかけたところで静止した。絨毯《じゅうたん》がすこし波打っていたところ、荷物ラックで隠しているのだと思ったところが、いまは消えている。絨毯は壁に対してまっすぐなめらかだった。

彼はラックをどけて、もう一度リュックからピッキング・キットを取りだし、なかの一本を抜いてラグの縁と壁のあいだにすべりこませた。てこの要領で軽く持ちあげると、指を入れるだけのすきまができた。

「マイロ、いったいなにを——まさか——絨毯を持ちあげちゃだめだよ！」

「もともとこうだったんだよ、とうさん」彼はいった。「さっきはでこぼこだったのに、いまはちがう。だれかがまっすぐに直したんだ。それがぼくたちを閉じこめた理由だと賭けてもいいよ。この下にあったものをぼくたちが見つけなかったかチェックして、あとでもういっぺん見にきたとしてもここが目立たないようにしたんだ」

「おまえはさっきからずっと……」ミスター・パインは頭を振って、説明を求めるのをやめた。

「マイロ、鋲《びょう》があるかもしれない——気をつけて、いいね？」

警告は聞こえたが、ほとんど頭にはいらなかった。彼の指はちょうど絨毯でも床でもないなにかを見つけたところだった。重みのある、折りたたまれた紙だ。

注意深くそれを引っぱりだした。また緑色がかった、門の透かし入りの紙かと予想したが、そうではなかった。厚手でクリーム色だった。公文書のような。重要な手紙をタイプするような紙に見えた。

ひろげてまず目にはいったのは、最上部に青インクでプリントされたナグスピーク市の紋章だった。つぎに、同じくらい正式に見えるタイプされた文言。

ナグスピーク独立市税関局は本状の所持者を市内外全域においてその代理と認め……

サイリンが息をのんだ。

「これはまずい」しゃがんでネグレの肩ごしにのぞきこんでいた父が、彼の手から書状を取りあげた。最後まで読み、表裏をひっくりかえし、もういっぺん読んだ。「たいへんだ」

「どういう意味なの、とうさん」

「自分で名のっているのとはちがう人間がここにいる、そしてフェンスターは絶対に正体をばらしてはいけないということだ」ミスター・パインは書状をたたみ、ポケットにしまった。「ここはジョージィの部屋じゃなかったか？ 彼女が税関の代理だなんて、見抜けたはずがないよ」窓の外をながめ、渦《うず》巻く雪の向こうを透かし見た。「彼女はなぜ船を呼んでほしがっているんだろう、だれも来てくれそうにはないが。この件については口を閉じて、なにも知らないふりをしていられるか？ かあさんと話さなくては」

「だいじょうぶ」ジョージィ・モーゼルが、泥棒の大物で税関の職員？ 同時にその両方になれるものなんだろうか。そしてもしなれるなら……マイロたちを閉じこめたのはジョージィ？ ほかの宿泊客たちから盗んでいたのもジョージィ？ どれも彼女らしくない。「出ていきたいのはほんとうなんじゃないかな。それに、部屋を空けるときにこの手紙を残していくのは変じゃない？」

「もしも調べられたときに、これを荷物のなかに見つけられたくないと思ったのかもしれない」父がいった。

「だれが調べるっていうの？」

「この家にいる人たちのなかで？　だれが調べないっていうの？」サイリンがいいかえした。

「どうだろう、マイロ。いいか、この件はわたしが処理しなくちゃならない。おまえはこれ以上面倒に巻きこまれないように、そしてふだんと変わらずにふるまうように。いいね？」

父は細かいことを気にしてはいないようだった。ネグレには理解できた。税関は密輸人の最大の敵だ。この家に税関から来た調査員がいると知ったら、まずはフェンスターが口をすべらせて逮捕されることを心配するだろう。つぎに気がかりなのは、ネグレの考えるところ、パイン家も厄介事に巻きこまれるということにちがいなかった。なにしろフェンスターが常連客だといってしまったのだから。

「いいよ」ネグレとサイリンは廊下を足早に去っていくミスター・パインを見送った。

「ジョージィだとは思わないでしょ？」サイリンがたずねた。

「うん、思わない。だれなのかもわからない」ネグレはにやりと笑った。「でもガワーヴァイン教授のかばんがありそうな場所はわかったと思う。行こう」

†

ふたりがこっそり書斎にはいったとき、二階はまだ無人だったが、両親はまもなく来るだろうとネグレは思った。それに税関の書類のことを話すあいだ、心配させたくないのでマイロを部屋から追いだすだろう。つまり教授のかばんを見つける時間は数分しかないということだ。

サイリンが見まわした。「なんでここなの」

ネグレは肩をすくめた。「筋が通るから。これだけたくさんのお客さんがいては、うちの両親はやることが多すぎて、ここでゆっくりしていられない。だから人に気づかれずに出入りするのは簡単だ。きみはかばんをさがしはじめて。ぼくはキーの件が正しいかどうか確認したい」

ガラス扉の本棚の下にキャビネットがあって、マイロの両親は宿の経営に必要な物をそのなかにしまっている。なにもかもあるべき場所にあるように見えた。現金の箱、宿帳、キーをぶらさげておく小さなペグボード。小さなフックが四つずつ三列に並んでいる。客室ひとつにつきフックがひとつ。いまぶらさがっているキーは、もちろん空き部屋の四本だけだ。

その下に針金で編んだトレイがあって、予備の親鍵《マスターキー》を入れてある。ここにある親鍵は二本——いちばん近い錠前屋へ行くにも港までおりなければならないので、スペアは多めに作っている——のはずなのに、一本しかなかった。

「たしかにキーが一本なくなってる」サイリンに報告した。「もう一本はぼくらが持っていたほうがよさそうだね、用心のために」キーをリュックにしまった。「少なくともあのピッキング道具の使いかたがわかるまでは」

「泥棒が持っていったかもしれない物は、ほかにない?」サイリンがたずねた。

「うん、まあ、現金箱にはあまりお金を入れておかないし」確認のために箱をのぞいた。少額紙幣が数枚と小銭がいくらか、だいたいいつもそんなところだろう。

宿泊客ほぼ全員の氏名と泊まった日を記録した宿帳は、税関の調査員の興味をひきそうだ。ネグレはそれをキャビネットから抜きとって、ぱらぱらとめくった。どのページにもよく知っている名前が並んでいた――よく知ってはいるが、ほとんどどれも偽名だ。たとえばフェンスター・プラムは、たいがいプラム・ダフ・コリンズという名前でチェックインする。グリーングラス・ハウスという安全な場所においてさえ、密輸人たちは用心をおこたらない。もしその調査員（ジョージィだとはまだ信じる気持ちになれなかった）が宿帳に目を通したとしても、架空の名前を山ほど知ったほかにさして収穫はなかっただろう。

ネグレは宿帳をもどして、キャビネットを閉めた。「さてと。一緒に見てまわろうか」

「必要ない」サイリンは窓に顔を押しつけて立っていた。そして指をさした。「ほら」

最初はなんのことだかわからなかった。それから、ぎこちなくガラスに顔をくっつけて、サイリンの人さし指が向いているほうを見ると、非常階段の上に半ば新雪をかぶった茶色の塊《かたまり》があった。「あれはぼくが思っているものかな」

「きっとそうよ」サイリンが手をのばして鍵をあけ、ふたりで窓を開いた。

ネグレが半身をのりだすと、片方の手がどうにかそれに届いた。湿っぽい雪をはらいのけ、取っ手に指をかけて、室内へ引っぱりこんだ。ところどころ湿って泥色のまだらになっていたが、まぎれもなくかばんだった。ガワーヴァイン教授が描写したとおり、赤いステッチがあり、輝く真鍮《しんちゅう》の金具がついていた。

「非常階段をばんばんたたいてたとき、よく見さえすれば気がついたのに」ネグレはいった。

「上の階からじゃかばんにつもってる雪しか見えなかったわよ。あけてみる、それともこのまま返す？」

「ただ返したほうがいいんだろうな。でもたぶん、ぼくらが見つけたんだから」ネグレは理屈をつけた。「泥棒がなにを狙ってたか、ちょっと見るくらいはかまわないよね」

サイリンがうなずいて賛同し、ラッチをぱちんとあげた。かばんが開いて書類やノートがどっさりあらわれた。なかのひとつがネグレの目をとらえた。彼は手を入れて、一枚の白黒写真を抜きだした。

またしても、地図にまつわる不思議。なぜかまちがいなく地図だとわかるのだ。たとえくもった窓の落書きにしか見えなくても。または、もっと正確にいうなら、くもった窓の落書きを撮った写真にしか見えなくても。ネグレが手にしているのはまさしくそういうものらしかった。

窓は枠で六つに区切られ、ガラスは結露ですっかりくもっていて、その窓が写真のほぼ全体を占めていた。いちばん下に長方形が描いてあり、縦方向の窓枠でふたつに分断されている。長方形の辺におおまかな三角形の、幼児が描いた山のようなたくさんの図形が重なりあい、先が矢印状の一本の線がそのなかをくねくねとつき抜けて、長方形の右のほうを指している。

「なんかひっかかる」ネグレは頭をかきながらいった。「どこかで見たような気がするんだ。なんの写真だかわかるみたいな」

「それ以外の中身はどうなの？」サイリンがいった。「そのノートを全部見ていったら何時間もかかるわよ」

するとそのとき、二組の足音が廊下をすばやく向かってきた。ネグレが立ちあがって、書斎のドアから顔をつきだすと、母がぎょっとして飛びあがった。「見つけたよ」彼は小声でいって、ふたりを室内に手招きした。

「こんなばかなことって」母は開いたかばんをぽかんと見つめた。「まあ、とにかくこれで教授はほっとするでしょうね」パイン夫妻は視線をかわした。「マイロ、あなたが返してあげてくれる？　おとうさんとわたしは話があるの」

「いいよ」彼はしぶしぶかばんを閉じた。

「でも今回はあれこれやらないで、いいわね？　ただすぐに返してあげて。ガワーヴァインさんは気が立ってるから」

「マスターキーも一本なくなってるよ」ネグレはつけくわえた。「残った一本はぼくが持ってる。用心のために」

両親は即座にポケットをさぐり、自分のキーホルダーを取りだした。「わたしのはあるけど」ミセス・パインが夫を見た。「あなたは？」彼がうなずいた。「だったら、なんとかなるでしょ」母はネグレを書斎の外へ追いやった。「ブランドンかフェンスターがわたしたちより先におりてくるのを見かけたら、なにも教えずにここへ来させられる？」

「まかせて」

ドアが背後でそっと閉じると、冒険者たちは廊下を階段のほうへ歩きだした。「全員から目を離さないで」ネグレはサイリンにささやいた。「ぼくらがかばんを持ってはいっていったときの反応を見るんだ」

はいっていくと、一階は静まりかえった。「どなたか知りませんが」ネグレはいった。「物を隠すのはもうあきらめたほうがいいですよ。ぼくらの発見能力にはかなわないんですから」そして濡れたしみのあるかばんを両手でかかげた。

「それはわたしの――」ガワーヴァイン教授は椅子を押しやるように立ちあがると、ネグレに駆け寄った。「いったいどこに――なんだこれは？」おそるおそるかばんを手に取った。「これはどうしたことだ」

「泥棒が非常階段においたんです」ネグレはこたえた。「中身が全部そろっているか調べたほうがいいかもしれません」

教授はかばんを食堂のテーブルに持っていき、書類をわしづかみにして引っぱりだすと、束に分類しはじめた。「えーと、ありがとう、マイロ」

「どういたしまして」ネグレは分類作業をしばらく見まもった。それからサイリンの視線をとらえて、窓辺の二人がけソファのほうをあごで指した。その間《かん》に、なんの騒ぎかと見にきた宿泊客たちもそれまでしていたことにもどった。

ジョージィは食堂の窓辺の小さなブランチテーブルで、四階の窓の写真を取りだすときあけたにちがいない葉巻の箱にテープを巻きなおしていた。居間ではクレムとオーウェンが寄り添ってカウチに腰かけていた。クレムの片手はオーウェンの手に包まれていて、ふたりがあまり熱心に話しこんでいるので、ガワーヴァイン教授にかばんを返したことに気づきもしなかったんじゃないかとネグレは思った。ヒアワード夫人はほかの椅子で穏やかに編み物をしていた。ヴィンジ氏はいつもの椅子におちつき、膝の本を取りあげて読書にもどった。

「だれか反応した？」ソファの高い背もたれの陰で、ネグレは声をひそめてサイリンにたずねた。

「全員顔はあげたけど、かばんを見るなりほとんどみんな、それまでやっていたことにもどった。もちろん教授はべつとして」

ネグレはヴィンジ氏と、彼が到着した晩以来ずっと読んでいる本に目をやった。「スキッドラックとその周辺の歴史か」考えこみながらいった。「ねえ、サイリン？　ジョージィがあの海図を持ってきた理由はわかったし、秘密も明かされたいま、海図そのものをまだ秘密にしておかなくちゃいけないかな」

サイリンは眉根をよせた。「まあ、一般的にいえば秘密はできるだけ長く守るほうがいいと思うけど」分別くさい口調でいった。「ほかの人たちもまだ自分の秘密を明かしていないしね。どうして？」

「あれがなにをあらわしているのか、やっぱり気になるんだ」

「ここらへんの川と片っぱしからくらべてみたってジョージィはいってたじゃない」

「うん、わかってる、でも門についてクレムがいったことがひっかかるんだ。二百年もたてば風景は変わったかもしれないって。浸食とか、天候、潮《しお》の流れや洪水で……あの海図は現在じゃなく過去の川のどこかをあらわしているのかもしれないよ」向こうの椅子でヴィンジ氏がページをめくった。「彼が読んでいるのは川とその周辺の土地の歴史だ。きっと古い地図が載ってる。一致するものを見つけられるんじゃないかな」

「でもジョージィは紙が古いことを知っていたのよ。自分でいうほどの調査名人なら、古い地図も調べたんじゃない？」

「そうとはかぎらない」ネグレは首を振った。「だって、思いだしてごらんよ、海図の一部は紙よりも新しいと思うっていってただろ。描かれてる船とコンパスローズは新しいけど、水路や深さはちがうとしたら？」

〈注解学者〉はその点を考えてみた。「わたしならあの人に海図は見せない。でもあなたが理由はいわないで本をちょっと見せてもらえるっていうなら、やってみても悪くはないと思う」

ちょうどそのときヴィンジ氏が長い脚をのばして、椅子の肘かけに開いたまま本をのせると、片手にマグを持ってぎしぎしと立ちあがった。ネグレはソファの背を飛び越しそうないきおいで顔を出した。「あのう、ヴィンジさん？」

　老人は指一本で眼鏡を鼻先まで引っぱりおろし、縁の上からネグレを見た。「なんだね、マイロ」

「もしページをなくしたり折ったりしないと約束したら、その本をちょっと見せてもらえますか」

「この本を？」不意をつかれてヴィンジ氏がいった。「なんのために？」

「スキッドラックのことを書いた本だと母にいっているのが聞こえたので」ネグレはすばやく

頭をはたらかせながらこたえた。「ぼくたち社会科の授業であの川のことを調べているんです。冬休みが明けたときになにかおもしろい事実を見つけていたら、いくらかよけいに点数がもらえるんじゃないかと」

ヴィンジ氏は眼鏡を押しあげてもどし、思案のまなざしで長々とマイロを見つめた。「そういうことなら、いいとも。自由に読みなさい。わたしはすこし目を休めるとしよう」二、三歩大股で歩きだしてから、止まった。「あの川の歴史に関する本は何冊か読んだんだ。きみが読んで疑問に思うことがあれば、こたえてあげられるかもしれないよ」

「ありがとうございます」ネグレはまっすぐ本のところへ行くと、ヴィンジ氏が開いていたページに注意深く人さし指をはさみ、本をソファに持ちかえった。それからの十分間、彼とサイリンは図や挿絵を順番に見ていき、ひとつ残らず海図と照らしあわせた。どれひとつとして古い紙に描かれた青と緑の図形に似てはいないようだった。

「うまくいっているかね」

ネグレとサイリンは口から心臓が飛びだしそうになった。ヴィンジ氏がソファのうしろに立って、穏やかに見おろしていた。ネグレはできるだけさりげなく海図を折りたたんだ。「ええ、ありがとうございます。もうお返ししたほうがいいですよね」

「べつに急いでいないよ。教室で発表できそうなおもしろい発見はあったかね」

「ええと……」ネグレは頭をかいた。「じつは絵を見るのに夢中になっていて」表紙を閉じて、本を差しだした。「でももう終わりました。外へ出てこようかな、あまり暗くならないうちに。

ありがとうございました」

「いいんだ」ヴィンジ氏は本を受けとり、椅子のほうへ引きかえしかけた。そこで止まって、教師がすこし講義をしようとするときみたいに指を一本立てた。「きみがおもしろがりそうなことがひとつある、『語り部のおぼえ書き』を読んでいただろう」といった。「その昔、地図製作者たちは危険な場所や未開拓の場所を示すために、地図の余白に〝hic sunt dracones〟と書いていた。意味は〝ここにドラゴンがいる〟だ。でもナグスピークの地図製作者たちは〝hic abundant sepiae〟と書いた。〝ここにセイシュがたくさんいる〟という意味だ。あの本のなかのセイシュの物語はもう読んだかね、岸辺に来るけれども、おのおの川のなかの居場所と代わってくれる人間を見つけられなければ陸《おか》にとどまれないという伝説の生き物」

「ええ」ネグレはにっと笑った。あれは気味の悪い物語だった。

ヴィンジ氏が笑いかえした。練習不足のようにも見えるが、じゅうぶん本物らしい笑みだった。「きみがそこに持っている海図には注意書きがあるかね」

ネグレは首を振った。「あればいいんですが。だったらかっこいいのに」

「警告は文字で書かれているとはかぎらない。カワウソ《オター》の絵だけという場合もある」

「いえ、カワウソは描いてありません。アホウドリ《アルバトロス》しか」ネグレはサイリンに肘《ひじ》で突かれてひゃっと声をあげた。「カワウソは描いてありません」彼女をにらみつけながら、きっぱりくりかえした。

「ああ、なるほど」ヴィンジ氏はまた眼鏡の位置を直した。ちょっぴり落胆した声に聞こえた。

「ではきっと、とても安全な河川の地図なのだろう」自分の椅子にもどってすわり、膝の上に『スキッドラック：目で見る歴史』をひろげた。

ネグレは肋骨の下をさすった。「あんなに強くどつく必要があったのかよ」と小声でくってかかった。

「計画からはみださないように注意してあげただけ」とりすました口調でいった。「わたしたちの秘密は守ってよね、ネグレ。どこへ行くの？」

彼は海図をジョージィの革のケースにしまい、それをリュックに入れた。「さっきいったように、庭をちょっと見てくる。きみはこっちを見張ってて」

「いま？」サイリンが不満そうにいった。「いま？」

「うん」彼は静かにこたえた。「あとじゃ暗くなっちゃうから。それにヴィンジさんに外へ行くっていったんだから、行かなきゃ変に思われるだろ。一緒に来る？」

「ううん、それにあなたにも時間を無駄にしてほしくない。本物の手がかりがいくつもあるのに」〈注解学者〉は〈真実が痛いほどはっきり見える目〉をポケットから取りだして、鼻の上にちょこんとのせた。「でもわたしのことはおかまいなく」

ネグレはするりとソファからおりた。「すぐもどるよ。芝生の向こうまで行くだけだから」

サイリンが青いレンズごしに向けているきつい視線を無視して、キッチンにはいっていくと、キャラウェイさんがにんじんをスライスしているところだった。「外へ散歩に行ってくる。とうさんたちに訊かれたらそういってくれる？」

「どうかねえ、マイロ。ひとりで行かないほうがいいんじゃないの。凍っちゃいそうに寒いし、また雪がひどくなってきてるよ」

「遠くへは行かない。芝生から先へも行かないつもり」ネグレはできるだけ自信たっぷりにほほえんでみせた。「窓からぼくが見えるよ」

キャラウェイさんは疑わしそうな顔だった。マイロがその視線をたどって窓を見ると、たしかに庭の向こうはまったく見えなかった。「時計は持ってる？」しばらくしてキャラウェイさんがいった。

「ううん。どうして？」

「ほら」エプロンで両手をぬぐい、自分の腕時計のバックルをはずした。「これを貸してあげる。十分で帰ってこなかったらリジーを迎えにやるからね。わかった？」

「わかった」彼は玄関に向かいながら時計を腕に巻き、あたたかい格好をして、凍える午後の屋外へ出ていった。

一歩ごとにざくっと音がして、ブーツが白一色のなかに深々と沈んだ。渦巻く雪片をよけて手で目をかばいながら、雪におおわれた芝生を横切り、木立の空き地を目指した。キャラウェイさんにいったとおり、そこまでは玄関からまっすぐ芝生を越えるだけだ。吹雪《ふぶき》の向こうの空き地はとくに空いているようにも見えなかったが、まちがいなくそこにあった。白のなかの白い空間が、雪をかぶった松の塊ふたつにはさまれていた。

ネグレは歩きながら考えた。とうさんたちは税関調査員をどうするつもりなんだろう。ジョージィのはずがない。そんなことありえない。

右手のどこかでなにかが動いた。ケーブルカーの停車場のほうをすばやく見やると、うずたかくつもった雪が屋根の一端から滝となってすべり落ちた。しばらく目をこらしていたが、それ以上見るべきものはなく、動くものもなかった。

ネグレは眉をひそめたものの、キャラウェイさんの時計をちらりと見て、屋根の雪崩《なだれ》にかまけているひまはないと思いだした。そればかりでなく、寒すぎてじっと立ってはいられなかった。そこで空き地のほうへ向きなおり、また歩きつづけた。

なるほどね。庭園に通じる小高い山の下に着くと、ネグレは思った。そこがかつての敷地の入口だとすれば、ぴたりとつじつまが合う。停車場や現在の道とはちがい、そこは玄関と一直線上にあった。雪の下のどこかに三段の石の階段が埋もれていて、その短い階段をのぼるといまはマイロの母――得意なことはたくさんあるけれど庭いじりは苦手――が毎年花を植えては数週間で枯らしてしまう小さな庭園がある。ネグレのいる場所は両側にひとつずつ、括弧《かっこ》のように石のベンチがおかれていた。ベンチの向こうはかつてきれいに刈りこまれていたこともある柘植《ツゲ》の生け垣で、その先には丸太を割ってこしらえた柵がめぐらされ、人が崖に近づきすぎるのを防いでいた。

ネグレは片方のベンチで座席の雪をあらかたはらってから、すわるには石が冷たすぎると気がついた。でもベンチの下に吹きだまった雪には子どもがもぐりこめる広さの、きれいな楕円形をしたほの暗い洞穴ができていた。ネグレがはいってみないではいられない、秘密の隠れ家のようだった。もぐりこんでみると、そこは彼にぴったりなサイズというだけでなく、吹きさらしの屋外よりもあたたかいとわかった。

昔そこに門があったのだとしても、ネグレにその位置を知るすべはなかった。どっちにしろ、いつまでもとどまって考えてはいられない。キャラウェイさんに約束した十分間は残りわずかだった。

それでもしばらくはそこにうずくまって、以前の持ち主か、ひょっとすると昔の泊まり客が冷たい石に刻みつけた古い落書きをうわのそらで指でなぞっていた。〝AW アディ、安らかに眠れ。きみをもっと知りたかった〟という文字を。不器用に刻まれた、くちばしが鉤状《かぎじょう》に曲がっている鳥らしきものの絵を。フクロウ、かもしれない。たしかとはいえないが。

たぶんクレムのいったとおり、あの門が立っていた場所は遠い昔に崩れて川の一部になってしまったのだろう。クレムがまちがっているか、またはその骨董品屋の店主が事実を取りちがえたとも考えられる。それでも……彼は半身を出して、庭園とまっすぐに向きあっている家を見やり、見えない太陽を仰いだ。陽射しを浴びた門は、下から見あげるとステンドグラス窓のように見えたことだろう。たとえ証明はできなくても、やはりクレムが正しいとネグレは確信した。

そのとき。「マイロ！」芝生のどこからか冷たい空気をつらぬいてキャラウェイさんの声がした。ネグレは時計を見て、二分遅れていると気づいた。ベンチ下の洞穴からそっと這いだし、家のほうへ走っていくと、家のまえで手を腰にあてて立っている人影が見えた。

言いつけにしたがわず、(本人いわく)キャラウェイさんの目のまえで低体温症で死にかけたためにきつくしかられたあと、ネグレは温めたりんご酒《シードル》を一杯飲んで元気を回復した。居間に行くと、ツリーのうしろのちかちかする光に照らされた洞穴からサイリンが手を振った。

彼はソファからリュックを取ってきて、隣にもぐりこんだ。「で?」とサイリンがたずねた。「なにもかも期待どおりだった?」

ネグレは肩をすくめた。「クレムが正しいかどうかはなんともいえない、けど正しいとぼくは信じるよ」

サイリンはさぐるように目を細くした。「ほかには?」

「ほかにはべつに。ただあの場所だった可能性があるか見たかっただけなんだ。重要かもしれない場所を調べないでおくのはよくないっていったのはきみだろ」

「でもほかにはなにもわからなかったのね」

「そうだよ。きみが正しかった、無意味な外出だったよ」ネグレはいらいらしてこたえた。「なんでそのことでしつこくからむのさ」

「からんでない」

「からんでるよ」いささか不機嫌になって、リュックからノートパッドを取りだした。「もういい。本物の手がかりにもどろう。ぼくがいないあいだ、そっちはなにかわかったの?」

「悪かった、ごめんなさい。それに、なにもわからなかった」

「てことはぼくたち、どっちも十分——十二分を無駄にしたんだ。おあいこだね。じゃ、これにもどろうか」

「了解」サイリンは壁にもたれて、両膝をマントの下に引き寄せた。「税関調査員は盗難事件とつながっているのかな。わたしたちがさがしている人物はひとり、それともふたり？」

「同じひとりの人物だと思うけど、自信はない」ネグレはリング綴じのパッドをめくって開いた。「だからべつべつの人間だってことにして考えよう。まず、泥棒。なにも盗まれていないのはクレムだけだから、彼女なのか。それとも疑われないように盗まれたと見せかけた、ほかのだれかなのか」

サイリンはノートパッドを取り、ポケットをさぐってペンを出した。「その件に関してはクレムね——本物の泥棒だってこともわかってるし」

「うん。いちばん単純なこたえはクレムだ、まちがいなく」

「それじゃ単純じゃないほうを考えましょうよ」サイリンは盗難にあった被害者の名前を書きだし、それぞれの横に盗まれた品物を書いた。「複雑なのはどれ？」

ペンが止まった。ネグレはサイリンが書いた文字を見た。

ジョージィ——ランズデガウンの調査を記録したノート
ヒアワード夫人——グリーングラス・ハウスが刺繍《ししゅう》された編み物バッグ
ヴィンジ氏——内側に文字が彫ってある金時計
ガワーヴァイン教授——スケランセンやドク・ホーリーストーンの研究がはいったかばん

「やっぱりわからない」ネグレは白状した。「この四人のだれかだってこと以外は」

「しかたないわね」サイリンはそのページをめくった。「つぎは税関調査員。いちばん単純なこたえはジョージィね、あの書類があったのはジョージィのいた部屋だから」

「そして複雑なこたえは。だれかが自分を結びつけられないように書類をジョージィの部屋に隠した。ミスディレクションだ」

そのとき突然、こたえが見えた。複雑なこたえが成り立つために納得できる説明はひとつしかないが、それなら納得できる。ネグレはサイリンのまえに手をのばして、パッドのページを盗まれた品物のリストにもどした。そうだ。やっぱり。ひとつだけちがう物がある。ノートパッドをつかんでさらにページをめくり、前日のメモを見つけた。そこでおどろきに打たれ、壁にもたれかかった。品物のひとつがほかとちがうだけではなく、そのひとつにはネグレの正しさを証明する手がかりがふくまれていた。

「同一人物だ」とささやいた。「だれだかわかった」

「ちょっと、もったいぶらないでよ」サイリンが小声でせかした。「だれなの?」

けれどもネグレがこたえようとしたとき、パイン夫妻がブランドンとフェンスターを引きつれて居間にはいってきた。ブランドンは平然としている風だが、目つきの鋭さや身のこなしのかすかな変化がネグレには見てとれた。地下鉄道の運転士だけでなくプロの格闘家でもあるブランドンは、戦わなければならなくなったときに備えて身がまえているかに見えた。

フェンスターはまるでちがう。隅へ追いつめられた野生動物のように、室内のあちこちへ目をはしらせている。彼が暖炉のまえのラグにつまずくと、ブランドンが警告の目を向け、おちつかせる忠告にちがいないなにごとかをささやいた。

「お腹がすいた人はいませんか」ミセス・パインが痛々しくほがらかさをよそおった。「遅いランチ？　早めのアフタヌーンティーは？」

ネグレはサイリンからノートパッドを奪って、ツリーの裏からするりと抜けだし、できるだけさりげなくキッチンのほうへ歩いていった。フェンスターが片目をつぶってみせた。ブランドンはフェンスターを肘でこづいた。「合図はよせ！」と小声でいった。「たのむから」

パイン夫妻がキッチンでキャラウェイさんとリジーにすばやくなにか伝えているところへ、マイロは追いついた。「かあさん」そっと声をかけた。「とうさん、話があるんだけど。大事なことなんだ」

返事を待たずに母の袖をつかみ、階段の下の大きな食料庫のほうへ引っぱっていきながら、父についてきてと身ぶりで伝えた。

「マイロ、いったいなにを――」

「だれだかわかった」三人だけになると、さえぎった。

父は眉をひそめた。「ジョージィじゃないといいたいのかい？」

「ちがうと断言できる」声を低くした。「泥棒と税関調査員は同一人物だよ」

「マイロ、あなたが気に入らないのはわかるわ」母がやさしくいった。「でもあの泥棒もジョージィだったかもしれないのよ。盗まれたふりをしただけなのかも」

「まさにそれが泥棒のしたことなんだ、でもジョージィじゃない」

「それならなぜ委任状——おまえが見つけた書状——が彼女の部屋にあったんだ」父がたずねた。

「とうさんがいったとおりだよ。ほんとうの調査員の部屋で発見されないようにするため。ミスディレクションなんだ、盗まれたいろいろな品物と同じで。だけど、ジョージィじゃなかった」

「ではだれかがジョージィに疑いをかけようとしていると思ってるんだね」

「じゃなくて、その人物はあの書類を隠したとき、空き部屋に隠しているつもりだったんだと思う」母を見た。「ぼくがジョージィのバッグを床に落っことして、香水のボトルが割れたのをおぼえてるでしょ、荷物ラックがあるはずの場所になかったから。あれは調査員がもう絨毯の下に書類を隠して、念のためにその上にラックを移動したからだったんだ」

「でもあのときは……」ミセス・パインは眉をひそめて、夫を見た。「ということは……」

「そうだよ！」マイロは熱心にうなずいて、ノートパッドをかかげて見せた。「それに、ほら見て。これが盗まれた品物。どれもこの家や、ここへ来た理由に関係がある。ひとつをのぞけば」

ひとつ、そのひとつだけはいかにも泥棒が盗みそうな品物であるばかりか、グリーングラス・ハウスや宿泊客がここに来た理由に関係する品物リストのなかで完全にういていた。

その持ち主は、ジョージィの部屋を空いていると思ったかもしれない唯一の人間だ。ジョージィよりはやく到着した人物。だれよりも先に到着した宿泊客。

ヴィンジ氏だ。

マイロは両親もその考えに到達するのを見とどけた。最後の手がかり、究極の証拠を見せるのはいまだ。彼はまたページをめくった。「とうさんたちは盗まれた品物をぼくほどじっくり見ていないでしょ。ほら。これがあの時計の内側に彫ってあったんだ」

D・C・Vに　見事な働きに敬意と感謝をこめて　D&M

「D&Mはディーコン&モーヴェンガード商会のことなんじゃない？　あれはほんとうなの？　昨日ガワーヴァイン教授のいっていた、ディーコン&モーヴェンガードは税関と手を結んでるって話」

「うん、ナグスピークの密輪で唯一被害をこうむるのはディーコン&モーヴェンガードの商売だといってもいいからね」マイロの父はキッチンを振りかえってだれにも聞かれていないのをたしかめながら、声をひそめた。「密輸人たちがいなければ、ディーコン&モーヴェンガードはこの市《まち》にはいってくる商品を事実上独占できるんだ。税関とほんとうに手を組んでいるかどうかは――だれもまだ証明できてはいない、でもたしかにみんな疑っている」

「なら信じてくれるよね」

「ほかの人たちがあらわれたところで、全員が何者でこの家とどんな関係なのか調べることにしたんだわ」母はゆっくりうなずいた。「あなたのいうとおりかもしれない、マイロ」

「それじゃ、ぼくたちどうするの」

「それはむずかしい問題ね」ミセス・パインは夫を見た。「地下鉄道でここから出ていかせるまでフェンスターを目立たせないことぐらいしか、わたしたちにできることは思いつかないけど。ヴィンジさんが税関の代理で——ここには仕事で来ているなら——違法な活動の確証をさがしているのかもしれないわね」

「でも、ぼくたちは違法なことなんかしていないでしょ」

「ええ、だけど警察を呼んで証拠を提出することもしていない。わたしたちは密輸人じゃないけど、密輸に手を貸していると見なされるかもしれないの」マイロの手をぎゅっと握った。「でもそのことは心配しないで。ただなるべく冷静に、面倒に巻きこまれないようにしていてちょうだい、それに」——ちょっと笑った——「できるだけクリスマス・イヴを楽しんで。どうにかやれそう？　ほかの心配ごとはわたしたちにまかせてくれる？」

「やってみるよ」とはいえ、あまりうまくいきそうにないのはわかっていた。

12　ヴィンジ氏の物語

　それからあとは、ヴィンジ氏をじろじろ見つめないようにするのがひと苦労だった。なぜ両親はやってのけられるのか、マイロには謎だった。

　まず両親はフェンスターを家から出して、地下輸送システムのある安全圏におこうとした。彼とブランドンとミスター・パインは修理した自家発電機がまだもっているか再点検すると見せかけて防寒着にくるまり、雪のなかへ消えていったが、じつは家の裏手へまわるのではなく丘をのぼって隠された駅入口がある森を目指していくのが見えた。三十分後、三人とも男というより氷柱《つらら》のようになって帰ってきた。マイロはキッチンで母の隣に立ってホットチョコレートを待っていたので、父が声をひそめて説明するのが聞こえた。「制御システムががちがちに凍っていて、ダメージもある。ブランドンは直せると思っているが時間はかかるな」

「ダメージ？」ミセス・パインが聞きとがめてくりかえした。「発電機のダメージみたいなダメージ？」〝発電機のダメージみたいな〟といういいかたで、母は破壊工作《サボタージュ》を意味しているのだとマイロはほぼ確信した。

「よくわからない。いや、幸いにもブランドンはそう思っていない。もしそうなら、だれかさんは今回、まえよりだいぶいい仕事をしたってことだ」

その後、ブランドンは出たりはいったりしていたが、マイロの両親はかならずどちらかがヴィンジ氏かフェンスターと同じ部屋にいるように心がけた。パイン夫妻はだれが調査員だと思っているかをフェンスターに教えなかったが、それはたぶんよい判断だった。もし聞かされれば、フェンスターは決して平静ではいられなかっただろう。ヴィンジ氏をじろじろ見ていたにちがいない。それでなくても、時間がたつにつれて神経質にふるまいだしているのだから。

クリスマス・イヴの日はクリスマス・イヴの夜に近づき、グリーングラス・ハウスではいろいろなことが起きたのに、毎年のイヴと変わらず時がゆるやかに進んでいるようだった。雪は降りつづけ、風で窓に吹きつけられ、マイロはときおりヴィンジ氏やフェンスターどころかネグレのことさえわすれて、霜《しも》におおわれた窓や銀色のベルにうっとり見入っていた。ハムやパイの焼ける匂い、オレンジ入りクランベリーソースのぐつぐつ煮える匂いが一階全体に漂って、キャンドルの松やベイベリーやペパーミントの香りと混じった。やがて外が翳《かげ》りだしたころ、つま先にベルがついたパッチワークのクリスマス靴下を三足持って、ミスター・パインが階段をおりてきた。

父はその靴下をしきたりどおりマントルピースのフックに吊るすと、窓辺のソファで丸くなって本を読んでいたマイロのほうを向いた。「まだやっていないことがあるだろう？　そり遊びだ。ちょっと行ってこようか、ふたりだけで。雪の下がこれだけ凍っていればそりにはもってこいだ。急げば真っ暗になるまでに一時間はできる」

ふたりは身じたくをし、ひゅうひゅう鳴る冷たい空気のなかへ出て、ポーチの段を慎重におりた。マイロは父のあとについて、離れ家すべてが集まっている森の一角を目指した。いつものように気づかいのいらない心地よい沈黙のなか、ときどき父が《アップ・オン・ザ・ハウストップ》をハミングした。クリスマス・イヴで、雪が降っていて、家はうしろで明るく輝いていて、マイロは父とのそり遊びに向かっていた。

パイン家がガレージと呼んでいる建物に車がはいっていたことは一度もない。父は近いうちにそこを片づけてついに車をおくぞと定期的に宣言しているけれど、実現しないだろうとマイロは思っている。ガレージは離れのなかでは最大の、木のドアがふたつついた四角い赤煉瓦の建物で、母屋からもっとも近く、森にはいってすぐのところにある。父がポーチから持ってきたシャベルで、正面に吹きだまった雪をどけた。それからラッチの雪を手ではらい、ふたりで力をあわせて左側のドアをどうにかもぐりこめるだけ開いた。

ポン、ジーッという音がして、〈エンポリアム〉にあるのとそっくりな電球が頭上で震えながら目覚めた。「そりはこのどこかにあるんだが」父は屋内を見わたした。「去年はどこにしまったかな」

「これ全部の下なんじゃないの」マイロは口をとがらせた。「そり用のおき場所をつくらなきゃって毎年いってるけど、毎年こうなんだから」

「なら今年こそ。きっとだ。おまえはそっちをさがしてくれ、わたしはこっちを受けもつよ」

マイロは屋内の右手側に沿ってそろそろと進み、父は反対側に取りかかった。そりは目につきやすいだろうとマイロは考え、その予想は裏切られなかった。ほどなく奥の壁の近くで、場ちがいな緑色の金属レールと磨かれた木ががらくたの山からつきでているのが見つかった。がらくたの大半は木材や、おおまかに〝部品《パーツ》〟と分類される品々だった。古いエンジン、ぴったりはまる家具がなさそうな抽斗《ひきだし》がいくつか、黄色いペンキがはげかけたフェンスの一部、そんなところだ。

「ひとつ見つけたよ」マイロはそりの前面を引っぱったが、うしろ半分がびくとも動かなかった。がっちり押さえつけているのがなんなのか、彼の身長では見えなかった。「でも引っかかってる」

「もうひとつはこっちにあった。待ってろ」しばらくすると父があらわれて、古いベッドの頑丈なヘッドボードによじのぼった。そりを引っぱりだすと、ヘッドボードが彼の重みで動き、がらくたの山全体がぐらりとかたむいた。飛びおりる父の両腕からすっぽ抜けたそりは、なにか金属に当たって跳ねかえった。「しまった」父がぼやきながら滑走面を調べた。「塗装が欠けちゃったよ」

マイロは返事をしなかった。まえかがみになって、そりがぶつかったものを見てから、もう一度よく見なおした。それはヘッドボードの下に大部分隠れていた。「ねえ、これを持ちあげるのを手伝ってくれる?」

「なんのために?」

「下にあるものを見たいんだ」

父は肩をすくめたが、たのまれたとおりマイロを手伝って、どうにかほどよい高さまでヘッドボードを持ちあげた。するとそれが見えた。錆《さ》びつき、ねじれていて、大昔の干からびた蔦があちこちにからみついていた。マイロがその三日間、いたるところで目にしてきたイメージと同じ門だった。といっても、半分だったが。クレムの古物商は売っていた半分の来歴について、少なくともうそはいっていなかった。

　マイロは手をのばし、そりの滑走面が当たって緑のエナメルがくっついた箇所にふれてみた。思っていたよりも小さかった。ちょうどマイロの身長ぐらいだ。窓やバッグや透かしの絵から、ふつうのドアの大きさ、おとなの背丈ぐらいはあるものと思いこんでいたが、それは庭木戸のように小さく、上から身をのりだして外を通る郵便配達人に声をかけるような門だった。でもたしかに、あれと同じ門だ。そうでなくては。ヒアワード夫人のバッグの門に金糸で縫いつけられていたのと同じ位置に、ランタン用のフックもついている。

「マイロ」父がうめいた。「もうこれを放さないと。重いよ」

「とうさん」父がヘッドボードをおろすと、マイロはいった。「この門はどこにあったの？」

「知らない。屋根裏か地下室か——ここにある物の半分はかあさんとわたしが住むまえからあったんだ。どうして？」

「これはうちのステンドグラス窓に描かれている門だから。階段のどの窓にもどこかにこの門がはいってるんだよ。いままで気づかなかった？」

　父は眉をひそめた。「あとで教えてもらおうかな」

「うん、そうだね」ステンドグラスに隠された門に父が気づいていなかったのは、そうおどろくことでもないのかもしれない。マイロだってそうだったのだ。ジョージィの海図の透かしを見るまでは。

門を見ぃつけた、門を見ぃつけた。父とそれぞれそりを引っぱって歩きながら、マイロは心のなかで歌っていた。あの門がなにを意味するのか、そもそも意味があるのかどうかもわからないけれど、やっぱりうれしかった。あれはこの家の歴史の一部、つまりはマイロの歴史の一部だし、苦労して発見したものはどれもこれもかけがえのない宝物だ。

目的地はサンクチュアリ・クリフ駅の見えない入口のある建物から目と鼻の先なので、まずブランドンの修理が進んでいるか、様子を見に立ちよった。それからまた雪を踏みしめて、そりに適した、足跡がひとつもない純白の丘を目指した。

父がいったとおり、凍結しかけた雪はそりにうってつけだった。まずは木に衝突しないよう、坂を下ったふもとにシャベルで低い壁をこしらえた。それから歩いて斜面をのぼり、滑降して、雪の壁でそりを横転させた。それを何回も何回も、空がすっかり暗くなるまでくりかえした。とうとう父がポケットから懐中電灯を二本取りだし、歩いて家にもどった。

そりとシャベルはポーチに残して、雪まみれのふたりは紅潮した顔に白い歯を見せて家にはいった。「楽しんできた?」コートとブーツを脱ごうともがいているところへ、ミセス・パインが湯気のたちのぼるマグを片手にひとつずつ持ってきた。

ミスター・パインが妻の頰にキスした。「医者に命じられたとおりにね。そうだよな、マイロ?」

「うん」マイロはマグを受けとって、香りを吸いこんだ。そのホットチョコレートはつんとするペパーミントをきかせてあって、ホイップクリーム――スプーンで落とす、なかなかとけない自家製のクリーム――がのっていた。

「なにも変化はないけど、電車はまだ動かなくて、ブランドンも今夜はもうおしまいにするって」マイロの母が声をひそめて父に伝えた。「それにあなたたちが出かけてからすぐ、フェリーの船着き場から返事があったの。わたしが信号を読みちがえていなければ、現在は運行していないけど、船を出せる人をさがしてくれているそうよ。でもこちらから返答するまえに暗くなってしまって」おしまいに声を大きくしてつけくわえた。「あと一時間ほどで夕食よ」

マイロはマグを手に、ツリーの裏の洞窟へもぐりこんだ。壁にもたれて両足を大きめのプレゼントの上にのせ、ホットチョコレートをひと口すすった。暖炉がいきおいよくぱちぱちと音をたて、家は久しぶりに平穏で、フェンスター（マイロがすこし左にかたむくと枝のすきまから見えた）でさえおちついているようだった。彼とリジーとブランドンとジョージィはなにかトランプのゲームをやっていた――見たところ男女対抗らしい。ガワーヴァイン教授はまたポーチでパイプを吸っていたにちがいない。室内にごくうっすらとパイプ煙草の香りが漂っていた。そしてヴィンジ氏は、マイロと父が出かけていたあいだ動いた気配がなかった。

リュックサックはまだツリーの下に、マイロがヴィンジ氏への疑いを両親に伝えに飛びだしていったときのまま残されていた。リュックを開いて『語り部のおぼえ書き』を取りだし、ページをめくって、ヴィンジ氏が言及した物語をさがした。

サリヴァンという名のおとなしい若い男がこういっていた。〝ぼくはまだそのふたつがどんなふうにして結びついたのか教えてくれる人に出会っていません。でもスキッドラック川沿いに住む老人たちがおぼえているかぎりでは、迷信深い人はカワウソを見るとかならずセイシュを恐れて胸のまえで十字を切っていたそうです。もちろん、セイシュに会ってみたいと願う、夢見る愚《おろ》かな変わり者もなかにはいますが。セイシュは美しいとされているので〟

「ハーイ」メディがツリーの洞窟にもぐりこんできた。

マイロはしぶしぶ本を閉じた。「どこにいたんだよ」

「さあ、階上《うえ》かな。わたしをさがしてた？」

「てわけでもないけど」マイロは正直にみとめた。クリスマス・イヴの魔法にかかっていたようなもので、自分ひとりの時間を楽しんでいたのだった。そり遊びに出かけて発見があったというのに、メディがなにをしているのかは頭をよぎりもしなかった（誘うべきだったかもしれないと、やましく感じた）。「でも聞いてよ！　門のもう半分が見つかったんだ！」

「門？　わたしたちの門？　どこで？」

「うちが物置として使ってる建物のなか。奥のがらくたの下からぼくが見つけたんだ。とうさんがいうには、とうさんとかあさんがこの家を引きつぐまえのものだろうって。クレムがいったとおりだけど、とうさんはそのことは知らないしね。思っていたより小さかった。あの門が見つかったことになにか意味はあると思う？」

部屋を吹きぬけた冷たい空気に、メディが顔をあげた。クレムとオーウェンは散歩にでも行ってきたのだろう。ふたりとも微笑をうかべ、頬をピンクに染めていた。「見当もつかない」メディはいった。「でもあってよかったじゃない」

†

キッチンからキャラウェイさんの声が響きわたった。「ディナーですよ、みなさん!」

「ぼくはまた居間にしようかな」マイロは『語り部のおぼえ書き』をリュックにしまって、リュックを肩に引っかけ、メディをしたがえてツリーの裏から這いだした。床にすわりこんでコーヒーテーブルを囲んでいる四人はまだトランプゲームの途中だった。「どっちが勝ちそう?」マイロはたずねた。

「どっちだと思う?」ジョージィのはずんだ声で、女性チームだとこたえを聞くまでもなかった。

メディは全員を観察するために料理を最後にもらいたがったので、列の先頭はマイロとガワーヴァイン教授だった。

「かばんからなにかなくなっていませんでしたか」マイロは重ねてある皿の一枚を取りながらたずねた。

「うん? ああ、いや、なにも。じつに不可解だ」教授がいった。「なんでまたわざわざあんな地味な資料を盗もうとしたんだろう」

「さあ」でも泥棒はたしかに、いくつもの地味な品々に目をつけた。それらに共通するもの――グリーングラス・ハウス――こそが泥棒の真の目的だったのだ。

ヴィンジ氏の目的だ、とマイロは心のなかで訂正した。あの調査員の目的。彼は密輸との関連を調べるために、この家とその歴史にまつわる情報をできるだけ集めようとしているだけなのか。それとももっとべつのなにかがあるのか。

「お若い方」ヒアワード夫人が一緒に列に並んだオーウェンにほほえみかけた。「今夜はあなたがお話をたのまれるかもしれませんね。あなたとヴィンジさんだと思いますよ」

オーウェンが笑みを返した。「ぼくにできることはそのくらいしかありませんから。みなさんにはとても親切にしていただきました」

「わたしも話せそうです」ヴィンジ氏がいった。弓形窓のそばの小さなテーブルで、ほかの人人が皿に料理を取り終わるのを待っていた。「ずっと考えていたんですが、ちょうどいいのが見つかりました」

「ぜひ聴きたいわ、みなさんもきっとそうでしょう」ミセス・パインがいった。

「そうだとも」ブランドンがポテトのボウルに手をのばしながらいった。さりげなく聞こえたが、しっかりとげがふくまれていた。「話してくださいよ、ミスター・V。なんだったら食後の皿洗いを手伝いますよ、みんながはやく聴けるように」

ヴィンジ氏が口もとをゆがめ、マイロにはその笑みがほんとうに冷たいのか、それとも自分にそう見えているだけなのかわからなかった。「もっといい方法があります、ミスター・リーヴァイ。いますぐ話をはじめるというのはどうですかな」

「あー。なるほど、そりゃすばらしい」ブランドンが用心深くいった。

「今週われわれがドク・ホーリーストーンに関する話をふたつも聴いたというのは、すこぶる興味深いことです」ヴィンジ氏はテーブルに両肘《ひじ》をついて身をのりだし、合わせた両手の指先をあごの下にあてた。「ホーリーストーンは、いうまでもなく、わたしが若かりしころの大物密輸人のひとりで、ディーコン&モーヴェンガード商会に——当然ながら市の税関吏たちにも——愉快な追いかけっこをさせたことは有名です」

料理を皿に盛っていたフェンスターがすばやく顔をあげて、「もうひとつは？」とたずねた。

「たしか昨日の夜は窓の製作者の話だったが」

「もうひとつはあなたの話ですよ、フェンスターさん」ヴィンジ氏は意外そうにいった。「ミセス・パインがいいませんでしたか、あなたがドク・ホーリーストーンとその息子の幽霊を見た話をしたと」

フェンスターが緊張をといた。「ああ、そうだ。聞いたのに頭からすっぽ抜けてた」ミセス・パインに対してつけくわえた。「ただしそいつはまちがってる」それから、「でもたいしたこっちゃなさそうだ。さえぎってすいません、ヴィンジさん。どうぞ続きを」

ヴィンジ氏は目をすがめてフェンスターをじっと見つめた。そして話を続けた。「ディーコン&モーヴェンガードはホーリーストーンの追跡を最優先にしていたそうです。すでにほかのどこよりも大勢の調査員がいたこのナグスピークで」

「そのとおり」フェンスターがつぶやいた。隣に立っていたブランドンがまったくなにげなさそうに長い脚を動かした。フェンスターはきゃんと悲鳴をあげた。ブランドンがテーブルの下で蹴飛ばしたにちがいなかった。

「すまん」フェンスターがぼそぼそといった。「けど、そういわれてただろ。だれでも知ってたことだ」すこし弁解がましくつけたした。「べつに……ほら、密輸人《ランナー》だけってわけじゃなく」

マイロは内心、身がすくむ思いだった。ほかのグリーングラス・ハウス関係者――マイロの両親、リジー、キャラウェイさん、ブランドン――も同じだろう。密輸人を〝ランナー〟と呼ぶのは密輸人だけなのだ。

「だまっとけ」ブランドンが歯を食いしばりながら命じた。それからヴィンジ氏にうなずいた。「どうぞ続けて」

それまでのところだれも食堂を出ていなかったので、マイロは自分の皿をカウンターに持っていった。そこではメディが身をこわばらせてすわり、ビュッフェの列の最後尾につくのを待っていた。「フェンスターは正体をばらしちゃうよ」マイロは小声でいった。「時間の問題だな」メディは短くうなずいたが、無言だった。表情は石のようだった。

ヴィンジ氏はといえば窓辺の小さなテーブルで、奇妙な薄笑いをうかべていた。フェンスターの失言に気づいたかどうかを読みとるのはむずかしかった。彼はごほんと咳ばらいして、話にもどった。「ともかく。まちがいなくだれもが知っているドク・ホーリーストーンは、長い長い年月どうにかして正体を隠しとおしてきました。彼が殺されたその週までは、何者かはっきりと知っている人はいなかったのです」

フェンスターが眉をくもらせたので、なにかばかなことを口にしそうなのがマイロにはわかった。なにをいうかも見当がついたので、自分も咳ばらいして先に口をはさんだ。「知っている人はたくさんいたんじゃないですか。たとえば、彼の船に乗っていた乗組員。それに取引相手とか。ただ、その人たちは決して密告しなかったでしょうけど。ヴィンジさんがいうのは税関や商会の調査員はだれも知らなかったってことですよね」

フェンスターが満足げにうなずいた。

「あたりまえだ」ヴィンジ氏の声がややとがった。「この町の法を守る人間はだれも彼の名前を知らなかった、というべきだった。犯罪者どもは身内を護る。ええ、知っていた人間は大勢いました。でも通報はしなかった」

いまや全員が硬直し、料理を取る手もしばし止まった。動じないクレムやお高くとまったヒアワード夫人でさえ、ヴィンジ氏の〝犯罪者ども〟という容赦のない口調に居心地が悪そうだった。ブランドンはフェンスターの目をとらえて、警告するように小さく首を振った。そしてマイロの両親はこのうえなく不安そうだった。犯罪者どもは身内を護る。密輸人を自分たちの宿に泊めるのも犯罪者を護ることにふくまれるのだろうか。

ふくまれるとヴィンジ氏が思っているのは、きびしい表情を見ればわかった。

マイロが以前から感じていることだが、ナグスピークの住人のほとんどは、もし訊かれて正直にこたえるならば、税関やディーコン＆モーヴェンガードよりも密輸人の味方をするというだろう。でもヴィンジ氏は住人のほとんどとはちがうようだ。

「ディーコン&モーヴェンガードから捜査をまかされていたある調査員は」とヴィンジ氏が続けた。「ついにホーリーストーンの乗組員を見つけだし、その男がみずから命がけで告白する気になったときに真実を知ったのです」

「半殺しまで殴られたすえに白状する、でしょう」口を出したのは、今度もフェンスターではなくガワーヴァイン教授だった。ヴィンジ氏が鋭い目を向けると、教授は挑むようににらみかえした。「いいですか。わたしは十五年にわたってドク・ホーリーストーンの事件を研究してきたんですよ。ディーコン&モーヴェンガードに取り調べられたあとのその乗組員の写真を見ました。気の毒なその男がディーコンの調査員とのごたごたでこうむった高額の医療費をまかなうために、密輸人仲間たちが募金をしたんです。それ自体が、情報を引きだすために痛めつけられたことの証拠ですよ」

「ずいぶんとその件にお詳しいようだ」ヴィンジ氏はさりげなくいった。不吉な口調だとマイロは気づいた。なにかが起きようとしている。

「メディ?」そっと呼びかけたが、メディはあいかわらずヴィンジ氏を凝視していた。石になったかのようにぴくりとも動かない。

「話の続きを聞きたいの」けわしい顔でいった。その言葉のなにかがマイロをぎくりとさせた。室内のほかの人たちもぎくりとした。メディがマイロ以外のだれかにそこまで大きな声で、あるいはきっぱりと発言するのはそれが初めてだったからかもしれない。ヴィンジ氏でさえつかの間顔をあげて、奇妙な表情をうかべた。それとも、みんなを静止させたのはメディの言葉でもなんでもなく、ふいに食堂を吹きぬけた冷気かもしれなかった。それはまるでどこかの開いた窓から風が吹きこんだかのようだった。でもあいている窓はどこにもなく、玄関のドアもぴたりと閉じていた。

「あの人たちにいって」メディがまえより声を落としてマイロにいった。「あなたも話の続きを聞きたいといって」

とまどいながらも、マイロはいわれたとおりにした。「続きを聞きたいんです。おしまいまで話してください」ヴィンジ氏は長々とマイロを見つめた。マイロはいくぶん反抗的に見かえした。「どうぞ」

「その密輸人は調査員に地図を見せた」ヴィンジ氏はマイロの視線を受けとめながらゆっくりいった。突然つぎになにが来るか悟って、マイロはごくりと息をのんだ。「地図だ」ヴィンジ氏は続けた。「それにはドク・ホーリーストーンの船が次回運びこむ積荷の情報が、水深に見せかけた点の塊《かたまり》で埋めこんであった」口をゆがめると、残忍そうな笑みがうかんだ。「ドク・ホーリーストーンの船、アルバトロス号で一週間以内に到着する武器のことが」

メディの指がマイロの腕にくいこんだ。

「それはうそっぱちだ」フェンスターが抗議した。「ドク・ホーリーストーンが武器を扱わなかったのはだれだって知ってるぞ！」

「密輸人はだれでもどこかの時点で武器に手を出す」ヴィンジ氏がまだマイロを見すえたまま

でいった。「か・な・ら・ず。まちがいなくドク・ホーリーストーンはそうだった」

「うそつきめ！」フェンスターが声を荒らげた。

ヴィンジ氏がにんまりした。「なぜだれもが彼を追いかけていたと思う？　本を密輸するから、ブラック・アイリスの球根を扱うから、取るに足らない安物の装身具やどんな角度でも書けるペンを市《まち》に持ちこむから？　ばかをいっちゃいけない。そんなものはだれも気にしていなかった」

今度はジョージィがふんとあざわらった。「ディーコン＆モーヴェンガードは気にしていたわ。自分たちが利益のおこぼれにあずかれない物はなんだろうと気になるのよ」

「そのとおり！　たたくのはよしてくれ」フェンスターはまだ彼をだまらせようとしているブランドンにぴしゃりといった。「こいつはドク・ホーリーストーンが武器を商売にしてたなどとほざくうそつきだ。ドクはいっぺんだってやらなかったのに」

またしても冷気が部屋を切り裂いた。「話の続きが聞きたいの！」メディがどなった。「いって」マイロに命じた。その声の怒りの強さは人を震えあがらせるほどだった。

「話の続きが聞きたい」マイロは震えながらくりかえした。

ヴィンジ氏はもったいぶってカップにちょっと口をつけてから、話しだした。「懸命の努力にもかかわらず、調査員たちは妨害された。だれかがホーリーストーンに情報を流して、彼を逃がしたのだ。あの男がいまこうして伝説になっているのも、奇跡的といえなくもない逃走を何度かやってのけたからだが。そのときもそうだった。実際……」頭を振って、不快そうな声を発した。「まあ、あれはなかなかのものだった。そうして密輸人どもは積荷ごと——」

「積荷は銅管だ」フェンスターがどなった。ブランドン、マイロの両親の警告ももはや耳にはいらなかった。「なぜならあの悪名高き商会が値段をつりあげたせいで、クウェイサイドの建設業者はだれもやってけなく——」

「——ちっぽけなネズミのごとく脱走し——」

「おい、しつこいぞ——たたくのはよせったら、ブランドン！」

「あることが起きなければ、この話はここで終わっていたかもしれない」ヴィンジ氏はマグから平然とまたひと口すすり、先を続けた。「子ネズミどもはいなくなったが、彼らを率いているでかい親玉ネズミを捕らえるチャンスはまだあった。その調査員は確信していた、ドク・ホーリーストーンは紙に記録するという行為を疫病のごとく避けているにちがいないと。ホーリーストーンがペンと紙にたよらなければならないごくまれな機会には、それを書いたのが自分だという証明になんらかの記号を用いたはずだと推測した。そこでその調査員は、武器の取引現場に踏みこむ段取りをする同僚たちをよそに、あの海図に着目した。そして紙の透かしに気がついた。紙の古さと同じくらい古い老舗の紙商をさがしあて、そこからある屋敷にたどり着いた。その家は当時築百五十年を超えていて、マイケル・ウィッチャーという男が所有していたが、その男はたまたま屋根裏部屋でその古紙を見つけたのだった」

それはジョージィに聞かされた、クレムがランズデガウンという名前をたどってグリーングラス・ハウスにたどり着いたいきさつとそっくりだった。マイロは赤毛の泥棒をちらりと見やった。顔色が死人のように青白かった。そのあいだにヴィンジ氏はポケットから折りたたんだ茶色い紙を出して、ひろげた。マイロは意気消沈した。それはネグレとサイリンがあの透かし入りの紙の切れ端と一緒に〈エンポリアム〉で見つけた、ラックスミス紙商の包装紙だった。

なのにぼくはヴィンジ氏にジョージィの海図を見られてしまった。ヴィンジ氏が正しければ、それを作らせたのはドク・ホーリーストーンだ。マイロはまだ斜めがけしているリュックを痛いほど意識した。ディナーのあいだ宿泊客たちを観察するためどこにすわっても手放さなくてすむようにツリーの裏から持ってきたのだが、隠しにいっておけばよかったといまは思った。

「さて、手入れの話にもどりましょう。おそらくホーリーストーンにとっては、それもまた税関が失敗した作戦のひとつにすぎなかった。彼の乗組員が自白したことはまだ極秘にされていた。透かしを見つけた調査員はこう推理した。つかまる寸前で逃げたホーリーストーンは、ひとたび追っ手を振りきったら陸《おか》にあがるだろう。それに自分の正体がばれていると疑う理由もない。そこでその調査員は同僚たちを現場に残し、自分は偉大な密輸人がほんとうに安らげる場所へ帰ってくるのを待った」ヴィンジ氏はひと呼吸おき、芝居がかった態度でぐるりと部屋を見わたした。「川を見はるかす丘の上の、ステンドグラスだらけの家へ」

マイロの横で、メディは息を殺していた。指はまだ彼の腕にくいこませていた。

「そしてその家こそ、ナグスピークでつかまりかけたホーリーストーンがもっとも重要な積荷を隠した場所でした。ほかの積荷と同じく武器ですが、それは伝説の、恐るべき、信じがたい武器なのです。ナグスピークが密輸人の手に残してはおけない品、数十年もさがしつづけている品です」

「ドク・ホーリーストーンは武器を売らなかったんだ」フェンスターが叫んだ。「一度だって！」

「フェンスター！」ブランドンはフェンスター自身のために彼を床にねじふせるべきか、首をしめあげるべきか、はたまた殴って気絶させるべきか決めかねている様子だった。そしてマイロの父を見た。けれどもミスター・パインがひとことも発しないうちに、フェンスターはふらふらとテーブルをまわって進み出た。ヴィンジ氏の無表情な顔に指をつきつけて、まくしたてた。「税関の手先どもはいつも得体の知れない恐ろしい武器とやらを手入れの理由にしてたけどな、ほんとうだったためしはないんだ。いつもうそだった！ いつだってランナーをつかまえる口実だったんだ。あんたがいうその武器――そんなものは現実にありゃしなかった。たとえあったとしても、ドク・ホーリーストーンは絶対に近づかなかった、わかったか？ 絶対にだ！ ドクは愛国者だった。状況を変えられると信じていたが、武器がそのこたえだとは思っていなかった。ふざけんな！」

フェンスターはわななく両手をポケットに突っこんで、ごくりと息をのみこんだ。ふたたび口を開くと、声が震えた。「ドクが武器を扱うことに同意していたら、どれだけ儲かったか知ってるか？ だれもたのまなかったと思うか？ 銃や爆薬や戦争に使えるおっかない機械を仕入れてきてくれと、ひっきりなしにたのまれてたんだぞ！ そしていつだって、そのたんびに断ってた」

わなわな震えている密輸人にミセス・パインが歩みより、肩に腕をまわした。「フェンスター――フェンスター、一緒に来て」

フェンスターはふりほどこうとしたが、続いてブランドンとミスター・パインも近づき、三人がかりでヴィンジ氏から引きはなして、網戸つきポーチへ出ていった。マイロには居間の窓ごしに、どさりと腰かけて両手に顔を埋めるフェンスターの黒っぽいシルエットがどうにか見わけられた。ミセス・パインが隣にしゃがんで、その肩を抱いた。

メディがいちだんと力をこめてマイロの腕を握ったので、爪が皮膚にくいこむのが感じられた。またメディの言葉をくりかえそうとしたそのとき、ジョージィ・モーゼルが声をあげた。「ヴィンジさん、なかなか話がお上手ですね」腹立たしそうにいった。「あの気の毒なおじさんを怒らせようとしているだけかしら」

「それもしかたがない」ヴィンジ氏はこともなげにいって、椅子にふんぞりかえった。「あの人たちがもどったらおしまいまで話しますよ」

「もうじゅうぶんだと思いますね」ガワーヴァイン教授が不快そうにいって、ポーチのほうへ歩きだした。「これ以上聞く必要はなさそうです。ドク・ホーリーストーンは銃の密輸人でも、武器商人でもなかった。わたしが考えているような英雄かというと、みんながみんな同意はしないでしょうが、しかし――」

「おかけください、ドクター・ガワーヴァイン」ヴィンジ氏は無表情だったが、その言葉は――要求ではなかった。命令だった。「すわって」教授がおどろいて彼を見ると、ヴィンジ氏はくりかえした。立ちあがり、ポケットに手を入れて、ふたつ折りの革の長方形を取りだした。それをさっと開いて、ブロンズ色のバッジを見せ、食堂のテーブルの上に放った。「おかけください。いや、全員着席していただきたい」

「それはなんですの？」ヒアワード夫人が目をすがめてバッジを見ながらたずねた。

「税関代理の身分証明ですよ」ジョージィが冷ややかにいって、ヴィンジ氏を見た。「それは本物？」

「今日ぼくは絨毯《じゅうたん》の下に隠してあった税関の書類を見つけました」マイロは彼をにらみながら静かにいった。「あなたがぼくらを閉じこめた部屋からとうさんに出してもらった直後です、ヴィンジさん」

「そう、きみは隠したり見つけたりするのがわたしよりも上手だ」調査員がいいかえした。「きみのしたことにはここにいる全員が満足しているだろうね」

ポーチのドアが開いて、ミスター・パインがつかつかと食堂のテーブルに向かってきた。「なにごとですか」と詰問した。「なにか問題があればわたしがうかがいましょう」

「みなさんに聞いてもらいたい」ヴィンジ氏がこたえた。「おかけください、ミスター・パイン」

「このままでけっこう」マイロの父は語気を強めた。「ちょっと話しましょう、ふたりだけで」

ヴィンジ氏は革のケースに収まったバッジに指を一本おき、くるりとまわしてミスター・パインのほうに向けた。「おかけくださいといっているのです。全員に話したいことがあります。

あなたにも、外にいる奥さんとフェンスターにも」

ドアがまた開いて、戸口に不安げなミセス・パインがあらわれた。マイロはなにが起きているかわかった気がした。父がもどってきたのはヴィンジ氏を連れだしてからフェンスターを入れるためだろう。できることならそれ以上ふたりを同じ部屋にいさせないつもりなのだ。

残念ながら、ヴィンジ氏にはべつの考えがあるようだった。パイン夫妻がかわした視線には気づかないふりをして、すたすたと居間にはいっていき、憤懣《ふんまん》やるかたなくポーチを行ったり来たりしているフェンスターに呼びかけた。「フェンスター！　はっきりさせてもらいたいことがある」

フェンスターはマイロの母を押しのけるようにして部屋にはいってきた。「望むところだ、このいまいましいうそつきめが」

「ミセス・パインがしたあんたの幽霊話はまちがっているといったな、あれはどういう意味だ」

密輸人はつと足を止めて、眉を寄せた。「それがなんだってんだ」

ヴィンジ氏は肩をすくめた。「あんたはわたしをうそつきだという。だからこちらが誤解していているなら、誤りを正させてくれ。あんたの幽霊話のどこをミセス・パインは勘ちがいしていたんだろう。ひょっとして、あんたがドク・ホーリーストーンをみとめたのは彼の似顔絵が描かれたおたずね者のポスターを見ていたからだという部分かな？　ほんとうはそうではなく、彼だとわかったのはあんたが彼の船に乗ったからじゃないのかね。乗組員のひとりだったからか。勘ちがいしていたのはそこの部分なのか」

密輸人は両手を握ってこぶしを固めた。

「フェンスター」ミセス・パインがささやいて、彼の腕に手をかけた。

フェンスターはそれを振りはらった。紅潮した顔で、しばらくヴィンジ氏をにらみつけた。それから緊張をといて、にやりと笑った。「いや、ちがう」両手をポケットにしまいながらいった。「ノーラが勘ちがいしていたのはそこじゃない。あたしがドク・ホーリーストーンの息子を見たとノーラはいったが、だれでも知ってるようにドク・ホーリーストーンにはアディと呼ばれる娘がいたんだ」ミセス・パインをそっと肘《ひじ》で押しのけた。「ノーラはずいぶんおかしな勘ちがいをしたもんだ」笑みをうかべたまま、目に挑戦的な光を宿してヴィンジ氏を見た。

「まちがえたのはそれだけだよ」

ヴィンジ氏は無理やり笑いかえした。「なるほど。はっきりさせてくれてありがとう。ではほかのことも明らかにしてもらおうか。あんたか、ひょっとしたら勇敢なパインご夫妻に。だれかひとりはまちがいなくこたえを知っているはずだ。このゲームはもう終わりにしよう」

だれひとりぴくともしない長い間のあと、ミセス・パインが進み出て、腕組みした。「どういうことなのか説明してください、ヴィンジさん。なぜあなたがわたしのお客さまと家族にあしろこうしろと命令するのか。ついでにどうか説明して、なぜわたしのお客さまから物を盗んだり、わたしの息子を部屋に閉じこめたりしたのか」吐きすてるようにいった。「いえ、べつに聞きたくもないわ。どうぞ荷物をまとめて出ていって。この天候とどう戦うかは勝手に考えてくださいね」

ヴィンジ氏がくすりと笑った。「いや、いや、ミセス・パイン。さしあたりいまこの家で法を代表しているのはわたしですから、命令するのもわたしではないかと。あなたが求めている説明はこうです。ドク・ホーリーストーンの最後の積荷はこの家のどこかにある。それがどんな物で、どこにあるかはあなたかご主人かフェンスターが知っていると思っています。どうやらホーリーストーンの遺産はここにしっかり残っているようだ、さもなければ息子さんがあの透かしのはいった海図を持ち歩いているはずはない。ことにアルバトロスが描かれた海図となると。あれはどこにでもある類《たぐい》の海図ではないですからね」

ジョージィが息をのんだ。「ちがう」と声をあげた。「あの海図を持ってきたのはわ、わ、わたしよ！わたしがマイロにあげたの！」

「積荷はここにあるんだ！」ヴィンジ氏が大声をあげた。「それを手に入れずに去るつもりはない。四十年近くも待って、ようやくドク・ホーリーストーンの事件簿を閉じられるんだ。積荷をいただいたら帰る。それまではだめだ」

「マイロ」メディがささやいた。「走る心がまえをして」

「なんだって？」

「聞こえたでしょ」ひそひそ声のまま鋭くいいかえした。「わたしが走れといったら、階段へダッシュして。外へじゃないわよ、外では隠れられないし、そうでなくても凍えちゃうから。階段へ走るの。全力で。〈エンポリアム〉へ駆けあがって」

いったいなんの話をしてるんだよとマイロがいいかけたところへ、怒りに震える母の声がした。「ヴィンジさん、あなたは警察官じゃないでしょ、出ていってもらいます」

「おれがこの腕で放りだしてやるよ」ブランドンが太い声でいいながら、大股で進み出た。

そのとき同時にふたつのことが起きた。ヴィンジ氏がベストから拳銃を抜いてブランドンに向け、見おぼえのない男ふたりが玄関のドアから駆けこんできたのだ。

「走れ！」メディが叫んだ。マイロはベンチから飛びおりて、階段へダッシュした。〈そよ風の通り道〉だ、と混乱した頭で考えていた。足が勝手に動いて、軽々と目に見えない風のように運ばれる。

「止まれ」ヴィンジ氏がどなった。「そのガキを連れもどせ！」

見知らぬ男たちはマイロとメディを追って走りだしたが、彼らが部屋を横切りもしないうちにクレムが行動に出た。カンフー映画で見たようなよどみない一連の動きで、食堂とキッチンをへだてているカウンターの端までベンチから三歩で移ると、軸足回転してジャンプし、近いほうの男に躍りかかった。男はクレムの下敷きになって倒れた。

オーウェンはほんの数歩うしろにいた。クレムの軽業はまねできないが、彼女につかみかかろうとしたもうひとりの男にタックルした。マイロとメディは階段に達し、一瞬のちには最初の踊り場にいた。

下で破裂音がした。マイロはつまずいた。「いまのは――」

メディが彼の襟をつかんで前方へ押しだした。「止まらないで！」

その言葉にしたがって階段を駆けのぼり、ついに手のなかで〈エンポリアム〉の緑色のガラスのノブがまわった。つんのめりながら敷居を越え、ほこりっぽい床にばたんと倒れた。メディが内側からたたきつけるようにドアを閉めた。頭のうえで最初の電球がまばたきして目覚めた。

自分がただ逃げて、銃を持っている男のいる居間に両親をおいてきたのだとマイロが気づいたのはそのときだった。「あれは銃声だったんだ、ぼくらに聞こえたのは、そうだろ?」リュックを投げすてるなり、どっと涙があふれだした。

メディが隣にしゃがんで、やさしく肩をたたいた。「しゃんとしなさいよ」言葉とは裏腹になぐさめる口調でいった。「ご両親はあなたに銃から逃げてほしかったと思う」

「ぼ……ぼくは、両親をおき去りにした」マイロは興奮した早口でいった。「ただおいてきちゃったんだ！　どうしよう、もしあいつが……もしもあいつが……」

「ヴィンジだってご両親にけがをさせたくはないわよ」メディはため息をついた。「わたしがあいつだと気がつくべきだった」苦々しげにつけくわえた。「なぜわからなかったのかしら」

マイロは涙をぬぐった。「なんのこと?」

「あいつがディーコン&モーヴェンガードに送りこまれたこと。いかにも調査員風なのに」

その点はマイロには疑問だったが、メディのなにかごまかすような声の調子が気になった。

「あいつだと気がつくべきだったっていったよね」立ちあがりながら、のろのろといった。「なぜきみが彼に気づくの?」

「わたしのいったのは、調査員風だから――」

「それに、あいつがしゃべっていたあいだ、きみはすごく様子が変だった」マイロはメディをまじまじと見ながらつづけた。「なにかあるな。ぼくに話してないことがあるだろ。なんできみが彼に気づくんだよ」

メディは腕組みして、しばらくじっとマイロを見かえした。「これから話すことはまともじゃなく聞こえるでしょうけど、信じてもらいたいの、いい？」マイロは肩をすくめて、待った。とうとう、メディは息を吐きだした。「ヴィンジが話していたのは自分自身のことよ。彼があの話の調査員。あれはこの家で起きたことなの。ずいぶん歳を取ったから、あいつだとわからなかった、でもまちがいない」あたかもヴィンジがドアの反対側に立っているかのように、屋根裏部屋のドアを憎々しげに指した。「ドク・ホーリーストーンを追いつめたのはあいつ、死んだのもあいつのせい」

〝四十年近くも待って、ようやくドク・ホーリーストーンの事件簿を閉じられる〟とヴィンジはいっていた。たしかに計算は合うようだ。だけど……。「どうして確信できるの」マイロは目を見ひらいて問いつめた。「なぜきみにそんなことがわかるんだよ」

メディがごくりとつばを飲むと、おちついた態度も怒りも消えうせた。彼女がまたつばを飲み、泣くのをこらえているのだとマイロは気づいた。

「だって、見たから」蚊《か》の鳴くような声でいった。「あいつを見たの、ドク・ホーリーストーンといるのを。わたしはその場にいたの」

「そんなのありえない」マイロは混乱した。「それは四十年もまえじゃないか」

メディは弱々しくほほえんだ。「どっちもまちがってる。まず第一に、あれは三十四年まえ。第二に、わたしの名前はメディじゃない。サイリンじゃないときでも」

マイロは口をあけて、また閉じた。「メディ。マデラインかなにかを縮めたんだよね」

「キャラウェイさんの娘はメディと呼ばれてるけど」言葉を選ぶようにこたえた。「キャラウェイさんにこの何日かずっと娘さんと遊んでたなんていったら、頭でも打ったかと思われるわよ。メディ・キャラウェイはここにいない。そもそも来ていないの。でもわたしがあなたと顔を合わせたのはキャラウェイさんたちが到着したのとほとんど同時で、そっちが勝手にメディだと思いこんだから、わたしはただ一度も訂正しなかっただけ」頭をかいた。「そのうちにこっちが説明しなきゃならなくなることをあなたがだれかにいうと思っていたけど、そうはならなかったし」

すべてがいちどきに押しよせた。愕然《がくぜん》とするマイロの頭で記憶がつぎつぎにまたたいた。

〝屋根裏部屋と地下室みたいなものだ――ここにある物の半分はかあさんとわたしよりまえの時代からあるんだ〟

〝ロールプレイングゲームの道具――AW〟

〝あたしがドク・ホーリーストーンの息子を見たとノーラはいったが……ドク・ホーリーストーンに娘がいたことはだれでも知ってる。アディ、と呼ばれてた〟

〝アディ、安らかに眠れ。きみをもっと知りたかった〟

「きみは……アディ・ウィッチャーなのか」マイロはゆっくりといった。

彼女がおずおずとほほえんだ。「じつをいうと、アディという名前はあんまり好きじゃなかった。いまはメディがだいぶ気に入ってる、もう慣れちゃったしね」

「それにドク・ホーリーストーンは……きみのおとうさん？」

少女はマイロをまっすぐ見つめたままうなずいた。

マイロはあいまいにうなずきかえした。「そしてきみは三十年とちょっとまえ、おとうさんがヴィンジにつかまるのを見たの？」

「三十四年まえよ、ほとんどきっかり」ゆがんだ笑みをうかべてから、ポケットに両手を入れて、足に目を落とした。初めて、メディ——アディ？——がとても幼く見えた。

頭がぐるぐるまわっていた。それじゃ計算が合わない。「でもきみはそんな歳じゃない。ぼくと同じぐらいだろ」

「あなたの年齢だった」用心深い口調。「三十四年まえは」

安らかに。ＡＷ。

マイロの母のお話では、ドク・ホーリーストーンの子どもは幽霊だった。そしてフェンスターはその話が真実だといった。子どもが女の子だったということ以外は。

「きみは幽霊なの？」マイロは自分のいっていることが信じられずにつぶやいた。

「三十四年まえ」少女がそっとくりかえし、片方の靴のつま先でもう一方のかかとをこすった。

「あの日をわすれることは絶対にない、だってその同じ日にわたしも死んだから」

13　対決

　ふたりはじっと見つめあった。マイロは笑うべきか、信じようとしてみるべきか決めかねた。信じようとすれば確実に頭がおかしくなるだろう。メディは一縷《いちる》の望みを抱いているように見えた。おそらく信じてはもらえないけれど、ひょっとしてひょっとしたらマイロが予想外の反応をするかもしれないと。

「証明できる？」マイロはたずねた。

　少女はため息をついた。「必要なら」それ以上ひとことの警告もなく、彼女は切れそうな電球のようにまたたいた。そこにいるのに、つぎの瞬間いなくなり、またあらわれたと思うと、つぎには完全に消えた。

　マイロは屋根裏部屋にひとりたたずんでいた。血液がごうごうと流れ、胸のなかで心臓がどくどく跳ねるのを感じながら、その場でくるりとまわってみた。「メ――メディ？　ていうか、アディ？」

　するとすぐ目のまえに、さっきからずっとそこにいたかのように、ふたたび彼女があらわれた。〈見えない黄金のマント〉を着て腕組みしていた。「メディでいい。もう慣れてるから」

　それじゃやっぱり……幽霊なんだ。マイロは木箱のひとつにどさりとすわりこんだ。いきなりめまいがしてきた。

〝じゃあ、まず、サイリンはプレイヤーでないキャラクターたちには見えないことにして——つまり、あなたのほかはだれにも〟

「姿が見えないふりをしていただけじゃなかったんだね」鼓動がまあまあ正常なはやさにおちつくと、マイロはいった。「ほかのだれにもきみが見えなかったんだね？　いっぺんも。いままでずっと」

彼女は申しわけなさそうにうなずいた。「そう」

「声も聞こえなかったんだ？　なのにぼくはきみがそばにいるみたいに行動してまわってたわけ？　さぞいかれたやつに見えてただろうね、ひとりごとをいったりしてさ」マイロは不満をもらした。

「わたしが姿を見せた相手だけに声が聞こえるんだと思う。でもここにいるほかのいかれた人たちほどひどくは見えなかったわよ。それで気が楽になるかどうかわからないけど」

「庭のベンチのひとつにきみを追悼する言葉が刻んであった。だからぼくを行かせたくなかったの？　時間の無駄だからじゃなく、あれを見つけたら真相をつきとめるかもしれなかったから？」

「あれはわたしのお墓」さらりといった。「ただの記念碑とかじゃなく。パパに起こったことから、わたしのお墓は秘密にしたほうがいいと思われたんでしょうね。隠しておこうと。あなたに真実を知られたくなかったってことじゃなく、知ったら……動揺させてしまうと思ったの。

もしかしたらこわがらせちゃうかもって」

「こわくなんかないよ！」

「でも思いがけないことが起きるといらいらするでしょ」彼女がやさしくいった。「それに自分の場所に立ち入られるたびにすごく怒るじゃない。あなたの部屋とか、住んでいる階とか、こんなふうにお客さんが来はじめたときにはこの家でさえ。わたしのことはどう感じるか、まるで想像できなかったの。それに時間の無駄だと思ったし」最後のひとことはつっけんどんな口調で、（ありがたいことに）またいくらかメディらしく聞こえた。「それはほんとよ」

マイロはうなずいた。のどになにかがつっかえて、胃のなかでパニックが渦《うず》巻きはじめた。メディのいうとおりだ――ふいに自分の家が知らないどこかみたいに感じられた。

友だちを見た。それまでとすこしも変わらなく見えた。「なんて呼べばいいんだよ」途方に暮れた声でたずねた。

彼女はちょっと考えた。「メディ。話しかけるときほんとうはだれかなんて考えて時間を無駄づかいしないでね。いい？」希望に満ちた明るい声になった。「だってわたしはいままでどおりのわたしだもん」

マイロはまたうなずいた。でも胃がねじれるような不快感はやわらがなかった。「とうさんたちが」とささやいた。「あいつは……銃を持ってる」

アディ――メディだ、ときっぱり訂正した――はかぶりを振った。「ヴィンジの狙いはあなたのご両親じゃない。フェンスターでもない。あいつが欲しいのはわたしのパパかほかのだれかがここへ隠したと自分で思いこんでるなにかよ。わたしたちがそれを見つけられれば、彼を追っぱらえるし、だれも傷つかない」

「もうけが人が出ていたっておかしくないんだ」マイロは反論した。そこでふと思いついた。「メディ、もしきみが——もしほかのだれにもきみが見えないんなら……彼にこっそり近づいて、銃を奪うとかなにかできない？」頭をかいた。「そういうことはできるの？　物を取りあげたり……ええと……その……」

「生きている人から？　もちろん。あなたからいろいろ手わたされたじゃない。でもヴィンジの銃は……」首を振った。「そのことは考えた、けど彼から銃を奪うのに使えそうな魔法の力はわたしにはないと思う。わたしが銃をつかむのとあなたが銃をつかむのとの差は、だれにもわたしが見えないということしかないの。だから不意討ちの分だけこっちが有利かもしれないけど」

「不意討ちでじゅうぶんかもしれないじゃない！」

「そうは思わない。どうしたらおとなから銃をもぎとれるか知ってる？　わたしは知らない。それに、向こうはたぶん銃の扱いに慣れているけど、わたしはちがう。どんなまちがいが起きてもおかしくない。ほかの男たちも銃を持ってる可能性があるし。だれかがひどいけがをするかもしれないのよ。または死ぬかも」

　彼女がふと口をつぐみ、マイロはドク・ホーリーストーンが遠い昔のその日にただつかまったのではなかったことを思いだした。「きみは目撃したの？」とたずねた。

「目撃って、あのとき……？」メディは首を振って、自分の足を見おろした。「ううん。ヴィンジがつかまえようとしているのが見えただけ」

　メディがマイロと並んで木箱に腰かけ、ふたりとも沈黙した。

「あの日、パパは夜遅く帰ってきた」しばらくたってメディが話しだした。「崖のほうから。そのころはまだケーブルカーはなかったの。ちゃんとした階段さえも。隠された足がかりがあるだけだった。どこにあるか知っていればのぼれるけれど、手すりもないし、そのまえから雨が降っていたし、もともとのぼるのがむずかしいうえにすべりやすくなってたと思う」深々と震える息を吸いこんだ。「たぶんのぼるまえに何時間も走って逃げてきたんでしょうし。走って、岩をのぼって。あとをつけられずにはやく家に帰り着くにはそれがいちばんいいルートだったのよ」

　マイロはぎこちなくメディの肩をそっとたたいた。

「パパはわたしを迎えにきたんだと思いたいの」静かに続けた。「ほとぼりが冷めるまで、一緒に海へ逃げるつもりで。ほんとうはさよならをいって、どこへ行けば安全か教えようとしただけかもしれないけど。ディーコン＆モーヴェンガードの調査員はつかまえるまであきらめないと、パパにはわかっていたはずだから。わたしを危ない目にあわせたくはなかったでしょうね、たとえ離ればなれになっても」

「おかあさんはどこにいたの？」

「わたしが小さいころ死んじゃったの」

「それじゃ、ここにひとりきりだったんだ、おとうさんが留守のあいだ？」

「ふだんはそうじゃなかった。料理をしてくれるミセス・ギャリックがいて、その甥が家のあれこれをしてくれてた」哀しそうにほほえんだ。「ギャリックさんはパパが留守のあいだ自分が家をまかされていると思ってたっけ。そう思わせておいたの、ギャリックさんとポール——それが甥っ子——が《オッド・トレイルズ》で遊んでくれたから。でもあの晩は——あのときはわたしひとりだった。ふだんはそうじゃないけど、たまにそんな日もあったのよ」

「なのにどうしてきみを残していけるんだよ」マイロは憤慨《ふんがい》した。「もしも自分の身になにか起きたらどうすんのさ。きみがほんとうにひとりぼっちになっちゃうだろ。それじゃ——」

メディは目をあげて、まっすぐに彼を見た。「孤児になっちゃう？　あなたみたいに？」

「ああ、そうだよ！」けれども、口にしたとたんに後悔した。

「あなたは孤児じゃないでしょ、マイロ」すこしとがった声でメディがいった。

「うん、ちがうけど」彼はぼそぼそといった。

「あなたには家族がある。ふたつもあるじゃない、たとえひとつは謎だとしても。先のほうの家族、あなたを生んだほうの家族がわたしのパパと同じことをしたんじゃないって、どうしたらいいきれる？　家族が考えつくかぎりそれがいちばんあなたのためだったけど、そのせいで一緒にいられなくなったのかもしれないのに」怒りの口調になった。「ついでにいえば、あなたにとって悪い結果にはならなかったんじゃない？」

マイロは首を振って、両手で耳をふさいだ。「わかってる、わかってる、わかってる！　もういいだろ？」

「あなたには最高の結果だったじゃない」メディは屋根裏部屋のドアを指して、向こう側の世界に叫んだ。「あなたはこの家で、愛している人たちと、愛してくれる人たちと暮らしてる。でもわたしは――」言葉がとぎれ、ごくりと息をのみこんだ。「わたしは死んだ」

死んだ。

「丘のふもとにベルがあって」きつい調子は声から消えた。「パパは崖をのぼりだすまえにそれを鳴らしたの、わたしを起こすためだったと思う。わたしは非常階段に出て、パパが見えないかと目をこらしてた。あの非常階段からは――」

「森のあそこが見える」マイロがあとをひきとった。「おとうさんが崖をのぼってきたら見える場所だ」

「見ていたらパパがあらわれた。わたしは手を振った。パパにはわたしが見えなかった――わたしがそこにいるのはわかってるはずなのにと思ったけど、ちがうほうを向いてたの。庭ごしに家の正面のほうを見てた――」

「丘の道のほう？」

「ええ。そこでヴィンジが待ちぶせしてたから。こちらからは見えなかったけど、パパがあいつを見つけたんだとわかった。パパは崖のほうへ引きかえして、森のなかへはいっていった。そのすぐあとで、ヴィンジが――いまよりずっと若い、パパと同じ歳ぐらいのヴィンジが――森のほうへ走りだした。そして彼も木立の奥に見えなくなった。わたしはこわくてたまらなかった。息ができなかった。そしたらまたヴィンジが出てきたの。パパはいなかった」

マイロも息ができなかった。

「べつの男が、それほど足ははやくなさそうだったけど、芝生をつっ切って、森の入口に立っているヴィンジのほうへ行った」ときどきすこし震えるほかはほとんど感情をあらわさない声で続けた。「わたしはふたりが話すのを聞こうとしてできるだけ身をのりだした。ヴィンジは煙草に火をつけていた」唇をなめた。「そして……そのときわたしにはパパが落ちたことがわかったの。足を踏みはずして、崖の下に倒れていることが。ヴィンジは落ちるのを目撃して、パパが死んだとわかったのよ。だって目撃していなければ、確信がなければ、追いかけていたはずだから。そしてべつの男がそばまで行ったとき、ヴィンジが空に向かって煙草の煙を吐いて、口を開いてなにかいいかけたので、わたしはもっと身をのりだした……思ったの――思いたかったの――わたしがまちがってて、彼は〝逃げられた〟とか〝つぎこそかならず〟っていうかもしれない……だからのびあがって言葉を聞きとろうとして……そして……」

マイロは目を大きく開いてメディを見つめた。「落ちたの?」

メディは無言でうなずいた。

「そして死んだ?」

またうなずいた。

ふたりは並んですわったまま、長いあいだひとことも発しなかった。マイロはメディが描写した瞬間を思いうかべようとして、胸がつまった。「かわいそうに」

「わたしの時間は変なふうに流れるの」メディが屋根裏部屋を見まわした。「まえにもこの家に出たことがあったのかどうか、だとしたらどのくらい長くいたのか、わたしにはわからない。とぎれとぎれに思いだせるんだけど……自分が落ちたときから、何日かまえあなたに会うまでのことは。人がなにかを修理したり、交換したり、大きな音がしていたのはおぼえてる。たとえばこの家の食堂に男の人が船のかたちのシャンデリアを吊るしていたこととか。あなたのパパやおじいさんやあなたがつむじ風号の線路を作ったのもおぼえてる。ご両親がここへ越してきてからフェンスター・プラムを何回か見かけた気はするけど、そのまえにもパパといる彼を見ていたはずだから思いちがいかもしれない。少なくともあなたのママのお話に出てきた、フェンスターが非常階段にいるわたしを見たときのことはおぼえてるけど、それがどのくらいまえなのかはわからないの。時間の流れかたが変だから。

今回この家に来たときはいろいろなことが……新しく見えた」またしばらくおいてから、メディは続けた。「なにもかもが新しく見えたの、まえからここにあったと知っている物まで」黄色いローブの袖をつまんだ。「このローブとか。あなたがランズデガウンの鍵束を見つけたあのドアとか。わたしが生きていたころからあったはずなのに、それでもやっぱり初めて見るような感じ」

「なにか理由があって帰ってきたの？」

「そうしなきゃならなかったから」メディは眉をひそめた。「ヴィンジが来たでしょ。この家になにかよくない感じがしたんだけど、彼のせいだとはわからなかった。わかってくるまでに時間がかかるのよ。あいだの過去——わたしが死んだあとだけど現在よりはまえ——を思いだすみたいなもので。思いだせるんだけど、すぐにじゃないの。ヴィンジがもどってきて……ほかの人たちがひとりずつ到着したとき、この家で〝さがしもの〟が感じられた。全員がここでなにかをさがしているって。でも」——手をひと振りした——「みんながそれぞれちがう物をさがしてた。さがしていることと、悪い気配は感じとれたの。わからなかったのは、どこでそのふたつが……」顔をしかめて、片方の手のひらにもう一方の手をのせた。

「重なりあうか」

「そう」頭をかいた。「それにわたしひとりじゃ調べようがなかった、あの人たちとは話せないから。というか、話せたのかもしれないけど、あのなかのだれも信用できないから話したくなかったのね。手を貸してもらうならあなただって思った。そしてゲームのアイデアを思いついたわけ。わたしたちで見つけられるかもしれないと思ったの、さがしている物や、さがしている理由を。悪い気配が強くなりすぎるまえに」

マイロはうなずいた。

「そしたらあなたはすごく優秀で」メディは彼の顔をのぞきこみながら続けた。「なにもかも解決しちゃった。見事に〈ブラックジャック〉になりきって、わたしたちがぶつかる謎を片っぱしから解いていった。ランズデガウンの鍵も、放浪者《ローマー》の遺物も見つけた……きっとヴィンジがさがしている物も見つけられるとわたしは信じてる」懇願《こんがん》する調子がくわわった。「マイロ、あなたならできる。あなたの助けがなくちゃ、わたしだけじゃだめなの。わたしたちでさがしだせれば、ヴィンジを追いはらえる。彼の欲しい物はそれだけだから」

「それをあいつにくれてやるつもり？」マイロは疑わしそうに訊いた。

「いやだけど」メディはみじめっぽくいった。「ほかにどうすればいいかわからないんだもの」

なにかが頭にひっかかっていた。「メディ？」彼女のではないと知ってしまった名前で呼ぶのは妙な感じだったが、そう呼ばれるとメディはぱっと顔を輝かせた。「おとうさんがきみを迎えにきたか、さよならをいいに帰ってきたとき、家まではたどり着けなかったんだよね？」

自分がなにをいったかに気づいて顔がかっと熱くなった。「つまり……家にははいらなかったんだよね」

「いってる意味はわかる」そっといった。「ええ、そうだった」

「それじゃヴィンジはなぜこの家に銃が隠してあると思ってるんだ？」

メディはふんとあざわらった。「フェンスターがいったとおり、パパは武器を売ったりしていない。税関の人たちがそういう話をでっちあげたの。だから秘密の武器なんか見つかりっこないとヴィンジはわかってるのよ。ガワーヴァイン教授と同じ物をさがしているけどそれをみとめたくないのか、あの夜実際に起きたのとはちがうことが起きたと思いこんでて、パパが死ぬまえにどうにかしてなにかを隠したと考えてるのか。でももしここになにかが隠してあるのなら、それをわたしたちが見つけだせばヴィンジを出ていかせられる。きっと自分がなにをさがしているかも正確にはわかってないのよ」

マイロは彼女の肩を揺さぶった。「考えて、メディ！　むずかしくても。考えるんだ！　どんな物だろう」

「だめ、だめ、だめ」メディが抵抗した。「それについてはなんにも知らない。あるのかどうかも。もしパパがほんとうにいつかここになにか隠してたとしても、わたしは聞かされてない。詳しいことは話してくれなかったの——そうやって護ってくれてたんだと思う。透かし入りの紙のことさえ知らなかったんだから。無理」首を振った。「隠したとしてもパパじゃなくて、きっともっとあとの話よ。パパが……わたしが……そのあとでだれかがここにもどってきたとか。ガワーヴァイン教授が正しいならスケランセン、またはスケランセンがよこしただれかかも」

メディは立ちあがった。「ねえ、わたしは階下《した》へ行って様子を見てくる。無事を祈ってて。もしかするとうまくいってるかもよ。みんなであいつを攻撃して、外へたたきだして、問題は片づいてるかも。だけど念のために、いまある手がかりについて考えといて」すこしためらってからいった。「あのね、ネグレの両親は階下《した》にいないでしょ。マイロよりネグレのほうが集中して考えやすいかもしれないわよ。ちょっと思ったんだけど」

「たぶんね」彼はリュックを引きよせて、開いた。もはやゲームではないとはっきりしたいま、ネグレ・モードにはいるのは少々むずかしかった。そのときふとほかのことが頭をよぎった。

「きみはどうやって物を持ち歩くの？　だれも家じゅうをひらひらする黄色いローブの幻を見ていないのはどういうわけ？」

「わからないってば」サイリンは弱々しくほほえんで、ロールプレイングゲームの道具がはいっている開いた箱を見やった。「ゲームによっては、べつの世界や生き物はべつの次元《レベル》に存在するの。わたしにはわたしの次元があって、着られる物や持ちはこべる物を自分の次元に引きよせるのかもね」

「きみが物を幻に変えられるってこと？」

「たぶん、一時的に。でもそれは小さな物にしか効かないみたい——一緒にあなたのキャラクターを考えだしたあの朝、階下《した》のツリーのところへ本を何冊も持っていけた。客室に閉じこめられたとき、わたしがあなたをドアにつき飛ばしたのをおぼえてる？」

「うん」ネグレはまだ痛む鼻をさすった。

サイリンは肩をすくめた。「あれは不成功に終わった実験ということで」

「でもきみはあのとき部屋を出ていって鍵を取ってこられたんじゃない？」

「それは考えた。だけどそれにはドアを通り抜けなくちゃならないでしょ。どうしても避けられなくなるまでは正体をばらしたくなかったの。結果的にはあなたが自分で脱出手段を思いついたじゃない。鍵といえば、あなたのマスターキーはそのリュックにはいってる？　あいつがみんなをどこかに閉じこめていたときのために、借りてもいい？」

「うん」ネグレは鍵をさがしだして、手わたした。「でもそれは客室にしか使えないよ」

「わかった。なるべくはやくもどる」サイリンはうっすらとほほえみ、ドアを通り抜けて消えた。ネグレはごくりとつばを飲んだ。ほんとうにほんとうだったんだ。早鐘を打つ心臓をどうにかして平常のペースにもどし、集中しようとした。

サイリンがもどるころには、ネグレはトランクの平らな面の上に手がかりをひろげていた。

「全員無事だった」彼女が息を切らして報告した。「だれも撃たれてない。でもキッチンのそばの奥にある部屋はなんていうの？」

「洗濯室《ランドリールーム》。または食料庫《パントリー》。両方ともそこにあるけど。なぜ？」

「ヴィンジと部下たちはみんなを洗濯室に閉じこめたみたい」

「なんだって？」

「知らない男のひとりがそのドアを見張っていて、なかできんきん叫んでる声が聞こえた。ヴィンジは居間でご両親とフェンスターにパパやこの家についてきびしく質問してた。逮捕するとかなんとかいってたけど。もうひとりの部下は二階にいる。あなたをさがしているんだと思う。だから急がないと」

「とうさんたちを逮捕するだって？」抗議の声をあげた。「税関にはそんなことができるの？」

「さあ、あいつはできると思ってるみたいね。洗濯室の鍵も彼が持ってる。鍵はひとつしかないの？」

「どうかな。とうさんたちがあのドアに鍵をかけるのは見たことがないんだ」両手に顔を埋めた。「ひどい。きみは鍵なしでみんなを出せない？」

「どうやって？　わたしにピッキングができるなら、あの客室に閉じこめられたときにやってたと思わない？　あなたがドアをつき抜けられるか試すまえに」悲しそうに首を振った。「わたしは魔法使いじゃないのよ、ネグレ、ただ……あなたたちと同じではないというだけ。わたしは壁を通り抜けられるけど、あなたにも、洗濯室に閉じこめられた人たちにもできないでしよ」

「きみにできることはなんかないの？」自分を止めるまえにキレてしまった。

「ないんだってば」彼女もキレた。「だからあなたが必要だったんじゃない！」

「ごめん」

「いいけど。わたしだってもどかしいの。でも、見て――これを持ってきた」ポケットから『作品　第五集』というタイトルの小さなペーパーバックを取りだした。それをトランクの上に、なにも書かれていないダミーの紙と、ジョージィからもどってきた海図と並べておいた。

「ガワーヴァイン教授の部屋にちょっとはいって、あのかばんをのぞいたの」表紙の下のほうを指した。「ほら見て。スケランセン。彼の作品のカタログじゃないかな。これを見れば作品をさがしやすくなるかと思って。それにあの変なくもった窓の地図の写真も持ってきた」

「さえてるじゃん」

　ネグレはスケランセンのカタログを手に取った。「取りかからなきゃはじまらないんだよね」

ページをめくりながら写真に注意をはらうのはむずかしかった。集中しろ、と自分にいいきかせた。ここに手がかりがあるかもしれないんだ。もしあるなら、とうさんとかあさんのためにぼくが見つけなくちゃ。

　ステンドグラス、つぎもそのまたつぎもステンドグラス。円形やアーチ形をした教会の窓、陽気な修道士たちがビールを醸造《じょうぞう》している絵柄や、美しい女性たちがダンスをしている図。帆をあげた船が、舳先《へさき》に白波を立てて青い海原を切り裂いていく。作品はほかにもあった。天板がモザイクでできているテーブル。ガラスをはめこんだ暖炉の衝立は、炎の光をとらえて部屋じゅうに振りまいている。ガラスのシャンデリア、ガラスの枝つき燭台《しょくだい》、ガラスのランプ。

ネグレはカタログを脇に放った。「なにをさがしているんだかわからない」ジョージィの海図をながめ、つぎにガワーヴァイン教授の写真を手に取った。「教授にわからないのに、ぼくにわかるわけないよ。あの人は隠された原画があるのかどうかつきとめるのに人生を捧げてきたんだろ。こんなの望みなしだ」

「望みなしじゃないって」サイリンはあきらめなかった。「ぶつくさいうのはよして、考えなさいよ」

「考えてるよ！」

「あなたがやってるのは、文句をたれること」ふたたび海図を取りあげた。「ヴィンジがいったことをおぼえてる？　わたしのパパや乗組員がこういう海図に情報を隠していたとか」

「ああ。水深線に暗号で埋めこんだんだって。読みとるには暗号解読者にならないとね」ネグレに暗号解読の能力はない。

「わたしたちの求めてる情報があるのはその点々のなかじゃないかもよ。ほら、ジョージィの目をひきつけたのは船だったし」

「このへんてこな船か」ネグレは海図を取りかえして、描かれた白い曲線を見た。

「だって、パパは船長だったでしょ。まったくありえなくはないわよ、それがなにかに関係しているってことは――」

「待って」ネグレは羅針図《コンパスローズ》にさわった。「これはアホウドリ——アルバトロスだ。きみのパパの船の名前だよね。ヴィンジがそういってた」

「ええ……だから？」

「コンパスローズは方位を示すものだろ。進む方向を教えてくれるんだよね？　これは船を指し示している、まさに」北を指しているのだと思っていた矢印にふれた。それは風をはらんで丸くなった帆に向けられていた。「このコンパスローズはどの船なのかを教えているのかもしれないよ」

「でも、もしわたしたちのさがしてるなにかが本物の快速帆船《クリッパー》に隠してあるなら、チャンスはないわよ」サイリンは疑わしそうにいった。「アルバトロス号がその後どうなったかなんて知らないもん」

ネグレは首を振った。「まえに船のかたちのシャンデリアのことでなにかいってたよね」

「ええ、この家の食堂にあるあれ。ほんとうはどうだかわからないけど、船に似てるとわたしはずっと思ってた」

ネグレは海図の帆を見た。「あのシャンデリアが吊るされるのを見たっていったね」

「そう、あのことよりもあとだった」目が丸くなった。「もしかして……？」

ネグレはすでにまたカタログをめくりはじめていて、ガラスのシャンデリアのページを開いた。「スケランセンはこれも作ったんだ。ほら」いくつかは伝統的なシャンデリアに見えた。上を向いたガラスや真鍮《しんちゅう》のアームから、多面体にカットされたビーズがたれさがっているような。でもそのほかはもっと想像力に富んでいた。優美な火の玉を思わせる、赤と金色の曲線でできたもの。彫刻したきらめく銀の星々が宙にうかんでいるように見えるのもある。食堂のテーブルの上にさがっているクリーム色のガラスの塊《かたまり》も、このページに載っていたらしっくり合いそうだ。「可能性はある……」

「だけどガワーヴァインさんは物語のステンドグラス窓だといわなかった？　なにか情報を伝えるための。シャンデリアでなにを伝えられる？」

「うん、でもそれはたんに教授が推測してるってだけだろ。彼がまちがっているかもしれないよ」カタログと海図を指でとんとたたいた。「これを見れば見るほど、そして考えれば考えるほど、手がかりに近づいている気がしてくる」

サイリンはガワーヴァイン教授のかばんから取ってきた写真の地図、結露した窓に描かれたように見えるものを持ちあげた。「わかった、ネグレ、思いついたことがあるの。あの船のシャンデリアを思いうかべたまま、もういっぺんこれを見て」

なにをいってるんだ？　それはさっき見たとおりに見えた。どうがんばっても長方形の建物に向かっていく山道にしか見えないので、彼女にそういった。

「山じゃない」サイリンはいった。「船の帆よ」

「てことは、この長方形っぽいものは？　甲板？」

「かもしれない」

「それじゃ……」いまや猛烈に頭をはたらかせはじめ、階下《した》のシャンデリアに甲板と似ていなくもないなにかがあったかどうか思いだそうとした。記憶にあるかぎりではなにもない、けれど想像力が足りないのかもしれなかった。「それじゃきみはこの写真がシャンデリア――船――のどこに物が隠してあるかを教えてるんだと思うわけ?」

「どうすれば調べられるか考えださなくちゃ」

「つまり銃を持ったヴィンジがいる階下《した》へもどるってことか」

サイリンは大まじめにうなずいた。「わかってる。計画を立てないと。ネグレ、いまこそあなたとわたしで対決について話しあうときよ」

「対決?」警戒しながらくりかえした。「ぼくらが現実にあいつらと戦う、べきだといってるの? 男三人に、銃が少なくとも一挺《ちょう》、たぶんもっとあるのに? だいたいあいつら、どこから来たのかな」疑問を口に出すそばから思いだしていた。敷地内を動きまわる人影を何度か見た気がしたことを。彼らはずっとここにいて、寒いなかどこかにひそんでいたのかもしれない。森の奥深くの、野宿しても見えない、または聞こえない古い離れのどれかに。

「そうよ、まさにそういってるの」サイリンがいった。「でもあなたが思ってるような戦いじゃないけど。わたしたちが賢ければヴィンジをやっつけられる。事実、賢い、でしょ。あいつよりも賢いわよ。あいつがとんまな靴下をはいてすわっているあいだに、わたしたちでどれだけのことを解明したか」

ネグレはごくんとつばを飲んだ。少年ひとりと少女がひとり――自分にできることはあまりないとみとめている幽霊の少女――で銃を持った男三人に立ち向かうのか。それにネグレには自分たちのほうが賢いとも思えなかった。そうだとしてもそのことに意味があるのかどうか。おとな対子どもとなれば、おとながきまって優位に立つように思える。たとえ銃を持っていなくても。

いや、きまってではないかもしれない。休暇の初日に読んだ物語のひとつを思いだした。〝ふだんはうぬぼれ屋でない悪魔《デビル》が負けることはほとんどない。それでも、たとえめったにないとくべつなことだろうと、そういうことは実際に起きる〟悪魔が敗れることもあるなら、とんまな靴下の老人が敗れる可能性だってきっとある。

ネグレは頭をかいた。「いいよ、ならぼくたちのほうが賢い。こっちのほうが小さくて、武器を持っていなくてもね。それでなにを――」ふと口を閉じて、頭をかたむけながら耳をすました。「待って」屋根裏部屋のドアが、閉じたままごくかすかに揺れた。「一階下のドアをだれかがあけてる。空気の動きでこっちのドアが動くんだ」

「たぶんわたしが二階で見た男ね」サイリンがささやいて、すばやくドアに近づいた。「鍵はかけられる?」

「内側からはだめだ」ネグレは彼女の目をとらえて、にっと笑った。「内側からは鍵をあけることもできない」

サイリンの顔にぱっと笑みがひろがった。「なにをするつもりか読めたわよ、ネグレ。気に入った」

急いで作戦を話しあったあと、彼は屋根裏部屋からの階段をこっそりおりて、踊り場から五階の廊下をのぞいた。「いい？」と肩のうしろに向かってささやいた。

「うん」

一瞬あとに、ヴィンジの仲間のひとりが5Nの部屋から出てきた。ネグレは階段にそっとかかとをぶつけた。悪党が見あげた。ネグレは見つかって震えあがったかのように大げさにひと飛びすると、駆け足で屋根裏部屋に逃げもどった。ドアを蹴って閉じ、すぐ内側の衣装ラックの裏に隠れた。

調査員の足音がどたどたと階段をのぼってきて、ドアが開いた。「坊や」と男がいった。「だれも痛い目にはあわせないよ」

部屋の奥のトランクの陰から、サイリンが頭のてっぺんだけのぞかせた。悪い男はそちらへ一歩踏みだした。ネグレにはなにがちがうのかわからなかったが、男には頭が見えたらしかった。サイリンはまたトランクの陰に引っこんで、「約束する？」と大声でたずねた。

男は目を細くして、さらに奥へと歩きだした。「ああ、約束するとも。出ておいで、ほかのみんなのいるところへもどろう」

「どうしようかな」サイリンは用心深くいった。ネグレは待った。調査員はさらに一歩、また一歩と、サイリンがいたトランクのほうへ進んだ。あとすこし……。

「さあ、おいで。おとなたちが話をまとめようとしているあいだ、きみが逃げまわっていちゃ困るんだ。みんなの気が散るだろう。それでけが人が出るんだよ」

「わかった、それじゃ」サイリンが歌うように明るくいった。「行くよ！」

つぎにどうなるか知っているネグレでさえ、どこからともなくあらわれた彼女を見るのはショックだった。突如として、男の目と鼻の先の木箱の上にサイリンは立っていた。男はうしろへよろけ、それから体勢を立てなおして、彼女をつかまえようとした。

ネグレはもう立ちあがって、背中でリュックをはずませながら出口めがけて駆けだしていた。ドアの反対側へ出るやいなや、さっとドアを閉め、鉢植えの下にあった鍵をかけた。錠前ががちゃりと鳴るのとほぼ同時に調査員の大きな体がドアにぶつかった。

「彼はトラップをチェックしわすれたね」ネグレが鍵をポケットにしまいながらあざ笑うと、隣にサイリンがあらわれた。

「アマチュアね」と同意した。「おめでとう、ネグレ。これで最初の対決に勝った。ひとり倒したから、あとふたりよ」

調査員は激怒してドアをばんばんたたいていた。ネグレは先に立ってつぎの階へおり、いちばん近い空き部屋にはいった。「まっすぐおりるわけにはいかない。あの男にぼくらをさがしにいかせたんなら、注意しながら待っているはずだよ」

「あれを続けてると、ドアをたたく音が階下《した》に聞こえちゃうかもね」サイリンは荷物ラックにどすんと腰かけ、膝に肘《ひじ》をついた。「あいつがおりていかないと、たぶんもうひとりがさがしにくる。あまり長くここにいないほうがいいわよ。つぎはどうする?」

ネグレは窓に目を向け、外で雪をかぶっている赤い階段を見た。「ねえ、サイリン、これって非常事態といえるよね」

「わたしならそういう」非常階段を見つめた。

ネグレは頭をかいて、窓の外をのぞいた。雪におおわれた階段は傾斜した屋根のすぐ上で終わっている。「あれは発電機小屋なんだ。あそこから家の裏におりれば、ちょうどキッチンのドアのまえだ」

「その隣がみんなの閉じこめられている洗濯室？」

「そう」

「じゃあ見込みはあるわね」

「そう」

サイリンが眉をひそめて彼を見た。「おりていけると思う？」恐怖をたたえた声でたずねた。「いっぺんでも足をすべらせたら……」声が尻すぼみになった。「とにかく、いっぺん足がすべったら、わたしたちにはいまよりだいぶ共通点が増えるわよ」

〝予想外の状況に動じない……運動能力が高い……器用なずるがしこい指をもつ〟ネグレはリュックから〈とびきり上等なガントレット〉（寒いときに役立つという保証つき）を取りだして、はめた。

もちろん、〈はしごのぼり〉を演じることと、現実世界の凍った非常階段を風に吹かれながら四階分おりて、そこから屋根に飛びうつり、どうにかしてその屋根から着地することはまったくべつの話だ。

現実世界では、マイロは〈ブラックジャック〉ではない。息子が志《こころざし》をつぐと知っている名高い〈ブラックジャック〉の父に鍛えられてはいない。自分の出自も知らなければ、まだ将来なにになるか見当すらつかない、ただの子どもだ。でも、と思いなおした。いまここからどうするかは自分で決めたじゃないか。ネグレがどんな人物かを決めたように、マイロがどんな人間かを決めなくては。これから先だれになるのか、なんになるのかは自分で選ばなくてはならない。

〝その仕事をするにはほかの人たちから切り離されなければならないの。ほかとつながっているときは潜在的能力があるけれど、それは切り離されたときに初めて現実のパワーになるの〟

どんなものであれ自身にそなわっている潜在的能力やパワーでなにをすべきか、選択しなくてはならない。

「ネグレ?……マイロ?」

彼はうなずいた。「やってみる。それで両親を助けられるなら、あのいやなやつらをこの家から追っぱらえるなら、やらなくちゃいけないんだ」

窓をあけた。クレムのピッキング道具のおかげでよろい戸をはずすのはわけもなかった。風と雪が部屋に吹きこんできて、ナイフのごとく鋭い冷気が肌を刺した。

「一緒に行く」メディがいった。「すぐうしろにいるからね」

マイロはうなずいた。ごくんと息をのみこんでから、できるだけ慎重に、片脚で窓枠をまたぎ、続いてもう一方の脚でまたぐと、そこはもう窓の外だった。

手すりを握って、立ちあがった。手袋を通してでさえ金属は氷のようで、非常階段全体が風でゆらゆら揺れている感じがした。いまにも家から引きはがされそうに。

「階段ははずれないよ」歯をかちかち鳴らしながらメディにいった。「とうさんが毎年点検してるんだから。はずれそうな気がするだけだ」

メディがうなずいて、彼のあとから外へ出たが、心配そうな顔だった。「だいじょうぶ？」

雪が靴のなかにはいりこんできた。片足を持ちあげて、つるつるした表面をさぐってみた。

いきなり背後から風が吹きつけた。「伏せて」メディがささやいた。手すりをぎゅっと握ったままできるだけ身を低くするとき、ヴィンジの仲間のふたり目が廊下を通りすぎるのをかろうじて目撃できた。その一拍あとに、もうひとりの男が室内をのぞきこんだ。けれどもマイロが壁に立てかけておいたよろい戸になんの疑問も抱かず、部屋の外まで見ることは思いつかなかったようだった。そして満足したらしく、廊下に消えていった。

「わたしたちの捕虜は解放されたみたいね」メディが小声でいった。

「そ——そ——そのほうがいいかも」マイロはかじかんだ口でこたえた。「た——たぶんぼくらをさがして時間を無駄づかいするから。そのあいだヴィンジには応援がいないってことだろ」

でもどのくらい？　マイロはもう一方の足を用心深く動かしてみた。それだけつもっていると、階段の角がどこなのかほとんど見わけられなかった。ここか。雪が崩れてすこし落下し、彼の足は最初の一段を見つけだした。

まだしっかり手すりをつかみながら、そろそろとおりていった。風を気にするな、と自分にいいきかせた。金属が外壁にぶつかるのも気にするな。動くたびに足がすこしすべるのも気にするな。

すると突然、もう一段おりるかわりに広くて平らな場所に出た。四階に着いたのだった。「待って」メディがするりと追いぬき——もちろん彼女は落ちる心配をしなくていいので——、窓から屋内をのぞいた。「人影なし」

下へ、下へ、下へ。足でさぐり、手袋をはめた手で手すりを握りしめながら。片方の足を進める。片方の手を進める。もう一方の足を進める。もう一方の手を進める。

凍りつきそうに寒い。足の感覚はもうなかった。するとまた広い場所に出て、ふたりは三階に着いていた。

「そして……人影はなし」メディは見おろした。「あと一階おりれば小屋の屋根ね。まだいけそう?」

マイロはけいれんを起こしたように歯をがちがち鳴らしながら、うなずいた。「あと一階だ」

足を進めるのはますます困難になったが、どうにか凍ることも落ちることもなく最後の階段をおりきった。

「よくやってるじゃない」メディがいった。「さあ。あと一階。行きましょ」

そこから地面までは階段ではなく、ラッチのついた梯子がある。天気のいい日はただラッチをはずせば梯子が下へスライドするので、あとは軽く跳んで着地するだけだ。でもいまは梯子を収納している部分がかちかちに凍っていた。

地面まで跳ぶには高すぎるけれど、発電機小屋の屋根まではもっと近く、その傾斜した屋根の先からならやれそうだった。「よし」マイロは歯を食いしばった。「やるぞ」慎重に手すりを乗り越え、金属のバーを背中側でしっかり握って立った。

「カウントしてほしい？」メディが訊いた。マイロはうなずいた。「よーし。準備はいい？

一……二……三！」彼女が見おろすと、マイロの両手は放すのを拒んでいた。「数えなおす？」

マイロは首を振って、みずからジャンプした。

角度のついた屋根に着地すると同時に、両足が前方へすべりだした。非常階段と同じく雪の下は凍結していて、オイルを塗ったすべり台に着地したようなものだった。なにか、なんでもいいからつかまろうと虚《むな》しくもがきながらすべり落ちていった――が、つかまる物どころか悲鳴をあげる間すらなく、屋根から転げ落ちて雪だまりに落下した。

しばらく雪に埋もれたまま、折れたところがないかさぐってみた。隣の雪の上にメディがあらわれた。「無事？」

「そうみたい」

「だったら肺炎にかからないうちに起きて。行くわよ！」メディはマイロの肘をつかんで引っぱりあげ、裏のドアを指した。「もうすぐそこでしょ」

「うん」マイロは立ちあがり、雪をはらって、すべり落ちるあいだにリュックがあいてしまわなかったか手さぐりで確認した。それからメディと一緒にキッチンのドアへしのび寄った。

カーテンの閉まった小さな窓からメディが室内をのぞいた。「ヴィンジの背中が見える、けどほかのふたりはまだ階上《うえ》でわたしたちをさがしてるみたい。さっきはひとりがキッチンの椅子にすわって洗濯室を監視してたけど、いまはだれもいない」振りむいてマイロを見た。「用意はできてる？　あまり時間はなさそうよ」

「いいよ」マイロはかじかんだ両手をこすりあわせ、ドアノブをつかもうとした。けれどもドアは途中までしか開かず、ぎぎーっとすさまじい音をたてて抵抗した。なんの音かとヴィンジがキッチンに駆けこんできた。その目が大きく見ひらかれた。「おまえ！」マイロはドアを力いっぱい閉じて、もたれかかった。「どうする？」

「そうね、ええと――」ドアがふたたび開き、彼は雪のなかに投げだされた。ヴィンジの手下のひとりがマイロの上にそびえ立ったかと思うと、つかまえて屋内へ引きずりこんだ。メディが両手をもみしぼりながらついてきた。「まだ階上《うえ》にいると思ったけどまちがいだったみたいね」ともうしわけなさそうにささやいた。

14　ドク・ホーリーストーンの最後の積荷

「かくれんぼだな」男がマイロを居間に運んできて暖炉のまえのラグに無造作に放りだすのを目で追いながら、ヴィンジがいった。「席を立つんじゃない」と、立ちあがって息子のほうへ行きかけたミセス・パインをどなりつけた。マイロの母は不承不承、カウチに腰かけている夫とフェンスター・プラムのあいだにもどった。

「だいじょうぶか、マイロ」ミスター・パインがたずねた。「この男たちにけがをさせられなかっただろうね」

「うん、とうさん、なんともない。ただ寒いだけ」かちかち鳴る歯のすきまから、なるべく安心させるようにこたえた。

マイロとメディは顔を見あわせた。「計画をおぼえてるでしょ」とメディがいった。「ヴィンジの欲しがっている物を見つけて、ここから追いだすの。いいわね」

「了解」立ちあがって、三人の調査員と向きあった。「ヴィンジさん、ここへ来たのはドク・ホーリーストーンの最後の積荷をさがすためだといいましたよね。ぼくがどこにあるかを教えたら、それをあなたにあげたら、出ていってくれますか。ぼくらには手を出さないで出ていってくれますか」

ヴィンジ氏は興味を示してマイロを見た。「きみはどこにあるか知っているのか？」

「あなたがいったように、隠したり見つけたりするのはぼくのほうが上手なんです。それに場所はあなたが教えてくれたようなものですし」マイロは腕組みした。「取引しますか、どうしますか」

「そうさな」ヴィンジ氏はポケットから何気なさそうに銃を取りだした。「ただこいつをきみのおかあさんに向けて、取引なんぞくそくらえだということもできるんだが」それから不気味な笑みをうかべた。「しかし、約束しよう。こちらの目的はその積荷だけだ」

「わかりました、それなら」銃のことやいま聞かされた脅しのことは考えないようにして、震えながら立ちあがり、食堂へ行った。

どうか、ぼくらが思ったとおりでありますように。どうか、どうか、お願いです。

食堂とキッチンのあいだのカウンターから高いスツールをひとつ取ってきて、テーブルの上に、白っぽいガラスのシャンデリアの真下に来るようにのせた。まだ足の感覚がもどりきっていないので、ひときわ用心しながらテーブルによじのぼり、つぎにスツールにあがって間近から見た。

電気コードが収まっている真鍮管《しんちゅうかん》とガラス構造をつないでいる部分もまた真鍮で、長方形の上に正方形がのっている。近づくと、長方形の側面にブロック状の小さな突起がいくつかあった。シャンデリアが船ならさしずめこれは砲門だな、とマイロは思った。上の四角形はおおよそ船の後甲板《こうかんぱん》に位置していて、縁《ふち》に沿ってごくかすかな継ぎ目が見えた。まるで元は取りはずせる蓋があったかのように。

リュックからピッキング道具を出して、先端に細い三角形のてこがついたツールを選んだ。慎重に、それを継ぎ目に差しこんで、ひとひねりした。四角い箱の上部はぽんと簡単にはずれたが、それと同時にシャンデリア全体が一方へややかしぎ、吊りさげている真鍮管を軸にしてねじれた。マイロが箱部分の内側に手を入れると、やわらかい布のような感触があった。

「ここになにかある」とささやいた。

そのときスツールが足の下から飛びだした。なにかにつかまろうと手を振りまわしたが、シャンデリアのからから鳴るガラスの帆にはとどかず、マイロは激しく落下して、足首をひねり、テーブルでしたたか腰を打った。メディが両手で顔をぴしゃりとたたいて、ひと声悲鳴をあげ、居間からミセス・パインが息子の名前を叫んだ。「平気だよ」マイロはうめいた。「ううう」

「わたしがやる」ヴィンジがスツールを脇に放って、みずからテーブルにのぼり、片方の足でぞんざいにマイロを押しのけた。シャンデリアに手を入れると、片手に青いフェルトの袋をつかんでテーブルからおりた。口紐をゆるめ、反対の手のひらに中身をあけて、眉をひそめた。

袋からなにが転がり出たかマイロには見えなかったが、なんであれ期待していた物ではなかったらしい。ヴィンジはマイロをにらみつけた。「これは冗談か」

「なにがですか」マイロは足首をさすりながら、ぴしゃりと聞きかえした。「それはなんなんですか」

ヴィンジはその品物をマイロの顔につきつけた。それは彩色された小さな像で、まさにその朝マイロが父からもらったフィギュアにそっくりだったが、ちがうのは少女の像である点だった。少なくとも女の子の顔をしていた。顔のほかはなにかの鳥のようだった。たぶん、フクロウだ。

「見てもいいですか」

ヴィンジはふんと鼻で笑い、像を放ってよこした。丸みのある翼の羽、枝に巻きついている足と爪の細かい鱗《うろこ》の一枚一枚までも、おどろくほど精巧に描かれている。目は人間の少女というよりもフクロウの目だ。マイロは像をひっくりかえした。底に一語が書かれていた。サイリン。

〝そうね、わたしがずっとプレイしたかったキャラクターみたいなのがあって……〟

「これはロールプレイングゲームのフィギュアだ。この――このキャラクターは〈注解学者〉といって」マイロは顔になにかが流れる感覚にびくっとした。頬にさわってみて、自分が泣いていることを知った。「彼の娘にあげる物だったんだ。娘がずっとやりたがっていたキャラクターなんだ」

「玩具《おもちゃ》なのか？」ヴィンジは声を荒らげた。「子どもの玩具だと？」

マイロはうなずいた。テーブルの横に立っている、彼以外のだれにも見えないメディを見た。メディは驚嘆の色をうかべて小さなフクロウの少女を見つめていた。「彼が娘のために旅から持ち帰ったにちがいありません」

「それだけってことがあるか」ヴィンジがくってかかった。「こんなふうにわざわざ隠したりして――だれが玩具ひとつのためにそんな手間をかけるというんだ」

ソファからフェンスターが声をあげた。「あんたには子どもがなかったのかい？」

「だってホーリーストーンの娘じゃないか！　彼が死んだあとそれをここへ隠しただれかの子どもじゃないだろうに」ヴィンジ氏は心底とまどっている様子だった。

「でも彼はあたしらの船長で、その子は船長の娘なんだ」フェンスターはぴしゃりといった。「そのおかしな人形をそこへ隠したのはあたしじゃないが、隠したやつがどう考えてたかはよくわかる。ドクのためになにもできなくても、彼のちっちゃい娘のためにこのくらいはできるってな。でなきゃ、あの子を悼《いた》むためだったんだろう。いうまでもないが、そんときゃもう娘も死んじまってたんだから」顔がくもり、フェンスター・プラムも涙をこぼすまいとがんばっているように見えた。「あたしが思いついていれば。そんとき知っていたかったよ」

ヴィンジはすっかり面くらい、放心したようにフィギュアを見ていた。それから、一瞬にして、混乱が顔からかき消えた。「そういうことなら……」手をつきだした。「それはわたしがもらおうか、マイロ」

それはまさしく取引どおりだったが、いまヴィンジがミニチュアのサイリンに手をのばしてくると、マイロはそのたいせつな品をぎゅっと胸に押しつけた。「まさか。あなたには関係ないでしょう。さがしていたのは武器とか、なにか秘密の品物だったはずです。これはあなたにはなんの価値もないですよ」

「価値はあるとも」ヴィンジがいいかえした。「ドク・ホーリーストーンにとってそこまで大事だったのなら、それこそわたしがここへさがしにきた物だ」マイロのほうへ一歩踏みだしたので、マイロはすばやくテーブルの反対側へ移った。「そいつは彼の人生の一部だったかもしれないが、伝説の一部にさせはしないぞ」

フェンスターがぱっと立ちあがった。「たんなる腹いせに、奪って隠しちまおうってのか？玩具を？」

ヴィンジがすばやく銃を振って彼を狙った。「あんた、どれだけとんまなんだ。隠すだけじゃ足りないんだよ。そのことは彼が証明しただろうが」洗濯室のドアを指してみせた。「われらがガワーヴァイン教授はこれをさがすのに人生を費やしたんだ。彼だけだと思うかね。いや、こいつは破壊しないといかん、たとえ実際のところはゲームの駒にすぎなくても」

「マイロ」メディがためらいがちに切りだした。「わたしのことで無茶しないで。ばかな賭けをしてはだめ。そいつがその銃でなにかしでかすまえに、それをわたして――」

マイロは無視した。「そうはさせない」とヴィンジにいった。「これは娘の物だ、たとえその子が一度も手にしなかったとしても。ドク・ホーリーストーンのためじゃない。ひとりの男と、父親にさよならをいえなかった子どものためだ」顔の湿り気を腹立たしそうにぬぐった。「これは宝物なんだ、あなたにはわたせない」

ヴィンジがため息をついた。「たのむからこの銃を使わせないでくれ、マイロ」

いっせいに抗議の声があがった。「やめて！」マイロの母と父とフェンスターがたがいにもつれあいながら立ちあがったが、ヴィンジが彼らに銃を向けておとなしくすわっていろと警告するまえに、宿の空気が一変した。

シャンデリアがかたかた揺れ、その階の窓という窓も音をたてた。暖炉の熾火《おきび》からぱっと火花があがり、クリスマス・ツリーの電飾が点滅した。

「やめなさい」

その部屋にいる全員が振りむいてメディを見た。いま初めて、ほかの人々にも彼女が見えていた。

マイロの目にはどこも変わっていなかった。あいかわらずあのおかしな黄色いローブを着て青い眼鏡をかけているが、それ以外はふつうの子どもに見えた。光の輪に包まれているとか、突然輝きだしたとか、その場にいきなり幽霊が出たことを示す合図はひとつもなかった。

でも考えてみれば、いきなり少女があらわれただけでじゅうぶんだった。ほかの人々が知るかぎり、どこからともなく出現したのだから。

だれもが――マイロの両親、フェンスター、ヴィンジと手下ふたりが――あっけにとられてメディを見つめていたが、メディはヴィンジしか見ていなかった。

まっすぐ歩み寄り、彼が握っている銃に手をのばした。

ヴィンジはたじろいだ。にわかに汗ばみながら、銃口を向けた。そして引き金を引いた。

マイロは絶叫した。

メディはぴたりと静止し、自分のお腹《なか》を見おろした。それからうしろへ顔を向けて、床にあいた銃弾の穴を見た。「撃ったわね。わたしは死んでいるかもしれないけど、まだ子どもなのよ。子どもを撃つなんて」不快そうに頭を振った。つぎの瞬間、マイロをふくむほかのだれもがまばたきひとつしないうちに、ヴィンジの汗が伝う蒼白な顔から数センチのところにメディは立っていた。いや、立っているのではない――ヴィンジの背丈は百八十センチほどで、アディ・ウィッチャーの幽霊はマイロよりも低いのに、目と目が同じ高さだった。

「それはもらっておく」川の浮氷がぶつかりあうような声でメディがいった。「あなたがだれかを撃って傷つけるまえに」すると銃は彼女の手にわたり、少女はふたたび小さくなった。ヴィンジは両手を胸にあてて、うしろのテーブルに倒れこんだ。

「ボス？」調査員ふたりのうち背の高いほうが不安そうに呼びかけた。

「さっきこの家から出ていってくれとたのまれたでしょ」メディがおそろしく冷静な声で続けた。ヴィンジから、呼びかけた調査員に視線を移し、つぎにその相棒を見て、ヴィンジに目をもどした。「わたしはたのまない。この家から出ていきなさい。わたしの友だちをそっとしておいて。わたしの父の思い出をそっとしておいて」

ヴィンジは目をあげ、明らかに恐れているにもかかわらず、いまにも反論しそうに見えた。けれども彼が口をあける間もなく、ふたたびメディが大きくなって、鼻をつきあわせるほどになり、今度はその顔が怒りで醜いまでに変形した。

「この家から出ていけ！」その声は嘆きのようでも悲鳴のようでもあった。マイロは両手で耳をふさいだが、そうしたのは彼ひとりではなかった。聞くのがつらい、苦しみと悲しみがつまった声だった。それに恐怖だ、とマイロは気がついた。メディもおびえているのだ。けれども恐怖より強く、悲嘆よりも強いのは、アディ・ウィッチャーの激しい怒りだった。憤怒《ふんぬ》が彼女の顔を白熱で燃えたたせ、陽光が風景を照らしだすように怒れる心をあらわにした。その激情をまえにして、ヴィンジにできることはなにもなかった。ただ逃げることのほかには。

握った銃を脇にたらして叫んでいる幽霊の少女とテーブルのあいだから飛びだし、ヴィンジは玄関へと駆けていった。あたふたとドアをあけ、殴打のごとく吹きつける風に逆らって、雪と夜の闇のなかへ消えた。ドアはばたんと閉じた。それからまた開き、突風が玄関ホールのフックにかかっていたコートの一着を取りあげて、夜のなかへ運んでいった。

窓ごしに、道路のほうを目指して雪のなかをよろけながら走っていくヴィンジの黒っぽい影が見えた。コートがそのあとを追いかけ、気づいたヴィンジはおそろしさにうろたえた。コートは彼にタックルした。しばらくすると、ヴィンジはまたぎこちなく立ちあがり、コートを拾ってしげしげと見つめてから、それを着て、ふたたび走りだした。やがて姿が見えなくなった。

メディは視線を開いたドアから取り残された調査員たちに向けた。「なにを待ってるの」と冷たく訊いた。「あなたたちのコートもわたしに取ってほしい？　それともういっぺん幽霊の顔をしてあげなきゃだめ？」

ふたりは顔を見あわせた。それから夜のなかへすっ飛んでいった。

メディはネズミの死骸を持つような手つきで銃をぶらさげながら、居間にもどった。それを注意深くテーブルにおいて、マイロの両親を見た。「どこか安全なところにしまったほうがいいと思うんです」

マイロの母は震えながらうなずいた。おそるおそる銃を取りあげて、しばらく見まわしたあと、キッチンの鍵がかかる小さな書き物机に直行した。ミスター・パインが足早に部屋を突っきり、震えながらも力いっぱいマイロを抱きしめた。

「ぼくは平気だよ、とうさん」マイロは安心させた。「みんなを洗濯室から出してあげたほうがいいんじゃない」

父は笑い声とも安堵の深い吐息ともつかない声を発した。「そうしよう」と言葉をしぼりだした。「たぶんあのドアを破らなくちゃならないが。鍵はヴィンジの子分のひとりが持っていたんだ」

「鍵ならあるわよ」ミセス・パインがキッチンからいった。「がらくたの抽斗《ひきだし》にスペアがあるの」

そのあいだ、フェンスターはメディを見つめていた。「アディ？」とまどいながら声をかけた。「アディ・ウィッチャーなのかい？」

メディは年寄りの密売人にほほえみかけた。「フェンスター、会えてうれしい。わたしのパパについてすてきなことをいってくれてありがとう」それからマイロにもほほえみかけた。「それにマイロ、ありがとう。だけど、勝手な行動をとらないで、ばかな賭けをしないでって、わたしはいったわよね？　わたしたちには計画があったでしょ。あいつはあなたにけがをさせてたかもしれないし、あんなことができるのはわたしだってやってみるまで知らなかったんだから。ほんとうにひどいことになってたかも」まだ興奮ぎみのようだった。

「計画とは？」ミスター・パインは息子から幽霊の少女へ目を移した。「きみは……きみたちふたりには……計画があったのか？」顔をこすった。「マイロ、どういうことなのか理解したら、おまえには銃を持っている人間がいるときの行動についてじっくり話さなきゃいけないが、さしあたっていまはなにをどう考えればいいのかわからないよ」

「まったくだわ」母が口をはさんだ。

「自由の身ですよ」ミセス・パインは洗濯室の鍵をあけて、ぱっとドアを開いた。「わたしたちが勝ったの。というか、マイロとお友だちが」

もちろん、それから説明がどっさり求められ、新たな紹介がおこなわれた。

「では整理させてください」ガワーヴァイン教授はメディから目をそらすことができなかった。だれもがそうだった。「きみは――マイロ、きみはドク・ホーリーストーンの積荷を見つけだした、ヴィンジ氏を立ち去らせるために、それから思いなおしたんだね？」

マイロはうなずいた。「メ――アディがいったとおりにするべきでしたけど。これを彼にわたすようにいわれたんです」人形をメディに差しだした。「でもこれはきみのだ。きみが持っているべきなんだ。大切な物だろ。おとうさんからきみへの」

メディは両手で受けとった。「ほんとうにきれいよね」それを高くかかげて、明らかにひと目見たくてそわそわしている教授にも見えるようにした。「きれいでしょう？」

「たしかに〈注解学者〉だ」ミスター・パインは彩色された小さなフクロウの少女をのぞきこみ、ついでメディを見た。「つまりマイロが突然《オッド・トレイルズ》に詳しくなったのはきみが理由だったんだね」

　メディがうなずいた。

「いつか三人でプレイできるかな」マイロはたずねた。「それとも……もう行かなきゃならないの？　もうきみへのプレゼントは手にはいったし、ヴィンジはいなくなったから？」

　メディは考えた。「どうかしら。行かなきゃならないという……感じはしないけど」マイロの両親を見た。「でもお宅に幽霊が出るのはきっとおいやでしょう？」

　ミセス・パインは疲れた笑みをうかべて肩をすくめた。「どうやらいまはじまったことではないようだし。いうまでもないけど、そもそもあなたの家だったんですもの」

「じつは、わたしにもほんとうはよくわからなくて」メディはいった。「マイロ、まえにもいったように、わたしには時の流れがどうなっているのかわからないの。だからこの先もずっと自分がこの家にあらわれるのかどうかなんともいえない。でもみなさんがよろしければ、ここに来るときはごあいさつできたらうれしいです。そして《オッド・トレイルズ》で遊べたら」

　マイロの父はまだ平静には見えなかったが、やはりどうにか顔をほころばせた。「うちは大歓迎だよ」

　そのあいだガワーヴァイン教授は彩色された人形に見入っていた。「あまり落胆したように聞こえないといいんですが、わたしがこれまでさがしつづけてきた物はほんとうにこれなんでしょうか」

「ぼくらはこのシャンデリアがミスター・スケランセンの作品かもしれないと思ったんです」

マイロはいった。「ありえますか？」

「うむ、そうか、きみのいうとおりかもしれない。あれほどべつの……なにか物語になっていそうな、窓のかたちをした物にこだわりすぎていなければ、わたし自身おそらく気づいていただろう」眉を寄せた。「しかしわたしの集めたどの資料も、スケランセンは公文書館の窓の題材にドク・ホーリーストーンを選んだと示しているようなのだが」人形をおっかなびっくりメディに返し、彼女が受けとるなりまるで嚙みつかれるかもしれないと恐れているように少々あわてぎみに手をひっこめた。「だがもちろんマイロのいうように、この人形はこれ自体で価値のあるものだ」早口につけくわえた。「それにシャンデリアも。この町にスケランセンのガラス作品はごく少ないので、ここでひとつ見つかったのはおどろくべきことだよ。ただ……まあ、わかってくれるね」

「あなたの宝物ではないと」メディがいった。

教授はすこし悲しそうにうなずいた。「そうだね」

マイロはシャンデリアを見あげた。それからヴィンジがはらい落としたスツールを拾って、またテーブルにのせた。「とうさん、これを押さえていてくれる？」

ミスター・パインは危ぶむ目つきで息子を見たが、マイロがふたたびのぼるあいだスツールをしっかりと押さえた。マイロは父の肩につかまってつま先立ちになり、長方形の真鍮の船体にふたたび手をのばした。後甲板の上の部分にあたる蓋をこじあけたとき、ややねじれて向きが変わったのをおぼえていた。ためしにひねってみたら、抵抗なく動いた。まわしていって真鑰管からゆるめると、船体ははずれてマイロの手に落ちた。思っていたよりもずっしりと重く、あやうく取り落としそうになりながらどうにか父に手わたした。つぎに真鑰管のなかをのぞいた。

内側になにかが張りついている。すきまなくぴたりとくっついているので、さがそうとしていなければ見のがしていただろう。マイロは慎重に手を入れて、すこしずつそれをはがし、取りだした。

「うわあ」手のなかの紙の筒から顔をあげた。「ガワーヴァインさん、最初に見たいですか」教授はもう一度訊かれるまで待たなかった。そそくさとテーブルに近づき、ていねいにうやうやしくその紙筒を受けとった。マイロが床におりるあいだに、教授は紙をテーブルにおいて、やさしく、そっとひろげはじめた。

「おお、これは」と小声でつぶやいた。

紙がひろがるにしたがって、息をのむような絵があらわれた。

ミセス・パインがキッチンへ飛んでいき、よごれていないコーヒーカップを取ってきた。教授は細心の注意をはらって紙の四隅にカップで重しをした。「ああ。ああ、なんと」

小さなクリッパー船が川面を切り裂いて帆走していた。舳先《へさき》に彫られた船首像に、マイロはあの古い海図のコンパスローズで見おぼえがあった。アルバトロスだ。それは美しい船だった。船首に立つ波や大きくうねっている帆を見るかぎり、マイロの祖父が生きていれば〝詰め開きで走れるかわいいやつ〟と呼びそうな船だ。その後方にもう一隻べつの船が見えるが、それは突き進むどころか追いつこうともがいているようで、その帆は向きがばらばらだった。舵《かじ》を取っている男は追われているのを気にしているそぶりもない。バンドに金色のピンを刺した、茶色い防水布の帽子をかぶっている。あごのひげはきれいに剃りあげているが、もみあげは赤みがかった金色、メディの髪とまったく同じ色だ。マイロが想像していたよりも若く、マイロの両親よりも若いけれど、きびしく決然たる顔に燃えるようなまなざしが英雄を思わせる。重要なことや困難なことにしっかりと取り組む人物、じゃま立てする者にとっては手ごわい存在となる人物だ。そうしたすべてが顔や舵柄を握るたたずまいにあらわれていた。そして川岸に集まって力いっぱい手を振り、声援をおくる人々を見れば、彼が世界をよくする力にほかならないとわかる。だれだか知らなくても応援したくなってしまうのだ。でももちろん彼らはひとり残らず、その人物がだれなのか知っている。自称ドク・ホーリーストーン、密輸人のマイケル・ウィッチャー船長だ。

ガワーヴァイン教授はそうした絵を下絵《カートゥーン》と呼んでいたが、なるほどそのようにも見えた。太くて黒い輪郭線は、ステンドグラスの完成作品でガラス片をつなぐ金属をあらわしているにちがいないとマイロは理解した。けれどその絵はすこしも漫画《カートゥーン》風ではなかった。色彩は繊細にして豊か、断片から成るかたちは舳先で白く泡立つ水面から風をはらんでうねる帆まで、なめらかで動きがある。マイロがステンドグラスで描かれた人物を見る場所といえば教会ぐらいだが、舵を握っているその男の顔は教会で見なれている図案化された不動の聖人たちとは似ても似つかなかった。その男はいまにも前方の川からこちらを振りむいて、まっすぐマイロを見そうに思えた。

それは圧倒されるほど美しかった。たとえその下絵が目指したガラス作品は作られることがなくても、それ自体が立派な芸術作品で、完成した窓がこれ以上にすばらしくなると想像するのはむずかしいほどだった。

メディが手をのばして、描かれた顔にふれた。「これはパパよ」とつぶやいた。「わたしに見えていたとおりのパパだわ」

「わたしが思い描いていたとおりでもある」到着してからというものずっとゆがんだり、こわばったり、不機嫌そうだったりしたガワーヴァイン教授の顔が、やっとくつろいで満足げな表情になっていた。「なんという宝物だ。この家には宝物が満ちあふれている」

「ほんとうに」マイロもいった。

ミセス・パインがたずねた。「全人生をかけてこれをさがしてきたとおっしゃいましたね。もし見つけたらどうするご計画だったんですか」

「わかりません」教授は絵から一瞬も目を引きはがせなかった。「あの話をするまえは、こちらのみなさんが持っている物の価値をご存じなくて、わたしに譲ってくださるかもしれないと期待していたのかもしれません。しかしもちろん、あなたがたが保存するべきです」心からの誠実さをこめてつけくわえた。「これはこの家のもの、あなたがたのものなんですから。彼の娘の……記念として」

「もしも……」メディがためらいつつたずねた。「もしもあなたがこれを借りられるとしたらどうしますか」

「そのときは大学に持っていって、わたしの信頼しているガラス職人——じつはスケランセンの弟子なんですが——に写しを取らせて、もし許可をもらえるならこの下絵で制作されるはずだった窓を作らせるでしょう。わたしがたのめば大学に展示してもらえるのではないかと」真鍮管内の電線ですり切れた縁に手をふれた。「それによかったらこれを額装させますよ。保存用に」

「とてもいい計画に聞こえるが」ミスター・パインがいった。「おまえはどう思う、マイロ?」

「それはメディが決めるべきだと思うよ」マイロはこたえた。「アディ、のことだけど」

マイロの母がうなずいた。「わたしも同じ意見」

「だったら借りていってくださいな」メディは教授にいった。「ていねいに扱って、なにも問題が起きないようにして。でもほかの人たちがこの絵を見られることはすごくうれしい」

「きみのおとうさんはわたしのヒーローだったんだ」教授がいった。「いつかおちついたころに、きみとわたしでおとうさんのことを話せるかもしれないね」

メディが顔を輝かせた。「それはすてき」

またただ。ヒアワード夫人がオーウェンにランズデガウンの話をしたときの、あのよろこび、同じ感情がマイロを満たした。メディの家族はもういないけれど、ここには彼女に父親の話をしてあげられて、彼女のする話をたいせつに思えるであろう人がいる。

立っているマイロに母が近づいてきて、肩に腕をまわした。「あれこれひっくるめて考えれば、悪くないクリスマスじゃない？　あなたの思い描いていたとおりではないとしても」

マイロは部屋を見まわした。ヴィンジ氏が去ったいま、残っているのは古くからの友だちや、さがしにきたもの——もしくはそれに近いなにか——を見つけた人たち、そしてほかのだれかになにかを与えた人たちだった。ヒアワード夫人はランタンを手に入れて、オーウェンに彼の過去の一部を与えた。ジョージィはこたえ（本人が求めていたこたえではなかったが）を見つけ、ヒアワード夫人にランズデガウンの話をさせるのに一役買った。オーウェンはクレムをさがしにきて、子ども時代の宝物をマイロにくれた。クレムはオーウェンの心をつかむ鍵をさがしにきて、マイロの脱出を助け、そのおかげでマイロはほかのみんなを救うことができた。彼のヒーローをさがしにきたガワーヴァイン教授は、メディの家族について彼女が知らなかったことを教えてあげられそうだ。

「ぼくが思い描いていたよりもよくなったんじゃないかな」マイロはみとめた。「それにクリスマスはまだこれからだし」

その言葉に続く満ちたりた静けさのなかに、ケーブルカーの凍ったベルが鳴りわたった。

15 出発

白髪まじりの渡し守がカップのコーヒーを飲み干して、乾燥機であたためたマフラーと手袋を着け、また船を出せると宣言するころには、日はとっぷりと暮れて、おもては真っ暗だった。宿泊客たちはひとり、またひとりと、荷造りしたバッグを持って階下へおりてきはじめた。

「ほんとうにあなたたちもいま出発したいの？」ミセス・パインは会計をしにきたクレムとオーウェンにたずねた。「もう遅いし、ますます寒くなるわよ。行き先はきまってる？」

「オーウェンがクウェイサイド・ハーバーズに住んでいるので」クレムがいって、マイロにウインクした。「サンタが近くまで来るころには着いてますよ。もしよかったら、信用できる法律家にいっておきましょうか、来られるときにここへ来るように。税関に好き勝手はやらせないという弁護士をひとりふたり知っているんです。今度の件について相談してみたら気が楽になるかも」

「正直いって、それはありがたいな」ミスター・パインがみとめた。「ただしほんとうにいま発ちたいのなら。そして訊くまでもありませんが、このたびのご滞在はお楽しみいただけたでしょうね」

四人全員がどっと笑った。

「ピッキング・キットの使いかたを教えてくれてないじゃないか！」父と渡し守のオスリングさんについて玄関へ向かうクレムとオーウェンに、マイロは抗議した。ピッキングという言葉にマイロの両親はそろって同じような問いかけの表情で息子を見たが、どちらもなにもいわなかった。

「そうだったね」クレムはマイロの椅子の肘かけにすわった。「聞いて。あたしが家に着いたら、まず本を送ってあげる。それから近いうちに、きみの上達具合を見にまたここへ寄れるようにする。それならいい？」

「いいよ」

オーウェンが手を差しだした。「もう一度お礼をいうよ、マイロ、なにもかもありがとう。きみとご家族に会えてほんとうによかった」

つぎにヒアワード夫人が、すぐうしろにガワーヴァイン教授を伴っておりてきた。彼女はマイロに顔を向けた。「坊や？」

マイロは椅子にすわったまま背中をのばした。「はい、ヒアワードさん？」

夫人はきびしい目つきでじっとマイロを見つめた。それからきびしさはほろほろと崩れて、ほほえみながら赤いストライプの紙で包まれた平たい箱を差しだした。「メリー・クリスマス」

「ぼくに？　ありがとう！」マイロは包装紙を破り、箱を開いた。はいっていたのはマフラーとミトンで、ダークグリーンの地に白い雪片が散っていた。「ずっと編んでいたのはこれだったんですか？」

「ええ、でも白状すると今日までだれのためか決めていたわけではないの」マイロの肩をやさしくたたいた。「あなたはわたくしたち全員にほんとうによくしてくれました、マイロ、こちらはあなたになにかしてあげたわけではないのに。この家は宝物だらけだとどなたかがいっていたのは正しいわ、なかでもいちばんの宝物はあなただと思いますよ」夫人はまた彼の肩をたたいて、さっきよりもいちだんときびしく表情をととのえなおした。「しんみりするのはこのくらいでじゅうぶんでしょう。そのミトンをはめて、わたくしの荷物を運ぶ手伝いをしてくださる？」

ダウンさんとアップさんが母に支払いをするあいだにマイロは身じたくをし、ヒアワード夫人の荷物をできるだけかき集めて、そろそろと玄関のドアを抜けた。階段をおりて、芝生をつっ切り、停車場のバターイエローの明かりと、金色に白砂糖をまぶしたような豆電球を目指していった。

停車場では父がウィンチを始動させるレバーに手をかけていた。レールの音からすると、おたがいに夢中のふたりを乗せたつむじ風号は丘を三分の二ほど下ったところだった。

「ヒアワードさんとガワーヴァイン教授もすぐ来るよ」マイロはすこし息をはずませながら、いくつものバッグをおろした。

「クレムに聞いた」父は息子の新しいマフラーを引っぱった。「手編みのプレゼントかい」

「うん。これも」ミトンをはめた両手をあげてみせた。

「いいね」

レールの音の高さが変化し、父がレバーをニュートラルに放りこんだ。そのすぐあとに、下方でベルが鳴った。半ば凍った金属の鋭い音が一度だけ。父はレバーを引いてつむじ風号にふたたび丘をのぼらせ、風にそよぐ木々が細かい雪の花を散らすさまをマイロとともに無言で見つめた。豆電球も風に揺られてきらりきらりとまたたき、ようやくスロープの頂《いただき》にケーブルカーの青い鼻先があらわれたちょうどそのとき、ヒアワードさんとガワーヴァイン教授がプラットフォームに到着した。

「すばらしい滞在になりました」ガワーヴァイン教授がいって、マイロが望遠鏡のケースかと思ったあの円筒をぽんぽんとたたいた。いまそれにはドク・ホーリーストーンを描いた貴重なスケランセンの下絵が収まっている。「ほんとうに。ありがとうございました」ヒアワード夫人はただミスター・パインにうなずいて、マイロの肩をいま一度ふわりとたたき、それから彼らも丘を下っていった。

「ホットチョコレートが残っているか見にいこう」ふもとでまたベルが鳴って、ケーブルカーが無事に乗客たちを送りとどけたことがわかると、父がいった。

玄関のポーチで、マイロたちはジョージィに出会った。「あの人たちと一緒のフェリーに乗りますか」ミスター・パインが停車場に引きかえす心がまえでたずねた。

ジョージィは首を振った。「いいえ、船を出してほしいと大騒ぎしちゃいましたけど、鉄道で帰ります。ブランドンがフェンスターを街へ乗せていくというので、ついていってもいいか訊いたんです。フェリーほど……窮屈ではないし」哀しそうにほほえんだ。「キャラウェイさんと娘さんも一緒に。まもなく出てくるはず」

マイロは目をぱちくりさせた。ブランドンは宿の友人なので、パイン家とキャラウェイ家は鉄道のことを知っている。でもジョージィが？「ブランドンがあなたに地下鉄道のことを教えたの？」

ジョージィは顔をしかめてみせた。「わたしはアイよ、おぼえてる？ 教えてもらう必要はなかったわ。ほかのだれにもしゃべらないとブランドンに信じさせる必要はあったけどね。泥棒はその手の秘密を人には教えないものなの」

「すごいね。どうしてわかったの？」

ジョージィはにっこりした。「泥棒はふつう、どうやって情報を手に入れたかも教えないのよ、マイロ。でもあなたには『語り部のおぼえ書き』に大きな手がかりがあるといっておく。その土地のことをほんとうに知りたいなら伝説を見過ごしちゃだめ」

「きっとまだその物語までいってないんだ」マイロは記憶をさぐりながらいった。「でもそれで思いだした――あの本を忘れないで。いま取ってくる。すぐもどるから」

「ええと、待って、まだ読み終わってないの？」

「全部は。あとすこし」

「読みたい？」

マイロは考えた。「うん。すごく」

「じゃあ持ってて。読み終わったら、ほかのだれかに貸してあげて。いい？」

「すごい。ありがとう、そうするよ」ジョージィと一緒にブランドンとフェンスターを待ちながら、マイロはそわそわした。「なんだか悪くて」とうとう口にした。「ほかのみんなは自分にとってたいせつななにかを手に入れたのに。あなたはそうじゃなかったから」

「それはちがうわよ」ジョージィはにやっと笑って否定した。「わたしは青いケーキをもらったもの」ドアが開いてポーチにまずフェンスター、一歩あとからブランドンが出てくると、ジョージィはつけくわえた。「とびきりおいしい青いケーキを」

「それはどういたしまして」フェンスターが紳士的にいった。「ヒアワードさんはシナモンをケチったけどね」

ジョージィは年寄りの密輸人の腕を取った。「あれは胡椒《こしょう》だとヒアワードさんがいってたでしょ」

「ほんのひとつまみ、入れたかったのはそんだけなのに」フェンスターが不服そうにいった。「ひとつまみぽっちだ。それでどんだけ風味が変わるってんだ」

ブランドンがマイロと握手した。「また天気のいい日に会おうぜ。よいクリスマスを」

キャラウェイさんとリジーはマイロをハグした。それから一行はミスター・パインとともに、駅の入口を隠している赤煉瓦の小屋目指して去っていった。

「わたしも出ていく。ひとまずは」

マイロが振りむくと、ポーチに彼と並んで幽霊の少女が立っていた。「きみは行かなくてもいいんだよ」

メディ――アディとして考えるのはまだちょっとむずかしい――がうなずいた。「わかってる、そういってくれてありがとう。でもこうしてお客さんがみんな帰ったことだし、クリスマスは家族水入らずで過ごしたほうがいいわよ。ずっとそのことだけ願ってきたんじゃない？」

「そうだった」マイロはみとめた。「けど、もういいんだ。きみはべつだよ。きみがうちでクリスマスを過ごすのは大歓迎だ」

マイロは自分でもおどろいたことに、マイロは心からそう思っていた。

「いいって」メディがうれしそうに顔をほころばせた。「今回はやめとく。あなたがしてくれたことに対して、それがわたしにできるお返しよ。とにかく、きっとまたもどってくるから」

にこやかに笑った。「だってほら、わたしにはいくらでも時間があるんだし」

マイロは新しい友だちを見た。「ほんとうにそれでいいなら」

「ほんとうよ」

「じゃあ……わかった、メリー・クリスマス、メディ＝アディ＝サイリン」マイロはぎこちなく片手を差しだし、ふたりはまじめに握手した。

「メリー・クリスマス、マイロ＝ネグレ」そして、〈エンポリアム〉でもそうしたように、メディはいっぺんまたたいて、消えた。

マイロはしばらく渦《うず》巻く雪のなかで震えながら、メディがいた場所を見ていた。それから家にはいった。

母が窓辺に立っていた。片方の腕をひろげたので、マイロは隣に行った。家はがらんとしてすかすかに感じられ、あまりにひっそりとしているので暖炉で薪《まき》のはぜる音が不自然に大きく聞こえた。

「調子はどう？」母がたずねた。

「いいよ。疲れた、かな」

「お友だちは？」

「いなくなった」マイロは窓の向こうの夜を見つめた。「ひとまずは」

「またすぐあらわれそうなの？」

「たぶん。そう願ってる」

「あなたが望んでいたような冬休みじゃなくてもこの何日間かすごく楽しそうだったのは、あの女の子のおかげ？」マイロがうなずくと、母は彼をぎゅっとハグした。「ならわたしもそう願ってる」ふたりはしばらくだまって立っていた。「マイロ、あなたがいまもじつの家族について考えることがあるのをわたしたちが知っているのは、わかっているんでしょ？」

マイロはちょっぴり身をこわばらせたが、ほんのわずかなあいだだった。「そうかもね」

「おとうさんもわたしも理解しているのよ。だからってわたしたちを愛していないわけじゃないと。そしてあなたには決してうしろめたく感じてほしくないの、生みの親のことも愛していて、その人たちのことを考えたくなるからといって」

マイロののどに熱いものがこみあげてきた。「わかるよ」

「ちょっと思ったんだけど」母は窓から目をそらさずに、言葉を選ぶように続けた。「いろいろと話が出たでしょ……もう、なにからなにまで。この家の歴史や、ドク・ホーリーストーンとその娘、あのオーウェンという人も養子で自分の先祖について発見があって……あなたにくれたあのすてきな贈り物も……いまあなたはなにか感じているんじゃないかしら。悲しいとか、うれしいとか、たとえその感情がなんだかわからなくても。そのことについて話したいかもしれないと思ったの。わたしか、おとうさんが帰ってきたらおとうさんと。または話したくないかもしれないけど。それでもかまわないのよ」

出てくんなよ、涙。マイロはパジャマの襟で目をぬぐった。「わかった」雪をかぶった芝生を大股で横切って、父が家に向かってきた。「でも今夜はよそうかな。今夜はただクリスマス・イヴにしようよ」

「もちろん。いつでもあなたがいいときに」母がもういっぺんマイロをハグし、父が帰ってきてブーツを蹴り脱いだ。母が自分の母親の古いクリスマスのレコードをかけると、グリーングラス・ハウスはすこしずつ空っぽの宿からクリスマスのマイロの家へと変化した。

三人は遅くまで起きていた。だってようやく三人だけになったのだし、ホットチョコレートがあるし、シナモンシュガークッキーや、マイロの母が〝ほったらかし《フォーガットン》〟と呼ぶ白いメレンゲクッキーもあるのだから。両親が足元のおぼつかないマイロを部屋へのぼらせるころには、とうに真夜中を過ぎていた。

マイロはベッドによじのぼって、パッチワークの毛布をあごまで引っぱりあげた。クリスマス・イヴは毎年いつまでたっても寝つけないのに、その夜はまぶたがひとりでにおりてくるようだった。

風が木々を震わせ、青白い雲に暗い冬空の海原を渡らせた。家がつぶやきかわすふだんと変わらないおやすみのあいさつを聞きながら、マイロ・パインは〈ブラックジャック〉や密輸人や〈注解学者〉や、まだ見つかっていない宝物と秘密をどっさり抱えた家の夢へといざなわれた。眠りに落ちる寸前に目にはいったのは《オッド・トレイルズ》の人形だった。父がくれたそれはマイロがおいたとおりナイトテーブルの上に、オーウェンの象牙の竜と並んで立っていた。でも彩色された〈第三信号手〉と竜はもうふたりだけではなかった。ふたつのあいだにはサイリンの小さなフクロウの少女がいる。

「おやすみ」マイロはささやいた。「また会おう」

著者あとがき

二〇一〇年に、夫とわたしは国際養子縁組の手続をはじめることにしました。子どもができるかできないかは問題ではありませんでした（二〇一三年に第一子グリフィンが誕生して以来ずっと言ってきたように）。養子を迎えるというわたしたちの決断には多くの理由がからんでいて、結局は妊娠の望みもすてなかったのですが、ひとたび手続を開始したからには、地球の裏側にいるまだ見ぬ家族をあきらめるなんて不可能でした。

中国を選んだのは、夫婦ともに中国の文化と歴史に関心があったからです。わたしたちは独自に、また養子縁組あっせん機関と一緒に勉強をはじめました。そこで読んだり論じたりした数々のトピックのなかに、アイデンティティ、家族、文化、祖先から受け継ぐ遺産といった問題がありました。もしわたしの著書 *The Broken Lands* を読んでくださったなら、ジンのこと、リャオがブルックリン橋の上で彼女に語ったことがいま頭に浮かんでいるかもしれませんね。ネイサンとわたしが養子を迎える決心をしたちょうどそのころにジンが脇役からもうひとりの主人公に昇格したと言っても、たぶん意外には思われないでしょう。

『雪の夜は小さなホテルで謎解きを』の執筆にとりかかったのは二〇一一年の夏で、その時期わたしの同業者仲間がおたがいに新作の着想となるアイデアを出し合うというゲームを提案しました。リンゼイ・エランドがわたしのを考えてくれました。ステンドグラスです。その当時のわたしはいつも養家とはどういうものか、自分たちはどんな養親になるだろうかということで頭がいっぱいでした。そうして考え抜いたこと、養子縁組に備えるべく長時間を費やして本を読み、学んだことから、マイロとノーラとベン・パインは生まれました。物語をとくに養子縁組に限定したくはありませんでした。そういうかたちで家族になる男の子や女の子はいつまでもそれだけではなく、もっといろいろな経験をするはずですから。けれども、宿を営む家族の構成を決めたとき、養子縁組はおのずと物語の一部になったのでした。それはマイロが世の中を見るレンズなのです。唯一ではないけれど、重要な。

どの子もほかの子と同じではないので、わたしたちの中国人の息子または娘がマイロと同じ疑問やひそかな不安を抱くかどうかは知りようがありません。でもどの子にも生みの親がいるのですから、じつの家族はなんらかのかたちでわが子の人生の一部でありつづけるでしょう（たとえマイロの場合のように、最初の父母についてなにかつかめる可能性はごく薄くても）。息子または娘が生みの親にたびたび思いをはせなかったら、むしろ驚きです。そういう想像を心苦しく思ったりしないで、ネイサンとグリフィンとわたしに安心して話してくれたらいいなと思います。とはいえ子どもは子ども——隠したがりの小さな人たちです。そんな必要がないときに黙って悩むんです。だからこの本は将来のわが子への手紙でもあります。わたしたちはわかっていますよ。知っています。心ゆくまで考えて。そうしたいときはあなたの想像にわたしたちも交ぜてね。わたしたちが愛していることを知っていて。わたしたちもあなたに愛されているを知っているから。

国際養子縁組の手続は長くかかることもあります。正確にいつ海の向こうから小さな弟か妹がやって来るかはわかりませんが、おそらくそのころグリフィンは四つか五つになっているでしょう。いちばん新しい家族を迎えに三人で中国へ行く日が待ちきれません。

†

いつものように、原稿をチェックしてくれる才人たち、エディとルシ・パコウスキ、ジュリア・ゼー、エマ・ハンフリーにかぎりない感謝を捧げます。わが同業者仲間、リサ・アモウィッツ、ハイディ・アヤーブ、ピッパ・ベイリス、リンダ・バジンスキ、ドニエル・クレイトン、リンゼイ・エランド、キャシー・ジョルダーノ、トリシュ・ヘング、シンシア・ケネディ・ヘンゼル、クリスティン・ジョンスンに同じだけのかぎりない感謝を。エヴォリューション・ムエタイのブランドン・リーヴァイ先生、ナグスピークでのべつの知られざる生活を書かせてくださってありがとうございます。出来の悪いシノプシスでしかなかったときにこの本を信じてくれたアン・ベハールとリン・ポルヴィーノには一生借りができました。バリー・ゴールドブラット、いちかばちかわたしに賭けてくれてありがとう。あなたを鼻高々にさせられますように。

わたしが出来の悪いシノプシスよりひどい状態のときも愛してくれるネイサン、それにおむつのほかのなにかにわたしを取り組ませてくれる奇跡のおちびちゃん、グリフィン——あなたたちが大好き、愛してるわ。

訳者あとがき

冬休み初日。十二歳のマイロ・パインは両親と三人の時間を楽しみに宿題を片づけていた。パイン家の暮らす〈グリーングラス・ハウス〉は港を見おろす丘の古い屋敷。マイロの両親は十二部屋を客室にして小さなホテルを営んでいる。泊まるのは主に密輸人なので、クリスマスのころは家族水入らずで静かに過ごせるはずだった——ふだんならば。ところがその夕方は雪の降りはじめとともに見知らぬ客が続々とやってきた。五人の時ならぬ宿泊客は滞在日数も未定で、各々秘密がありそうだ。思い描いていた冬休みをぶちこわされてご機嫌ななめのマイロは、だれかの落とし物を拾う。淡い緑色の古紙に描かれたそれは海図のように見えた。

いつしか外は大雪、にわかに忙しくなった宿にパイン家の友人が手伝いに駆けつける。マイロが初めて会う娘のメディも一緒だった。メディはマイロにある提案をする。ロールプレイングゲームのかたちで、拾った海図の落とし主をつきとめ、その目的も解き明かそうというのだ。最初はとまどっていたマイロだが、自室に置いていった海図が白紙にすり替えられたと知るやがぜん本気になる。その白紙は元の海図と同じ古紙で、よく見ると門に似た絵柄の透かし入りだった。見おぼえのあるその門は〈グリーングラス・ハウス〉のステンドグラス窓にも描かれていた。落とし主はその海図を持って家を調べにきたのだろうか。もしやこの家のどこかに宝物が隠されている?

「なんだろう、この懐かしさは」というのが本書を一読しての印象でした。アメリカにあってアメリカではない架空の独立市ナグスピーク、その街はずれにぽつんとたたずむ築二百年の〈グリーングラス・ハウス〉は、時代から取り残されて息づいているかのよう。設定は現代なのに、マイロをはじめだれもスマホやパソコンは使いません。登場人物たちはいい意味で古くさく、あたたかく、ユーモラスなドタバタぶりも含めてひと昔まえのディズニー映画、もしくは昭和のホームドラマさえ想起させます。マイロ少年の目を通して描かれる世界は、子どもをわくわくさせる場所であるだけでなく、おとなの眠っていた童心をぐいぐい刺激してきます。港と宿を結ぶ遊園地の乗り物っぽいケーブルカー。屋敷を包みこむ雪景色。子どもの宝物がつまった屋根裏部屋。各階の踊り場を彩る大きなステンドグラス窓。暖炉の薪《まき》、シードルやホットチョコレートの甘い香り、パンケーキやクリスマスのごちそう……。もう口角があがりっぱなしです。

主人公のマイロは両親の愛を一身に受けて幸せに暮らしていますが、じつはアジア系の養子として複雑な思いも抱えていて、初対面の人の視線を気にするような面もあります。生みの親のことやべつの人生を思い描かずにいられない、でも養親を心から愛しているのでうしろめたさを感じてしまう。そんなマイロがゲームのキャラクター、〈ブラックジャック〉のネグレになると罪悪感から解放されて想像に身をゆだねることができ、さらに別人格になることで欠点も克服し、勇気ある行動をとれるという著者のアイデアはあっぱれとしかいいようがありません。読者はネグレの観察眼や思考力に舌を巻き、マイロの素直さややさしさに心を打たれるのではないでしょうか。そしてマイロとメディにみちびかれ、一緒に息をひそめて屋敷を探険し、推理ゲームを楽しめることでしょう。ちなみにブラックジャックとはカジノのカードゲーム、海賊の旗、棍棒《こんぼう》などを指す言葉ですが、著者は独特の意味で使っているようです。明確に定義されていないものの、法や秩序にとらわれず自由に生きるアウトサイダー、人をあざむきもすれば救いもする善悪を超越した存在といったところでしょうか。ひょっとして著者は手塚治虫の『ブラック・ジャック』を読んだのかも、と思わなくもないのですが。

メディとのゲームのほかにもうひとつマイロを動かすのは作中作のナグスピーク民話集『語り部のおぼえ書き』で、彼はその物語にヒントを得て宿泊客たちにひとりずつ話をしてもらうことを思いつきます。これがなんとも楽しく、それぞれの話がおもしろいうえに謎めいた宿泊客たちの情報がすこしずつ明かされて、パズルのピースが気持ちよくはまっていきます。やがて、なんのつながりもなく見えた人々の思いもよらない関係が浮かびあがり……、おっと、このへんでやめておきましょうか。あとがきですが、先に読まれる方もいらっしゃいますから。

とにかくこの『雪の夜は小さなホテルで謎解きを』は、ほのぼのとしていますがそれだけではなく、スリリングで驚きの仕掛けもある盛りだくさんなストーリーです。冬休み初日からクリスマス・イヴまでの三日間に予期せぬ来訪者たちと出会い、新しい友だちと冒険をし、ずっと暮らしてきた家の歴史にふれ、ひとまわり成長するマイロ。彼のそうした変化も読みどころのひとつです。物識《ものし》りで小生意気だけど自分は出しゃばらずにマイロ（ネグレ）をサポートする少女、メディの存在も忘れてはなりません。マイロとメディの生き生きとしたやりとり、徐々に深まっていく信頼と友情は、帆船でいうならこの作品のメインマスト。その彼女にもまたとびきり大きな秘密があるのですが……ここまでにしておきましょう（笑）。

こんな魅力的な本書は当然ながらニューヨークタイムズ・ベストセラーとなり、全米図書賞児童文学部門やアガサ賞最優秀児童書・ヤングアダルト賞等にノミネートされ、アメリカ探偵作家クラブ賞（エドガー賞）最優秀ジュブナイル賞を見事受賞しています。「え、ヤングアダルト？」と、読み終えた方もこれから読む方も驚かれたかもしれませんが、ライトなミステリ、コージー、ファンタジー、冒険物、クリスマス・ストーリー、おまけに〇〇譚でもあるこの作品、対象年齢は十歳から、上限なしです。冬の夜に（夏でも）暗い話やいやな話は読みたくないというヤングでないアダルトにも断然お薦め。寒い季節ならホットチョコレートやホットワイン、またはホットトディをお伴《とも》に、願わくば暖炉のまえでゆっくり味わっていただきたい一冊です。

ケイト・ミルフォードはやはり子どもたちを主人公にした冒険物 *The Boneshaker*、*The Broken Lands*、*The Kairos Mechanism* のほか、本書のスピンオフ・シリーズ（一作目のタイトルは *Bluecrowne*！）も刊行しています。今回マイロが出会った奇妙で素敵な人々との物語もこれっきりではなく、二〇一七年十月には続篇 *Ghosts of Greenglass House* が発売されました。さらに本書の映画化も進行中とか。ノスタルジックで心あたたまるディズニー版も観たいし、個性強めの宿泊客を際立たせたカラフルなウェス・アンダーソン監督版も観てみたい、でも落ち着いた色調のアニメでもよさそう……。はたしてどんな映画になるのでしょう。そして「古いもの、奇妙なもの、忘れられたものにたまらなく惹かれる」というミルフォードはこれから先どんな作品を読ませてくれるのか。期待がふくらみます。

検印
廃止

訳者紹介　英米文学翻訳家。ガーディナー「心理検死官ジョー・ベケット」、ウォーカー「緋色の十字章」「葡萄色の死」「黒いダイヤモンド」、キング「パリの骨」、モントクレア「ロンドン謎解き結婚相談所」など訳書多数。

雪の夜は小さなホテルで謎解きを

2017年11月24日　初版
2023年1月20日　3版

著者　ケイト・ミルフォード
訳者　山《やま》田《だ》久《く》美《み》子《こ》

発行所（株）東京創元社
代表者　渋谷健太郎

162-0814/東京都新宿区新小川町1-5
電話　03・3268・8231-営業部
　　　03・3268・8204-編集部
URL　http://www.tsogen.co.jp
DTP　工友会印刷
印刷・製本　大日本印刷

乱丁・落丁本は、ご面倒ですが小社までご送付ください。送料小社負担にてお取替えいたします。

ISBN978-4-488-13504-1　C0197